不执灯

／著

曲线行驶

中国言实出版社

图书在版编目(CIP)数据

曲线行驶 / 不执灯著 . -- 北京 : 中国言实出版社，
2025. 2. -- ISBN 978-7-5171-5018-3

Ⅰ . I247.5

中国国家版本馆 CIP 数据核字第 2025GM9445 号

曲线行驶

责任编辑：宫媛媛
责任校对：张国旗

出版发行 中国言实出版社
　　　　 地　　址：北京市朝阳区北苑路180号加利大厦5号楼105室
　　　　 邮　　编：100101
　　　　 编辑部：北京市海淀区花园北路35号院9号楼302室
　　　　 邮　　编：100083
　　　　 电　　话：010-64924853（总编室）　010-64924716（发行部）
　　　　 网　　址：www.zgyscbs.cn　电子邮箱：zgyscbs@263.net

经　　销：新华书店
印　　刷：天津鸿彬印刷有限公司
版　　次：2025年2月第1版　　2025年2月第1次印刷
规　　格：880毫米×1230毫米　1/32　10.5印张
字　　数：310千字

定　　价：58.00元
书　　号：ISBN 978-7-5171-5018-3

谢航 冷酷小猫

学习能力：SSR

生活技能：R

社交能力：-R

季思年攥着方向盘的手冷得厉害

在白线贴上挡风玻璃左下角的时候开始

向右打轮

但是弯道总可以走出去的

目 录
contents

季思年

开心以及不开心的小狗

学习能力：SS

生活技能：S+

社交能力：？

科目一

绝望夏日模拟

摆在他面前的两条路通向完全不同的人生，他站在分岔口前，感受到了前所未有的茫然和摇摆不定。

"方向盘右打满！砖头从眼皮子底下过去都看不见？"

走神的季思年被这一嗓子拽回来，迅速把方向盘向右打死，目不转睛地盯着右后视镜，忽略余光里叉腰站在车外的教练。

今天是他亲爱的妈把他送进驾校"艰难求生"的第三天，与倒车入库"相爱相杀"的第二天。

季思年盯着右后视镜，那条"看到这条线就把方向盘回正"的目标线半天都没出现，他在心里沉重地叹了口气。不出所料，下一秒教练就怒道："别看啦，打晚了，回正吧，库都让你轧脚底下了。"

他老老实实地把方向盘打正，左边晃晃右边晃晃，全凭感觉把车停进去，估计车身有一半都在库外面，不过好歹车头没歪。教练满脸平静地站在车前，狠狠抽了口烟，"换人。"

季思年像被烟头碾了屁股一样，利索地解开安全带，手刚要碰到车门就听见教练喊道："右手开门！"

他条件反射地换了只手，从驾驶座逃下来，换到后排。连教练都看出来他今天的状态实在太差。

六月的大太阳把空气熏得滚烫，这片科目二练习场地太偏远，在高速前段的快速路旁边，被一小片草场包围着，不远处还有几户农家，有时候来得早了甚至能看到几只羊在吃草。昨天教练开着车从坑坑洼洼的土地里驶过时解释了几句，是因为场地负责人没谈妥，这里五六年前就已经废弃，不再作为考场。

车身随着坑洼的路面起起伏伏，季思年头疼地与车窗外一闪而过的羊脸对视，震撼于这城区里居然还有地方可以养羊。

不知哪里传来一声遥远的羊叫，季思年把手机从后座椅缝隙里抠出来，按亮锁屏，还是没有收到任何人的消息。他不死心地点开微信，消息界面空荡荡，和爸妈的聊天记录依旧停在两天前。季思年能想象得出这是一场旷日持久的冷战，今天才只是一个开头。

他漫无目的地刷新两下，把手机扔回座位上，歪着脑袋磕了磕车玻璃，一抬头对上了后视镜里的一双眼睛。他练车练得晚，错过了暑假开头那段学员最多的时期，练的又是自动挡，这一整辆车就他们两个学员。他没怎么跟这人说过话，不过平时低头不见抬头见，上礼拜又一起去考了科目一，也算有些"革命友谊"在。

季思年对这位大哥没什么更深刻的印象，毕竟去考科目一的路上他一直在抓耳挠腮地刷题。他打开教练建的三人微信群看了一眼，这位兄弟叫谢航。

谢航状似无意地瞥了他一眼，就在季思年以为他也要因为分神而打晚方向盘的时候，车身一转，完美卡点，流畅地倒了进去。

季思年瞧着他两只手游刃有余地把车匀速倒入库中，探头去看，车轮和线隔了不多不少刚刚好的距离，比他标准了不知道多少倍。

他把头缩回来靠在椅背上。天气本就闷热，车里没开空调更透不过气，季思年看谢航也不用自己操心，默默在脑子里算了算银行卡里的钱。

两天前终于出了高考成绩，季思年和家里爆发了今年的第一场争吵，围绕报考城市展开了轰轰烈烈的辩论，国内两所顶尖高校分列南北，他高中三年的目标始终是安城大学，偏偏爸妈前几年因为工作调去南方工作许多年，结识了许多南方的人脉，因而希望他能去南方。

他们家吵架，用邻居的话来形容就是——吓人，不论是季思年还是他爹妈，看起来都绝无让步的可能。

大吵之后，和家里冷战一下午，他终于受不了压抑的氛围，上演了一场离家出走。他也不是真的想要出走，只是觉得都需要给彼此一段冷静的时间，季思年知道爸妈为他打算好了未来，可是能去安城读书是支撑他走过高三的动力，他很难轻易放弃。

季思年离家出走的理由是"去尹博家住两天"，他当然不好意思向父母要钱，可是这几天的吃穿住行样样都要钱，没了生活费，实在是手头紧张。

　　季思年瞪着一片虚空不知想了多久，想伸手拿口袋里的薄荷糖，眼神聚焦时才发现谢航一直从镜子里看着他。

　　他略有些烦躁地捏了捏眉心，错开眼神去看窗外，看了两秒又把目光转回来，坦然地迎回去。

　　谢航这张脸看着就一副不太好相处的样子，锋眉、高鼻梁、薄嘴唇，怎么看都没有半点温和，不过眼神总是淡淡的，看人从来都是浮在表面地一瞥，倒是没什么攻击性。

　　季思年觉得他应该是有点散光。

　　"看看人家怎么打轮，"教练不知道什么时候出现在他窗前，"你那两个胳膊都快拧成麻花了，打个方向盘有那么费劲吗？"

　　"哦。"季思年应了一声。

　　谢航像是被吊销了驾驶证重新考的老司机，左右两边倒库都倒得完美无瑕，半点不像新手。

　　"感受一下，"教练拍了拍他脑袋旁边半开的车窗，"这才叫匀速，你开的时候控制一下那金贵的脚，刹车一会儿猛踩一会儿猛抬，忽快忽慢的，你自己坐里面不想吐吗？"

　　季思年"啧"了一声，有气无力地反驳了一句："刚开第三天，还没有脚感。"

　　"嗬，"教练说，"换人，来练练脚感。"

　　谢航把车稳稳停在了起点处，在下车之前，夹缝中的手机锁屏亮了起来，季思年扫了一眼，是微信新进了一条消息。

　　谢舟："老师，明天我有事请假，今天可以多上一小时吗？"

　　季思年正要拿起来回复，谢航已经从另一侧拉开了后排的门，他猝不及防跟人再次对视，只好先把手机放下。多上一小时的课，晚上得八点才能吃上饭了。

　　他系好安全带，脑子里乱哄哄的，瞪着手刹竟然一时间没想起来要做什么。

　　"刹车踩下去，手刹放下。"教练说，"得亏没学手动挡，多个离合跟换挡，你不忙死了？"

　　季思年被说得没脾气，"教练，我压力好大，砖头都看不见了。"

教练被他逗笑了，退了两步，用脚尖点了点定位用的砖头，"砖头跟肩对齐就右打满，看不准砖头就看后视镜，镜沿压上那根线的时候右打满，记着没？"

"记着了，你应该去带高三学生上课。"季思年叹了口气。

谢舟是他带的一个学生。高考完尹博几人找了不少平时成绩好的同学，给高二、高三的学生辅导功课，他原本没想加入，谁知造化弄人，跟家里冷战后每天只有出账没有进账，只好入伙赚点外快。他负责教谢舟数学，加起来也算顺利地上了三节课，只不过季思年老觉得这小姑娘性子怪怪的。

"停。"

季思年猛一回神，下意识把刹车踩到底，整个车身剧烈晃动，他扬起下巴看了看，前后左右都没压线。

教练从不远处的烟雾缭绕里飘出来一嗓子："刹车都不知道踩，这车库是不是装不下你？"

季思年换成前进挡，从后视镜里瞥了眼后座上的人："谢谢。"

谢航一只胳膊搭在车窗边上撑着脑袋，好像方才出声喊停的人根本不是他一样，闻言淡淡应了一声："不客气。"

这对话简直比学前班教育图册还标准礼貌，季思年莫名其妙地尴尬起来，脚下差点儿没踩住刹车。在他连续三次漏洞百出地倒车入库后，教练终于把他赶到了后排，开着车出了场地。

"明天再练吧，季思年今儿怎么了？"教练把四面车窗升起来，打开了空调，"心不在焉的，跟家里头吵架了？"

季思年懒散地瘫在座位上，出风口吹出来的冷风慢慢挤走暑气，他划开微信，给谢舟回了一个"好的"，才慢悠悠地说："没有，教练你甭瞎操心了。"

"今天给你放哪里下车？"教练随口说着，"还在万达对面？"

"嗯。"季思年挤出气声，齿间磨了磨，又想咬薄荷硬糖。

这个教练是他爸的朋友，报名的时候家里还没有开始冷战。这几天爸妈一直没主动联系他，估计也是从教练这里得了信，知道他一直都在好好练车，离家出走也没出什么事儿。

教练忽然问："失恋了啊？"

季思年端着手机语塞了一下，余光感觉到连谢航都饶有兴趣地看了过来，他实在不愿意让别人知道他家里的那些事，就随便敷衍了两句："真没。"

这条路去城区要开一段时间，四点多的日头依旧很晒，教练有一搭没一搭地跟他聊天："没见过你这样啊，难不成是高考志愿不好报？不会吧，你爸说你那成绩，招生办都来好几个电话了。"

季思年无奈地闭了闭眼，没忍住打断他："真没事儿，我青春期。教练你快歇会儿吧，一会儿不还得接俩学员吗？"

教练果然被这话牵走了，顺带吐槽起前几天带去考科目二的学员。季思年揉了揉额角，看着静止不动的微信发了会儿呆，才慢慢动了两下手指，从文件里找晚上要给谢舟做的题。

"谢航今天停哪里？"教练在吐槽中抽空说了一句。

"万达门口。"谢航说。

听见相同的地点，季思年偏头看了看他。

谢航今天穿了件黑色的短袖衬衫，随意垂在一旁的手臂劲瘦，季思年垂眼盯着他的指尖，有点记不清前两天他穿了什么，但是此时这么看着突然觉得有些眼熟。

季思年直觉这眼熟并不是错觉，可是偏偏想不起来在哪里见过。

为什么会觉得眼熟？

被盯住的指尖轻轻一动，季思年下意识收了目光，只听到教练絮叨的后半句："……我不会跟你家里说的，谈的哪个姑娘啊，高中同学？"

季思年觉得这辆车已经容不下他了。

教练将车刚停在万达门口，季思年想都没想就冲了出去，随着脑袋、脖子、胳膊逐个从空调车里钻出来，又闷又烫的空气立刻裹了满身。

他不知道为什么时近傍晚还能这么热，万达门口人流如织，背后的音响还放着伴着摇滚音乐的广告，巨大的鼓点震得季思年心烦意乱，他从包里捞出顶棒球帽扣在脑袋上，夹杂在人群里走过斑马线。小区名叫"鱼跃龙门花园"，季思年第一次来的时候，在打车软件和微信聊天记录间跳转许多次，才确认谢舟家真的就在这个喜气洋洋的小区里。

这地方是个和名字一样金贵的高档小区，要出示出入证才能进去，估计一年的物业费比他这几天给人上辅导课挣的钱还多。季思年感觉小区里不会有开打印店的底商，只好在小区门口找了家复印店，把临时多加的一个小时要用的辅导资料打印出来。

打印机咣当直响，季思年从逼仄小店里挤出来，站在门口剥了粒薄荷糖丢进嘴里，他盯着树上看不见的蝉，舌尖绽开的凉意顺着口腔流入心头。

熟悉的味道在眨眼间又带他回到了高三的夜晚，那段时间他学得太拼，越临近高考越焦虑，整夜整夜睡不着觉，年女士又以安眠药有依赖性为由拦着不让他常吃，于是他从学校门口买了袋薄荷糖，起初靠这味道提神醒脑，到后面这种味道让他有种奇特的安全感，睡前不咬一颗压根儿闭不上眼。

打印机那堪比压路机的动静终于停下来，季思年把卷子叠好放在包里，压了压帽檐走进小区，兜里的手机忽然响起来，来电显示是"尹博"时，他几不可闻地叹了口气。

"忙呢？"

季思年推门走进楼里，敞亮的楼道比太阳底下凉爽许多，他按亮电梯，"马上忙，怎么了？"

"今天晚上，那个领班有空，你有时间去一趟吧？"尹博那边似乎在上楼，听上去气喘吁吁的，"就是之前说的万达那家鬼屋，我跟他都谈妥了，今天晚上培训一下，临时工也不用训练太专业的，估计就说说注意事项，时间不会太长，考虑考虑吗？"

"几点？"季思年心说也不用考虑了，暑假档的兼职大部分都缺人，更何况他这个时间不上不下很尴尬，不像六月初，算时长还能凑满两个月。

能找一个算一个吧，去鬼屋扮鬼……条件也不算太艰苦。

"八点，要不八点半也行。你那边信号怎么这么差啊？"尹博扯着嗓子问。

季思年按了八楼的按键，"进电梯了，我八点半过去，挂了啊，多谢你。"

"你跟我说什么谢谢。"尹博的声音断断续续的，"这两天我爸的医院忙得要死，我得过去打下手，不能陪你去了，你自己注意点儿啊。"

还没等季思年回话，电话里就只剩一串忙音。

他低头看着手机的挂断界面，确认在接电话的时间内没有收到其他消息才按上锁屏键。

说不上来是在期待什么，他知道他现在不可能先一步跟爸妈低头，他爸妈也并不是故意与他断联系。这并不是谁来服软的问题，如果他接受了父母安排的第一步，那往后的九十九步恐怕都由不得他了。距离报志愿的截止期不到半个月，如果事情不说清楚，谁都没办法假装翻篇，也没有办法粉饰太平。

他们都不是在赌气，只是他们各有考量，而理解并接受对方的打算需要时间。可他现在没有时间拉长战线，报志愿系统下周就开，他无论如何也要回家一趟。

季思年有些不知道要以怎样的方式面对爸妈了。

电梯门缓缓打开，他把棒球帽摘下来，抓了两把被压趴的头发，敲了谢舟家的门。

红漆防盗门下一秒就被打开，好像里面的人在猫眼窥探已久，就等着他主动敲门。

谢舟穿着居家的丝绸缎面长裤长袖，短头发扎了个小小的鬏。她端了杯热开水看着他，错开一步请人进来。

屋子里空调冷气一如既往开得很足，季思年在门口换拖鞋时，谢舟已经自顾自地走进书房。

暗色木板地面，暗色木质家具，季思年总是觉得谢舟家里的色调颇有些压抑。他抬眼看了看空无一人的客厅，吊顶灯此时暗着，落地窗的窗帘半掩，刚来第一天时他还纳闷为什么小姑娘家里没有家人在，毕竟这家教老师是个男生，他以为谢舟的家长不会放心她一个人在家。

"先把昨天的错题讲了。"季思年坐在椅子上，把谢舟做过的卷子拿出来。

书房里铺着厚厚的毯子，窗边点了不知名的香，他在进门时注意看过，高大的书架上有一大半书的书脊空空如也，看着古怪。其实季思年对这个家的好奇心远大于当老师的责任心，只是每次看到谢舟沉沉如死水一样波澜不惊的眼睛，总是半句话都问不出口。

他把草稿本打开，画了一个坐标系。讲解这道题对季思年来说得心应手，选择题最后一道的几种题型及其变式，每一种他都练过不下十遍。

"这道题……所以选D。最后把知识点提取出来，这道题涉及的知识点有哪些？"季思年问。

"复合函数，分段函数。"谢舟说，"检验法最快。"

季思年在题目前面打了个对勾，找了道相似的题目，把卷子推到谢舟面前。他看着谢舟一步一步写解题过程，思路清晰，全程没有丝毫停顿，她没有使用刚刚那道题用到的检验代入法，而是直接画图。

季思年知道这道题用数形结合确实比检验法更快速。

谢舟在括号里填了A，是正确答案。

"好，看填空题吧。"

他秉持着有钱拿就不管闲事的原则，没有多说什么，即便他一直觉得谢舟这性子十分怪异。

好像她每一道题都会，只是在故意写错答案，在他讲题时看上去也没有认真听，却可以完美地复述一遍。季思年觉得让谢舟上家教课简直是家长钱多了没地方花。

但是带这样的学生省力省心，更何况这两天季思年自己也一屁股麻烦，实在没有精力去管别人家的事，他巴不得一直教谢舟这样的学生。

天色渐暗，墙壁上的时钟发出轻微的"咔嗒"一声响，是到七点了。季思年托着下巴看谢舟写题，忽然听她问道："老师，你有没有吃饭？"

"没有。"季思年拧开矿泉水瓶盖喝了一口水，这还是谢舟第一次主动和他搭话，他想着机不可失，干脆趁此机会问了些话，"你呢？这么晚，家里人都还在上班？"

他本来想说"家里怎么还没人回来"，又觉得这话有点奇怪，怕小姑娘听了多心，临时改了口。

"我吃过了。"谢舟说。

只答前半句，那就是后半句不方便回答的意思了。

季思年了然，也不再多言。人在江湖，多一事不如少一事。

他趁着谢舟写题的时间偷偷搜了搜在鬼屋打工的注意事项，搜出来的第一条就是提醒签合同的时候注意看看医药费如何报销。

季思年没忍住笑出了声，突然觉得与其这样还不如让谢舟多给他介绍几个同学。

老钟在时针指向八时准时发出一声轻响，谢舟把笔一撂，主动宣告补习的结束。季思年十分默契地站起来，两个人心照不宣地各自收拾东西，活像在演一出默剧。每到这个时候他都会松一口气，不管谢舟是怎么想的，反正他是真不愿意多待，好像在这地方多待一分钟就会折寿一样。

谢舟把他送到门口，目送他按亮两个电梯的下行键。

左侧电梯率先到达，季思年把棒球帽扣上，朝着谢舟挥了挥手就走了进去。

楼道里的声控灯灭了一瞬，谢舟一直敞着门，在季思年的电梯门关上的同时，右侧电梯缓缓打开。一个背着斜挎包穿着黑衬衫的男生从中走出，瞥了眼另一侧下行的电梯，问道："老师走了？"

"嗯。"谢舟让开一点等他走进门，在关门时声控灯应声亮起，两人下意识间同时扭头看去——楼道里并没有其他人。

谢航从包里掏了两本书出来，径直走进书房，拉开玻璃柜摆好，末了才低声问："什么味道？"

"老师的糖。"谢舟坐在客厅里回了他一句。

谢航随意瞥了眼垃圾桶里的草稿纸，写着漂亮的数字和字母，那股浅淡的薄荷味就混在书房的熏香里，淡淡一层，将散不散地萦绕在书桌前。

他看了一会儿，挑起个笑来，略有些无奈地说："白天也没见他吃糖。"

一家子狗鼻子。

谢航把书房的灯关上，站在黑暗里叹了口气，他情愿自己什么都闻不到。一个五感正常的人不应该闻得到。

"你俩认识啊。"谢舟抱着遥控器，把落地窗的窗帘按开，这话说得漫不经心，听着是个问句，语气里却没有半点疑问的意思。

窗外万家灯火映入昏暗的屋里，被玻璃茶几折射得五彩斑斓打在墙上，堪堪照亮半个客厅。

谢航摸到吊顶灯开关，迟迟没有按下，半晌才说："明天到疗养院看姥姥，需不需要我跟你一起？"

"不用。"谢舟坐在黑暗里，从茶几上摸了一块雪饼吃，咬在嘴里咔咔响，"我又不是没见过她那样子。"

"你不用担心我，哥。"塑料包装在她手里被捏得很响，他俩都没有在意这些噪声，谢舟晃了晃手里的雪饼，"你吃不吃？"

谢航盯着她看，可是黑暗中看不清她的表情，他猜谢舟也看不清他，不过还是伸出了右手。

他有些疲惫，目前脑子里能想到的唯一一件事是明天得找机会跟季思年说，把薄荷味儿换换。

季思年的脑门猛地磕在玻璃上，一睁眼就看到一张羊脸一闪而过，他抽了口气，慢慢靠回座位上。教练车颠簸地开了一路，他也懒得伸手去扶歪斜的帽子，瘫在角落里缓神。

他有些记不清自己到底睡没睡，不过刚刚那一下实打实磕得狠，估计是睡着了。

今天练车练得早，季思年已经有好久没有见过早上七点的太阳了。

他极其缓慢地眨了眨眼睛，摸出手机来看，新老板发了消息让他下礼拜去上班。季思年不可避免地回忆起了昨天晚上的画面，略微有些脑袋疼。

尹博给他介绍的那个鬼屋规模很大，他光是记地图就记了半天，老板是个身量不高的肌肉男，姓王，热情得叫人有些招架不住，第一次见面就揽着他的肩膀称兄道弟，非要领着他到鬼屋里实地讲解。尹博高中就是知名的"社交达人"，人脉很广，季思年也不知道他是怎么跟王老板谈的，这架势像是要嗦他入股做合伙人似的。

"就在这里吧。"王老板在一片鬼哭狼嚎里拔高了嗓子，然后顺着墙壁摸了半天，不知道摸到了什么开关，"啪嗒"一声，屋子里顿时安静下来，音效终于被切断。

王老板的脸在奇异的打光下看着有些瘆人，季思年张开嘴不知道说什么好，半天才问："就在这里？"

"地图我发你手机上了，你看一下。"王老板说，"你就在这片黄色的区域，这边还有个姑娘当NPC（非玩家角色），穿的白衣服，你一会儿去认认，别把自己吓着。"

季思年说："好的。"

"别的没啥了。"王老板拍拍他的肩头，"大尹跟我提了，你家最近遇上点困难是吧，咱都理解，但是既然来了也不能总缺勤，两次事假是所有员工统一的，工资也是月底一起发，你看看还有什么疑问吗？"

"没有。"季思年没好意思问医院报销的事。

王老板朝着墙拍了一巴掌，惊天动地的音效又响起来，他满意地搓搓手，"成，就这样了，走吧。"

季思年一想到以后每次来上班，耳朵里都充斥着女人哭、男人喊的音效，还是无限单曲循环模式，没忍住地叹了口气。

他承认自己心理素质不太好，光是高考就差点儿把他整个人搞垮，果不其然，当天晚上他就梦见了"鬼屋历险记"，还是升级版鬼屋，得开车走，进房间要倒车入库，追着他的鬼是王老板和教练。

季思年感觉有些口干，他把水瓶的瓶盖拧开，准备挑个时机喝一口，谁知道这段路过于崎岖，车身没有一刻不在晃动，要是把水瓶举起来肯定会被泼一脸水，他最终选择了放弃。

"你这几天没回家住吧？"教练问。

"没有。"季思年忽然有些紧张，不明白为什么教练会这样问。

"每次接你上车的地方都变，还得重新规划路线。"

季思年没想到这一层，愣了一下："啊，那以后不变了，我回去找个定点。"

他这几天都住尹博家，尹博他爸爸有时候在医院忙到很晚，他怕别人起床的时候不方便，今天早上特意出门早一些，教练问去哪里接上车的时候，他已经顺着街溜达很远了。

等过几天，尹博他妈妈就出差回来了，他也不好意思总是借住在人家里，是时候搬出来了。

搬出来找个小旅馆？

又是一笔开销。

"怎么没在家住？"教练问。

季思年没办法回答这个问题，打了个马虎眼："马上回去了。今天练什么啊，教练？"

教练一听瞪起眼来："还想练别的？倒车入库学会了吗？"

他从后视镜看了眼后排，补充了一句："谢航倒是可以继续练了，学得挺快啊。"

场地里的教练车不少，季思年看着自己和其他车擦肩而过，想着等会儿练习的时候可别撞上别人。

"季思年来。"教练把安全带一解，将扣在副驾驶位上的帽子拿起来，顶在头上就下了车。

季思年觉得这是他这一年最恐惧的四个字。他在头上比了个拳头，把座椅调到适合的高度。忽然想起来每次谢航坐完的驾驶位他都要调半天，他坐完谢航也要调半天，明明两人看着差不多高，也不知道是哪里比例不一样，调个椅子能差这么多。

他扭头确认了一下定位的砖头还安然无恙，慢慢抬起刹车。车子运动起来，总感觉左眼跟右眼看的砖头位置不同，他眯起一只眼，砖头早就过了肩膀，季思年猛叹一口气，不管不顾地向右打方向盘。

第一个点找晚了，第二个点肯定对不上。他瞥了眼蓄势待发的教练。

"直接看后视镜。"身后突然传来一个声音。

季思年没工夫和谢航对视，十分乖巧地把目光转向后视镜，第二个点跳过，直接看第三个点。

等到车库左后角出现的时候，直接把方向盘打回原处。季思年停稳车后探头去看，不仅没压线，还左右匀距十分完美。

"哪儿学来的，可以啊。"教练点了一支烟，"继续。"

季思年换了前进挡，临阵才想起来左边出库的记忆点已经被他忘得差不多了，心底一惊，又一个猛踩刹车，整辆车在原地前后晃悠两下，季思年被安全带勒着前倾，他感觉自己差点儿扑在方向盘上。

鉴于刚刚谢航好心帮助了他，他礼貌性地开口道了个歉："不好意思。"

谢航叹了口气。

季思年觉得他十分不给面子，转念一想这几天他也没少猛踩刹车，着实是锻炼了车上乘客的腰部力量，一时间觉得有些好笑。

车子慢慢驶出车库，季思年盯着纵横交错的白线，想不起来哪一条是基准线，又不想挨骂，果断问道："那个，什么时候……"

"转。"谢航打断他。

季思年立刻转动方向盘，半秒都不敢晚。

"停。"谢航看着窗外。

真好，全自动开车，这才叫自动挡。季思年没时间研究为什么谢航坐在后排还能找到基准点，特意轻缓地踩了刹车，多看了几眼后视镜记住位置。

已经向左出库结束，该倒车回去了。他刚轻缓抬起刹车，就听谢航说："换挡。"

眼见因为忘记换倒挡，车子奔着压线去，季思年连忙一脚把刹车踩到底。

他再次被惯性掼到方向盘上。

"不好……意思。"季思年自己都要被逗笑了。

等他走完一遍流程回到起点时，感觉教练又老了十岁。教练拎着从后备厢拿出来的马扎，找了个阴影处坐下，摆摆手示意他继续。

昨天季思年心烦意乱，想的事情也乱七八糟，今天这样复习一遍，很快就把几个位置记下来，除了刹车荡得他脑袋晕乎乎的，几乎没有什么错处。

教练喊了停，换谢航上以后，直接带人开到了旁边的场地。下一个项目是侧方停车，教练挨个儿指了一遍要记的位置，季思年趴在车窗上跟着记了记，发现他这半吊子的车技很容易记串，决定不去折磨自己。

谢航上车第一件事就是调整座椅，季思年看着他那两条长腿挤在驾驶位，踩住刹车的时候膝盖都快顶上方向盘，不得不把座位往后挪，越看越不爽。

怎么他坐就正好，谢航坐就挤不开？

"季思年！"教练一声喊。

季思年扭头去看他。

"看看车现在正不正？"

季思年靠在后排正中间，怎么看前玻璃怎么觉得车是歪的，但他在自己的判断和谢航的水平之间犹豫一下，果断选择了相信谢航，"正的。"

等到车子开动后，谢航才低声说道："其实歪了。"

季思年低低笑起来，他靠回教练看不见的一侧，斜倚着车窗把一粒薄荷糖丢进嘴里。

薄荷味道弥散开，谢航向后面瞥了一眼，只看到一只随意把玩塑料糖纸的手，糖纸把阳光折射出绚烂的彩色，落在车厢内。

"有味道？"季思年问他。

谢航向右转动方向盘，等到车身稳稳停进库里，才问道："有其他味道的吗？"

季思年想了想，说："还有草莓味儿的。"

他终于发现谢航这人的嗅觉比狗还灵敏。

薄荷糖不像口香糖，咽下去后，连他自己都闻不见身上的味道了，谢航每次坐到后排却微微皱起眉。

季思年实在没忍住，在临行前说了一句："不好意思啊，不知道你不喜欢。"

谢航看他一眼："没有。"

这一句"没有"里的含义简直绕了八百个弯儿，季思年在这一刻心念电转，反应过来："哦，薄荷？"

兴许是他语气有点揶揄，谢航难得笑了一下，"嗯。"

季思年被他这一声笑弄得莫名其妙，心想那我以后都买草莓味的好了，转过头去刚好对上谢航的眼睛。他一直觉得谢航整张脸最具特色的地方就是这双眼睛，瞳孔幽黑无波无澜，眼里总也没什么情绪，看人看物都像是浮在表面不入心，可此时仔细看又觉得并非如此。他形容不上来这种感觉，绞尽脑汁想了半天，猛然发觉这眼神简直和谢舟是一个模子里刻出来的。

那眼神像是对一切都了然于心，早就知道题目的答案，所以懒得去听解析。季思年又仔细看了几眼，刚看了一半就觉得不妥，他这表情像是在端详外星人一样。

谢航被他看得无奈了，笑了一下，"怎么了？"

好，这一笑更像是菩萨看凡人，还是在看一个愚蠢的凡人。

这个想法一冒头，谢航整个人都被镀了一层金光，连说话都含着慈悲。季思年闷头坐了回去，按着眉心叹气。

好在教练正全不知情地开着车，适时开口："今天还把你放万达门口？"

季思年犹豫一下，还是应了下来："嗯。"

现在是早上九点半，今天原本不用去补课，可他一时间想不到还有什么别的地方可以去。尹博这几天一直在医院给他爸爸帮忙，这个时间肯定不在家，可他的性格就是哪怕家里只有他一个人也会束手束脚，毕竟那是别人的地盘，他住不惯，也不好意思住。搬家是肯定的，只是下家还没有找好。

他看着窗外道边树飞速划过，驶出快速路就进了城区。城东是近几年才开发起来的，离快速路距离不远，不出十分钟就能看到城东CBD（中心商务区）的几栋高楼顶。

这个时间段路况不算拥堵，教练把车靠边停，季思年拉开门就听见了万达那震耳欲聋的音响声，他皱着眉刚要把车门合上，忽然一只手从里面顶住，谢航跟在他身后钻了出来。

季思年没多在意，准备先过马路离那音响远一点，口袋里的手机忽然震动两下。

"嗡嗡"两声似乎足以盖过那惹人心烦的广告词，他心跳拔了一个高峰，像是有所预感一样，连忙掏出手机来看。

爸："中午回家吃饭。"

季思年盯着这六个字，实在是五味杂陈，心中的石头落在了季建安给他搭的台阶上，为终于熬过最相顾无言、无法彼此理解的艰难阶段松了一口气。

心情复杂得难以言说，季思年没来得及继续品味，甚至还没有点开那条微信消息推送，忽然一阵刺耳的鸣笛声飞速逼近，他连抬头的动作都没做完，强大的冲力将他顶翻在地，眼前天旋地转一阵缭乱，耳边噼里啪啦乱响，他只觉手机脱手飞了出去，接着自己也不受控地飞了出去。

"哎！"

季思年感觉到痛的时候人已经趴在了地上，面前就是马路牙子，震惊远大于疼痛，在他意识到这点的时候就知道自己肯定没伤太重。

幸亏现在才九点，要是下午三点这么趴在柏油马路上，就是没被车撞死也被烫死了。

季思年还有点发蒙，脚踝一阵阵泛着钻心的疼，一个戴着头盔的中年人跑过来要扶他，"小伙子，小伙子！"

季思年被他沉重步伐踏起来的灰扑了一脸，有些狼狈地坐起来，才发现他预判失误，并没有飞起来，他就是被一辆电动车剐倒在了原地。

"我……我……"他的语言系统都有些紊乱，一时半会儿没回过神来。那个中年人絮絮叨叨地把车扶起来，说着就要来捞他，季思年条件反射地躲了一下，"我自己来……我手机呢？"

他脑子里乱哄哄，一回头看见手机扔在不远处，这一扭头还真有点脖子疼。

"对不起啊小伙子，我实在是赶时间，你伤着哪儿了没？"

季思年没搭理他，伸手要去捡手机，无奈胳膊不够长，刚想用力一些，脚踝上又是撕裂般的痛，疼得他一缩。

"要不要去医院？那个，医药费……要不咱俩加个联系方式吧？我这边……"中年人局促地在裤子上蹭了蹭手。

"可以。"季思年扶着脖子转了转，正想叫那人帮忙搭个手，就见钢化膜裂开的手机被人先一步捡起来，递到他面前。他抬起眼，对上"菩萨"那双睥睨众生的眼睛。

季思年把手机接过来，钢化膜的裂缝从左上角开始如蛛网爬满了屏，他看着头皮发麻，直接倒扣着塞回口袋里，挣扎着要站起来。这脚肯定得去趟医院，不知道中午来不来得及回家。耽误天大的事都不能耽误回家。

想靠这次沟通来完全解决问题是基本不可能的，但是起码先把高考志愿报了，其余的走一步看一步。就是变植物人了也得回家！

季思年左脚火辣辣地疼，已经肿了起来，右脚也连带着酸疼，挣扎了一下没能成功，他在把手递给肇事人和递给"菩萨"之间踌躇了一秒，选择了"菩萨"。慈悲的谢航热心地搀着他站起来。

"嘶……"左脚不慎碰到地面，季思年死死咬着后槽牙，也不嫌丢人了，"幸亏是左脚，要是右脚崴了连刹车都踩不了。"

谢航的手搭在腰侧，扶着他在消防栓上坐下。那骑电动车的中年人说赶不及陪他去医院，要扫三百块钱过去，季思年估计检查费肯定不止三百，可他现在没心思应付赔偿纠纷，回忆事发是他等红灯的时候站在机动车道的拐角上，也确实有一大部分责任在他，便没说什么。

季思年目送他骑车走的时候才发现车筐都被撞歪了，突然觉得好笑，"我这铁骨头。"

"你……"谢航站在旁边，似乎也有些没话说，跟着他笑了两声。

钢化膜已经碎得稀烂，不过这手机还算顽强，几乎没有受损。季思年把那层膜扯下来，打开网约车软件叫了辆去医院的快车，"谢谢你啊。"

他坐在消防栓上等车，一松下来只觉浑身都发疼，季思年越想越觉得好笑，"刚才不应该让他走，我万一查出什么大病，得让他赔我钱啊。"

"菩萨"终于开了金口，"伤着哪儿了？"

"我也不知道。"季思年轻轻动了动脚踝，还是钻心剜骨地疼，他抽了口凉气，"要命了。"

网约车没两分钟就到了，谢航拍了拍他，"帮你？"

季思年在万达震耳欲聋的背景音乐里点了点头，搭着谢航的肩膀站起来，觉得这幕场景有点过于戏剧化。

"能走吗？"谢航问。

季思年看了看自己不争气的脚踝，从嗓子眼里挤出一个"嗯"。

"骨科医院？"

"对。"

谢航跟着上了车，他清了清嗓子，用平静的语气问道："耽误你时间了吧？"

"没事。"谢航说。

听上去比他还要平静。

季思年复盘了一下，确认谢航并没表现出嫌麻烦的意思，这才呼出一口气，不自觉想去掏口袋里的糖，又想起谢航之前说过的话，强行忍了下来。虽然是刚认识的朋友，但互相帮忙是传统美德，没什么值得不好意思和别扭的，季思年默念两遍。

要不然看上去有点太矫情了，好像他是什么斤斤计较、格外在意边界感的人。

他正自我洗脑着，准备拿手机给季建安回个消息，就听到身边传来低低的笑声。

季思年偏过头，用眼神询问。

谢航歪着头靠在玻璃窗上，用那双能看透他早上吃了几个包子、几碗粉的眼睛看着他，慢悠悠说道："没事，觉得你挺有意思的。"

医院里人满为患，急诊部连个落脚的地方都没有，人一挤起来季思年也顾不上别扭了，他单脚蹦来蹦去，蹦得右脚也难受。

"你找地方坐着吧，我去挂号。"

谢航说着就要带他去找椅子，结果被季思年扯着衣领拽住，"别，我跟你去，我……坐不下去。"

谢航被他拽得一个趔趄，差点儿没站稳，赶紧扶住他，"刚才不是坐得挺好的。"

"刚才……"季思年顺着接下去，才反应过来谢航是在调侃他，"你！"

"菩萨"讲笑话了！

季思年不愿再回忆尴尬往事，低声嘀咕了一句："当时你也不拉我一把。"

"我喊你了，你没听见。"谢航随口说着，从裤子口袋里拿了个口罩戴上。

看病属实折腾人，不是在排队就是在排队，两人从九点多一直站到十二点还没结束。季思年没想到要检查这么久，让谢航陪着他耗了一上午，他有些过意不去，"剩下的我自己来吧，不耽误你了。"

谢航刚取完骨片报告回来，正认真看着报告单子，"没耽误。你这骨头，长得正，还挺有美感的。"

季思年仰起头去看，片子上是绷直了脚面拍出来的脚骨，一根根骨头白森森的，不知道好看在哪儿，"你审美挺独特的。"

他的脚踝骨没碎、没断也没裂，就是有点错位，大夫给他打了石膏让他三周后来拆，叮嘱了忌口和注意事项，等季思年撑着刚买的拐杖走出医院时，已经十二点半了。

简直"屋漏偏逢连夜雨，船迟又遭打头风"，季思年想不通他怎么如此倒霉，现在这个样子，鬼屋的兼职肯定去不了，去上家教课也不知道会不会吓着小姑娘，他还得拖着这条腿去练车，还要搬家……

眼下最要紧的是，他得这个样子回家。

"我得回家一趟。"季思年把重心压在拐杖上，抽出一只手在手机上打车，"下次，明天吧，明天请你吃饭。刚才医药费都是你垫的吧，你加我微信，我把钱转给你。"

谢航微微挑起眉，似乎没想到他要"回家一趟"。

他其实早就知道季思年这段时间都没有回家住，从他没怎么换过的衣服、上周不同的洗发水味道、再也没出现在衣摆上的狗毛中都能看出来。不过他对别人的私事不感兴趣，也没有窥探的欲望，今天耐着性子陪季思年检查一上午，只是因为他单纯，觉得他确实是个很有趣的人。

季思年会在发现家教对象是女孩后主动提出去有监控的书房上课，还可能在明天特意把糖换成草莓味的。

季思年摔倒的时候握着手机的右手蹭在地上，手指的指节擦破了皮，现在包了一层创可贴，屈指费劲，打字也不方便。谢航看着他跷着根手指，手机握在手里摇摇欲坠的样子，问道："我帮你？"

反正已经帮了一上午，不差这两分钟了，没了钢化膜的手机也经不起再摔一次，季思年十分识时务地把手机递过去。

手机光标停在软件界面上输入的目的地的搜索栏里，谢航看了一眼："福……？"

季思年说："福满园小区，十九号楼。"

福满园小区十九号楼。谢航发出订单，把手机还给他。

"这拐……"季思年走了两步，起步总是顺拐，"真不太适应。"

"多用几天就适应了。"谢航送他走到医院外，在大路旁边等车来。

福满园离骨科医院有点儿远，季思年一上车就准备给季建安打个电话，跟他说一声可能会迟来一会儿，斟酌片刻还是换成了发信息。

他一边费劲地编辑短信一边叹气，恨不得让谢航帮他写，好逃避掉亲自面对。

季思年按着额角发愁，他也没少自己去医院，但是有人帮着还真不一样。更何况他刚刚发现，谢航这人十分难得能理解他的节奏，都不用语言沟通他就知道他想做什么。太难得了，好像生活开了自动挡一样。

不如让谢航替他和年女士辩论，说不定真能辩赢。

"十九号楼。"司机突然开口。

季思年一回神，车子已经驶进小区里，缓缓停在他家楼下。他估计年女士一定一直守在窗前等着，因为在他狼狈地爬出车子，拄着拐杖一层层往楼梯上蹦的时候，已经听到家里的防盗门开开合合好几次，肯定是她按捺不住要下来接他了。

季思年还是没有想好开场白，在他拉开家门，见到熟悉的布景，被"锄头"噢噢两声迎面扑过来后，只说了一句"我回来了"。

"锄头"摇着尾巴，围着他打了石膏的腿转了三圈，被他捞起来抱在怀里。年女士应该不会把他连着锄头一起赶走，狗可比他金贵。

屋子里横亘着沉默，季建安躬身坐在饭桌旁，年霞一手攥着筷子，两眼死死盯着他的腿。季思年的目光在客厅里扫了一圈，没看出与他走时有什么区别。

半晌，季建安问："腿怎么回事？"

"不小心摔了。"季思年说得很慢。

短短一段对话结束后，再没有人主动开口。季思年遥遥看过去，没有在饭桌上找到他的碗，不知道是因为迟到被撤下去了还是压根儿没有摆上来，他也不想拄着拐杖瘸着走过去问。

这个家再次陷入了一个尴尬的境地，他们之间的话无从说起，也无法说起，季思年能看出来爸妈不愿主动提矛盾点，这事一旦开头就注定要吵出个好歹，碰一下必然会引起爆炸。

季思年不想惹他们不痛快，可总要有人先开口，在季建安喝完手中的粥之后，他先一步起了话头："我……这两天要报志愿了。"

"你这腿什么时候伤的？"年霞忽然说道，嗓音有些发抖。

季思年最见不得她这个样子，顿时就心软下来，他轻微皱着眉，装作不在意地说："就上午，去了趟医院所以回来晚了，就是石膏看着吓人，其实没什么事。"

"你……"年霞站了起来，似乎想说你怎么不跟妈说，话堪堪断在嘴边，这一刻才清晰意识到季思年早就不是磕到手指头都会喊她来看的小孩子了。

他已经高考完了，甚至考得不错。他在两个月后会独自前往另一个陌生城市开启新生活。年霞重新坐回椅子上，扎在脑后的辫子有些松散，头发落了几缕在耳边。她看着饭桌上滴落的几滴菜汤，有些失语。

在那天季思年说出"我们都先静几天"时，她才发现这个儿子与她记忆中的模样有了偏差。

儿子有自己的想法。年霞第一次如此切身感受到这件事。她猛然意识到，她从来没有这样直白地接收到过儿子的想法。季思年很少向她提要求，也很少对她的安排提出异议，他一直都很独立，从上初中开始就没怎么让家里操过心，年霞都快要忘记"与孩子进行沟通"是什么感觉了。

"我想自己去安城。"

"我知道你们为我考虑了很多，只是我也有自己的考量。"

在季思年说出那些话之后，她的第一反应就是反思，是不是她这个母亲没有做好，所以让季思年迫切想要独立生活。

她鼻子发酸，又想到儿子在她不经意的时候成熟了。

季思年眼见着年霞钉在原地，只好转而去看季建安，"爸。"

听见这声"爸"，季建安才冷哼一声，转身去拿沙发上扔着的一个本子。

季思年有点想笑，他爸跟他真是一模一样，较劲的时候总是需要一个台阶下。

"自己来看！"季建安拍了拍白本，"把'锄头'放下，你想勒死它？"

季思年把脑袋乱晃的"锄头"放到地面上，它又开始围着他的石膏腿打转。

那个白本是学校发的，内容是近几年全国大学录取分数线汇总，里面有几页折了页脚，用红笔做了批注。批注的内容不仅包括南大的专业组，同样也有安城大学的专业，爸妈虽然嘴上不说，却也把他这几天说的话听了进去。

季思年看着那些被勾画出来的分数线，感觉眼前有些模糊，想起来离家这四天连个电话都没有打过，愧疚感在心里叫嚣着，淹没一切想法，年霞还呆坐在饭桌旁，他想立刻抱一抱他们。

他几乎是把拐杖忘了个干净，打了石膏的左脚碰地时没有多少痛感，更多的是整个小腿被裹住的行动不便，他被牵制着重心一歪，一屁股倒在沙发上。

"怎么又摔了呀！"

厚重的白本脱手，劈头盖脸地砸下来的时候，季思年只听见了年霞这一声怒喊。

有时候人倒霉起来喝凉水都塞牙，季思年被白本狠狠砸在鼻梁上，砸得他鼻头一酸差点儿流出眼泪。今天是各种意义上的丢人丢到家。

一看他这眼泪汪汪的样子，年霞先不忍心了，站在几步开外的地方，想过来又有些手足无措，季思年看着她，自己也顾不上疼了，"没事。"

他说完就觉得这话好像欲盖弥彰，连着这条伤腿都如同是在装惨，可偏偏年霞就吃这一套，当场就说道："什么都叫没事，让你一个人出去除了惹事还是惹事，你今天就回来住，有什么想法慢慢聊，不许跑出去了！"

季思年卸了力道，慢慢伸直腿靠坐在沙发上，没有接话。

手边拱过来一颗毛茸茸的脑袋，季思年随手摸了摸"锄头"的头，小狗摇着尾巴，眼巴巴地看着他。季思年把小金毛抱起来。他现在手里必须做些什么事，比如抱着狗，或者翻翻书，他清晰地知道他又在逃避。

那天季建安说："你才十八岁，在学校里过了这么多年，完全没接触过社会，很多路并不是全靠热爱就能走下来的，没有人在背后帮你，哪儿来那么顺遂的生活？"

季思年并非不懂这些道理，摆在他面前的两条路通向完全不同的人生，他站在分岔口前，感受到了前所未有的茫然和摇摆不定。那日的争执以季建安的"你自己好好冷静一下"告终。

季思年整整一夜都没有合眼，季建安让他冷静一下，可他分明是冷静斟酌后才做出的决定。

"你妈跟你说话呢！"季建安对着他说。

季思年避无可避，盯着"锄头"埋在白毛里的耳朵，低声答："知道了。"

季建安背对着他收拾碗筷，碟子摞在一起哐当响，也不知道是不是故意的，"先把腿养好了，一天看不住你就不行。"

每次都是年霞一个人给他们父子俩一人搭一个台阶，"死鸭子嘴硬"也会遗传。

季思年这回想死撑面子也撑不下去了，拖着一条伤腿，不回家确实也没地方能去。他原本以为起码要和家里冷战到七月份，没想到摔一跤因祸得福，把他的资金问题直接从根上解决了。

这一进展属实出人意料，打乱了他的全部计划。

最要紧的是……鬼屋那份兼职他还一次都没去，直接辞掉的话，别的不说，也太不给尹博面子了。

季思年搭着一条腿坐在床沿上，打了一行字："王老板你好，很遗憾地通知您……"

高考后人的文化水平断崖式下降。

他想了想还是给王老板打了个电话，有时候文字不能清晰传达他所想表达的情感，别叫王老板误会他。

对面响铃好几声才有人接起，听着嘈杂的背景音乐，王老板应该在万达看店，"有事啊，小季？"

季思年尽量用遗憾的语气把他这条伤腿简要概括了一下，就听对面沉默一会儿，说道："没事儿，那就算了，我这里也招小时工，你什么时候需要可以再找我。"

季思年道了谢，却还是敏锐察觉到王老板似乎有话想说。

"是有什么不方便吗？"他问了一句。

王老板这次却没停顿，立刻答道："没有。"

没有就没有吧。季思年敲了敲自己的石膏腿，莫名有些心烦意乱，又给尹博打了个电话，把事情跟他大致说了说。

尹博的声音时大时小，也不知道是在忙什么，"没事，那个王老板是我爸疗养院的客户，这几天他爷爷住院，所以我给他介绍多少兼职工他都会收。"

"我真谢谢你。"季思年笑了笑，"你怎么这么忙？"

"有个难搞的老太太，情况不太好，得提前通知家属，那家属也挺难搞的。不提了，有机会见面聊啊——唉！"

季思年就听对面噼里啪啦一通响，他立刻坐直身子，"怎么了？尹博！"

"哎……哎哟，谢谢，没事……哎，喂喂？"

季思年听见他声音如常，估计不会像他一样出现被车撞了这种蠢事，松了口气，"你快忙吧，注意点。"

"我这歪着脑袋夹着手机说话呢，刚才下楼没踩稳，一动胳膊手机滑出去了。行，我挂了啊，微信聊。"尹博把资料箱放在地上，随口应了几句，把电话挂断。

他蹲下重新抱好资料箱，抬头看了眼帮他捡手机的人，"多谢啊。"

"没事。"那人戴着鸭舌帽，帽檐低低压下来遮住了眉眼，戴了一只医用口罩，黑色衬衫外背着一个斜挎包，看上去装得很满。

谢航径直上了三楼的单间。

楼道里静得落针可闻，这家疗养院很喜欢种绿植，外墙壁顺着水管爬满了爬山虎，小院里用碎石搭了高山流水的景，不过山不高，水也是死水，谢航不太喜欢看。

姥姥的房间朝阳，可他站在门外顺着玻璃看进去时，屋子里还是阴暗不明，那扇窗帘像是被牢牢焊死一样，起初半年，谢舟来的时候还会顺手拉开，后来他们发现姥姥畏光有些厉害，也就没有人去动那帘子了。

谢舟正坐在床边，姥姥不与她说话，盯着床头的画一动不动。原本今天只有谢舟一个人来，可他不放心，还是过来了。

他无法隔着玻璃判断姥姥此时的状态，只好先发微信给谢舟："我到了，进去吗？"

谢舟手里的手机应该是静了音，不过在来消息的一瞬间，她和姥姥同时低头去看了手机屏幕。

谢航忽然感觉胸口发闷。他把鸭舌帽和口罩都摘下来，消毒水味钻进鼻腔，他用力呼吸两口，放任刺鼻的味道一路灌入肺里，好像这样可以再清醒几分，抬头时看到谢舟已经走过来给他开门。

"哥，姥姥听不到我说话。"谢舟低声说道，"但是又不像在幻听，一直也没有自言自语，怎么回事啊？"

谢航长出一口气，慢慢走到姥姥的床前。

这间病房收拾得整洁干净，床头柜上有一碗喝完的汤，姥姥直直地坐在床上，身形已枯槁，在透着浅光的窗帘背景下形成一幅骇人的剪影。

"姥姥。"谢航叫了一声，才发现声音有些抖。

谢舟拉了拉他的衣角，他用力闭了闭眼，团雾一般的许多不可名状的情绪挤在咽喉、胸腔，沉甸甸的，压得他一口气喘不上也呼不出。

每次来看姥姥的时候他都会这样。他说不清是因为从姥姥身上看到了妈妈的影子，还是看到了他自己和谢舟的未来。好像被镣铐困在这个暗无天日的病房里，困在诡谲无常的幻境中永远逃不出去的人是他自己。

"小航。"姥姥叫道。

他好像很久没有听到姥姥的声音了，短短两个字转瞬即逝，他慢了一拍回神，什么都没有听清。

"是我。"谢航说。

他的脚踝隐隐发着疼——两圈陈年的、早就已经长好的伤疤，闭上眼好像又可以看到小时候那间黑漆漆的玩具房。玩具房，谢成手里的镣铐。

姥姥慢慢转过眼睛来看他，她的脸保养得很好，沟壑褶皱很少，乍一眼看不出来是年近八十岁的老人，她眼里酝酿出一个笑来，"报大学了没有呀？"

和寻常家的老人关心孙子一样，没有任何区别。

没有任何区别。

谢航感受不到自己在说话，嗓子里像糊了一层胶水，"报了，报了安城大学。"

"好孩子。"姥姥咯咯笑起来，去拿床头已经喝光的汤，全然不自知地喝着，碗内却早已是空空如也，"安城大学，好学校，当年你妈妈就是这个学校毕业的。"

谢舟看到谢航的指尖都在发抖，凑过去轻轻拍了拍他的手背，她才发现原来自己也早已一手心汗。

"累了吧，陪我说了一下午话。"姥姥放下碗，越过谢航，盯着她的手，"回去休息吧，姥姥没事。"

这么多年谢航亲眼看着姥姥一点点变成现在这个模样。起初只是时常梦魇，不出两年就出现了幻听，在她第一次无法控制住地发病后，沈荣把她送进了疗养院。

其实沈荣早就该把她送来的。

谢航坐在楼道的椅子上，手肘撑着膝盖，抱着头极力平复呼吸。在他每次以为姥姥有所好转时，都会被院方提供的监控录像一棒打回原形，这间小小的病房让人逃无可逃，尖叫声无法弥散，久久盘旋其中，窗帘阻断了一切光亮。

他躲不过去，谢舟也躲不过去，无论沈荣如何故作镇定地藏起来她吃的药，无论谢舟怎样扮演一个需要上补习班的平常高中生，他们都躲不过去。

流在血里的东西，怎么样才能抹除干净呢？

他不知道。

谢航手脚冰凉，疗养院让他感到恐惧，那是对一眼可以望到头的既定命运的恐惧，他恐惧于看到不知什么时候会重蹈覆辙的自己。

"沈秀琴的家属吗？"

谢航敛下眉，低头把口罩重新戴好，站起身接过林护士递过来的平板电脑。屏幕上是一段监控录像，灰白画面里，谢航依稀辨认出了极粗的线条勾勒出的一个人形。

"这是第三次了。"林护士点开了播放，"沈秀琴这段时间的状态整体比较平静，但完全清醒的时间越来越少，并且清醒时开始有自残倾向了。"

谢航静止不动地看着视频画面，音量分明已经调到最小，沈秀琴从喉咙深处挤出来的低啸声依旧回荡在走廊，低吼一声比一声沉响，谢航直勾勾盯着她的头发，声音传入耳中像蒙了一层纱，他好像听到破旧机车发动时的无数次熄火，低吼持续了不知多久，也许还没有超过一分钟，但他几乎无法准确辨别声源了。

他看到林护士关闭了视频，张开嘴说了些话。

大脑似乎短暂地失去了识别语言的能力，全世界的声色都被浸没在海水中，耳朵里嗡嗡响，只听得见无尽的粗重吼声。

有什么在叮咣响，玩具房。

谢航心里猛然一坠，一把将口罩拉下来，冰冷如针扎般的消毒水味刺醒他的感官，像是砸破了笼在耳边的玻璃罩，将他拎着脖子搜出海面。

"可以听到我说话吗，谢航？"

"可以听到。"谢航后知后觉有些缺氧，他靠在墙上，低着头使劲眨眼，把视野中一些乱七八糟的白光黑影眨走。

"给我妈发过去了吗？"谢航问道。

林护士差点儿没反应过来，意识到他说的是那段监控录像，点点头，"已经发给沈女士了。"

"麻烦你们了。"谢航抹了抹嘴角，确认刚刚没有把嘴唇咬破。他像是在一瞬间让跑散的灵魂全部归位，又恢复了最初那副冷冷的模样，走到病房前轻轻拍着玻璃窗，对着仍坐在沈秀琴床边的谢舟勾了勾手。

"谢先生，沈女士叮嘱过你，不要经常过来。"林护士皱着眉，思考片刻还是提醒道。

谢航目不斜视地看着病房里，谢舟正在和姥姥道别。

"不知道这样说会不会冒犯，"林护士与他并肩站在门前，注视着这个窗帘紧闭的灰暗屋子，"你可以来做一个 MMPI[①]测验。"

谢舟从病房内走出来，和林护士打了招呼。谢航把鸭舌帽扣在脑袋上，淡淡道："不用了，谢谢。"

从疗养院走出来之后，谢航感觉气息顺畅不少，仿佛这大楼里的每个角落都被水管上的爬山虎侵袭，将人箍住动弹不得。日薄西山，他们沿着长街走下去，夕阳就沉在路尽头，谢航有些走不动，他盯落日盯得眼睛疼，余晖效应下再转眼时不管看什么眼前都好像蒙了一层光圈。

---

① MMPI: Minnesota Multiphasic Personality Inventory，明尼苏达多项人格测验，简称 MMPI。MMPI是迄今应用极广的一种纸笔式人格测验。

他懒洋洋地靠在灯柱上，叹了口气。

"这时候不嫌脏了啊。"谢舟要撵他，"狗都在这儿撒尿。"

她说完小心翼翼地看着谢航，见他面色如常地笑了笑，才继续说道："哥，我觉得你就是想得太多。说不准的事不用太操心，精神障碍的遗传率只有百分之十五，你天天这么钻牛角尖，没遗传到先自己把自己逼疯了。"

"说的比唱的还好听。"谢航看她一眼，笑了笑没说话。

他知道谢舟钻的牛角尖不比他少。

沈秀琴是在他两岁那年第一次发病。沈荣从那之后就开始惴惴不安，她的两个孩子从小就脑子快得不正常，以前沈荣还当是孩子聪明，那一刻起她倒宁愿两个孩子天资平平了。

沈荣的那些惴惴不安谢舟都知道，她要是不知道，也不会次次都把考试成绩维持在班级中等水平，在沈荣面前装出一副天真的模样。只是他们钻的牛角尖不一样而已：一个被沈荣的不安渗透得彻彻底底，和她一样被未知的未来困在原地；一个习惯了掩耳盗铃，试图用伪装来掩盖所有可能性。他没有办法不去想。

——其实如果不是沈荣那样在意，或许他们也不会这样在意。

这条路尽头有条小吃街，来往行人渐多，谢航正准备打车离开，忽然感觉身侧有一道炽热的目光。他下意识看过去，和几步开外一个挂着拐杖的瘸子四目相对。

两个人同时一怔，季思年的影子拉得很长，一直延伸到他脚边，谢航看着他，有些错愕，"你怎么在这里？"

季思年似乎也没想到会在这里遇到这两兄妹。他的目光扫过站在一旁的谢舟，没半点诧异，反倒有些尴尬地叹了口气，"我忘了今天谢舟不上课。上午还记得，下午就忘了，出了家门才想起来，就……顺路来疗养院给朋友帮帮忙。"

他没有说是刚出门不好意思直接回去，毕竟他出门的时候挨了年霞好一顿唠叨。

谢舟看了眼他的腿，"哦"了一声，"你可以跟我说一声，改成线上的课。"

"你这腿还好得了吗?"谢航好整以暇地看着他一瘸一拐的模样,"上午摔,下午就到处跑。"

季思年抽出一只手来戳了戳他,"你在这儿给我看热闹啊。"

他艰难地走近了一些,干巴巴地说:"你这微信好友挺难加的,一下午了都没动静。"

谢航闻言拿出手机来,果然看到有一条中午的好友申请,他居然一直都没注意,"不好意思,不是故意高冷的。"

"那个,我请你们吃个饭吧,上午说好的。"季思年说不惯这种示好的话,总感觉舌头打结,"一会儿有时间吗?"

还没等谢航的目光转过去,谢舟先预判到了他的动作,抢先说道:"别拽着我啊,你俩去。"

谢舟轻飘飘扔下一句话,转身顺着岔路上了主干道。

夏天的白日太长,太阳沉沉坠在天边落不下去,大半边天都染得橙红,谢航用指节抬了抬帽檐,微微侧过头来看着季思年,"走吧。"

谢航走得很慢,大概是为了照顾病号。两人走了一小段路,季思年没来由地有些尴尬,这条街前面被小吃街拦断,基本上没有汽车经过,空荡荡的街道更显得安静。

也不知道是不是谢航也受不了这样的沉默,没话找话一样问道:"谢舟跟你提过我?"

"没。"季思年下意识把手揣进口袋里摸到薄荷糖,克制住没有拿出来,"不过是个傻子也猜到了。"

"薄荷也没事。"谢航看他实在是煎熬。

季思年一手支着拐杖,剥开糖果丢进嘴里时显得格外倔强,他自己都觉得格外好笑,"谢谢!"

看着有点儿狼狈。

他不把糖果咬碎,只是含在舌根下,冰冷又略带辛辣的刺激性知觉过去后,薄荷的清凉与甘甜便发散出来,将尖锐的味道包裹进柔和清甜里,大概足以将阴霾一扫而空。应该比消毒水味要更舒服一些。

不过这次季思年的薄荷里掺了些草莓味,甜腻的草莓被中和一些,是种独特的味道。

"真换了啊。"谢航没想到他换得这么利索。

季思年说："也该换了。"

总是吃糖果对牙齿不好，他也没有想到这句叮嘱能从小一直听到大，这个高三时形成的解压习惯也该改改了。

小吃街纷纷支开露天的铺子，季思年这时候才想起来问："只顾顺路了，你要是不吃这些，我换家餐厅？"

谢航跟着他一头钻进小吃街中，街两侧炉灶都点了起来，烧烤摊最多，越往里走越热闹。

季思年看他一眼，"你确定？"

他总是觉得谢航这种人不太会坐在马路边的小板凳上吃烧烤。

谢航笑着朝他的拐杖看了看："你就别折腾你那条腿了。"

"行。"季思年也笑了起来。他挑了家看上去干净的，挂着个拐杖进去，把老板吓了一跳，亲自找了个宽敞的地方搬了个高凳子给他坐。

季思年这才觉出有点尴尬，这一片就他们俩用高桌子，简直是一览众山小，"我怎么感觉有点儿'社死'啊。"

谢航点了两瓶可乐，"你的感觉很敏锐。"

季思年硬着头皮拉开易拉罐环扣。

他这条腿伤了，害他要忌口，白天大夫说的时候他没记住多少，没想到谢航比他记得清楚，也不知道他是怎么做到听一遍就记得一字不差的，当场给他完完整整地复述了一遍。

这顿烧烤吃得束手束脚，牛羊鱼虾一概不能吃，酒也不能喝，季思年对着盘子里的一摞鸡肉半天没下去手，忽然发现了什么，"你给我这半盘都烤了香菜？"

"嗯。"谢航漫不经心地说。

季思年脑子卡了一下，飘着一句"这都行"转了好几圈，"你怎么知道我能吃香菜？"

谢航动作一顿，拿起可乐喝了几口，随便敷衍着："我聪明。"

季思年正要说话，突然被一声嘹亮的呼唤打断。

"小季！"

他一听这声音就一阵头疼，转头果然看见两个穿着短裙的女孩挽着手走了过来。

可乐罐外壁凝着一层细密的水珠，季思年拿着手里的竹签勾了两下，挑出一条垂直滑落的水线。

"大老远就看到你了！"那姑娘嗓门大，季思年只觉眼前一黑，像回到了自习课撑不住刚睡着就被一嗓子喊醒的五月。

他在"晚上好"和"好久不见"之间摇摆一下，选择说了一句："好巧。"

"好巧呀。"

眼见着姚嘉两只眼睛都黏在了谢航身上，季思年生怕她问一句这是哪位，他自己都还不知道要怎么给别人介绍谢航。

他们现在应该算是朋友了吧？

好在姚嘉的情商比起高中突飞猛进，没有逮着他的朋友发问。她整理了一下鬓边碎发，用胳膊肘碰了碰同行的女生，"我们前几天还提起你了呢，是吧？"

"啊，对。"和她一起的女生高中同他们不是一个班，季思年不认识她，就见她掩着嘴笑了两声，"就是随便聊聊……是看周英凡发了朋友圈，就想起来你了……"

她话还没说完，就被姚嘉急忙截过话头去："不说这个了，你这腿是怎么回事？"

"不小心摔的。"季思年表情寡淡，看不出多余的情绪。

谢航转而看着他，意味深长地喝了口可乐。

季思年垂眼盯烤盘都知道谢航在看他，小声骂道："就你聪明。"

两个女生看得出来他兴致不高，寒暄两句就道了别，等到两人走开，季思年才慢条斯理地往肉串上撒孜然，悠悠然开口："说说都分析出什么来了？"

"扎马尾的是同班同学，短头发的跟你不熟，那位周英凡跟你有点过节。"谢航不紧不慢地说。

季思年感觉他多少有点"半仙"的意思，"确实厉害，跟你说话得谨小慎微。"

烧烤一般都越吃越上头，季思年从高二开始就没这么放纵过，好不容易能自在一次，那条裹在石膏里的伤腿又捂又胀，勒得他怎么也不过瘾。

"还能有人跟你有过节啊。"

季思年正想方设法地给伤腿找舒服姿势，听见这话抬头扫了谢航一眼，"这是什么话，我又不是什么校霸。"

谢航开了瓶新可乐，勾着拉环一扯，气泡争先恐后地上涌，溢出来了几滴，"没有，我就是觉得你看着不太好惹。"

"那太可惜了，打了这破石膏别是看着更不像好人了。"季思年笑着说，"你喝这么多可乐不撑吗？"

谢航把空瓶子整理好放在脚边，"辣。"

"你不吃辣啊。"季思年愣了一下，"那刚刚怎么不说？"

谢航无奈地叹了口气，"我也没想到有这么辣。"

"这还辣啊。"季思年又有点想笑，"其实我刚才一直觉得没味儿。你是不喜欢还是不能吃啊？"

"不喜欢，也不能吃。因为……"谢航顿了顿，不知想到了什么，也笑起来，"刺激神经。"

脑子里那根绷了一下午的弦在这一刻猛然放松，他在说出这个理由的时候，不可避免想起疗养院的爬山虎和关着窗帘的病房，以及每次都随之而来的、像站在无底洞旁一样摇摇欲坠的恐惧，但今天那样的恐惧居然缺席了，好像被小吃街连成串的低悬在头顶的灯泡隔绝在远处，无法近身。

谢航在这一刻感到有些荒谬。扎根在心底的结已经渗透进他的生活里，无形中影响着他的每一句话、每一个动作。他太习惯这些"影响"，原以为早就不会再因此感到痛苦，却在今天后知后觉，原来这么久以来他一直沉浸在这些痛苦中。痛苦是客观存在的，不会因为他的视而不见而消失。

但季思年出现了，他感受到了久违的、真正的轻松。

季思年看着他被街旁霓虹灯牌映亮的棱角分明的侧脸，忽然觉得此时的他比白天见到的要生动许多，仿佛这一刻的谢航才真正鲜活起来。

所以说这种私人饭局很容易打开一个人的话匣子，追忆往昔、吹吹牛、放几句大话，随便聊些什么，好像除了酒精之外，在看到对方认真投入进这一顿晚饭撑起来的社交中时，表达欲也能够轻易被激发。

"那个周英凡是我高中同学。"季思年开了个头。

他以前没觉得这是段多值得拿出来说的事，只是现在想想，拿来当作茶余饭后的谈资也不为过。

"我挺烦他的。"季思年先是做了个概括，正准备往下说，就看到谢航扯起来嘴角，没忍住也跟着笑了笑，"还没说完呢，你什么态度。"

现在想想，从考科目一开始，他俩认识一个礼拜还多几天，今天还是他第一次见谢航笑得这么轻松。

这笑就像会传染一样，季思年看着也感觉心里轻松了不少，家里的事、报志愿的事，一溜烟顺着烧烤摊的烟飘了出去，散个一干二净。

"我高三最常做的事就是跟他抢第一。他这人脑子有问题，不想着回家学习，天天拿我当假想敌。"季思年靠在椅背上，扬起头按了按眼角，"唉，我后来从班里走过去都不敢看他，只要看一眼，他就觉得我是在挑衅，我随便说句话，他就跟我吹胡子瞪眼。"

谢航说："他应该去看看大夫。"

"你骂人也真有水平。"季思年朝他竖了个大拇指，"他什么都要跟我抢，就连我多排了一天值日，都要跟我一样，比赛第一要抢，考试第一要抢，女生送我礼物他看着眼红，我交个哥们儿他都撬。他是不是暗恋我啊？"

"听说我要去考驾照，他一放假就赶去报名，据说是要赶在我之前拿本，我扭头就报了个自动挡。"季思年说，"我把他朋友圈屏蔽了，刚看了一眼，大少爷发了一条'稳了'。生怕别人不知道他考哪个学校，没意思，我一会儿也发一条'稳了'，我倒车入库稳了。"

谢航叹了口气。

"不聊他了。"季思年犹豫了一下，本来想问问谢舟今天请假去做了什么，毕竟他对这一家子一直抱有很大的好奇心，不过他总感觉谢航不会回答他。

他能看出来谢航心里压了很多事情。

他是人群中一眼扫过就知道很有城府的人，季思年觉得谢航才是那款没什么人敢惹的主。

应该叫周英凡来认识认识他。

"走吧。"季思年把最后一口可乐喝净，准备要走。

谢航伸胳膊敲了敲他的拐杖。

季思年心说差点儿又忘记了，赶紧把重心换到右脚，支着拐杖站起身，小声嘟囔着："雇你当我生活助理吧。"

谢航把斜挎包背好，"你这腿到底伤没伤？"

"真伤了。"季思年笑了，"就是不适应。"

天色早已黑下来，这个时间点的小吃街人来人往，他们顺着人流从另一个出口出去，外面就是主干道，车尾灯连成线川流不息。

"别挤地铁了，给你打个车吧。"谢航低头去点网约车，在目的地一栏输入了"福满园小区十九号楼"。

季思年点点头，"你真该来当我生活助理。"

他已经对谢航过目不忘的奇特本领见怪不怪了。

他们等在马路边，身上还挂着股烧烤味，飘在夏夜晚风中，橙黄色的路灯打下来，季思年低头看着两个人"五条腿"的影子，觉出几分染着烟火气的松弛感。好像背后喧闹的小吃街和面前的车水马龙一并远去，他的世界中只剩下这盏小小路灯，简单、轻松，能暂时不用面对生活里的烦恼。

他坐上车的时候，放下车窗看着谢航，一句中规中矩的"再见"堵在嘴边，半天没说出来，最后在车子临走时留了一句："明天叫谢舟上课。"

貌似是个不错的结束语。

风灌进车窗里，带着丝丝凉意吹在脸上很舒服。季思年愣怔了片刻，又扭头去看那个远去的路灯，谢航依旧戴着鸭舌帽站在那里，眼睛和鼻子都被阴影遮住，可季思年还是看清了谢航朝着这个方向笑了一下，抬起手两指并拢对着他一晃。

那句"明天叫谢舟上课"没白说，转天还没等他把桌面收拾干净，谢舟已经一个视频电话打了过来。

他接通电话，屏幕上出现的是谢舟凑近了摄像头的眼睛，他把手机拿开一点，立在桌面上，"视频电话啊，这样不能共享屏幕吧。"

谢舟正在翻卷子，闻言愣了一下，"啊，要屏幕干什么？"

季思年看她压根儿没想过他还要讲题这码事，再一想以前他讲题的时候谢舟也没好好听过，干脆顺水推舟道："没事，那就这样吧。"

自从昨天见过一面以后，谢舟在他面前简直半点不像个女孩子，她把手机随意立在一旁，毫不在意自己被摄像头拍成了什么样子。

季思年撑着脑袋看她写题，忽然见到一道人影从屏幕里划过。视频延迟有些厉害，他只看到谢舟身后两道深蓝色的残影。

他愣了一下，"你哥在家里？"

"嗯。"谢舟手里转着笔，一边读题一边跟他闲聊，"不用管他。"

季思年一下子有点紧张，这还是他头一次当着别人的面，讲"公开课"。

谢舟都没抬头，却好像能看到他在屏幕那边坐直了一样，随口宽慰了两句："跟以前一样就行，他又不是没听过你讲。"

"什……"季思年被噎了一下。

谢舟终于看了过来，"他没跟你说过吗？我家书房监控连的是他手机。"

"我……"意外和"果真如此"同时出现在脑海里，一堆话挤在嘴边不知道该说些什么，季思年和谢舟对视了几秒才生硬地说出一个"啊"。

谢舟倒是比他看上去意外，"他没跟你说？昨天我们两个站在一起的时候，你表现得那么平静，我还以为你知道。"

"那是我猜的。"季思年嗤笑一声，"你俩看着就像一家子。"

怪不得那天他被车撞倒的时候，之前都没怎么说过话的"菩萨"能有那么好心，又是送他去医院又是陪他做检查，原来人家都躲在幕后听他讲了三四节课了。他一想起谢航那个圣光普照的"菩萨"眼神就想笑，笑意还没浮上眼底，就突然发现谢舟现在看他的眼神也挺像"菩萨"。

她把手机拿起来，视频里的画面一阵抖动，镜头被翻转过来对着写满了答案的卷子，"写完了，这样可以看到吗？"

季思年感觉就像自己被拎起来悬在卷子上面来回抖一样，"你拍个照片给我不得了。"

"哦。"谢舟笑了笑。

这还是他们第一次说这么多课业以外的话，季思年找到这套卷子的答案，在对答案的时候预感这次的成绩会很不一样。谢舟今天的状态和以前都不同，有点像昨晚的谢航——那种将紧绷许久的肩颈放松下来的感觉。

他只布置了选择和填空题，谢舟的答案全部正确。

"全对了。"季思年居然没有惊讶，只是确定了一件事，在之前的补习中，谢舟做错的题目大部分真的都是故意的。

"讲讲填空最后一道吧，"谢舟趴在桌子上，"那个是我蒙的。"

季思年瞥她一眼。

"这道是真不会。"谢舟笑着说，"老师，回头我妈要是问起来，你就还按我之前的水平汇报，行不行？"

季思年正在读题，没顾得上细想，嘴比脑子快，想到什么就问出来了："行，那要是你哥问呢？"

话一出口他就有些后悔。

不过谢舟没觉出不对，"跟他不用。"

两声敲门声顺着话筒传出来，季思年抬头去看，才发现是那边有人敲了敲谢舟的桌子，接着屏幕里出现了一只手。谢舟拉开靠里侧的抽屉，翻了一会儿，拿出一盒看不清是什么的小纸盒递过去。

兴许是刚刚翻箱倒箧的时候拿出来了很多东西，谢舟正一件件放回抽屉中，声音有点乱，她的胳膊一不小心碰倒了正开着视频的手机，连忙去扶，混乱中拍到了一些方才镜头里的盲区。

抽屉里装的都是药，书桌旁边摆的也满满都是药，盒装、瓶装都有，画面一闪而过，他只看到了离得最近的那一盒。利培什么什么片，中间的字没有看清楚。

谢航刚刚在拿药？他生病了吗？昨天不还好好的？

季思年一面胡思乱想一面在草稿纸上验算，讲题也讲得魂不守舍，好在谢舟的理解能力和她哥一样惊人，从他颠三倒四的语言里自己顺了一条逻辑出来，季思年看了眼她的笔记就知道她是真的听懂了。

　　他强迫自己集中注意力，解决了选择题和填空题之后，直接跳过了前几道大题，挑了圆锥曲线和解析几何给她做。

　　手机一直在弹出消息框，季思年终于得空去看一眼，他原本打算先去搜搜那个药的名字，奈何有消息在"艾特"他，他不得不先打开微信。是高中的班级聊天群，宣传委员说印了一人一份的班级纪念册，问大家什么时候有时间出来聚个餐，顺便把纪念册发下去。班上同学已经讨论得差不多了，赶早不如赶巧，直接将时间定在了明天下午。

　　他一直还没有表态，群里"潜水"的人不少，偏偏周英凡就盯死了他，"艾特"他三次，非得让他出来说句话。

　　季思年点开那条聚餐时间的投票看了看，已经有四分之三的人都投完了，他也不好扫大家的兴，他也确实对此兴致缺缺，只好回了一句："不好意思啊大家，我可能去不了了。"

　　周英凡立刻回复道："这可是最后一次聚了，是没时间吗？"

　　季思年那句"腿断了"还没发出去，姚嘉先出来替他解了围，"我前两天碰见小季了，他腿打石膏了。"

　　这石膏真是又救了他一命。

　　姚嘉一石激起千层浪，不少人问有没有事，季思年立马顺杆爬，"没有事，就是暂时不能出门了。"

　　末了又补一句："谢谢大家关心。"

　　周英凡没再缠着他，季思年看了一会儿群聊，切换到后台的搜索引擎。

　　他刚打了"利培"两个字，就关联出了"利培酮片"的关键词——抗精神病药。

　　季思年盯着这行字。

　　网页里乱七八糟的病例很多，他干脆直接打开了词条，一个字一个字慢慢读。

　　用于治疗急性和慢性精神分裂症以及其他各种精神病性状态的明显的阳性症状和明显的阴性症状，可用于治疗双相情感障碍的躁狂发作，如……

季思年发现自己逐字阅读都看不懂。但是"如"后面的症状他看得懂。幻觉、妄想、思绪紊乱、敌视……谢航倒车入库比他倒得还好，应该不像是有幻觉。情绪淡漠、社交淡漠、少语……谢航昨天挺开心的，不像是社交淡漠。

季思年无比认真地分析半天，最后突然醍醐灌顶，谢航拿走的药不一定就是他吃啊。这个结论下完还没两秒钟，他还没来得及舒一口气，一条语音消息突兀地挤了进来，发消息的是周英凡。季思年感觉脑壳胀得很，像有人在他脑子里放炮仗，打开对话框想都没想就点了播放。

"老季，明天你要不叫朋友来一趟吧，帮你把纪念册拿走，这是我跟宣传委员熬了好几天赶出来的，不好剩着，人家看见了别伤心。"

季思年怎么听怎么觉得阴阳怪气，正思考着怎么回复，手机里又传来一个男人的声音。

"我帮你？"

"啧。"季思年打开后台，找了半天才找到那个一直没关掉的视频通话，谢航不知什么时候坐在了谢舟的身边，正从视频里看着他。他这手机就像动画片里那种住了几个精灵的召唤物，时不时就传出几声小精灵的声音叫跟他互动。

"你听见了？"季思年问。

"听见了。"谢航靠在椅子上，他们家的空调总是开得很足，他穿着和谢舟同系列的深蓝色缎面长袖。

季思年原本准备叫尹博去，可又怕他这两天忙，细细想来，除了谢航，他还真没什么可以拜托的朋友了，"可以啊，一会儿跟你细聊。你别耽误你妹写题啊。"

谢舟一直埋着头写，笔移动得很快，似乎没被影响到，不过听到这话低低笑了一声，小声说："无事献殷勤。"

季思年没有听清她说了些什么，就看到谢航一只胳膊搭在谢舟的椅背上，似笑非笑地看着她。

谢航就这样波澜不惊地坐在书桌旁边，监工一样旁听完了后半节课。

谢舟抱着书走到书房门口，目光沉沉看向他。谢航依旧面朝书桌，视线不知落在了哪里，兴许是在角落里的药盒上，露在外面的一截脚踝上有一圈细小的疤痕，离远看像是黑色的脚铐文身。

谢舟只是淡淡一瞥就转过头去，仿佛那是什么刺眼的东西。

她的表情有一瞬间的痛苦，对着黑漆漆的客厅，似乎看不到谢航就可以说得更流畅一些："你需要一个朋友，不是表面朋友，是能聊天、能倾诉、能吐苦水的好朋友，你不能总是把自己的世界和其他人割裂开。"

开了一个头，接下来的话就好说许多。谢舟语速很慢地说着："我知道你是担心万一有一天你病了，会失去所有人。但是为什么要让那些不一定会发生的事透支现在的生活呢？要是你一辈子都不生病，你就一辈子得过且过吗？你这是沉没成本。"

谢航累极了似的轻笑一声，"这不是沉没成本，你老师要是听见了挂你科。"

一听他这话就知道是在转移话题，每一次都是这样，谢航又死脑筋又自我封闭，听不进去别人的话。

或者……他都听进去了，只是无法说服自己去接受。

谢舟赌气地趿拉着拖鞋走开，"口是心非，不想交朋友还主动招惹人家。"

她走两步又返回来，气冲冲地拍着书房的门，"你不想深交就别招惹别人，就你那脾气，要是把人惹急了找上门来，咱俩就断绝兄妹关系。"

"知道了，知道了。"谢航被她吵得头晕，话赶话应着。

谢舟终于不再搭理他。

窗外夜幕四合，他靠在椅子的阴影里，敞了一条缝的抽屉最底层压着沈荣的病历本。谢航从前没有觉得这种游离于人群之外的生活是难忍的，像出生以来只吃盐的孩子不知道什么叫甜，所以哪怕谢舟曾经无数次试图开导他，他也无动于衷，并非不愿改变，只是无从下手。

时间久了自然就"得过且过"，他好像不需要融入圈子，不需要朋友，不需要有人懂。

但他今天有一股强烈的、想要迈出这一步的冲动。

这年头大部分人之间的联系单薄得只剩一个电话号码，手机一关就很难再找到，几个月不联系就变成了石子入海，再无回音。也许是因为那一顿烧烤，也许是那天的可乐特别好喝，他想要破格一次——交一个朋友。

转日下起了阵雨，夏日的雨总是以盆为单位，下之前毫无预兆，惊天动地浇几分钟又停下。

谢航感觉他简直倒霉到了一种境界，一出门就下雨，雨点像在头顶倒大米一样砸在伞顶，好不容易走进地铁站就放晴，等坐到酒店那一站走出地铁又开始下雨。他站在出口处撑伞，之前收伞时怕水滴到室内，特意把伞装进了一个塑料袋里，谁知他这一抽伞，水珠全飞出来，飘飘洒洒溅了一身。谢航一边叹气一边往外走，其间还抽空回了个消息。

　　季思年："别忘了啊。"
　　谢航："没忘。"

季思年发了个小蓝歪头笑的表情包。

这家酒店挺豪华，谢航走进去的时候起码有五个服务生上来迎接他。他坐在大堂的沙发上，给季思年发了条语音："我到了，黑衣服黑裤子，告诉他一出电梯就能看见我。"

过了一会儿，季思年也回了条语音："你这行头应该去抢银行。"

下来送纪念册的人是周英凡。电梯门一打开他就认出来了沙发上的黑衣人，周英凡今天特意打了发胶，穿成大人模样，踩着小皮鞋走了过来。

他刚走近几步就停了下来，微微有些不可思议，"谢航？"

他上下打量着，确定谢航就是季思年说的那个"黑衣服黑裤子"。

"怎么是……你？"周英凡表情很诧异，不过还是强行镇定下来，挂上了一个客套的微笑，"好久不见啊，最近怎么样？"

谢航沉着那张即便世界末日仍岿然不动的脸，"好久不见。"

他伸手要接周英凡手中的纪念册。

　　周英凡这才想起来谢航来的目的，眉毛一下子拧起来，似乎是意识到变脸变得太快，又赶紧换回笑脸，"老季让你来的？哈哈哈，你俩什么时候关系这么好了，我都不知道呀。"

　　谢航抬眼看他。

　　他这眼神太疏离，周英凡手不自觉一松，纪念册已经到了谢航手上。

　　他转身要走，被周英凡喊住："外面下雨呢，要不要上去坐坐？"

　　想也知道就是句客气话，楼上是他们的同学聚会，他一个外人去是个什么道理。

　　"那个……老季的腿怎么回事？听说受伤了？"周英凡"那个"半天才想出一个问句来，堪堪把对话进行下去。

　　谢航简洁明了地说："出车祸了。"

　　周英凡被这话堵得无言。单方面的热络撑不起场子，谢航属实半点没有给他面子。

　　实际上他们两个高二就已经认识了。那个时候周英凡参加化学竞赛，因为成绩不错，学校往省队推优时推了他上去，他是在集训营里认识的谢航。

　　谢航一直是营里的尖子生，不管是笔试还是实验都能拿最高分，周英凡从入营第一天就想找他搭话，交个朋友，可他平时话少也不合群，两人寝室离得远，高中又不在同一所，直到最后也没有多熟悉。

　　不过谢航知道周英凡经常把他拎出来吹嘘，扬言在集训营里认识了多厉害的人物，好像他这一趟集训回来就涅槃重生，再也瞧不上班里同学了。后来听了季思年的补充说明，他感觉周英凡那话多半是说给季思年听的。不过看起来季思年并没有把这种低级挑衅放在眼里。

　　"出车祸？他还好吗？"周英凡没话找话，围绕着他们唯一的话题硬聊下去，"今天大家都挺关心他的。"

　　谢航想起来那天季思年说"他不会是暗恋我吧"，没忍住低声笑了笑。

　　他把纪念册放进斜挎包里，"他挺好的。没其他事情的话，我先走了。"

　　"我送你。"周英凡立刻说。

"不用，楼上还在等你吧。"谢航还算客气地道了别，"麻烦下来一趟了，我走了。"

周英凡还想说些什么，可谢航已经转身向旋转门走去。

他猛地想起来，那天在群里姚嘉说了季思年的腿伤以后，似乎提了一句当时的偶遇是在小吃街，他和朋友在那里吃饭。

跟谢航吃的饭？他们两个什么时候认识的？

攀比心一经翻起就压不下去，周英凡顿觉这一身光鲜亮丽的西服都白穿了，这一下午的孔雀开屏简直像个跳梁小丑。

他从集训营到现在，甚至都没要到谢航的微信！

服务生推动旋转门，湿润闷热的空气慢慢取代酒店大堂的冷气，外面的雨已经停住，天边似乎出了太阳，今天应该是不会再下了。

谢航躲着地上的水坑，往地铁站走着，按住语音条，"我现在给你送过去还是下次？"

他还没有按下锁屏键，季思年的消息就弹了出来："看你方便，我都行。"

和季思年聊天好像可以让他的心情变好，谢航平时基本不会发语音，但看着季思年秒回的信息，他还是按下了语音键。

他说："那我现在过去吧。"

"可以。"

小蓝蹦蹦跳跳的表情包。

"是周英凡亲自给你送的东西？"季思年问。

一旦接受了"他不会是暗恋我吧"这个设定，一切涉及周英凡的对话都变得好笑起来。谢航说："是，他今天打扮得挺用心的。"

他说完，又发了一条："问了你的伤情，挺关心你。"

季思年抬了好几个分贝："滚蛋！"

下一条又笑着说："幸亏我没去，不用看他孔雀开屏。谢谢了，今天的大雨是我在为你流泪。"

一个纪念册而已，按谢航原来的风格，完全可以等到以后练车时再给他，他一边上楼一边感叹，真是见了鬼了。

曾经画出的清晰交际界限在季思年面前被尽数模糊，他试探性地向未知领域探索，发现预想中的伤害没有降临，在尝到甜头后得寸进尺。

踏入楼中的刹那响起淅沥雨声，谢航刚走了两步，身后忽然冲进来一个男人，似乎是为了躲雨，急匆匆地小跑着。

谢航走在前面，在季思年家门口站定时，距离他还有一个半层的男人也停了下来，莫名其妙地看着他。

他抬手去按门铃，才发现门是半掩的。

拉开门时碰出了细小的声响，季思年在屋里喊道："进吧，就是给你留的门。"

声音不算大，却因为敞开的家门，一路畅通无阻地飘进楼道里。

站在半平台上的男人与谢航对视一眼，同手同脚地转过身离开。

谢航警惕地看着他。瞧这样子也不像是走错了家门，更不会是入户盗窃未遂，总不会是……

总不会是季思年他爸吧？

谢航一只脚都迈了进去，想到这里又退出去，可那男人已经下了楼，连背影都看不见了。他为什么不进来？

"谢航？"季思年露了个头。

"来了。"谢航把门带上，立在门口，"要换鞋吗？一脚泥。"

季思年拄着拐杖靠在玄关处，一副饱经风霜的模样，"随你，不换就临走的时候拖个地。"

他盯着谢航换完鞋，才说："我还以为你就站门口，递完东西就走呢。"

"哦。"谢航刚刚一直惦记着楼道里那个人，才反应过来这事儿，笑声闷在嗓子里，"家里没有人吗？你怎么了，没精打采的。"

"都出门了。"季思年已经把拐杖用得灵活自如，撑着走到沙发旁边，"没睡好觉，一直在想报哪个学校。"

谢航把纪念册放在茶几上，"那天教练不是说你报的安城大学吗？"

"那是我想，又不是我爸妈想。"季思年仰天叹口气，"按我那个排名算，进去也是擦边进，第二志愿是南大，这俩学校的位置太难排了。"

他之前耽误了太多时间，除了择校，几乎没怎么认真研究志愿，结果昨天对着专业清单看了好几遍，晚上越细想越没底，一会儿觉得专业填少了，一会儿觉得学校报少了，最后又开始纠结第二志愿和第三志愿要不要换位置，"你说我不会滑挡吧？"

"不会。"谢航笑着说。

茶几里面压了几张老照片，看样子是季思年他爸妈年轻时候的合照。他妈妈笑得很灿烂，站在花丛里，留着齐肩的短发，谢航没来得及细看，就听到卧室门响了两声。

"你……"谢航一时间没说出话来，半天才问，"屋里有人？"

季思年也是愣了愣，"给忘了，是'锄头'！"

卧室的门又刺啦刺啦地响。

"有只狗。"季思年从沙发上爬起来，爬一半就笑得直不起腰，"我怕你这狗鼻子遇见真狗受不了，把它关屋里了，我以为你送个东西就走呢。你怕狗吗？"

"不怕。"谢航看着他笑自己也想笑，他走到卧室门口，"开门吗？"

季思年说："开吧，是小狗，刚三个月。"

谢航刚把门推开一条缝，一只小小的金毛就跑了出来，也不叫，摇着尾巴围着他的腿转了好几圈，眼珠亮亮地看着他。

"这狗怎么看着有点儿眼熟啊。"谢航蹲下来，伸手揉了揉它头上的毛。

季思年趴在沙发扶手上，似笑非笑地说："在宜家见过吧，它跟宜家那只玩偶小狗长得一模一样。"

谢航笑了起来。

"锄头"老老实实让他摸了一会儿，原地转两圈看到季思年趴在沙发上，立刻跑了过去，蹭了蹭他垂下来的手。

季思年伸出一只手指逗狗："它怎么不对着你叫啊，平时牵出去拉都拉不住，一个没注意就扑人家身上了。"

"你妈妈养的狗吗？"谢航问。

季思年在沙发上滚了半圈，脸埋在靠枕里，声音闷闷道："嗯，刚养的，她说我出去上大学了她不适应。我问她会不会养，她说都能养活我，还养不活狗吗？！"

谢航感觉他今天已经笑完了一年的份额。

没多久雨停下来，他便准备走，免得一会儿没话可聊，两个人都尴尬。季思年依旧赖在沙发上，对着天花板说："这次都没来得及好好招待，下次一定。"

"不用送了。"谢航说。

季思年偏过头看他，"就这么两步路，我都能目送你走出去，还送什么？"

"锄头"像在赶小偷一样把他撵到门口，谢航都怕自己踩到它。

门关上的那一刻，楼道里扑面而来的安静居然让他有些不适应。

该走了。

脸上的笑意终于慢慢敛起，谢航忍不住想叹气。慢悠悠下到二楼时，他突然听到门口似乎有人在打电话。

"你儿子朋友上门了，我在外面待会儿怎么了？"

谢航停下来，那人似乎在单元门口来回徘徊，声音时大时小。

谢航开始考虑要不要回去通知季思年一声，他爸马上要回来了。

听人墙角总归是不好，谢航从口袋里翻出来耳机，准备装作没有听到，淡然自若地走出去。

耳机线打了结，他正低着头解，就听到那人说："我今天找人打听了，分去安城很有可能被调剂，你说说要是被调剂到别的专业，还不如去南方，起码还能找熟人照看一下！"

谢航手中动作一顿。

"我没法跟他聊，要么你来聊，我俩遇上就吵架！"

谢航挂上耳机，及时止损，再晚一点就不知道季思年他爸要说出什么了，等会儿他走过去被看见了更尴尬。他手插着兜，一步两台阶，以最快的速度下到一楼，向单元门外走去。

打电话的声音戛然而止，谢航用余光看见高瘦的男人猛地噤声，整个人定在原地，表情纹丝不动，只剩眼珠在转。

那道目光紧紧黏在他的身上，谢航故作淡定地越走越远。直到走进地铁站，他才舒出这口气。

他知道季思年这段时间在和家里闹矛盾，也隐约猜到与报志愿有关，只不过没想到是这样的情况，毕竟没有人会把自己在家里遇到的烦恼到处说。

这是他第一次从第三视角认识到季思年，和练车时的随性不同，也与给谢舟上课时的认真不同，他似乎能透过只言片语看到一个他从没有见到过的季思年，固执、坚持，那是他惯常隐藏在平静表面下的样子。

谢航从来都对其他人的生活不感兴趣，因为人与人之间的关系一旦超出了点头之交，就注定要迎来秘密交换。

谢航不愿意和人展开这样的秘密交换，所以总是在人际交往里主动把关系变疏远。可今天他意外了解到了一个新的季思年，鲜活的，独特的，超出点头之交，似乎也没有让人很排斥。

手机振动几下，谢航摘下耳机，是林护士发来的几张图片。

黑白构图太过熟悉，不用点开就知道是监控截图，图片后跟着一条文字消息："沈秀琴最近状态不太好，我联系过沈女士，她还在安城，八月才能回来，她说，沈秀琴下周的检查要拜托你替她来一趟。"

谢航很想问为什么沈荣不亲自和他说。

地铁站里的冷风吹得人脊背发凉，他没有去看那几张图，只是回复："好的。"

反方向的地铁呼啸着滑进站，一阵风把发梢吹起来，扫在眼周有些发痒。他按下锁屏键，抬头看了 LED 显示屏，上面显示这个方向还有一分钟进站。他给刚刚下定的结论重新补了一条。无论如何，交一个朋友也很好。

接下来这半个月，季思年都被迫躺在家里，拖着条伤腿，不得不数次面对爸妈的促膝长谈和谈崩了各回各屋的局面。

父母的关注点在于调剂后的结果季思年能否接受，与南方相比是否更加合适，季思年熬了好几个大夜打电话四处咨询，拿着这个分数决定是否要进行一场豪赌。一念之差就是全然不同的两条路。

熬到第四天，季建安在夜里敲响了他的门，这个不善言辞的父亲深沉地看着他，对他说："你想去就去吧。"

在季思年与父母的第一次正面交锋里，父母选择接受他的想法，并包容了他的成长。

这份妥协没能让季思年松一口气，他反而觉得肩膀上的担子更沉了，好像感受到像高三时那如山的压力。他抽时间整理了一下高中留下的教辅用书，几乎把书架都清空了。英语笔记本就放在最显眼的位置上，高考那天他拿起来翻了翻，一边吃饭一边看，到最后既没记住知识点也没注意吃的什么饭，稀里糊涂就被年霞押着去闭目养神。

那个笔记本就一直丢在那里，大概是高考给他留下的心理阴影实在有点大，直到出成绩都不想再碰这个书架，出了成绩又和家里闹了几天，硬是拖到现在才开始收拾。

他把本子拿起来，下雪一样飘下来好多夹在里面的内页，有英语作文、单词默写、周测小卷子，还有自己背词组时随手写的草稿。

季思年挨个儿拾起来。这笔记本都快被他翻烂了，里面的内容很全，他正想着要不要留下来卖出去，随便打开看了两眼，立马打消了这个想法。

到五月底时他都快疯魔了，临考前一周做最后一遍查缺补漏，他拿着笔记本从第一页开始复习，背完一个就拿红色的水彩笔划掉一个，越靠后笔迹越豪放。

笔记本下面是化学习题册，他的所有书都像从垃圾堆里扒出来的，每页的四个角都有折痕，看着还不是同一时期折的，不知道都代表什么意思。

题目上黑笔、蓝笔、红笔交替勾勾画画，题号前又是对勾又是叉，贴了满页的便利贴昭示着这一页错题他做了不下两遍，季思年觉出些不真实感，怎么想都回忆不起来做这些标记时的想法了。套卷上都写着用时和成绩，有几页还写了大大的"完蛋"，季思年看了眼成绩，七十九分，确实该完蛋。

他总有种陌生感，仿佛当时写这些题、做这些标记的不是他本人。分明才过了一个月不到，他却能清晰地感到时过境迁的惆怅，高考如一道铁幕落在他的十八岁，直截了当地为这段青春画下一个分号，此后的大学生活也算是学生时代的一部分，可终究与高中不同了。

他的高中时代结束了，再也无法倒退重来，手里的卷子他不会再翻开，也不会再经历一段那样痛苦挣扎又热血的时光了。

季思年比所有人都要晚一个月才接受这件事。

哦，也许考研的时候还会。录取结果还没出来就想着考研了，大学招生办听了都感动。

从书架上折腾下来的旧书摞起来都快比他高了，季思年在最底下发现一张被他当成草稿纸的通知单，是当时学校组织竞赛时发的报名表。

他不算是学有余力的学生，把成绩稳定在年级前几名对他来说已经是尽了全力，学科竞赛只有一等奖才能拿到高考加分，季思年估计自己去集训肯定得不偿失，权衡利弊之下便没有报名参加选拔。不过周英凡倒是去了，去一趟拿了个三等奖，回来吹嘘了大半个学期集训营的学习氛围有多浓厚。

季思年把几个笔记本单独拿出来，有点舍不得卖，心理斗争一番后决定还不如送给谢舟——如果她不嫌弃的话。

谢舟的课在两天前结束了，结束以后，她和她哥都没有再给他发过消息。谢航不爱发朋友圈，也不知道他每天都在忙什么。谢舟倒是爱发朋友圈，不过发的都是"爱豆"舞台，一周七个人每天不重样。季思年这才发现没有他们兄妹俩的生活是多无聊。

在焦虑和躁动里反复煎熬了几天，终于有官方消息说二十五号就可以查询录取结果了。

季思年还没来得及被这个消息唤起紧张情绪，当天晚上就有人说可以从学校的官网查到结果。

收到尹博的消息时他正躺在沙发上逗狗，手机疯了一样振动，把锄头吓得从沙发上跳了下去。

他打开就看到那句"安大官网可以查到了"。

这句话直接把他的心脏揪出来当乒乓球打，季思年的"我服了"都没有说出声，一骨碌坐起来，还没拆的石膏腿咣当一声磕在了茶几上。

安大官网被他设置成了浏览器的直达页面，他点开查询录取的界面，才发现手都在抖。

他输错了两次身份证号码，心脏跳得怦怦响，也不知道是不是因为太多人在访问网页，半天都没加载出来。

"锄头"趴在他的膝头，季思年看了它一会儿，大脑像停滞了一样。他整个人像被按下了暂停键，直到有些头晕时才发现自己一直都屏着呼吸。不要让我看到、不要让我看到，快点加载出来、快点加载出来，调剂我也可以、调剂我也可以……

他再去看手机时，本以为还是一片空白的页面不知何时已经显示出来，撞入眼中的是"恭喜"两个字。季思年僵在原地，他后知后觉自己还没有做好准备，像刚站上起跑线正系着鞋带就响起了发令枪。

一点都……没有仪式感！

被速冻的脑子转不过这个弯来，他盯着那个"录取"盯得眼眶泛酸，才疯狂眨起眼来，"哎哟！"

他差点儿从沙发上站起来，心跳丝毫没有慢下来，反而更快了，自脚底翻涌起的兴奋一口气窜上脑门，季思年没注意扬手抽了"锄头"一巴掌，又连忙把手机扔掉抱着"锄头"亲，"妈！"

"怎么啦？"年霞从厨房里探头出来。

"我考上了。"季思年说出了这句梦想了整整三年的话。

"我考上了！"这所几乎被班里所有人都写在"你的梦想"上的学校！

他看了眼录取专业，他如愿录进了工商管理，所有的担心和焦躁一扫而空，悬了好几日的心终于沉沉落了下来。"锄头"被揉得头顶的毛乱糟糟，季思年的兴奋劲头还没过，过了一会儿才想起来回尹博的消息。

尹博秒回："你吓死我了，二十分钟不回消息，我还以为你伤心了。"

季思年问："你怎么样？"

尹博发了张截图过来，"进的医学院，以后继承我爸的产业，咱俩又能一起去上学了。"

"牛死了。"季思年查过医学院的分数线，尹博这回不只是超常发挥，简直是"锦鲤附体"了。

他抱着手机侧躺下来，靠在锄头的肚子上，打开朋友圈刷了一会儿，有不少学校已经可以在官网查结果了。

他翻着翻着忽然想起来谢航。

谢航是哪年高考啊？

谢舟今年读高三，他可能是去年考的吧？

他这激动的心情一时半会儿无法平复，正胡思乱想着，忽然收到了谢舟的微信。

谢舟："老师，如何？"

季思年极力低调地组织措辞，但怎么看怎么感觉话里有一种显摆的意味，最后干脆把对话框里的文字都删掉，发了录取界面的图片过去。

"他考上了。"谢舟正盘腿坐在沙发上啃雪饼，点开季思年发来的图片看，"你也不怕他落榜了，就让我这么直接地去问。"

谢航站在水池旁边削苹果，一小块一小块切在碗里，"他都有心情给你'爱豆'的舞台点赞，不会是没考上。"

消毒柜里的碗筷烘得滚烫，谢航拿出来一只叉子，叉到碗里端过去，"他挺厉害的，抗压能力差但是敢拼。"

"你这是骂人家脑子不行啊？"谢舟笑了笑。

"我是说他有本事。"谢航扎了一块苹果吃，过了一会儿才说，"他聪明着呢。"

每次到了傍晚都没人去开灯，他们好像都更喜欢房间一点点被黑夜侵占的感觉。谢航坐在沙发上，把碗里的苹果吃完才站起来去开灯，谢舟闭眼沉在黑暗里，在头顶的银色吊顶灯亮起后才睁开眼。那盏灯构型很华丽，里面还嵌了几个水晶球，光亮时会打在天花板上一小圈彩色的光斑。

"你怎么不查录取结果啊？"谢舟问他。

谢航说："查不查都一样。"

"对你来说一样，对我来说不一样。"谢舟直起身要抢他的手机，"我给你查。"

安大的官网此时顺畅极了，完全没有卡顿，从谢航打开手机到看到录取结果，她都怀疑压根没有一分钟。

她在心里默念一遍"化学专业"，突然发现自己也没有什么惊喜的情绪，可以说是波澜不惊，心底的海连微风都没有吹起来。

谢舟把手机扔回谢航怀里，长叹一口气，"就这。"

谢航被她这反应逗笑了，"什么叫就这？"

"你这样让我一点兴奋感都没有，跟这高考卷子是你自己批的一样。"谢舟说。

谢航笑着没说话，只是低头看着日历。

谢舟说："对你来说一样，对我来说不一样。"

今天是二十三号，沈荣已经十天没有与他联系过了。

哪怕她知道今天是安城大学出高考录取结果的日子。

确认录取后就是一连串的对接，加新生群、加新生群、加新生群……

季思年潦草数了数，加了得有五六个群。

学校聊天群、院系聊天群、答疑群、同乡群，等分好班还有班级群和宿舍群。他正坐在出租车上，点开刷屏的聊天记录看了几眼，没几句有用信息，便一视同仁地开了免打扰。

"骨科医院。"司机说了一句，"停急诊楼还是门诊楼？"

"门诊。"季思年顺着车窗看，进医院的车一辆接一辆，保安站在最前面引导，他们起码还要一段时间，才能慢慢挪到门诊楼下。

要是平时他早就下车自己走过去了，可今天他实在不想动这条腿。

司机从后视镜瞥了眼他的拐杖，"自己来的啊？"

"嗯。"季思年压根就没有跟他爸妈提拆石膏的事，今天是个工作日，他不想他俩请年假陪他来医院，年假不如省省到淡季去旅游。

车子跟着指引，先是围着医院前广场的花坛转了半圈，又在岔路口一左一右分流，转了快十分钟才到楼前。

季思年没想到骨科医院还能有这么多人，"我还以为这边人挺少的。"

"可少不了，现在人的身体都脆着呢。"司机在椅子上扭了两下，把脑门贴在车玻璃上看着后面，挤了半天才想起来把车窗放下来，探了半个头一边看人看车一边滔滔不绝，"我们车队那哥们儿，把门打开下车，一脚杵地上不知怎么就折了，今天还搁家躺着呢。"

季思年听着感觉脚踝一疼。

车子磨磨蹭蹭地终于到了门诊楼下，季思年扶着车门把拐杖拿下来，惦记着刚刚那司机车队哥们儿的事，脚落地时还收着劲。

"我扶你进去不？"司机一只胳膊搭在窗边，隔着墨镜都知道他正看着那条石膏腿。

"没事，谢谢您。"季思年用力一撑地就站了起来，他已经把这拐杖用得炉火纯青，感觉都可以跳交际舞了。

他预约的号靠前，没等多久就轮到了，进去的时候小护士还认出他，问了一句："自己来的？"

"嗯。"季思年之前还觉得几个人来都无所谓，没让年霞跟季建安一起来单纯是觉得没有必要，也不是什么大事，用不着叫他俩跟着着急，结果现在门诊室外面都成双成对，就他一个人凄凄惨惨的。

早知道喊尹博出来了。

算了，尹博这两天在处理他的感情纠纷，还是找谢航吧。

复查一遍确认恢复得不错，石膏拆除的那一刻，季思年感觉整个人都轻飘飘起来。

这条腿每天都又闷又热，时不时还肿胀难忍，这下终于摆脱了这块"大石头"，季思年顿时理解为什么武侠小说里练功都要在腿上绑沙袋。

轻松感让他有些不适应，从病床上下来时，好像蹬一脚就能飞檐走壁了。

许久没用左腿，他也不太敢用左脚发力，走起路来还是一瘸一拐，大夫用习以为常的语气说："多走两天就会走了。"

"大夫，我脚能碰地吗？"季思年犹豫不决地问道。

那大夫头都不抬，在病历本上写着"鬼画符"，"你就是有点错位，石膏拆了就已经可以走了，走不惯就缓两天，运动量别太大，慢慢复健。"

"能练车吗？"季思年问了个自己都觉得蠢的问题。

"尽量别给伤处压力，这几天先走着，等能走起来再练车。"大夫合上病历本，把复查报告和一堆单子夹在一起，低头看姓名，"叫季思年是吧，十九岁？"

"十八。"病历本上写的确实是十九，季思年想了想，"年底十九。"

"刚上大学？"大夫拉开抽屉，拿了一沓纸出来，"九月开学吗？要是有军训不能训啊。"

"啊。"季思年才反应过来，他没想到有这么严重，"到军训都过去一个多月了。"

大夫给他开了个假条："久站、剧烈活动都先避开，脚踝伤容易反复，彻底养好了别落病根。"

假条需要去一楼大厅的引导处盖章，季思年做了半天心理建设也没敢用左脚走路，最后还是老老实实拄着拐杖去挤电梯。

这一趟折腾下来有些累，他从侧门走出门诊楼，准备先找个地方坐一会儿，电话就响起来了，是尹博打来的。

"哎。"季思年站在原地，先是把包背好，再把手机换到右手，盯着那根拐杖，原地蹦了一下才琢磨明白先迈哪条腿，他一小步一小步地往前走，接了电话。

没等他说话，尹博一嗓子差点把他的拐杖喊飞，"我分手了！"

"你……"季思年一个头两个大，"前一阵不还好好的吗？"

尹博沉默下来，半天才低低说道："她不想异地。"

"异地啊。"季思年跟尹博是从穿开裆裤玩到现在的，知道他这通电话不只是为了发泄，还想听听他的想法。他准备发表一下感言，可这边打电话边走路过于费劲，他的声音抖得像在跑一公里，"你等下啊，我找个地方坐。"

旁边有一处小花园，花园里静无人声，他找了个有树荫的长椅。

"我觉得吧，你们就是对'异地'这两个字的表面感到恐惧。"

"我没有，是她！"尹博打断他。

季思年叹口气，"对，是她。我建议你们先试一试，都没试怎么知道不行啊。你们好不容易在一起，才不到一个月就分手。"

不过失恋中的人思维都变得迟滞，尹博还沉浸在伤心里，"我不知道要怎么跟她说，我已经说了好几次了，这两天我一直在说……"

季思年那一堆话里有一点是真心实意的，"都没试试，怎么知道不行？"

尹博跟他女朋友前不久刚在一起，两个人付出的真心他一个旁观者看得最清楚，如果因为"异地"的原因分手，他总觉得可惜，"你就这么跟她说吧，你说……"

他想了一会儿，尹博也跟着他沉默。

片刻后，他才轻声说："我知道你是怕以后无法好好收场，得不到善始善终，可我不想让我们这段关系里有遗憾，我还是想试一试。"

话音刚落就听身后一声响。

季思年扭头，看到花园的鹅卵石小路上站了个人。

他没想到能在医院碰上谢航，"你怎么在这里？"

谢航目不转睛地盯着他。

那边尹博正激动地说："不成怎么办啊！"

季思年和谢航对视一眼，对着电话说："你自信点，不试试怎么知道？"

他看到谢航动了动嘴角，扯出一个戏谑的冷笑。

"菩萨"也会冷笑啊，谁招惹他了？

季思年有些莫名其妙，挂了尹博的电话，看谢航依旧站在小路中间，就那样盯着他看，有些瘆得慌，"你怎么来医院了？"

谢航不笑的时候，锐利脸廓中被那双眼眸中和掉的棱角变得格外明显，整张脸更显冷峻，季思年第一次见到这样的谢航。

两相对峙许久，谢航才收了目光，朝他走过来。

等他走到面前时已经恢复了那副"菩萨"面孔，又是平静的表情下一双平静的眼睛，极其自然地坐在长椅的另一端，"拆石膏了啊。"

"刚拆的。"季思年说。

谢航没再说话，也没准备起身离开。

他们就这样相顾无言地坐着，直到树荫的面积越来越小，太阳晒到了脚尖，季思年才问道："你刚刚听到了我打电话吗？"

谢航很认真地偏头看着他，季思年正探着脚尖去碰阴影的边缘线。

他低声说："嗯。"

季思年也想不通为什么他要说这些，只是他每次和谢航一起都很放松，好像可以把堵在心里的所有话无所顾忌地倒出来，他不由自主地问道："你会为一些很久以后都说不准的事情，去放弃眼下的事吗？"

谢航的视线越过他看向远处，像是被这个问题问住了，露出一些茫然的神色。

季思年没有催他立刻回答，他抬起头，正午的太阳转到了树梢顶上，花园里的蝉应该都被打掉了，静得只能听到围墙外公路上的零星鸣笛声。

薄荷糖的味道似有若无地飘散在长椅周围，季思年感觉他说错话了。

谢航的手里一直攥着一张报告单，他也不打开，只是手指无意识地摩挲着那处折痕。

他说："会。"

像是在说服自己，他又更加肯定地重复了一遍："会的。"

"为什么？"

为什么？谢航甚至没有经过大脑，就说出那句已经刻在心底的答案："及时止损好过狼狈收场。"

季思年咬着薄荷糖看他波澜不惊地说出这些话，问道："等到很久以后你不会后悔吗？"

"我不知道。"谢航忽然笑了笑，"应该会。"

季思年问他会不会后悔，他说"我不知道"。

怎么可能不知道？他太清楚后悔的滋味，可是他没办法过自己心里那道坎儿。

谢航知道季思年与他不同，季思年是个做任何事都不会让自己后悔的人。

是他不够勇敢。

手机铃声突兀地闯进来，打破了表面的宁静。谢航条件反射地揉皱了手里的报告单，低头才发现是自己的手机在响。

是沈荣的来电。

季思年垂眼看着他手中迟迟未接起的电话，站了起来，"那我先走了。"

谢航没有回话，他被来电显示定在原地，眼都不眨地盯着屏幕，直到铃声自动挂断都无动于衷。

长椅只剩下一个人，他弓起身将胳膊搭在膝盖上，展开那张皱痕满满的单子。

上面显示沈秀琴的腓骨下段斜形骨折。

沈荣的第二通电话打来时，谢航等了几秒便点了接听。

接通后的另一边安静无声，他伸出手，看着树叶间隙打下来的金色光斑落在手心上，压低了声音说："妈。"

他好像很久没有听过沈荣的声音了，一时间竟觉出陌生。"姥姥的事情我都知道了，我明天就回去，谢成……过两天也会回去。"沈荣说。

谢航忽然就有些失语，许久才说："好的。"

他能感觉到沈荣是有其他话想说的，否则也不会选择打电话给他。可他们之间太久没有过真正的母子聊家常，他又明显兴致不高，沈荣反复几次欲言又止，最后还是把话咽下肚。

这段对话甚至没有以"再见"作为结束语。

挂断电话的一刻疲惫感蜂拥而至，乱麻一样的破事交织在一起，他感到一股深深的无力。

他甚至都没有能力处理好自己家里的事情，怎么还敢放任自己做"不后悔的事"。

沈荣应该又给谢舟打了电话，她的微信紧接着发了过来。

谢舟："谢成回来干什么？"

谢舟："不想回就不用回，这个家缺他一个？"

谢航比垃圾袋还破烂的心情被这句话逗笑了。

谢成是他爸，亲爸，在他八岁那年跟沈荣离婚了。离婚的原因是出轨，更深一层的原因是在前一年沈秀琴查出了精神障碍，沈荣也有点神神道道的，他觉得他这两个孩子以后也得是精神病，给自己的出轨找了个心安理得的理由。谢航一直觉得他这个爸不是什么好东西，沈荣刚生完他就立马怀了谢舟，他不认为一个好丈夫能做出这种事。而且沈荣的精神状态变差就是从那时开始的。

他不跟这个家来往很久了，生活费只打到固定账号上，有时候缺斤少两也没有人跟他计较。

谢成看来是认准了沈秀琴要死了，她一死，名下所有财产都会分给谢航和谢舟，他回来能捞一笔是一笔。

"他回来那天我得跟你一起去疗养院。"谢舟又发来了一句话，"你俩见一面打一架，得有人拉架。"

"是你拉我还是我拉你？"谢航回复。

他把报告单塞进口袋里，走出了花园。

沈秀琴最近清醒了不少，一醒过来就不消停，疗养院和她这么一个老太太斗智斗勇了两天，还是让她钻了空子，好在没出大事，就是一个猛子摔断了腿。谢航能理解她的心情，如果日子过得连真实与幻觉都分不清，日日夜夜都被困在无处遁逃的痛苦中，他也会不知所措。

他们不愿意看着沈秀琴这样折腾自己，可偏偏她就是一意孤行。她既然明确表示自己不想活了，沈荣没办法，谁都没办法。

谁都没办法的结果就是干等着。

等着沈秀琴永远陷入平稳的幻觉中，再也清醒不过来，或者是沈秀琴的身子骨终于撑不住，再也救不回来。沈荣不接受这个结果，但他们都心知肚明没有其他方法。

谢航意外地没有感到悲伤，只是麻木地看着沈秀琴的状态每况愈下，带着难以言说的心情每天去一趟疗养院。

坐在去疗养院的地铁上，谢航隔着衣料摸了摸口袋里的报告单。

他其实并不想沈秀琴死。出于一种很自私、很病态的心理，他想看到一切皆有转机，比如沈秀琴不会死、他不会在未来某一天陷入同样境地。

这种想法被他死死压在心底，掩耳盗铃地不愿意正视。

在这个念头中，沈秀琴不是他姥姥，甚至不被看作是"人"，只是被他当作了宽慰自己的工具。

如果她不死，是不是我也不会生病……

不能再想下去了。谢航抱着头，不算拥挤的车厢里让人缺氧。

口袋里的手机振动两下，是已经许久没有人说话的练车三人群，季思年问："后天开始练车行不行？"

教练拍了拍他。

谢航握着手机，指骨都用力到发白。

其实他已经匀不出精力再去驾校，可是仍旧下意识地回道："可以。"

他需要一个喘息的机会，否则生活就会再次跌回从前的模样，单调冗长、没有任何乐趣，连一丝得以露出笑容的契机都找不到。

他很需要季思年，一个朋友。

出地铁时是下午两点钟，地面被蒸得烫脚，谢航没有吃午饭，感觉自己像只要被烤熟的瘦弱螃蟹。

进疗养院比回家还驾轻就熟，院子里的高山流水还在哗啦啦响，谢航一进门就看到林护士从楼梯上下来。

"来了？"林护士见到他还愣了一下，"老人刚睡了。"

谢航淡漠地点点头，径直上楼。

沈秀琴的房间门口站着一个穿着白大褂的男生，手里拿了一块板子，正在抄录数据。

那男生留着打理得乱七八糟的狼尾，也不知道是不是因为没时间去剪才留了这个发型，看着跟谢航年龄相仿。

谢航连续看到他好几天了，看样子不像大夫也不像是实习生。

"家属？"那人问。

谢航点点头，去看玻璃窗里的沈秀琴。

沈秀琴确实在午睡，只是皱着眉，看样子睡得不安稳。

那男生没有走，并肩站在他身旁，过了一会儿说道："我看你面熟。"

谢航连头都没转，似乎完全不在意这人的模样，也对这话题毫无兴趣，"可能在医院打过照面。"

"啊……"男生收了目光，翻动着手里的资料，语气还是带着疑问，"这样。"

话音刚落，男生的手机响了两声，他低头查看短信，不知看到了什么，立刻走到一旁去拨了个电话。

声音不大，却还是足够谢航听清楚。

"你又怎么了？腿刚好就被扫地出门，你真行。"

谢航一抬眼。

"来我家住？方便的……方便，不影响。复合……也不影响。"

谢航转身离开。

他照例去领了沈秀琴的身体报告，没有多待便提前离开。

今天那男生说面熟，谢航其实记得，之前在楼梯间他搬东西时打电话，弄掉了手机，是他帮忙捡起来的。

当天傍晚他和谢舟在回家路上就遇到了季思年，当时他怎么说来着？

"顺路来疗养院给朋友帮帮忙"。

朋友。

谢航站在疗养院的院子里，身后是成片翠绿的爬山虎。他翻了翻练车群，在下午回复完可以之后，只有教练冒泡约了个时间，季思年没有再说话。

突然感觉这两个字太冰冷了。

他顺手点开了季思年的头像，聊天框里的对话还停留在一个月前。

谢航看了一会儿又关掉。

不知道要说些什么，可就是想说。

他在假山旁边坐下，不可避免地有些低落，发现自己其实比想象中要差劲很多。

无论是家里的事还是其他事，他总是感到无能为力，想解决的解决不了，想挽留的挽留不下来，兜兜转转还是归零，万事到他头上都会竹篮打水一场空。

脚下几粒小石子被磨成了很漂亮的白色，在阳光下熠熠泛着光，看着有些刺眼。

"那就连试都不试？"

季思年说的。

谢航深吸一口气，再次解开了锁屏。

"想个办法，怎么跟你的老师聊天？"

发给谢舟。

谢舟没一会儿就发了语音来："谁聊啊，我俩聊还是你俩聊啊？"

没等他说话，谢舟紧跟着发了张截图，点开发现是一分钟前的聊天记录，谢舟给季思年发了一句："老师，恭喜你考上安大了，晚上请你吃饭？"

短短三句话谢航读了四遍。半晌，他说："你牛。"

谢舟把地点定在了火锅店，据她所说火锅是最能拉近彼此关系的饭局，毕竟只有这种场合可以越吃越放得开，总不能指望他们西装革履地去吃西餐，那未免也太端架子了。

谢航问她有没有考虑过现在是七月，谢舟说忘记了。

好在季思年没有对大夏天吃火锅提出异议，提前十分钟到了约好的店里。

他已经可以不靠着拐杖独立走路了，刚一进来就看到了谢航，他脸上的表情有些惊讶。

没想到谢航也会来。

他就是拿脚趾都能感受出来，谢航今天的情绪不太对，还以为他不会来参与这种活动。

"这里！"谢舟打了个招呼。

季思年坐在了她对面的位置。

谢航就撑着头坐在他身旁，正翻着菜单，"点个锅底。"

"番茄。"季思年说着，拿过另一张菜单，"你来吃火锅不嫌熏啊，就你那狗鼻子，吃完不会一晚上闻着自己都像个西红柿吗？"

"不会。"谢航叹了口气，"我就是吃完榴梿也不会觉得自己是榴梿。"

谢舟扬手叫来了服务员，点了香辣和番茄的双拼锅。

季思年转笔的手一顿，笑着扭头看着谢航，"你不是不吃辣吗？"

"她吃。"谢航说完也觉得好笑，就好像他把人戏耍了一样，"要不你坐那边去？"

"那倒不用了。"季思年笑了笑。

谢舟和季思年点菜的风格如出一辙，少吃一口肉就跟吃了多大亏一样，谢航实在看不下去，夹杂在各式各样的肉中间点了个蔬菜拼盘，季思年听到这个拼盘还愣了一下，把菜单翻了个页，"我怎么没看见反面还有字。"

谢航加了一份拉面，一边勾画一边说："你……能考上安大也挺不容易的。"

"不至于吧。"季思年一边勾画着菜单一边笑着。

他们挨着窗户坐，这家火锅店位于商场顶楼，楼下是长长的商业街，此时天还未暗，街灯也熄着，只有零星几个巨大的广告屏亮了起来。

锅底是第一个端上来的，番茄锅的颜色很像窗外半边落日天。

店里在放一首韩语歌，谢舟小声地跟唱了几句。

季思年听着有点耳熟，大概是在她朋友圈里听到过，"你会说韩语啊。"

"不会。"谢舟捧着手机，半个眼神都懒得分给他们，"听一遍不就会了吗？"

"你这脑子确实挺快的。"季思年感叹了一句，其实从之前教她数学的时候就想说了，只是一直没找到机会说。

谢舟开恩地赏了他一个眼神，"这还快啊，你是不是没见过我哥的脑子？"

这话有点惊悚，季思年说："确实……没见过。"

眼角一扫，好巧不巧就见一个服务员端着个盘子走过来，放在桌子上，"猪脑和黄喉。"

他哽了一下，说："见过了。"

谢航低低地笑起来。

菜品很快上齐，堆满了整个桌子，谢舟正热火朝天地涮涮捞捞，沸腾的锅中腾起白雾，季思年悄悄歪了歪头，小声问道："你今天怎么了？"

谢航拉开可乐拉环，推到了他的面前，没有说话。

他早就知道季思年的心思细腻，只是没想到可以细腻到这个程度。

只问"今天怎么了"，却没有指明问是去医院的原因还是心情不好的原因，给他留了充足的选择余地，把主动权交给他，如果他不想，可以不用解释心情很烂的原因。

跟季思年成为无话不谈的朋友是什么样？应该会很轻松吧，季思年总是情绪很敏锐，又很能与人共情。

"不想说就算了。"季思年小声说，漏勺在锅里转了几圈，把菜叶子都捞了出来，"你的菜要老了。"

谢航看着落到他碗里冒着热气的青菜，涌上些不可名状的陌生冲动，他忽然不想再看到季思年这样。

照顾别人的感受会很累吗？

应该会的，把每一句话都说得面面俱到，把每一件事都做得天衣无缝，这不是什么简单的事，也不是仅仅靠"双商"高就能完成的。他考虑别人多于考虑自己。

季思年的家教很好，良好的成长环境让他形成了这样的性格，做这些事已经是习惯，也许他不会觉得疲累。

可是谢航会替他感到累。他想让季思年更轻松一点，起码在他面前，可以真的像他表面所表现出的那样放松和随心所欲，不需要想太多。

"我没事。"谢航还是开了口，"家里有点事要处理，都好办。"

"哦。"季思年咬了口牛肉卷，有些踌躇地说道，"你家里……算了。"

窗外的商业街亮起长串街灯，一个接一个的大屏幕滚动着广告，照亮逐渐暗下来的夜空，谢航看了一会儿，说道："等有机会再给你讲吧，一两句话说不清楚。"

这顿饭吃得还算愉快，将要结束时，一直埋头吃饭没怎么讲话的谢舟忽然问道："老师，你一会儿怎么回去啊？"

季思年的筷子一顿，继而面不改色地说："地铁。"

"回家吗？"谢航问。

"嗯。"回答有点含糊，不过语气还算肯定。

其实他自己也不知道今晚要去哪里。

年霞又跟他吵了个架，理由是为什么拆石膏这种大事都不跟她说，进而又脑补引申到他翅膀硬了，不愿意服爸妈的管教了，年霞越说越生气，说着说着又跑题跑到了是不是嫌家里人管得太多，从报志愿又说到了摔腿，季思年说没有，她就问为什么出事都不愿意和家里说。

季思年想，分开一段时间冷静冷静是有必要的，上个月他托石膏腿的福，将冷战中断了半个月，也只是暂时的。

他们之间的冲突并不是择校的矛盾，而是这一矛盾背后更深层次的、埋藏了更久的沟通问题，他们之间的沟通太少了，表露真情的机会也太少了。

不过冷战也不是非要离家出走，只是他现在一身火锅味，只怕回去了年霞又要生气。

他下午联系过尹博，本来想着再去他家借住几天，这下也有些不好意思。更何况尹博还有他的"复合大业"要忙。

地铁站就在商场负一层，他们准备坐直梯下楼，这个时间段的商场人很多，他挤在等电梯的人群中，耳边忽然传来一句话。

"如果不回家，可以来我们家。"谢航的语调平稳。

季思年没有转头看他。他怎么知道他今晚不回家？

电梯"叮"一声开门，季思年被人流推着挤了进去，终于得空去看站在他身前的谢家兄妹。

降至一楼时，电梯里的人差不多都下去了，空间一下子变得宽敞，谢航靠在电梯另一侧，转过身看着他。

季思年没想到会有这么一出，毕竟谢航一直以来给人难以接近的感觉，哪怕他们已经是吃了好几顿饭的朋友关系，他仍然觉得自己并没有认识过真正的谢航。

听上去挺玄乎，可他确实是这样想的。

谢航心里藏着自己的事，而且应该是很大的、很严重的、对他影响很深的事。他没想到这样的人会主动邀请自己去家里。

讶异都在一瞬间，谢航还等着他的答案。季思年飞速想了几个借口，又飞速推翻，再飞速醒悟其实这真的是个不错的选择，于是选择性地忽略了各种潜意识里的意想不到，坦然地点点头，"行。"

谢航很不坦然地松了口气。

这一口气松得很明显，被季思年看得一清二楚。邀请别人去自己家做客，被邀请人还没紧张，他紧张什么？季思年想打趣一句，却总感觉氛围不太对。

电梯门打开，他走到谢航身边时听见他说道："坐二号线。"

"嗯。"季思年心不在焉地应着。

季思年很久没有来过鱼跃龙门花园了，从绿化带间穿过时还有些晃神。

他看着谢舟自顾自走在最前面，便趁机蹭到了谢航身边，清了清嗓子。

"问你个事儿，你妹妹有男朋友吗？"他压着声音问。

谢航看他一眼，也压着嗓子说："没有。"

"是真没有，还是你不知道啊？"季思年追问。

谢航被他说得有些莫名其妙，"真没有。"

这话题有些奇怪，季思年一时间也不知道要不要继续往下说，只好生硬地接了下去："哦，她居然没有男朋友啊，长得漂亮人也聪明……"

谢航说："跟这没关系，不是别人挑她，是她看不上别人。"

一直到走到楼下时，他才问出最关键的问题："你知道我今晚不回家？"

谢航理所当然地点点头，"知道。"

季思年也懒得问他怎么知道了，按照谢航这八竿子打不出一个屁的性格，问了也是白问，还不如自己多长点心眼。

要不以后被谢航卖了还美滋滋地替他数钱呢。

这还是他第一次在家教之余走进这间屋子，客厅依旧收拾得干净整洁，连吊顶灯都擦得一尘不染。

季思年留意过，这套房里只有一间书房、一间卧室，没有其他客房了，估计挪不出单间给他，"我睡沙发就可以了。"

"不用。"谢航说着，从鞋柜顶的小盒子里拿出一串旧钥匙，转身走了出去。

季思年眼睁睁看着他走到对门，打开了门锁。

"晚安。"刚换好拖鞋的谢舟脸朝着他，眼睛却还在瞄手机，露出一个假笑，把他从屋子里推了出去，在身后关上了门。

"什么……"

他站在楼道里，对面的谢航敞着大门，朝他勾了勾手。

缺心眼，真的缺心眼，来了这么多次都没发现八楼这一整层都是谢航家的。

季思年在心里唾弃了一下自己，跟着谢航走了进去。

"一梯两户，两户都是你的，你这房产够丰富。"他小声说。

谢航站在门口，等他走进来之后才说："不过刚刚在楼下看到这套房亮着灯。"

他说完就关上了门，楼道里的声控灯顿时被门隔绝在外，屋里又是漆黑一片，季思年被他这话惊得脊背一凉，冷汗争先恐后地冒出来，下意识就往后一靠，"哎！"

他一脚踩在了不知什么东西上，估计是谢航的鞋，然后顺势就倒在了地上。

季思年属实是摔蒙了，这屋子连一丝光源都没有，他用力睁着眼也看不清此时是什么情况。

"季思年，你没事吧？"

他抬起一只手在空中挥了两下，被谢航一把抓住，"别动，你已经打我三巴掌了。"

"哦。"季思年一听就笑了，"你能看见我啊，夜视能力还挺好。"

"起来。"谢航微微曲起腿。

季思年第一次觉得自己的动作这么笨拙，就差原地打滚了，半天才从地上爬起来，坐在旁边止不住地想笑。

窸窸窣窣一阵响，客厅的灯终于打开，"脚没事吧？"

季思年感觉自己像耷拉着耳朵趴地上的"锄头"，"没事。我怎么不知道你还有讲鬼故事的爱好啊？"

"随便讲的，没想到会吓到你。"谢航递他一只手，把他从地上拽了起来。

这一套的户型和隔壁一样，不过装潢明显要亮一些，不是暗色调的家具和地板，看着没有那么压抑。

季思年想换个鞋，结果拉开鞋柜发现里面空空如也，"你平时就住这边吗？"

"不住。"谢航走进屋里去开窗，"你翻翻一次性拖鞋在哪里。"

这地方确实像久不住人，季思年转了两圈，虽然没什么地方积灰，可冰箱、衣柜还有其他能收纳的地方全都是空的。

"为什么不住啊？"他随手拉开了一个显眼的抽屉，本以为依旧是空荡荡，没想到里面居然被塞得满满当当——都是药。

喹硫平。

他立刻把抽屉合上，猛地站起身退了几步，再也没有碰过那一排柜子。

"不想住。"谢航从卧室走出来站在门前，看着他有些拘谨地立在原地，没有说话，只是视线自然而然地落在了柜子上。

季思年在心里叹气，这脑子就是天王老子来了也骗不过去。

谢航只看了一会儿就不再看，似乎没有对此产生任何情绪，轻描淡写地说："褪黑素。"

骗鬼呢。

没有找到一次性拖鞋，季思年也就懒得洗澡，打算将就将就随便睡一晚上，被谢航反对，强行换上了他的拖鞋去洗，"我不允许我家床上有人一身火锅味儿。"

谢航的脚步声渐远，过了一会儿又回来，敲了两下门，"新衣服放门口了，你的一会儿拿出来洗。"

"啊。"

他换上白色T恤，抱着一堆旧衣服走出来时，谢航正坐在椅子上看手机，指了指门口，"送到对门洗，这边的洗衣机里都是灰。"

洗个衣服还得长途跋涉。

季思年不敢再提意见，只好老老实实地去敲对面的门。

"你没有钥匙吗？！"谢舟在屋里喊。

他才想起来这码事，又懒得走回去拿钥匙，叹了口气，"忘记了。"

屋里静了静，接着是趿拉着拖鞋的凌乱脚步声，谢舟拉开门时还有些震惊，"是你啊，我还以为我哥。"

她的视线落在那堆衣服上时更震惊了，张着嘴没说出话。

季思年看着她的表情，决定解释一下："他让我拿来洗。"

"哦。"谢舟还保持着那个目瞪口呆的表情，让开几步。

洗衣机旁边的地上放着一袋洗衣粉，季思年把衣服扔进去，"现在洗还是明天？"

"现在洗吧，我暂时不睡觉。"谢舟惊疑不定地打量着他，还不忘叮嘱一句，"我来就行，你回去吧。"

"行。"季思年准备走，又仔细看了几眼，才发现地上那个袋子不是洗衣粉，居然是一袋没有开封的狗粮。

狗粮？

楼道里比空调房闷热许多，他迅速走回对门，谢航还坐在原地，只不过面前多了一台笔记本电脑。

"你家养狗了吗？"季思年问。

谢航一愣，扭头看他，"什么？"

季思年被他盯得一怔，"我看见洗衣机旁边放了一袋狗粮。"

"哦。"谢航垂下眼睛，很慢地在键盘上打字，"没有养，只是我妈一直觉得……她养了。"

"嗯？"季思年有点没听明白。

谢航把笔记本合上，"没事。"

"那个牌子的狗粮挺好的，我家的金毛喜欢吃。"季思年随口说着。

谢航说："那只狗叫'锄头'？"

季思年听出来他语气里的调侃，笑了起来，"是的。"

"挺好的。"谢航仰头靠在椅背上，专注地看着他，"你起的名字啊？"

"是，刚买回来的时候才两个月大，"季思年笑了，"还是只小奶狗，看着又弱又小，我妈说贱名好养活，'锄头'以三票的微弱优势战胜了'铁蛋'和'二柱'，后来果然越长越猛。"

这套房里的两间屋子都铺着新被褥，他们两个一人一间。

这一觉睡得还算香，季思年脑袋一沾枕头就睡着了，一夜无梦到第二天九点多才醒。

睁眼的时候他还没缓过神，盯着天花板半天才记起来这是谢航家。他本来是认床的，上次去尹博家花了两天才适应，结果刚能睡好觉就摔伤了腿。

季思年趴在被子里，迷迷糊糊摸到床头柜上的手机，打开才发现谢航在一个小时前就给他发过微信。

谢航："有点事出门，应该晚上回来，醒了自己去吃饭，不用等我。"

大忙人。

季思年将手机随便扔在旁边，翻个身把脑袋埋在枕头里。

这枕头散发的香皂味仿佛有催眠功效，他眼睛一闭，直接睡了个回笼觉。做了个混乱的梦，他走在空无一人的商场里，只不过每个电梯里都站着年霞和季建安，最后他只能走楼梯，结果在楼梯间遇见"鬼打墙"，上下都走不到头。他猛然惊醒的时候，恍惚间还以为是自己走累了睡在楼梯间里。

他瞪着床头柜上的小灯，使劲闭了闭眼。

梦到爸妈简直是预料之中。哪怕这个问题被他主观回避了一整天，也不可否认潜意识中的他一直在惦记。

今天要不要回家？

之前尹博说过，处理问题不能靠离家出走，冷战解决不了任何事，只能让关系更僵化。他当然知道，只是想不出到底该以什么样的姿态面对他们。要不是这一次争吵，他都意识不到原来自己压根就不会与父母沟通。想要让他们受到的伤害少一点、每天对他的操心少一点，可似乎结果总是适得其反。

季思年按了按眉心，掀开薄被，路过全身镜时扭头看了一眼，不知怎么把头发睡得又乱又多，他捋了几下，依旧有好几根顽固地翘着。

回笼觉一下睡到了快十二点，这个时间点可以直接吃早饭加午饭了。

谢航的T恤对他来说偏大，袖子都垂到小臂上了。季思年感觉自己像个邋遢的老头，换好运动鞋一抬头，才发现昨天拿去对门洗的衣服此时挂在阳台上。

他走过去摸了摸，只剩衣摆还有些潮湿，足够穿出门了。

谢航居然还能记起来把衣服晾这套房里。

这个小区的对面就是万达广场，季思年随意找了家米线店解决午饭，点好餐才发现手机里多了好几个好友申请。刚刚通过申请，他就被拉进了一个四人群，群名还是未修改的原始状态，是几个人的微信昵称。

一个头像是只小胖猫的先发了言："人齐了！"

什么齐了？

这几个人都是从班级群里加上好友的，他找到班级群翻公告，才发现是宿舍名单分出来了。

发公告的时间是昨天晚上，难怪没有看到。

再退回去时群名已经改成了"北园16-209"。

挺好，不用他自己去找了。

看样子是被分到了四人寝，那个小胖猫叫钟涛，目前群里只有他一个人在说话。

季思年看着这名字眼熟，等到米线端上来了才突然想起来，之前在新生群里他就很活跃，经常能看到这人发言。

钟涛不太在意没有人搭理他，一个人喋喋不休了半天。没一会儿他发出来了几张宿舍内部的照片。

钟涛："问的北园的学长，咱们那栋楼都是这个结构。"

季思年一边看图一边用筷子卷着面条，看来这人也是个交际达人，应该跟尹博很有共同话题。

宿舍条件不错，四人寝上床下桌，除了没有独立卫浴什么都有，季思年放大看，有空调、有暖气、有阳台，已经在很大程度上超出他的预期了。

这几张图又炸出来了一个室友，那人问道："你知道都哪些专业的人住北园吗？我对象她们专业还没发宿舍名单。"

季思年咬了口鸡柳。来了个有对象的。

钟涛对于有人提问感到十分受用，立刻回复道："我再去问问，大部分理工科都住这边，反正理学院和药学院都是。"

那人说了句"谢谢"，群里安静下来。季思年去班级群里又转了一圈，确认没有其他错过的消息之后才慢吞吞地吃起了米线。

新的宿舍，新的室友，上大学这件事终于在他的纷乱生活里多出了些实感。马上要进入一个全新的生活圈子了。

这是他期待已久的生活，可是此时却有些说不上来的心慌。他不太想改变现状。形容不出来这"现状"指的是怎样一个状态，反正就是有点舍不得。

这碗米线量很大，他吃完感觉一下午都很撑，一直到晚上七点多都没什么食欲。

季思年原先还想着晚饭等谢航回来一起吃，没想到这一等就等到了八点多，谢航连个影子都没有，只好又自己跑去对面随便买了点吃的。

不仅谢航没消息，连对门也毫无动静，不知道这兄妹俩白天都在忙些什么。这天一黑，他不可抑制地想起了昨天谢航那个一句话鬼故事，怎么想怎么瘆人，老是觉得这屋里有其他人。

"嘶。"季思年把所有灯全打开，走个路都竖着一身汗毛，连洗漱都敞着门，不到十一点就钻进了被子里。

卧室的灯开关在门口，他要是想关灯就得在黑暗中走回床上，季思年斟酌了不到一秒就选择把灯开着。

这下是彻底睡不了觉了，他仔细听着电梯的声音，上上下下好几次，没有一次在八楼停。

这人到底什么时候回来？

季思年看着手机眼皮直跳，谢航再不回来他就要被自己的丰富想象力给吓死了。

在消息列表里挑了半天，他最后点开了尹博的对话框。现在必须得有人跟他说说话，不然这场面很像他独自一个人进了什么沉浸式剧本。过了五分钟，尹博直接回了电话过来。

季思年看着来电显示快要热泪盈眶了，飞速按下了接听键，对面的嘈杂声音在传来的一瞬间差点儿掀翻了屋顶。

季思年狂按音量键，这下倒是好，什么牛鬼蛇神都被吓跑了。

"有事儿？"尹博在那边音调都快飙到青藏高原上了，"你等下，我换个地方跟你说。"

都快十二点了还能这么热闹，他乍一下还以为尹博去了酒吧，仔细听听却发现有些不对。

混乱的喊声、物品碰撞声，还有女人声嘶力竭的叫声。

季思年问道："你在哪儿呢？"

不过尹博应该没听见，他的声音很快就淹没了鼎沸人声里。

"我在我爸疗养院。"尹博找了个安静一些的地方，"这边一个老太太控制不住，寻死觅活的，还以为家属来了能压住，结果家属跟这老太太疯得不相上下。"

"有危险吗？"刚刚那砸来砸去的，不知道的以为是在什么斗殴现场。

"没有。"尹博长叹一口气，"家属也不全有毛病，我看那女的穿得挺正常的，好像是老太太她闺女，一开始也讲道理，后来估计是被老太太那样子刺激到了，才开始闹的。现在就她孙子一个人扛着，又得管着她俩，又得跟院方协调，又得跑上跑下办手续。我今天看他也快崩溃了，我都不敢靠太近，感觉这人挺狠的，不过他一个小时前刚走了。"

季思年半天没说出话来，这故事太过曲折，他光是听着就觉得头昏脑涨。

"累死我了。"尹博停了一会儿，低声说道，"其实我真觉得啊……就事论事啊，不如遂了老太太意得了。这样拖着，谁都痛苦。家家有本难念的经，但你说顺从老人的意愿和全力让老人活着，到底哪个才……

唉，算了。"

"家属怎么想的？"季思年问。

"她闺女想全力保，她孙子没表态。老人的身子本来就差，今天又这么一闹，我估计可能明天就得移交医院了。"

季思年忽然想起来那一柜子的药。

一股强烈的冲动凭空出现，他几乎没过脑子，张嘴直接问了出来："喹硫平是治什么的？"

"嗯？"尹博愣了一下，"什么都治啊，刚那老太太还砸了一盒……这药我一直觉得除了会带来躯体症状，药效真不大，而且副作用太大了，我看我们这有病人偷偷拿这个当褪黑素吃，怎么说都不听。"

季思年心脏猛地提了一下，正要说话，门外传来了开锁的声音。

"你忙，我明天再说，挂了啊。"他语速飞快，刚挂断电话便有人走了进来。

他从床上下来时还趔趄了两步，拉开卧室门，与站在门口的谢航对视一眼，愣了一下。

今天的谢航非常不对劲。

不像"菩萨"了，那种时刻萦绕在他周身的平静被打破，他似乎很烦躁，还是藏在情绪最里面的、极力隐忍的烦躁。

季思年看着他摘掉帽子，两手撑在桌上，低着头缓了一会儿才慢慢走进洗手间。

他没有问谢航去了哪里，只是想了想，说道："你吃饭了吗？"

流水哗啦啦的声音盖住了他的问话，这个手洗了起码五分钟，水流声才停下来。

谢航的声音很冷，是从前他没有感受过的、拒人于千里之外的冷："嗯。"

季思年皱起眉，突然有些不爽。

上次在医院的花园里也是，谢航的脾气来得莫名其妙。

谁惹他，他去找谁呗，自己等了一下午加一晚上，就等来个拉到地上的臭脸，图什么？

还不如早点睡觉。季思年把卧室门一关，还没敢关得太使劲，怕给谢航那半燃不燃的火药桶点着。

他爬回床上，揉了揉刚拆石膏的左脚。

十分钟以后，他的房门被人敲了敲，谢航那冷冰冰没半点温度的声音总算有了些回温——听上去像混合着不情不愿、极力忍耐、"大哥算了"这几种复杂情绪，跟哄孩子一样低声说："晚安。"

晚上这一通折腾的后果就是他把转天要练车的事情忘得一干二净。

教练打来第二个电话的时候他才醒，一接通就听对面劈头盖脸一顿骂："你个死小子！都几点了！"

"什……"季思年这才清醒过来，被抛之脑后的记忆终于回笼，他心里一惊，蹬着腿坐起来，"我忘了！"

"忘了吧，我就知道，一个月没见还记得我长什么样吗？"那边打火机响了一声，教练含糊着说，"我先去接谢航，你赶紧的。"

季思年抓起搭在椅子上的裤子就往身上套："教练我……我就在他家这边，一会儿我俩一起过去，你慢点开，挂了啊！"

"嘿！"教练喊了一嗓子，"骂人呢，我开快了也挂不了！"

季思年这个床起得风风火火，冲到客厅里的时候发现谢航也没起，又去敲他的门，"谢航！"

他抽空看了眼表，七点十分，希望谢航没有起床气。

"你还去练车吗？"他敲一半才想起来，昨天晚上谢航心情很差，也不知道这一觉把火气睡过去了没有。

屋里噼里啪啦一顿响，听着像是什么东西撒了一地。谢航很快用没什么起伏的声音回答："去，马上。"

完全听不出一丝倦意，季思年犹豫了一下，问道："你是不是没睡啊？"

眼前的门被一把拉开，他退了半步，谢航还穿着昨天那件衣服，擦着肩掠过他，"没睡好。"

这人什么毛病！

季思年不想再热脸贴冷屁股，偏偏教练一直在群里艾特谢航，可这人的手机连响都不响，只好提醒道："你看一眼手机。"

谢航弯腰洗脸，水珠顺着下颌滑至喉结，打湿了衣领，从镜子中看着他，"关机了。教练的消息？"

"嗯。"季思年转身走了出去，"他催你。"

屋里连一粒米都找不到，两个人洗漱完干脆空着肚子就出了门。

在教练车遥遥出现在路尽头时，谢航开口说了今天早上的第四句话："练完车我不回来，钥匙给你。"

季思年看他一眼，"不用了，我今天回家。"

七月的早晨不算炎热，教练车里没有开空调，一路兜着风上了快速路。

"你那腿，好利索了吗？"教练单手转着方向盘，把车开进了场地里。

今天倒是没有看到那几头羊，季思年无聊地扒着车窗，"差不多了，反正咱也用不上左脚。"

"来吧，还会倒车入库吗？"教练把他那三件套从后备箱里拿出来，先是在阴影处支起一张折叠椅，再戴上帽子和墨镜，"复习两遍，你要是想在开学前拿本，八月初就得把科目二考了。"

"会。"季思年系好安全带，从后视镜里瞥了眼谢航。

谢航正靠在座位上闭着眼，看着很疲惫。

他按了半天手刹都没落下去，正纳闷，就听见谢航说："踩刹车。"

季思年暗骂一声，忘记了不踩刹车的话手刹动不了。

好不容易培养出来的脚感此时连渣都不剩，他自认为幅度轻微地抬了抬刹车，车身飞速向前飚了出去。

"换挡。"谢航笑了一下，睁眼看过来，"你这还是前进挡。"

"唉，忘记了。"季思年用力踩了下刹车，换成了倒挡。

车子猛地一晃，教练在不远处的椅子上喊道："嚯！踩着你尾巴了啊！"

他速度缓慢地退了回去，为了对准砖头的位置，把脖子扭得快断了，在对准的那一刻用力转动方向盘，这次终于没有转晚。

谢航刚才是不是笑了？

右后视镜中的第二个基准点卡到后，他果断回轮一圈，开始看第三个点位。

终于不用看谢航垮着个脸了。

左右微调一下，把车子稳当停进了库里。他开车就这么好笑，连谢航都能被逗笑？季思年胡思乱想着，抽空扫了眼后视镜，结果和谢航的目光撞在了一起。

"白线过窗，向左转。"谢航说。

"我知道。"

在反复练习四遍之后，教练喊了"换人"。

谢航把倒车入库和侧方停车连在一起开了几圈，每次都流畅且精准，像是脑子里定好了数据一样。这人绝对一夜没睡，别人看不出来他还是能看出来的，疲劳驾驶还能开这么稳当，谢航真不是一般人。

"我什么时候练下一个项目啊？"季思年探着脑袋问道。

"想练啊？"教练抽了口烟，"换人。"

他走到车后面，拍了两下巴掌，"往后退，看到地上这个水瓶的时候，数一二，右打满。"

季思年换到驾驶位上，发现刚刚谢航练的时候没有重新调座椅高度。

座椅调得不合适会影响入库的精准度，合着谢航刚才在给他表演，全凭感觉开车呢。

他换了倒挡，一边后退一边问："数一二是什么意思？"

"就是数一二！一、二！"教练跟喊口号一样示范了一遍。

季思年"哦"了一声，在后视镜中看到水瓶出现的时候，喊了一声："一、二！"

"不用真喊出来，心里喊——喊完转方向盘啊！"教练比他声音还大。

"哎，没反应过来。"季思年乐了，踩了刹车，把车开回原位。

教练无奈地拎着板凳，看上去像打群架的，"算了，不数了，你看后视镜，看库角吧，这个库角消失就打轮。"

"没事。"季思年摆摆手，"记住了，数一二是吧。"

他从小就会左手画圆右手画方，不至于数个数就不会动胳膊了。这一次还算顺利，教练跟在他车屁股后面指挥："右后角出现就把方向盘回正。"

"知道了，教练，你躲开点。"季思年看他走来走去胆战心惊。

教练怒道："你撞不上我，专心。"

谢航又在后排低声笑起来。

侧方停车不算难，只不过给人感觉要记的点位比倒库还多，出库起步还总是忘开转向灯。

在无比坎坷的几次练习之后，教练站在旁边点了根烟，"你也别上大学了，拾垃圾吧，拾垃圾都拾不着好的。"

"哎哟。"季思年笑得不行，"教练你不能拿对谢航的标准要求我啊。"

"谢航来练。"教练把折叠椅放在地上，低头玩起了手机。

季思年从驾驶位下来，没有换到后排，直接坐到了副驾驶位上，"跟你一起练车真遭罪。"

谢航一板一眼地调了座椅，难得认真地完成了这次对话："是你没用心记。"

车子缓慢起步，季思年沉默了一会儿，扯着嘴角笑道："心情好了？"

"嗯。"谢航把车停稳，换挡打转向灯，一套动作做得熟练，他的手骨节分明，握在方向盘上看着漂亮。他有些无奈地笑了一下："我也没心情差，就是太累了。"

"看出来了。"季思年伸了个懒腰，"你一会儿……还去忙啊。"

"快结束了。"谢航长长叹了口气。

虽然这样想有些奇怪，但是季思年真的感觉谢航貌似把练车当成了一种舒缓身心的途径。比起早晨的那个紧绷的模样，此时他整个人都松弛了许多。是一种发自心底从内而外的松弛，他不再掩饰自己的疲倦了。

至于谢航到底去做什么，他就算傻也该猜出来个大概。给尹博发的微信他到现在还没有回复，估计不是还没起床就是一直在忙，微信内容也很简单，他想知道那个疗养院的老人家属，确切地说是老人孙子签署的名字是什么。

这件事并不难猜，只是他没有想过会有这样的巧合，所以很少往那个方向想。

如果真的是谢航，他反倒有些无措了。听尹博的意思，老太太的病从很久之前就在恶化，而且家属也都很难沟通，那这段时间里，谢航都是怎么面对家里那些一地鸡毛的？

季思年抬手盖住眼睛。光是他高考报志愿这简简单单的一件事就足够他焦头烂额了，谢航不仅要处理加倍的焦头烂额，还要练车。

他突然笑起来。

"你这是哭是笑啊？"谢航说。

季思年把手放下，"笑。"

他一低头才发现副驾驶位上除了脚底有个刹车，前面还有个红按钮，好奇地按了按，"这是喇叭吗？"

"滴——"

他立马收手，心虚地瞥了眼坐在外面的教练。

放在后排的不知谁的手机突兀地响了一声，是有人打来电话，刚响铃一声就挂断了。

季思年朝后面看了一眼，"谁的？"

"你的。"谢航动都没动，"我关机了。"

他探着身子，十分费劲地把手机拿过来，发现是尹博的电话，就响了两秒。

不过尹博还是没有回复他的微信。

他认真看手机的样子反而引起了谢航的注意，"嗯？"

"没事。"季思年把手机揣进口袋里，感觉有些硌，最后还是扔回了后排。

转身的时候恰好看到谢航轻微皱了皱眉。

手机刚被扔回去，电话再次响起来。季思年都没把副驾驶位坐热乎，又得探着身子去摸手机，谁知刚刚扔扔的力气太大，这一下子竟然够不到了。

"要不……"季思年被他这个猴子捞月的姿势逗笑了，只得老实坐好，"要不你受累停一下？"

半晌，谢航才说："不给停。"

季思年早上说要回家住，还真不是在糊弄谢航，他确实准备回家。

毕竟总是搞离家出走有点过于幼稚了。他所纠结为难之处说来有些矫情，他实在没有底气与一对尽职尽责的、称得上优秀的父母冷战这么长时间。

尹博就像失联了一样，打电话也不接，发消息也不回，季思年姑且把疗养院的事放一放，一路都在思考等会儿怎么和年霞聊能不聊崩。

得先道歉，动不动就夜不归宿肯定不对。哪知他一直到家门口都没想出来一个主次，决定还是随机应变。

季思年深吸一口气，默念两遍"不能发脾气"，翻出钥匙打开了门。

年霞就在沙发上坐着，和他的目光撞了个准。

"妈……"

"你昨天晚上去哪儿了？"年霞打断了他，声音里带着明显的怒气。

季思年一愣，想说在朋友家，转念一想那天他临走说的是去尹博家里，便顺着说："尹博家。"

年霞倏地站起来，两步顶到他面前，"你昨天不在尹博家里！"

"你去问他了？"季思年叹了口气，想解释，"我昨天……"

"你们两个倒是穿一条裤子，他还帮你瞒着！你去哪儿了还要人帮你瞒？"年霞激动地拔高了音量，表情却还在尽力调整着不表现出怒意。

"我在朋友家。我昨天跟朋友吃完饭，就顺路……"

"什么朋友，比跟尹博关系还好，我怎么不知道？"年霞极力控制着不发作，质问到了嘴边被生生地咽下去，该是之前也给自己做过思想建设，要忍住不能发脾气。

季思年有些不理解为什么她突然如此生气，之前他离家三四天还摔伤了脚，年霞都没有这样愤怒。

"妈，我做错什么了你这么生气……"季思年有些头疼，一字一顿压着火，"坐那儿说，你别生气了。"

年霞只觉一阵阵的眩晕，喘气喘得有些缺氧。她只是突然感到慌乱无措了——曾经以为对家中一切都了如指掌，此时却发现自己所了解的季思年只是冰山一角，她儿子的大部分生活从不为她所知。一切成长都潜移默化，就像季思年一年长高一厘米、几天读完一本书，每日改变几乎能够忽略不计，可这么多年堆叠起来，她已经要仰着头看他了。

　　她从没有教过季思年如何直面学校以外的世界，他怎么应付得来？

　　年霞盯着秒针一圈圈转，"妈是不是一直都做得不好？"

　　话刚出口就泛起一阵压不下去的鼻酸，她承认最近失控的频率有些高。能忍得住不发火，却忍不住眼里模糊着涌起的泪水。

　　"没有。"季思年最看不得她这个样子，偏偏千言万语堵在嘴边不知道说哪一句，只好揽过她的肩膀轻拍着，长叹一口气。他其实宁愿年霞跟她发脾气。

　　他能感觉到，她的纠结点早就已经不是他的择校和未来了，他们都已经发现这段亲子关系里最令人不愿承认的缺口，缺失的表达和错误的表达方式。但他有一对很好的父母。

　　"转院手续都办完了。"林护士站在高山流水旁边，翻动着手里的病历本，"谢成还没走，你现在上去会跟他打照面。"

　　谢航弓着腰坐在木椅上，两手交握盯着水池发呆。

　　林护士把病历本递还给他，拢了拢衣襟，"我倒是不担心沈女士，我更担心你，你要是一会儿就上楼……最起码不要再在楼道里闹。"

　　"我有什么可担心的。"谢航伸手接过来，垂着脑袋漫无目的地翻。

　　"你就是一直憋着，等情绪到了阈值就憋不住了。"林护士被太阳晒得不行，转了个身，"我马上轮班了，先走了啊。"

　　"林大夫。"谢航在她将要走远时叫了一声，难得认真地看过来，"多谢你这么久的照顾。"

　　还是坚持叫大夫。

　　林护士等了一会儿，见他就此闭了嘴，没忍住笑道："没有啊？"

　　"嗯。"谢航也笑了一下，不过这个笑看上去有些勉强。

　　"行。"林护士没在意，把手里的签字笔放回口袋里，转身离开，"转院了也无所谓，我的微信你有吧，什么时候想做心理咨询可以随时找我。我还是那句话，你的事和你家里的事本质上是区别开的。"

　　谢航闭了闭眼，"谢谢。"

　　空气中有烟草的味道，不知是谁曾坐在这个位置抽过烟。谢航把手机开了机，慢慢站起身来。

今天沈荣不在，他得上去看看，让谢成一个人在这儿他不放心。

他对谢成谈不上恨，更多的是刻意用恨掩盖的某些应激反应。

如果当年没有谢成，他或许不会对遗传病有这样大的心结。

疗养院里的消毒水味一拥而上，空调冷气冻得人手脚冰凉，谢航走上三楼时，隔着一整条楼道一眼就看到了站在尽头处的谢成。仅仅一眼，心脏好像被人掐着拧了一下。

"你来干什么？"他喉间一哽，强咽下翻涌上来的不适。

谢成还是从前那个样子，头发打了发蜡拢到后面，穿着熨帖的衬衫，从里到外透着事业有成的气息。沈荣说过他长得跟她不像。谢航自己也知道，他这张脸更像谢成。

"来看看你姥姥。"谢成上下打量着他，"长这么高了。"

谢航无法忍受他这样的目光，尤其当他的视线停留在他脚踝上时。

"我妈昨天跟你说得很清楚，我们现在在法律层面上没有任何关系。"谢航强迫自己盯着他的眼睛。

"但你是我儿子。"谢成嗤笑一声，不屑地用手指弹了弹贴在病房门口的报告单。

你是我儿子。

沈秀琴的病房内忽然传出一段呓语，毫无逻辑又含糊的话语让谢航一个激灵，仿佛按动了什么开关。

难以挣脱的窒息感弥漫上来，恐惧破土而出，谢航有些发抖地退了半步。

他害怕谢成。

哪怕此时的谢成只是风轻云淡地站在那里，他也会被骨头里渗出来的恐惧缠住，不安像藤蔓顺着脚底爬满全身，触须连眼睛也要盖住，他说不出、看不清，连呼吸都要竭尽全力。想吐，好像被人掐住了脖子。

或黑或白的杂影在眼前闪过，世界被扭曲成了没有冲印好的胶卷，他仿佛回到了谢成的那个家，回到了那间早已忘记全貌的玩具房。漆黑无窗的玩具房，堆满墙角的泰迪熊、小卡车，脚踝上的铁锁。他们太执着于要把他变成一个正常的孩子。该变正常的从来都不是孩子。

谢航用力眨眼，退几步坐到走廊的椅子上。

"我就是来看看，毕竟昨天我跟你妈闹得挺大的，一会儿就走。你看着我不舒服的话，我可以走。"谢成说。

好一个高高在上的姿态。

谢航听他的声音都有些模糊，想要说话，一张嘴却是反胃感横冲直撞。

病房中的呓语还在继续，忽地声音变得尖厉。算得上尖厉的音调在他的耳中变形，拉成一道鸣响，配合着谢成的身影，与他的无数个梦魇相重合。

他终于忍不住，反身跑进了洗手间。

"咳咳……呕……咳咳咳！"

谢航撑在马桶前干呕，可是除了胃酸半天都没吐出什么。不过这一下倒是把人吐清醒了，他抹了把嘴角，从昨天晚上到现在没吃饭没睡觉，能吐出东西来就怪了。

他揩掉眼角渗出来的眼泪，抖着手掏出来手机。十分钟前季思年给他发了消息。

"我刚发现口袋里揣着你家钥匙，昨天我顺手拿的。明天给你？"

谢航吸了吸鼻子，又咳了几声，一咳忍不住又想吐。

"咳咳……咳咳咳……"

呼吸乱得根本调整不齐，嗓子针扎一样疼。他蹲下来，一行字打错了好几遍："我现在去拿。"

季思年几乎是秒回："别！我妈在家，你别过来。"

大概是觉得这个回复有些无厘头，他很快又发来一条："反正我不想在家待着，我给你送过去吧。你家？"

谢航揉了揉鼻子，想了许久，才说："来秋实路吧，上次小吃街这里。"

他洗了把脸，撑着洗手台，听到楼道里有谢成的声音。

"一家子精神病，俩孩子都没救。"

谢航猛地有些茫然，忽然间感知不到情绪了。

他走出去，谢成看到他时顿了顿。

谢航没给他开口的机会，一直走到他面前。

"说谁？"他的视线没有聚焦，轻飘飘地落在谢成的衬衫领口，衬衫洗得很白，领子里却有些发黑。

电话那头应该是他现在的妻子，模糊的声音好像在问："怎么了？"

谢成皱着眉，没有挂电话，转身要继续说，被谢航一把攥住手腕。

他终于抬眼与他对视着，眼睛里平静得如死水，"说谁？"

谢成用另一只手指了指他，语气淡漠，"你别以为我不知道你不敢，松手。"

脉搏声被无限扩大，谢航只觉整个躯体都在共振，不知这心跳是他自己的，还是顺着谢成的掌心传来的。深深的恐惧扎根在心底，这一瞬间他无暇顾及其他，本能地选择了与十年前在玩具房中一样、极度害怕与愤怒之下的极端表达方式。

他双眼通红地瞪着谢成。。

科目二

逃离时间的门票

说不上来是什么感觉，就好像他好不容易把谢航那层壳撬开道缝，这下子直接给他拿水泥砌上，又在外面加了层护栏。

小吃街没有到营业的时间，流动餐车都还关着停在路边，一只孤零零的易拉罐"啪"一声砸在马路牙子上。

季思年踢着这个易拉罐从街头走到街尾又走回来，噼里啪啦的响声回荡在空荡荡的街上，他掏出手机，已经过去十五分钟了。

谢航不会放他鸽子吧？

他百无聊赖地把易拉罐捡起来扔进垃圾桶。

易拉罐掉进去的时候发出清脆一声响，连垃圾桶里都是空的。

季思年挑了个阴影处蹲下来，手机忽然振动两声，失联一整个早上的尹博终于出现了。

尹博："刚找到那张手续单，叫谢航，你认识？"

来得早不如来得巧，季思年第一反应是"果真如此"。

他一下子没忍住露出个笑来，说不上是冷笑还是别的。

挺会瞒的，出这么大事儿早上居然还没事人一样跟他去练车。

他回忆起昨天晚上电话里那一片混乱，都有些无法想象谢航所面对的是怎样一团糟。

季思年抛了颗糖到嘴里，咬着碎开的糖又笑了一下，这次是纯粹的冷笑。他实际上对谢航的生活一无所知，要不是无意中看到过几次他家里存的药，再加上尹博时不时聊与之相关的事情，他根本就不会把这几件事联想到一起。

年霞的担心还真没错，他有时候未免也太单纯了。

"啧。"季思年低头看着脚底砖缝里钻出来的小草，心里有点不是滋味。

尹博："我刚来轮班，他和他爸正吵着呢，走廊里都是人。。"

"啊？"季思年倏地站起来，那一点不爽跟刚才的易拉罐一样被一脚踢飞，震惊和担心交替着涌过来。

他立马转身朝着不远处的疗养院走，点开语音焦急地问："把话说清楚啊，到底怎么回事？"

"我也不清楚前因后果啊！"尹博也发来了不耐烦的语音，"你快来吧！"

在心底挤来挤去的震惊顿时战胜了担心，他小跑起来，"他把……这是他亲爸后爸啊？"

尹博没再回话，应该是对这个问题感到无语，实在不知怎么作答。

等他顶着大太阳跑进疗养院的时候，才有新的消息进来，是文字回复："好像这是吵第二轮了，一个小时前刚开始吵，我没赶上。"

季思年心想一个小时之前他还有空给我发微信。

这家疗养院他没少来，只是第一次跑到楼上的病房区。他三步并作两步，还想要不要问问病房号，结果刚上到二楼就听到了楼上的喧闹声。

"怎么回事？"他咬了咬牙，几步跑了上去，中途还撞了一下拐角处的盆栽。

看样子第二轮刚刚开始没多久，拿着对讲机的保安就跟在他身后，也是怒气冲冲地奔着三楼去。

季思年挡在他们前面，先一步跑进走廊里，推开楼梯间的门时声音顿时变得清晰。

"你冷静点儿！"

"去拉他呀！"

"谢航！"一个留着齐肩卷发的不知大夫还是护士的人喊道，"清醒一下！你现在在医院，不在老家！"

季思年脑子一阵阵发蒙，还是以最快速度跑到前面，看到谢航捏紧了双拳，双眼通红地瞪着眼前的男人。

"你能不能彻底离开这个家！"

"谢航！"季思年喊了一声，因为这一瞬的愣怔就被一层层人挤到了最外面。

他甚至没有看谢航对面的男人的表情，不过看这架势，肯定是大吵了一通。

保安差几步远就到，季思年扭头看了一眼，脑子还是糨糊一样无法思考，四肢也好像灌了铅，冒出来的第一个想法就是不能把谢航交到保安手里。

他喘着沉重的粗气，一狠心直接撞进人群里，"都让开！让开！"

"谢航！"

这两下撞得他天旋地转，季思年直接扑了上去，把正抓着谢航胳膊的几个女护士挤开，拉着他的胳膊就往后一掀，"谢航！是我！"

也难怪一群人都拉不开，谢航的力气不算大，就是他这个姿势实在不方便往外拽，除非有人从侧面给他一脚，要不根本无法发力。

刚刚那么多人喊他清醒点，季思年一上手就知道谢航估计比谁都清醒，他虽然气势惊人，拦着身后劝他人，但他的肌肉并没有因为激动而颤抖。

季思年拉不住他，直接跪在他身后，单手来了一招锁喉，另一只手牢牢抓着他的右手腕，几乎是杂技团表演一样，裹着谢航往旁边一滚，将他强行从和谢成的对峙中拽了出来。

保安和护士们立刻一拥而上，把那个还在骂骂咧咧的男人扶着拽走。

这一圈直接滚到了走廊墙角，季思年退无可退，被谢航圈在两臂之间。

"谢航！"季思年对着他的脸喊了一声，生怕这人把他当成别人，"你看我！"

他喊完就愣住了，谢航一直在抖。

谢航垂着一双湿润的眼睛，嘴角都被咬破了，脸色实在惨白，反衬得嘴唇和眼睛红得不像话。

季思年没见过他这样，电光石火间敏锐的情商提醒他，谢航应该不愿意让他看到这样的自己。

果不其然，谢航哑着嗓子，语气不太好："谁叫你过来的？！"

这一句话像一把火，直接燎起了季思年的脾气，"你说的是人话吗？你叫我过来的，我等了你十五分钟，现在你问我来干什么？"

谢航一直没有抬头看他，只是死死地反握着他的手，低垂着头，呼吸乱得好像下一秒就能晕过去。

他身子有些晃，就在季思年真的以为他要晕过去的时候，他猛地抬起头，对着身后几步外正小心翼翼凑过来的护士喊道："我不打镇静剂！"

护士吓得一哆嗦，举着针管站在原地，几个保安立刻就要上前，季思年头疼地朝他们摆了摆手。

"谢航，你……"

他话没说完，忽然被谢航的胳膊压住了肩膀。

谢航这一下很不客气，头也抵在他的肩膀上，两只手抓着他后背的衣服。保安又要过来拉开他，季思年用唯一还能活动的右手费劲地摆动着，示意没事。

那个齐肩卷发的女大夫深深地看了他一眼，把人群疏散了。

和谢航对着吵的那个男人被护士们搀扶着下楼，那男人似乎还想说话，无奈保安一直紧紧跟着，他最终也没有说什么。

"谢航。"季思年被这一出搞得火气都没了，"没事了。"

"对不起。"谢航说。

"嗯？"季思年那从疗养院外就凝滞住的脑子一直没转起来。

"对不起。"谢航吸着鼻子，声音里带了些鼻音，"让你……等了十五分钟。"

"你……"季思年没想到他这个状态居然把刚刚那句反驳听进去了，更何况眼下这情形，最重要的也不是让他等这件事。他哭笑不得地叹了口气，"一会儿跟你算账吧，你先起来，到底怎么了？别哭啊。"

"没。"谢航应了一声，闷闷的倒是没有鼻音了，但还是不抬头。

季思年闭上嘴，觉得这种时候应该让他和平时那冷淡平静的模样截然相反的、冲动且不理智的、脆弱的谢航自己缓一缓。

聚集在三楼的人只剩下了坐在较远一些的齐肩卷发大夫。

楼梯间的门被人拉开，一个穿着白大褂留狼尾的男生急匆匆地跑过来，看着这幅场景时又一下子定在原地。

季思年转头看过去，想问问这"二百五"刚刚去哪里了，却感觉肩膀一轻，谢航终于抬起头来。

他相信尹博的脑子肯定乱糟糟的，可能一时半会儿搞不清状况，准备先解释一下，余光一扫却看到谢航的目光变得阴沉森冷。

谢航用这骇人的眼神盯着尹博，才刚刚平息的情绪经不起波动，此时维持在水平线上岌岌可危的位置，一根神经绷得很紧。

季思年轻轻推了推他，"冷静下，先撒手。"

尹博被他看得浑身发毛，退了半步，下意识与坐在椅子上的林护士对视了一眼。

林护士事不关己地转开了脸。

尹博有些蒙，皱着眉左右打量他们半天，他不敢直接问这人是不是季思年的朋友，怕万一只是萍水相逢的路人会很尴尬，又怕他俩如果是仇家，要是说错话肯定惹人不快，脑子里飞速转了几圈，支支吾吾地憋出一句开场白："先冷静一下吧！"

季思年莫名其妙感觉这一句说完谢航的心情更烂了，像刚被他踢了十五分钟的破易拉罐。

"有事吗？"谢航直勾勾地看着他。

尹博被这股不知从何而来的敌意搞得头疼，"你在我们院里吵架，影响了病人休息我们有责任的，事情总得处理吧。"

谢航沉默了一会儿，扶着墙站起来，拽着季思年就要走。

"把我一起当精神病处理就行。"

"哎！"季思年被他拽得一个趔趄，跌跌撞撞跟在后面，"你干什么去？"

谢航一声不吭地走，季思年低下头，看到谢航手指节都擦破了。

能感受到林护士和尹博是一路目送着他走的，居然谁都没有开口阻拦。

进了楼梯间后，谢航独自走在前面。

季思年拿出手机来，发现新换没几周的钢化膜不知什么时候又被磕出了一个坑。

命途多舛的钢化膜。

他边下楼边打字："他这事会牵连到院里吗？你刚才也不拦一下。"

没过多久尹博回了语音，他点了转文字："不会，我就是那么一说，家庭纠纷而已。他这是忍太久了才爆发，拦着也没用。憋尿憋久了膀胱还会炸呢。"

这比喻怎么跟骂人似的！

一走出楼迎接他们的又是刺眼的阳光，季思年抬手挡了挡，眯着眼快走几步，"你要去哪儿啊？"

谢航胳膊上有几道季思年抓出来的血痕，他漫不经心地低头看了几眼，低声说："吃饭。"

"你没吃午……行吧，现在三点多，哪有饭店能吃上饭？"季思年四下看了看，"小吃街那头有个肯德基，走吧。"

他说完有些想笑，隔了一会儿，才继续说道："你要想聊，吃完咱另找个地方聊，你要不愿意聊，这顿饭得你请客。"

"嗯。"谢航脸上带了点笑意，慢慢沿着路边走着，"在肯德基就不能聊了？"

"那氛围能聊出什么东西来。"季思年说，"再给你点个开心乐园餐，哄小孩呢？"

风吹得树叶簌簌响，他们一路安静地听着，快要走到头了，谢航忽然说："开心乐园餐是麦当劳的。"

"你真行。"季思年叹了口气。

他们推开肯德基的门，选了个靠窗的角落，季思年起身去点餐，"你要不要打电话问问那边情况？"

谢航懒洋洋地看着他，"关机了。"

季思年欲言又止，直接转身走开。

也不知道他今天来这一趟到底是好事还是坏事，他能明显看出来谢航终于摘下了那张"菩萨"面具，也把肩上的担子撂了下来，变得真实随性了不少。他分不清这算不算破罐子破摔，不过如果这样一来，谢航可以有机会讲出来压在心底的烦恼，起码能轻松一些吧。

季思年是一手端着一个餐盘回来的，每个餐盘都堆得快要溢出来。

他往桌上重重一放，谢航草草数了数，鸡块够他吃一礼拜的，"点了这么多？"

"疯狂星期四。"季思年笑了笑，"我走到点餐台了才发现。"

四个蛋挞盒子摞在一起，他拆了一个推过去，"都是刚做好的，吃不完给你妹带回去。"

新出炉的蛋挞散发着浓郁的香味，谢航搅了搅可乐里的冰，"你不吃？"

"谁三点钟吃饭啊？"季思年托着下巴，扫了眼他唇角的伤口，"你没伤着吧，我刚才拉你有点用力。"

"没事。"谢航咬着吸管说。

"那人是你……"季思年开了个头就止住。

"我爸。"谢航淡淡接了下去，"不是说另找地方聊吗？"

"行，行。"季思年靠回椅背上，发现几句话的工夫谢航手里的可乐都快见底了，"别光喝啊。"

谢航晃了晃杯子，喝到彻底只剩下冰块之后才放在一旁，"压一压，我还是……反胃。"

"反胃？"季思年愣了，"被恶心的还是吃不惯？"

"被恶心的吧。"谢航把汉堡从盒子里拿出来，大概是因为这个时间段没有顾客，汉堡组装得十分精良，平时都是一打开包装就哗啦啦掉一手菜叶子，这次居然全都工整地码在面包片和肉饼中间。

季思年把蘸酱撕开，拿了块鸡块，被烫得连吹好几口气，"算了，你要是想说就说吧，我现在觉得肯德基也挺不错的。"

谢航咬了口汉堡，细嚼慢咽之后才缓声说："我没想说。"

"好吧。"季思年笑了，"那我问，你昨天晚上是不是没睡觉？"

"嗯。"

季思年又问："你家里的药，是你吃的吗？"

"不是。"谢航说。

"行。"季思年点点头，"就问这些吧。"

谢航用纸巾擦掉指尖沾上的酱，有些意外。

这两个问题其实还挺有技术含量的，都没触犯到他的隐私部分。一个旁敲侧击确认了他昨天确实有心事，且与今天大概率是同一件事；另一个确定他处于精神稳定状态，不至于等会儿聊一半还得打110。

他叹着气，之前还想过，让季思年与他待在一起的时候能够不用这么累，结果不仅没做到，还让人家拉了回架。

"一会儿要去哪里？"他问道。

季思年说："好地方。"

有关于这好地方，谢航只猜到了一半，本以为会是咖啡馆一类，结果居然是个清吧。

这家清吧的位置有点刁钻，在上次吃火锅那家商场底下的商业街，有个不起眼的狭窄入口，顺着入口上去，楼梯又窄又昏暗，两侧画着低饱和度色彩怪异的涂鸦。

在转角处有一棵塑料做的仿真树，较高位置挖了个很逼真的树洞，里面一团毛茸茸的白色。

"猫？"谢航问。

"假的。"季思年领着他一直上到二楼，二楼是个小小的空间，有左右两扇门，分别挂着木质小牌子，左侧写着"闹吧"，右侧写着"清吧"。

季思年偏头看着他，"挑一个。"

"左边是厕所。"谢航叹了口气，推开了右侧的门。

"你来过？"季思年讶异地挑了挑眉，跟着他走了进去。

谢航说："闻到了。"

门后别有洞天，这家清吧的装修风格很有趣，不是惯用的铁艺吧台，全部是木质的，吧台的最侧边设计了一个小洞，一只松鼠露出来半个身子正往外钻。

此时清吧里人不多，吧台里的调酒师正靠在一棵假树旁边玩扑克，看上去是在研究什么魔术。

季思年挑了个隐蔽些的位置，这地方有些昏暗，他按亮了墙上一个小小的坚果样式的壁灯，投射出一片暖黄色的光。

"这地方挺清静的。"季思年戳了两下桌上的盆栽，"知道的人不多，基本在楼下餐厅吃饭。还是尹博给我推荐来的，他跟他女朋友总来。"

他顿了顿，"就是刚刚穿白大褂那个，他是我发小。你喝点儿什么吗？"

等了一会儿不见谢航说话，他抬眼看过去，"嗯？"

谢航似乎刚刚回神，重复了一遍："女朋友？"

"在闹分手，现在不知道复合了还是分手了，"季思年说，"你俩认识？"

谢航今天不知怎的反应奇慢，听完愣了会儿，又重复道："分手？"

"分不利索，他想复合，一直在争取，我估计那边也不想分。我怕戳着他伤心事，一直没问结果如何。"季思年在他眼前打了个响指，"你怎么了？"

谢航盯了他半天，忽然低声笑了一下，用力闭了闭眼，长出一口气靠在椅子上，"没事。"

他这样子就像撑着一口气完成了遗愿，彻底了无牵挂撒手人寰一样。季思年皱着眉问："怎么了？"

谢航仰着头，慢慢睁开垂眼看着他，"没事。我不喝。"

"那我去点一杯。"季思年一边说一边瞄他，"你别突然晕过去啊。"

"嗯。"

他侧过脸看了看季思年的背影，再次闭上了眼。

这么多年没触碰的伤口，今天被他一把揭开，心里感觉火辣辣地疼。

不过吵得挺爽的。

他没想到季思年会来，更没有想到自己那个失控的模样会被人看到。应该挺吓人的，他那个时候脑子里一片空白，想到的唯一一件事就是要从玩具房里离开。十年前他不敢反抗谢成，被谢成一怒之下甩在地上，好在他提前在地上铺满了布娃娃，才没有被摔伤也没被摔残。

十年后他不怕谢成了，对着谢成嘶吼的时候，他生怕自己声音太小，语言不够密，让谢成找到还嘴的机会。

他绝不给谢成那样的机会。

谢航扯出一个笑。

如果让他在全宇宙选择一个人永远看不到他的这一面，他一定会选择季思年——他唯一的朋友季思年。

但是季思年居然没有怕他，一个正在精神病房门前"发疯"的疑似精神病，还愿意听他"聊一聊"。

谢航说不清自己的心情，从疗养院出来到现在，他都像是触发了下意识的自我保护一样，主动忽略了之前发生的一切。直到现在，他都没有想好待会儿要从哪里开始聊。

只是他意外地没有对此产生任何抵触情绪，他原以为自己很难开口与人聊起童年，也许是因为反正都被看到了，那些往事在衬托之下也就变得不算难堪，没有那么难以启齿了。

谢航舔了舔嘴角的伤疤。

季思年端着两杯果酒回来，浅紫色分层在暗黄灯光下像蒙上一层缥缈滤镜。

"我不喝。"谢航闻到了葡萄和柠檬苏打水的味道。

季思年坐到对面，敷衍道："来都来了。"

冰块折射出彩色的投影，细小气泡打着转飘来飘去，浮到表面贴着一小片薄荷叶。

"我家里有遗传性精神病。"

谢航这话头开得太突然，毫无铺垫，季思年正调整着卡座里的靠枕，闻言动作一顿，差点儿没反应过来。

他干脆把无处安放的靠枕抱在怀里，下巴搁在上面认真听着，他明白，万事开头难。

谢航盯着杯子里旋转的气泡，索性什么也不想。

"我姥姥病了十来年，快不行了。我妈是生完我妹病的，双相情感障碍，一开始不知道，跟我……爸离了以后才开始治，治好了。"谢航说，"她有一段时间状态很差，她说她养了一只狗，我说没有，后来她主动申请工作调度，现在在安城的生物制药研究所，很久没回来了。"

"我姥姥不想活了，我妈不让，谢成听说之后回来了，想仗着我这一层血缘关系哄骗出一点我姥姥的财产。昨天谢成……就我爸去的时候说了些难听话，把我妈逼急了，再加上姥姥摔完之后精神很差，我妈看着心里不舒坦，有些急躁了。"

"谢航。"季思年听着就感觉他的状态越来越不对，谢航说话时语气毫无起伏，平铺直叙仿佛在讲别人家的故事，"抬头。"

他伸出三根手指，"这是几？"

谢航的目光慢慢聚焦，盯了好一会儿才说："三。"

他说完笑了笑，端起桌上的果酒喝了一小口，在这时才意识到季思年替他买这一杯酒的决定有多正确，"刚刚说到哪里了？"

"说到……"季思年半叹半笑道，"给你列个提纲吧，下次走神也能知道走哪儿了。"

"这个酒挺好喝的，叫什么啊？"谢航说。

"就叫葡萄气泡酒，老板出重金等人赐名。"季思年屈指敲了敲桌子，"转移话题是吧？"

谢航笑了笑，缓了一会儿，这次开口比方才要艰难一些："我不知道这样说你能不能理解我的意思，有些对别人家来说天大的事，落到自己头上之后，时间久了也并不是无法接受，甚至可能比别人接受得更轻易，但如果有人很刻意地跟你说，别想这些事，你不会沾上的，然后去强行矫正你，你反而会变得无法接受。有点儿绕？"

"懂了。"季思年点点头，"旁人会把别人家的忧愁灾苦代入自己的人生，落差感太大才无法接受。但真正落到自己的人生时，只有这一条路可以走，更能……背水一战？不过越强调越在意，越纠正越惦记，这一点人人都是。"

"嗯。"谢航有些不知如何开口，"他俩在我八岁那年离的婚，我和谢舟都被判给了我妈。八岁我已经上小学二年级了，因为太孤僻没什么朋友，谢成当时觉得这不是一个二年级小孩该有的样子，怕我得了遗传病，想矫正，把我关在了玩具房里。"

季思年皱着眉，想象不出谢航玩玩具的样子，"你还玩玩具啊？"

"奥特曼。你八岁不看动漫吗？"谢航撑着下巴，看着他笑，"连谢舟都相信光。"

"牛。"季思年难以理解地叹了口气。

"我跑了几次，后来他就拿铁链把我拴在里面了。"谢航轻描淡写地说着，"我那个时候就知道家里的事了，觉得要顺着他才行，不吵不闹的，结果他去沈荣研究所的时候把我忘记了，就黑灯瞎火在里面待了一晚上，我还以为他要饿死我，有点害怕，把两只脚都磨破了，爬到门口敲门，是谢舟发现我的。"

他伸了伸腿，"现在还有疤，就因为这疤，把那时候没怎么见过世面的小学同学吓个半死，都没有人惹我。"

季思年低头去看，那疤和他想象的不一样，颜色不算深，一圈与皮肤融为一体的淡黑色，如镣铐一样嵌在脚踝上。

愤怒顿时冲上头顶，他明知谢航自尊心强，不愿意让他看出他的揪心，可这份恼火无论如何也抑制不住。

那只是八岁的孩子。

季思年半天才说出话，声音都不自觉软下来："你要不在这儿弄个文身吧，挺酷的。"

"不文，太明显，万一以后我去考公务员呢？"谢航风轻云淡。

"你……"季思年顿觉刚刚他小心翼翼的样子跟在开玩笑一样，笑得不行，"煞风景啊。"

谢航跟着笑了一会儿，才说道："其实我不太在意那段日子。"

"你可别这么说。"季思年立刻说，"所有经历都不可能挥之即去，你要真不在意，今天就不可能这样对他。"

谢航的脸在暗淡灯光下有些失真，一半隐在黑暗中，季思年没来由地联想到了小吃街的烧烤摊，那日霓虹灯牌的光打下来时，谢航也是这个模样，脸廓棱角分明，眼里有些茫然空洞，喉结滚了滚似乎想说些什么，最后归于沉默。

"在不在意很难定义。你之前问过我，会不会为了一些很久以后都说不准的事情，去放弃眼下的事。我那时候的回答是我会，"谢航说，"我没有因为童年受到的伤害恨过我爸妈，但我会因为这个答案……而恨他们。"

他的神情带上些藏不住的落寞，"如果没有那些事，我其实不会钻这个遗传病的牛角尖。但我现在很在意，非常在意，而且我无法控制住自己不去在意。"

季思年小口小口喝着气泡酒，过了许久才说："我没有想到你会说这么多。"

"我没交过朋友，所以想跟你提前通知一声。万一我以后……有话憋着不说、做事很反常、回避与人接触什么的，你别多心，是我自己的问题。"谢航随意抓了两把头发，才发现刚刚那一架把头发打得乱七八糟，这一路都没人提醒他理一理。

季思年一听就想起来昨天晚上谢航那莫名其妙的脾气，"知道了，争取不被你伤到心。"

谢航这话说得敞亮，季思年确实感觉舒了一口气。

他自认被年霞跟季建安惯出了不少娇病，长这么大向来是笑脸迎着，有时候冷不丁遇上对自己冷脸的，第一反应也总是自我反省。

兴许也是受了点年霞性格的影响吧。

所以那天谢航冷着一张脸，他的确有些别扭。

尹博曾经从心理学角度分析，说他这种表现八成是缺乏安全感，被他一句"瞎说"掀过去了。

现在想想还算精辟，尹博前途无量。

季思年闷头把气泡酒吸得直响。谢航真是个神奇且矛盾的人，按理说打了这一针预防针，字里行间都在说"我不是什么好人"，可季思年跟他待在一起就是很踏实。

"你从来没问过为什么谢舟要在我妈面前演戏，假装成绩平平，假装需要一个家教老师。"谢航低声说，"就是因为这些。那年她才七岁，是我吓到她了。"

季思年"啧"一声，想安慰他这事跟他没关系，转念一想这道理谢航未必不知道，可很多事并不是知道了就能改变。

壁灯的续航能力有点差，没聊多久就慢慢暗了下来，季思年拍了两下发现可拆卸，便随手换了一盏新的。小空间一下子被点亮，谢航的侧脸变得更深邃些。季思年抱着靠枕随意靠在椅背上，看着他嘴角的那块伤疤。

"不提这些了。"季思年的目光从他的嘴角落到小臂，"你今天为什么要和他吵啊，他说什么……话了吗？"

谢航顺着季思年的目光看了两眼，胳膊上的划痕已经结了痂，"没有，我每次看他都害怕，这两天压力有点大，没忍住。"

还真是什么实话都敢说了。

季思年闷头笑了一会儿，最后说："我以前都没看出来你是这个性格，还觉得你是个菩萨。"

气泡酒只剩下最后几块还未融化的冰，表面泛着亮光，薄荷叶落在冰块上，叶片渗出了几滴小水珠。

他们两人在此时默契地沉默，不约而同地看着玻璃杯。

谢航的那一杯里还有小片柠檬片，喝到底时有些酸涩，半个柠檬籽趴在杯壁上。

"给这杯气泡酒起个名字吧。"季思年没头没尾地说。

谢航盯了他几秒，才转眼去看桌上的盆栽，"柠檬核。"

"这是葡萄味儿的，和柠檬有什么关系？"季思年笑了笑。

"酒水不都是实物与名字不符吗？"谢航说。

季思年隐隐约约明白了这个名字的内核，他歪着头，几乎没有度数的果酒让他有些发晕，"行，柠檬核。"

也不知是酒太上头还是这氛围实在是醉人，季思年坐着就感觉眼皮发沉，兴许是早上起床起得太早，他居然有些困了。

不过在此时睡着显然有点不给谢航面子，他强撑着拿出手机，想靠电子设备转移一下注意力，一掏出来就又看到了这个裂了个角的钢化膜。这已经是他暑假以来换的第三片钢化膜了。

季思年按亮锁屏，看到竟然有两个未接来电。谢舟在十分钟前给他打过电话，他愣了一下，才记起来谢航说他的手机一直关机，估计是谢舟联系不上才找的他。

他纳闷地按了按音量键，发现不知什么时候被静音了。

"你妹妹给我打了电话，要不要回一下？"季思年抬眼看过去。

谢航接过手机，轻车熟路地解开了锁屏。季思年正要说密码，见到这一幕欲言又止。

谢舟是通过微信打来的，打回去时等了许久才接通。

"怎么了？"谢航问。

他没想到谢舟会满世界找他，应该是谢成那边的事被沈荣知道了。

"你和谢成闹成那样子，不找你要遗产也该找你要精神损失费了。"谢舟语气倒挺平静，还带着点幸灾乐祸的意味。

看样子没出什么大事。

紧接着就听谢舟说："谢成他老婆孩子找来了。"

谢航小声骂了一句。季思年不知道他们在聊什么，第一次听见谢航骂人，还挺稀奇。他猛然发现自己就跟被谢航同化了一样，此时心如止水，就连听见谢航骂街都只是略微惊讶一下，压根儿没挂心发生了什么事，好像跟着谢航从疗养院逃跑后，出了天大的事都不会让他动一动眉毛了。

谢航没有聊很久，只是说定了几个时间，季思年还没听出门道来就挂掉了。

"出事儿了？"他立刻问。

谢航把手机还给他，有些疲倦地按了按额角，"找我要说法。"

"狗皮膏药。"季思年皱了皱眉头，他平时最怕沾上胡搅蛮缠的人，谢航家里已经够鸡飞狗跳了，这简直是又添一把火。

谢航想了一会儿，终于把自己的手机开机，一面查看信息一面说："我明天不跟你去练车了。"

"你要去医院？"

"嗯。"谢航补了一句，"不是去看他，我姥姥转院还有一堆事要办，我得去看着。"

季思年听着就替他累，"你妈不是在吗？"

"我不放心。"谢航叹着气，"她搞研究行，其他的现在谢舟都比她靠谱。"

手机里的消息太多，短信和未接电话提醒几乎占满了通知栏，沈荣的、谢舟的，还有两个陌生号码。

他全部忽略掉，第一时间打开微信，林护士的消息栏里空空如也。

他几不可闻地松一口气，盯着那片空白久久没有动弹。

骗得了别人骗不了自己。起初关机确实是嫌麻烦，昨天沈荣闹得太猛，以至于他今天中午给院方递沈荣的名片时，对方看着那个"安城生物制药研究所"半天没答上话。

从疗养院出来以后还不开机，就是单纯地想要逃避了。

他怕林护士会问他些什么。他不知道该怎么回答。

林护士全名叫林菁，从前在私人诊所里做心理咨询师，今年才进这家疗养院，谢舟之前打听过，她是因为私事临时调任过来的，应该是和院长有关系，等到年底会回到自己的诊所。

他跟林菁之间的渊源挺深，早在他们相遇于疗养院之前。五六年前的事了，那是谢航第一次整夜整夜无法入眠的时候。也许是遗传病的前兆，或者是扭曲童年的延迟影响，总之不会是什么正常的心理状态。

他私下里通过沈荣的人脉找了一家评价不错的诊所——起码不是诈骗或者传销的那种，然后在某个周末跑去见了心理咨询师。

他一直很害怕这些烙印在童年中的、象征着尖叫与痛苦的东西，比如心理医生、消毒水味、镇静剂。但他还是去了。

谢航感到慌张，幻听幻视也好，抑郁狂躁也罢，他起码知道自己是精神方面出了问题，知道自己生了什么病，吃药就可以治好。可是失眠这种事，说病也是病，说不是也不是，有时能够自愈，有时干预治疗也无法缓解。它就像悬在头顶的一把剑，或者关在盒子里的猫，给人感觉如踩在一张薄薄铺在深渊之上的纸，摇摇欲坠，却又不知落点与时间。

他了解心理咨询的流程，为了应付大夫的询问，甚至在去之前想好了说辞，怎么发现的、从什么时候开始的、具体症状和表现。

可是林菁问他的第一句话是"你为什么觉得这是病"。

谢航哑口无言。

他不敢说因为我的基因里有精神方面的问题，不敢和一个外人讲述那些自己都不愿回首的阴暗往事。

林菁的第二句话是"你为什么对此感到害怕"。

她太敏锐，几乎不用存在侥幸心理，谢航知道今天的事一出，她一定对自己有了些判断。

谢航甚至都可以想象出对话的具体内容。

谢航把手机丢到一旁。

"我该走了。"季思年看了看表，居然已经五点了，"我得回去吃晚饭，再在外面逛荡不回家，我妈真该伤心了。"

他们走出清吧狭小出口时，商业街已经热闹了起来。越靠近地铁站人越多，可以说是裹在人流里。谢航半点没有遮掩身上的血道子，季思年看着都有些犯怵，生怕他被保安拉走，紧紧跟在他身后。

正值晚高峰，车厢里人挤人，密不透风，车站内也是人来人往，他们要坐的不是同一号线，在闸机前分别都没来得及多说几句话，一句"再见"飘荡着连个尾音都没剩下。

转天教练来他家楼下接他时，他习惯性地拉开后排左侧的车门，没想到里面坐着个眼生的男生。季思年握着车把手愣了半天才想起来今天谢航不来。

那男生也没动，就那样定定地看着他。

季思年一清早的愉快心情顿时烟消云散一大半。他把门关上，换到了副驾驶位上。

"心情不好啊？"教练好整以暇地瞥他一眼。

"没。"季思年胳膊搭在车窗上，下意识摸了摸口袋，结果摸了个空，才想起来他把薄荷糖团成一团丢在家里了。

季思年在口袋里没有摸到糖，倒是摸到了什么硬邦邦的小玩意儿，拿出来看了一眼，叹了口气。谢航他家的钥匙，昨天居然忘了给他！光听故事了。

他开了一条缝的车窗正稀里哗啦地漏着风，把头发吹得有些乱，顺着后视镜扫了一眼，与后排那男生刚好四目相对。

那人穿着格子衫短袖，嘴里嚼着块口香糖，带着点探究地看着他。

季思年"啧"了一声，手指随便抓了把头发，恹恹地转过眼，低头点开了手机。

季思年："侧方停车几个点位是什么，我忘了。"

季思年："速成一下，今天不能丢人。"

过了一会儿，教练车都快开上快速路，谢航才回复："给谁丢人？"

季思年挑了挑眉，"给教练丢人。"

谢航五分钟后发了个备忘录画的图片来，一个线条简单得估计教练自己都认不出来的车库，他用红色标了几个点，小字写着注释。言简意赅，一目了然。

季思年看了两遍，直接点了保存图片。真行，要是早这么教，科目二早就过了。

季思年："让你跟我一起练车属实是委屈你了。"

"你俩预约一下科目二吧，司齐考场。"教练把车开进场地里，坡道旁边已经停了好几辆教练车，好在自动挡的考试没有这个项目，他直接拐弯去了侧方停车的地方。

季思年单手点着手机，"现在就约啊，我还没练几天。"

"约吧，再不约就十号往后了。"教练落下了四扇车窗，稳稳停下熄火,"万一没过二十多号还能再考一次。要是拖到下礼拜,没过就得等到明年你寒假再考了。来练,你俩谁先来?"

"我吧。"

季思年刚要说话就被后排格子衫抢了先,感受到一道目光停留在身上,他懒得看回去,闭上嘴垂眼继续翻看手机。

教练没拖着小板凳找地方坐,他戴上墨镜站在车外,两手抱胸等着指挥。

季思年瞥了两眼,原来"小板凳式放养"是驾驶天才谢航的专属待遇。

"教练,这礼拜都没有名额了。"季思年把页面上的日期往后划一下,发现划不动,"只能下礼拜了。"

他把手机递出去,教练走到副驾车窗旁探头看了看,皱着眉,"得,你们争取一把过吧。"

格子衫应该也是练过不少日子,车停得还算顺利,把倒车入库和侧方停车两个项目跑了几圈,教练就喊了换人。

季思年终于彻底理解了为什么实践能够检验真理,当他在后视镜中挨个儿对应上那张抽象的图的全部点位后,忽然感觉把车停进库简直轻而易举。心一飘脚就飘,他的车速越来越快,而他居然生出了些游刃有余的错觉。

"收敛点儿啊!"教练在旁边喊。

季思年打开转向灯,心想这飞跃性的进步没让谢航亲眼看见实在可惜。

"你是不是一高的?"格子衫坐在副驾驶位上突然说了句话。

季思年分神用余光扫了他一眼,过了一会儿才说:"是。"

"啊。"那人笑了笑,"我是实验的,在你们学校荣誉榜上见过你。"

季思年终于分了个正眼给他,格子衫正笑眯眯的,挂着个说不上是得意还是什么的笑脸,看着仿佛在说"被我说中了牛不牛"。

"嗯。"季思年敷衍地应了一声。

净瞎说,荣誉榜上只挂着年级前三名。这人无非就是感觉在自己学校没见过他,随便蒙一个,蒙对了就算,没蒙对说记错了,再继续蒙。

不过实验的……如果跟谢航一届,说不定会认识他。

谢航那双眼睛就算被临时通知高考改成用俄语考都不会生起波澜，整天都是一副又丧又平静的模样，看着就让人想揍一顿，估计走到哪儿都会引人注目。

格子衫被拂了面子，讪笑着扯了个新话题："我刚进练车的群了，谢航也在啊，真没想到。"

季思年把挡位推到前进挡。原来拉半天近乎是在这儿等着他，真是个大名人。

"今天没在啊，那他以后还来吗？"

"来。"季思年叹了口气。

"哦。"格子衫絮絮叨叨地端着手机，"那我加一下他好友吧。"

他操作半天才想起来补救："啊，也加一下你。你的头像是自己养的狗吗？我发过去了，你记得通过，能看出来哪个是我吧……不写自我介绍了。自我介绍怎么写啊……"

季思年把车子停在起点处，脑袋有点疼。他感觉谢航跟这人坐在一起能被烦死。

"换人！"教练说，"手机放下，宋玮来。"

他到底是叫宋玮还是宋玮来？

"哎！哎哟，刚忘了发名字了，他不会给我拒绝了吧……来了！"

季思年算是怕了他，为了避开被拉着聊天，特意换到后排坐，一打开手机果然看到一条好友申请。宋玮，不是宋玮来。

他点了通过，弹出两条消息，本以为是系统的好友提示，没想到打开发现是尹博。

这才八点多，按理说是疗养院最忙的时间段，尹博竟然有空给他发信息。

尹博："几点结束，来陪我买菜。"

季思年搞不清尹博葫芦里卖的什么药。

"九点。"他慢悠悠地打字，"那个时间去买还有什么菜？老太太八点就给你抢得只剩猕猴桃了。"

尹博立马回复："逛超市！今天非常想消费。"

不知怎的，季思年脑子里除了鱼跃龙门花园门口那个万达商场，一时半会儿没想起别的来，"来万达吧，九点十分。"

平时一般都不到九点就能结束，主要是谢航学得快，今天看样子更多是巩固，教练也没有要教下一项的意思，九点多应该能回去。

身后传来几声羊叫，季思年趴在窗边看着刚起床的羊在场地外溜达。

宋玮的基本功还挺扎实，两个人还是提前了一段时间就结束，教练车一开上公路就像火烧屁股一样，大概是教练看着他们练车憋屈又堵心，一路风驰电掣就到了万达门口。

下车时季思年还有点恍惚，一脚踩上地面都有些虚浮。宋玮跟个没事人一样，纳闷地看了他两眼。季思年把帽子扣在头上，心道打石膏后遗症还挺多，压着正常的步子，在响彻天地的音响声里走进了万达。

万达商场十点钟才开门，还差一个多小时，现在只有地下两层的超市能进，今天不是双休日，人不算多，冷气开得很足，他一扭头就隔着一道玻璃看到被冻得直蹦的尹博。

尹博站在星巴克里，眼睛还扫着菜单。

他走过去，敲了几声玻璃，在尹博看过来时扬了扬下巴。

"你居然还能提前来？"尹博跑过来的时候牙都在哆嗦，"我在这待了一个多小时了，冻得不行，刚要点杯热的。"

季思年莫名其妙地说："你要是冷上外面晒会儿不就得了。"

两个人往里面走了一会儿，尹博才说："服了你，还真是。"

"你抽什么风了？"

一提这话尹博又是满面春风，"复合成功了，今天全场消费我来买单。"

季思年对此毫不意外，两个人上了扶梯，他才想起来问："你今天不上班？"

"不缺人手了，这两天……挺多转院的。"

他们默契地将话题止步于此。

尹博拉了辆推车，一路无话地穿行在货架间。

洗衣液、晾衣架、锅碗瓢盆……

季思年实在受不了了，率先打破了沉默："还是去买菜吧，弄得不像复合，倒像你俩要备婚房过日子了。"

"哎。"尹博乐得不行，"我忘了商场十点开门了，要不等下去旁边那个电玩城吧，打发打发时间。"

"那个电玩城里都是抓娃娃机。"季思年也跟着笑。

"还有跳舞机。"尹博笑完，又小声说，"我俩过两天再见一面，我感觉她心里抵触没多少了，反正安城离咱这儿也不远，车票也便宜，都好说。"

"嗯。"季思年看他的心思早就飘出去了，推车歪七扭八到处跑，便接过来自己推着，"试试吧，别还没试呢，就自己说不行。"

出口就挨着卖菜的那片地方，他们走过去时看到还有不少人在排队称菜，季思年正打算绕过去，猛地在人群中看到了个熟悉的身影。

"嗯？"尹博跟着他停下，一齐看过去。

"谢航居然在买菜！"

季思年除了这句话以外什么都说不出来，他感觉自己眼睛都快掉出来了。

在买被老太太扫荡后幸存的猕猴桃！

"那不是……"尹博也认出来了，扭头看了眼季思年，话没说完。

谢航还会买菜？

季思年站在原地，忽然感觉这幕场景应该拍下来给宋玮发过去。

见他没有回话，尹博皱着眉看了一阵，也不知想起来什么，碰了碰他的胳膊低声说："你俩不会结过仇吧？"

"嗯？"季思年脑子没转过弯儿来，还盯着谢航看。

尹博更低声说："别在这儿动手吧，都是老人，碰倒了算谁的？"

季思年才反应过来，"你爸怎么没给你办个住院啊？"

"嘿！"尹博眼睁睁瞪着他朝着那个买猕猴桃的背影走去。

猕猴桃今天还挺便宜，只不过谢航儿乎没怎么买过菜，不知道这价位跟平时比怎么样。他拿着个袋子，里面已经装了三四个，还在低着头挨个儿捏。

"你没去医院吗？"季思年走到他身边。

"去了。"谢航连头都没抬，像是早就知道他来了一样，极其自然地把话接下去，"八点半就办完了，我看我妈状态还行我就走了。"

他挑了个不软不硬的放到袋子里，这才转过身，看到跟过来的尹博时微微愣了一下，朝他点了点头。

他连车都没推，单拎着一袋称好的猕猴桃，季思年见他似乎不准备再买其他的了，顺口问道："你等下直接回家吗？"

"嗯。"谢航说，"谢舟说她嘴里长了溃疡，准备挑战六个猕猴桃一次性治好，给她捎点回去。"

季思年从口袋里掏出来那把放了好几天的钥匙，"忘了给你。"

他侧着身子都能觉出来尹博那震惊的眼神，黏着钥匙一路从他的手里转到谢航的手里，再被谢航随意揣进口袋。

"你们要去哪里？"谢航转头迎上尹博的目光。

尹博半张着嘴。

"随便转转，等万达开门。"季思年笑了笑。

谢航低头在另一边口袋里翻找着，掏出一枚电玩城的游戏币递来。

"之前留下的，给你吧。"谢航说。

刻着一只出水的小海豚。季思年紧紧攥在手心里，他有一瞬间的晃神，迟疑一下才说："谢了。"

他就站在收银台旁边，瞪着结账口旁边的小架子和几行广告语出神，都没注意谢航是什么时候走的。

"他是你情敌啊？"尹博突然凑上来低声问。

季思年被他吓得猛一回神。

季思年推着出口处的转杆，无奈地说："为什么我俩非得是敌人？"

尹博跟在后面，"感觉你俩又熟又不熟的。"

"你快闭嘴吧。"季思年叹了口气，在兑换游戏币的机器前站定，"练车认识的，医院帮过几次忙，平时帮他妹妹补课，就这样。"

尹博一下子噤声，眼看着他付了二十块钱，游戏币噼里啪啦地掉进小篮筐里，半天才说："真有人能孤僻成这样？"

"你去问问他？"

电玩城里有一大半的机器还暗着灯，只有那一圈抓娃娃机响着音乐。

尹博过了一会儿才问道："他刚刚是怎么发现你的？没有回头就知道你在。"

"我是走路过去的，又不是飘过去，人家听得见。"季思年挑了个机器，投了两个币进去，"你到底想说什么？"

娃娃机的爪子很松，白色的企鹅从半空中掉了回去。

季思年把装着游戏币的小筐递给尹博，手插在口袋里站在一旁，帽檐遮住了他的半张脸。

"我就是没想到你俩能说得上话。"尹博自己扔了两个币进去，晃着摇杆，"玩得到一起去吗？他看上去真挺难相处的。"

尹博跟谢航接触的层面与他截然不同，他突然有些好奇，"怎么说？"

"你问我，我这儿没什么好话啊。"尹博两手撑在操作台上，"我老觉得他得去看看大夫。"

季思年靠着旁边的娃娃机，脑子里莫名出现了那杯葡萄气泡酒，以及端着酒杯的那只擦破了指节的手。

"得做做心理辅导，压力太大了。他这种人经历得太多，心智比同龄人成熟，所以我还以为他交不到朋友呢。"

白色企鹅头顶的标签被钩在爪子上，却仍在升到顶时掉落下来。

季思年看着滚落的毛绒公仔，"心理辅导，因为他的遗传病吗？"

"你……"尹博略有些诧异地看他一眼，"这你都知道啊，我刚才还纠结要不要瞒你这事儿。依我浅薄的经验看，也没有到那个程度，就是压力太大，而且能感觉出来这压力主要是他家里人带来的。"

"是。"季思年听着娃娃机的欢快音乐，有些心烦意乱。

五彩变化的光斜斜打在脸上，他轻声说："他这种情况，以后一定会发病吗？"

"不好说。"尹博没有再动摇杆，只是静静地看着小显示屏上的倒数跳动，"我也没研究过，以后有时间看看。他有致病基因，原生家庭影响也大，但以后要是没有强刺激的诱导因素，应该……"

倒计时结束，白色企鹅在出口边缘跳动一下，又掉回原位。

"你有没有见过他……发病？我见过一次，他爸第一次来医院闹的那天。但更像是应激反应，不是精神障碍那种。"尹博说得很慢，尽量用一些好理解的语言，"你能明白我的意思吗？没有科学依据，就是我自己的看法啊，我不知道他是不是已经经历过那种强刺激了，但如果经历过后只停留在应激反应的阶段，以后大概也不会……哎，算了不说了，等我再专门研究吧。"

他这话说得颠三倒四，但季思年听懂了。

他们沉默地站着，音乐颇有些不合时宜地穿插其中。

"我觉得他最大的问题不是这些。"尹博还是没忍住，"是他似乎很抵触治疗，不愿意接受任何心理辅导。"

"抵触吗？"季思年在指尖转了转谢航给他的那枚游戏币。

谢航就像那日挂在杯壁上的半个柠檬核一样，被酸透的柠檬裹在最里面，又苦又涩，唯一的归宿就是苍蝇围着转的垃圾桶。

顶多被夹在果肉里切成片，丢进葡萄水中，在调酒器里摇摇晃晃，所有酸涩味道都融合在甜葡萄里，端出来后再没有人能把他从中拣出来。

拿一身的体面做伪装，不愿意让人揭开看到其中的伤痕。

他并不全是抵触，只是害怕。

季思年细细摩挲着手中的硬币。

"会好的。"他说。

大概是投币次数达到了商家设定的"保底值"，松塌塌的爪子变紧，白色企鹅被抓起来，"扑通"一声掉入了洞口。

尹博蹲下把娃娃拿出来，软绵绵的，捏着很舒服。

"你的。"尹博抛给他。

季思年伸手接住，企鹅围着一条绒绒的黄色围巾。

他揉搓几下，问："你花了我多少游戏币？"

"还剩俩。"尹博晃了两下，"来搏一搏，抓个大的。"

剪刀机里挂着几只比较大的娃娃，季思年心不在焉地瞥了两眼，抬了抬帽檐走过去，"我没玩过这个。"

"反正就剩俩，你随便玩玩。哎，我过几天得剪个头去，大夏天闷得脖子……"

他的话戛然而止，季思年从投币到按下按钮不过五秒钟，刀片在那根绳子上轻轻一切，分明还完好无损的绳子直接一次性被割断，一只巨大的粉色恐龙掉落在出口处。

"痒。"他坚持把这句话说完，震惊得舌头都打了个圈，"这都行。"

季思年也没想到居然可以剪断，瞪着那半截绳子半天，才弯下腰把恐龙从挡板里拽出来。

粉嫩嫩的颜色就算了，个头大得连包都塞不下，竖着抱像个抱枕，横着抱像抱了个公主，他艰难地把恐龙在手里转了几圈，挤出来一句："啊？"

"你的钱，你操作的，你抱着。"尹博立刻说。

也不知道是不是时间太早商场还没有开门的缘故，电玩城到现在都没有人，更别提工作人员，连个退换的机会都没有。

季思年头疼得要命，"我不想抱着它上楼，想个办法解决一下。"

两人大眼瞪小眼，最后尹博没忍住笑了出来，"你要不问问谢航走了没，把这送他。"

"他抽死我。"季思年低头和恐龙对视着，"刚才就不该把钥匙还他，还能偷偷上他家里把这东西扔进去。"

话音刚落，放在操作台上的手机振动了两下，眼见都快振得掉地上了，季思年抽出一只手拿起来，发现居然是谢航发来的消息。

真是说曹操曹操就到，谢航一个不会主动联系的人，居然有一天给他发消息？

他环抱着那只恐龙，费劲地把手机从左手递到右手，这个动作都快把恐龙勒死了，接着用指纹解了锁。

谢航："九号有空吗？"

季思年："有事？"

谢航："谢舟的生日，请不来同学，你来撑个场。"

生日？季思年愣了愣，要是在之前他肯定会找借口推掉，参加别人生日这种事对他来说就相当于要面对别人家的父母，总觉得不自在。不过现在看来，这兄妹俩的认知里估计就没有"父母"的存在。

只是谢舟会邀请他参加还挺意想不到的，他本以为依着他们的性子，生日都是自己悄悄摸摸就过了。

高三开学早，谢舟生日那礼拜都已经返校报到了，他们实验中学还有个开学考，季思年觉得要是换成他，别说能不能请来同学，自己都懒得过了。

他单手打字，打一句话能错三遍："有空。我给她弄了一个礼物，你回了吗？还没回就过来找我拿。"

　　谢航："娃娃啊？"

　　季思年又敲了半天才想起来可以发语音，他按着语音键，"是，你要吗？不要也不行了。"

　　他叹了口气，把恐龙横在肩上，对尹博说："其实他家就在对面。"

　　尹博正靠在边儿上捏企鹅，闻言头也不抬，"那走呗，反正商场还没开门。"

　　此时人流量渐多，他们搂着一只粉色恐龙往外走，一路上回头率高达百分之九十。

　　尹博边走边乐，"行为艺术。"

　　"滚蛋。"季思年把帽子往下拉了拉，看他笑得都快走不动路了，踹了一脚过去，"背挺起来，走得光明磊落一点还能像个道具师，你现在就像是偷出来的。"

　　"哎。"一出商场迎面就是灿烂的阳光，尹博在太阳底下小蹦了两下，伸胳膊打了个哈欠，"终于暖和点了。"

　　音响还在放歌，季思年只感觉晒得胳膊疼，换了个姿势拿恐龙，正好挡了挡暴露在外的手臂。

　　一直到过马路的时候，尹博忽然说："其实可以再等等，开门了以后上楼把这个送给王老板。"

　　"你怎么不早说？"季思年一个脑袋两个大，顶着路人好奇的目光，头皮都有点发麻。

　　"忘了忘了。"尹博又开始乐，"王老板人家也不一定要呢，这东西鬼屋里也没地方摆。"

　　季思年没有带着出入证，好在保安看他面熟，躺在躺椅上没吱声。

　　一进小区就是大片绿化，行人终于少了些。他们走了一会儿，尹博才低声说："我还一直没问，你俩怎么认识的？"

　　"一起练车。"这段公寓区的楼号排得没有规律，好在谢航家不难找，季思年领着尹博转了一会儿就进了楼。

　　电梯在八楼停下，季思年看着两扇门犹豫了一会儿，敲了平时给谢舟补习的那一边。

敲了半天，身后那扇门先打开了，给尹博吓了一跳，"敲错了？"

谢航还没换衣服，从门里走出来，看着他手里的恐龙有点没反应过来，"这么大？"

"赶紧弄进去，再抱一会儿我胳膊要酸掉了。"季思年说着，挤开他自顾自进了屋子。

他把恐龙扔在沙发上，不知为何看着觉得别扭，好像这东西出现在这里很违和。他猛然想起来似乎从来没有在这两间房里见过娃娃。谢舟的屋子里也没有。

"谢舟喜欢这些东西吗？"他后知后觉问道。

谢航已经领着尹博走进来，正拉开柜子翻找什么东西，"不喜欢。"

"好吧。"季思年乐了，"那你呢？"

"我也不喜欢。"谢航翻出来了一个保温壶，拿去厨房清洗。

季思年正想问为什么，脑子里倏地炸出来谢航那天的声音——玩具房。

他直接僵在原地，忽然有些不知所措。

"没事，找个地方搁就行。"流水声有些大，谢航的声音仿佛被拉得很遥远。

"我给忘了。"季思年皱着眉，"你其实刚才跟我说一声就行。"

谢航关掉水龙头，甩了甩手，转头看着他，"你不是说不要也不行吗？"

季思年一听他还能开玩笑就知道不是真不乐意，立马给气笑了，"你闭嘴啊，那你自己去扔，我不抱着了。"

谢航笑了笑，把保温壶擦干后才说："真没事，我做过脱敏治疗。"

一直靠在旁边的尹博闻言抬头打量着他。屋子里的空调开得与万达商场内的冷气相比有过之而无不及，季思年隔着半道门与他对视着，浑身有些发紧。

谢航收拾出来的保温壶是盛鸡汤用的，沈荣还守在医院里，看样子魂不守舍的，他得送一趟饭过去。

"谢舟不在？"季思年问。

"在复习，她有开学考。"谢航又架了一口锅烧水。

锅看上去是旧的，应该是从隔壁拿过来的。

季思年感觉很新奇，"她还用复习？"

谢航叹了口气，"爱因斯坦参加开学考试也得复习。"

"行。"季思年笑了一会儿，还是有些不放心地盯着他看。

砧板被他放到水池里清洗着，尹博从后面凑过来，拍了两下季思年的肩膀。

季思年这才转过头，慢吞吞地拉开了门，"走了啊。"

"嗯。"谢航的声音很低。

他们一路无话，电梯下行的数字跳动着，行至一楼时尹博欲言又止地用余光瞥过来，被季思年逮了个正着，"有话就说。"

"你……"他绞尽脑汁找了个委婉的问法，"你真的不怕他？"

"不怕，怎么了？"季思年抓着手里的白企鹅，头一次感觉有些疲累。

尹博受他爸耳濡目染这么多年，阅人很准，从里看从外看都准，他眼中的谢航只怕和自己眼中的天差地别。他有些不敢听到尹博的话了。

尹博见他没有什么不耐烦的意味，才继续说下去："算了，说这话有点没劲的，以后再说吧。"

"哪儿来的以后？"季思年笑得有些揶揄。

尹博确实挺懂他，懂到可以替他把一直不愿深思的部分说出来。

高三开学早得季思年都有点不适应，谢舟生日那天是周五，他问的时候才知道实验中学已经上一礼拜课了。他想破头皮也想不出来谢舟能喜欢点什么礼物，后来索性包了个大红包。

八月期间的周六不补课，周五放学放得还算早，但等谢舟回来也已经六点多了，季思年本以为是上她家里吃个蛋糕，没想到谢舟直接把地点定在了KTV。

他对着这个定位琢磨了一会儿，才给谢航发了个问题："都有谁去啊？"

一直到他从衣柜里挑挑拣拣半天搭好了衣服，谢航的消息才回过来："咱们仨。"

季思年："那唱个什么劲儿啊？"

谢航："她一个人唱。"

季思年拎着裤子愣了一下。谢舟的想法真挺奇特，跟谢航在某些方面上像是两个极端。

八点的KTV，这时间卡得不上不下，季思年盘算了一路要不要吃饭，最后还是随便找东西垫了两口。KTV就在万达商场的楼底下，季思年推开包厢门时，这兄妹俩离得八丈远坐着，正各自低头玩手机。

他站在门口正要说话，服务员从他身后挨着走进来，手中的托盘上摆了四瓶酒，整整齐齐码在桌子上。

"来了！"谢舟弯腰拿过启瓶器，直接开了三瓶酒，随手抓起话筒来，"不容易，你俩争取热闹点。"

季思年走到谢航旁边坐下，音响里放起来一首男团的歌，他低声问："她没事吧？"

"没事。"音乐声太大，谢航侧过头说，"吃饭了吗？"

季思年举着手机，"吃了点。这算不算酒驾啊，我得跟教练说一声明天不去了。"

谢航摇了摇头，"我说过了。"

谢舟唱歌比说话时的声音更低，这首歌不是她擅长的音域，却仍旧唱得很好听。

屏幕上放的是一支舞蹈MV，打光让人眼花缭乱。乍明乍暗的亮光映在脸上，季思年向前躬身，自然而然地把手抽出来，拿起酒瓶喝了一口。他把注意力集中在屏幕上，却到最后都没看清跳舞的有几个人。

谢舟精力旺盛，连着唱了两三首，季思年坐在原地愣神，在这种场合他反而不知道该说什么了。

"来一首？"谢舟坐在点歌台前，扭头看着他，"季哥给个面子？"

季思年望着她，举起酒瓶喝了一口，酒味盖过了弥漫在口鼻间的薄荷味道。

"路口。"

他从桌子上拿起话筒，不知是不是薄荷配酒来得太冲，恍惚间有些错乱，分不清此时是不是还在高三的某个凌晨趴在书桌上做梦。音乐伴着房间的共鸣声响起，他开了很小声的原唱，张震岳的嗓音懒洋洋的，不知为何听着有些难过。

一个人走，无聊的路口。

躺在桌子上的酒瓶盖亮晶晶泛着光，看着有些刺眼。桌上没有生日蛋糕，谢舟的书包放在一旁，季思年在黑暗中仿佛回到了第一天去谢舟家里的时候。

我不想走，去你家的路口。
破碎的痴梦，丢到马桶让水流。

季思年忽然感觉选择这首歌真是个错误的决定，不过唱都唱了，硬着头皮继续唱下去吧。

大概是喝过酒的缘故，季思年的嗓音有些发哑，光怪陆离的灯影将一切都拉扯得让人目眩。

深陷沼泥之中，没有人救我。

谢航和谢舟在他唱到这一句的时候，都有点愣神。

"两口就上头了。"季思年放下话筒，自言自语般说着。

谢航盯了他一会儿。

"谢舟！"

"嗯？"谢舟扭头，一个包好的红包飞了过来，落在沙发上。

季思年垂着头缓了缓，慢慢站起来，"我去要点吃的。"

他在推门而出的刹那放松了呼吸，包厢外的空气也不算多清新，混杂在一起的音乐声和男男女女的嬉笑声织成一堵密不透风的墙，将他困在原地。

季思年拐到卫生间去洗了把脸，冰冷的水珠拍在脸上都无法叫人清醒。气氛有点尴尬，谢家兄妹会介意吗？反正他放在心上了。

季思年抓着头发，脑子昏昏沉沉，一会儿是季建安的脸一会儿是那天那只粉色的恐龙，大杂烩一样在眼前晃来晃去。

"季思年。"

大杂烩里还出现了谢航的声音。

"季思年?"

他猛一扭头，谢航就站在两步远的地方，眼眸深沉地看着他。又是这个眼神，好像可以洞悉全世界所有秘密，季思年躲避着侧过身子。

谢航没有靠近，只是盯着背对着他的人。

良久，季思年才说："走吧。"

从八月九号到二十号总共十一天，谢航都没有再去练车。季思年也不再觉得宋玮很聒噪了。每当宋玮问一句"谢航今天也不来吗"，他都会在心里跟着骂道：是啊，这小子还不来吗？

他快把刹车踩烂了也想不出来原因。

总不会真是因为那天他在KTV唱的歌吧？

季思年努力换位思考，谢航那天的表现很正常，没有什么嫌烦或想要就此退回路人关系的苗头，应该不至于只是因为参与了对方的生活，就应激到退回朋友安全线以外吧。

教练给出的官方原因是家里有要事抽不开身，季思年将信将疑，还没等细细分析，就被一声喊拉回了思绪。

"曲线行驶两个弯，四个车轮子挨个儿压线，你在表演杂技？"教练甩着一根从路边拔的芦苇叶，赶牛一样跟在车屁股后面。

"唉。"季思年叹着气，眼睛四处瞟了瞟。

他从未想到曲线行驶居然会成为他的滑铁卢项目。

教练教给他的几个点位统统找不到，他跟教练讲情况时教练也不理解，两个人鸡同鸭讲了老半天，最后推断是座椅高度出现了问题。

季思年在头顶比画两下，与车顶之间刚刚好一个拳头，"座椅没问题。"

"那还看不见？"教练简直要暴跳如雷，拿芦苇叶扫着挡风玻璃的左下角，"这里，白线顶到这里的时候转方向盘。"

季思年看他两眼，没好意思说之前他一直都是这样开的。

不知道多少次车轮压线后，教练一副生无可恋的样子，"你凭感觉吧，曲线行驶是最简单的了，凭感觉可以过，别死盯线了。"

"我……尽力。"季思年有点没底。

自由发挥之后就越来越离谱，他总是觉得车身是奔着白线去，拐弯要么拐早了要么拐晚了，四个轮子总有一个压在线上。

没谢航给他喊停，他还真把握不了尺度。

谢航家里到底有什么事？谢成又来闹了？

"季思年，你把你高考的精力分十分之一过来，都不可能把车顶到草里。"教练声音挺平静。

"哎！"季思年立马踩了刹车，直起身子仰头看，车前盖都已经进到弯道里面的绿化带里了。

宋玮在后面笑得快喘不上气了。

"踩刹车是吧！"教练紧跟着说，"你自己权衡啊，压线扣一百分，停车扣五分，你现在都能负着分考上安大了。"

季思年在倒车和压草之间纠结了一下，选择了挑战曲线行驶倒车。

宋玮探出头来看着地面，"可以继续倒，离得远。"

季思年靠着那点可以忽略不计的感觉，愣是把车倒回了入口处。

他再次开进去时瞥了眼后视镜，宋玮正趴在车窗上看风景。

"转！"教练说。

谢航没来学车，害他挨了不少骂。造孽了。

谢航就仿佛失联一样，中途连谢舟都发过一条微信问他什么时候去报道。谢航是个来去自如的人，他只将生活的最外层袒露给别人看，再往里便寸步难行。这让季思年有些恼羞成怒，可他又说不上来为什么。

如果是尹博，就算大半年不与他联系，他都不会这么别扭，因为他和尹博是相互信任的。

在没有谢航的教练车上练了十几天，季思年自力更生学会了曲线行驶和直角转弯。

科目二其实不算难，他回顾着相册里那张画在备忘录里的侧方停车的示意图，在喇叭声里抬起头。

教练车从不远处驶来，此时是早上六点半，今天是个还算隆重的日子，他终于要考科目二了。

季思年连鞋都不敢换，生怕换了以后不适应脚感，穿着那件穿惯了的宽松的T恤走过去，正要拉开副驾驶的门，便和宋玮四目相对。

宋玮怎么跑到前面坐了？

季思年来不及多想，这地方不能停车，他立刻换到后排拽开门。开门，看到谢航，边震惊边一屁股坐进去，关门。这一套动作行云流水，还没坐稳车就发动了，他的后背一下子紧靠在车背上。

季思年转过头去看旁边的人。

"你……还考科目二啊？"半晌他才挤出来一句话。这话里没有任何阴阳怪气的意味，他是真的吃惊。

"考。"谢航回答的语气倒是与平时无异，季思年忍不住开始怀疑是他多想了。

"不考来不及了。"教练以为季思年是在问他，"谢航昨天下午紧急特训了一下，看看效果吧。"

"紧急……"季思年终于从一大堆自己的胡思乱想里翻出来那个官方说法，"你最近真在忙啊？"

"嗯。"谢航看着他。

季思年一说出口就知道不该这么问，又想不出补救措施，只好闭嘴。

宋玮正从后视镜里目光灼灼地看着他，好奇得脸上的问号都要溢出来了。

教练车再次减速，季思年朝车窗外看了看，才发现车停在了某个小区门口。

一个扎着麻花辫的女生小跑两步过来，打开了后车门。

"嗯？"季思年和她对视了一眼。

"挤挤。"教练说，"顺路送一个考手动挡的，不方便就换宋玮到后头去？"

"方便的！"女生似乎是不好意思麻烦人，答了一句。

季思年速度极慢地转了转头，才意识到他得挪出一个位置来，被两个人夹在中间。

季思年开始庆幸他没有在出门前往身上喷驱蚊水，不然谢航应该早就把他甩出去了。他一直绷着劲，正准备不动声色地一点点松下来，谢航忽然偏过头说了句话。

"姥姥去世了，这两天好多事没顾上，对不起。"

他的声音很轻，轻到这几个字在风里摇摇摆摆飘了一圈，季思年都怀疑自己失聪。像突然做了一套语速很快的英语听力，字词都认识，可偏偏在脑子里串不成句子，半天没理解是什么意思。

姥姥去世了。

他皱起眉，也轻声问："没事吧。"

"没事。"谢航说。

季思年仰了仰头，闭上眼。科目二考场有点远，一路开过去要四十来分钟，上了快速路后教练把车窗升上去，开了空调。

季思年坐的位置正对着前面的空调出风口，教练把扇叶往下拨了拨。冷气把身上的燥热吹走许多，绷紧的神经一旦放松下来，就很容易感到累。他漫无目的地看着前方，电线杆一根根过，超车、被超车，蓝天白云……

催眠一样，他几乎是毫无感觉就睡过去了。

车子开得很稳，季思年甚至抽空做了个梦，梦到了高三的百日誓师，那天模拟考出成绩，他特意打听了实验中学的前五名都考了多少分。梦里的第一名比他高出三百多分。

他直接一个心悸惊醒，睁开眼愣了半天神，耳边的声音慢慢清晰起来，他才想起自己正坐在去考科目二的路上。高考已经考完了，他不用再去打听实验中学的最高分，也不用再一次次做单科对比了。

季思年看了看右边的女生，见她正低头看着手机，小声问谢航："不知道怎么睡着了，我刚才没打呼噜吧？"

"没有。"谢航迟疑了一下，"其实你没睡多久。"

这条路段驶过的几乎都是黄牌教练车，考场应该不远了，季思年将手臂与车子保持相对静止，拧开矿泉水瓶盖

水是早上等车时在楼下便利店刚买的，满得稍一倾斜就能洒出来。他小心翼翼地送到面前，忽然车子丝毫没降速地转弯，水直接倾斜着流出来一些，精准地洒在谢航身上。

这车保持原速转了个S弯，水刚洒了谢航一身，紧接着就洒向另一边，季思年眼疾手快地把瓶盖扣上。

黑衣服看不出哪里湿了，反正他手里那一片都是湿的。

这一个弯拐进了考场里，八点都不到，等候处就已经黑压压一片。

季思年就着这个姿势喝了口水，终于让水位降到了安全线。

谢航看着皱巴巴的衣服，"你是不是没睡醒啊？"

"下去晒晒太阳就干了。"季思年对着他乐了半天。

教练拿着收好的现金去领了号码牌，交代他们去等候处找地方坐。

号码牌都是二开头的三位数，宋玮愣了一下，在教练独自开车走的前一刻问道："这顺序不会是从一开始的吧？"

"那是呗。"教练在升上车窗前扔下一句话。

等候处的座椅早就坐满了，大部分人都在墙根下站着，看上去一大半都是学生模样。

谢航找了个角落，季思年跟在后面，宋玮还在翻来覆去地感叹："等二百个人？二百个！一共不到十辆车，我们要等二十多组？"

季思年说："我朋友九点来的，领了三百号，下午两点才考完。"

宋玮倒吸一口凉气。

他琢磨了一会儿，本来打算跟着他俩一起站墙角，抬头看了几眼，最后还是换了根柱子靠着。

一个一身黑，一个一身白，看着就吓人。

其实他最开始没想到能跟谢航凑在一起练车，在微信群里看到他以后兴奋了好一阵。谢航在他们学校不说有多出名，也算是人尽皆知了。

实验中学是市重点，年年跟第一高级中学抢市状元，连败两年后学校全面收紧。论学风，实验中学断崖式领先其他学校，对于实验中学的学生来说，一个难以撼动的第一名比什么都更令人钦佩。没有青春狗血三角恋的桥段，只有屹立不倒的年级第一名。

到了高三不知有多少双眼睛盯着这个位置，前几名你超我赶都要翻出花儿来了，谢航硬是毫不动摇，在第一考场的第一个座位一直坐到了高考。

省状元没拿到，不过成功为实验中学夺回了市状元。

校长给他拉了个横幅，还想在学校公众号上弄篇专访文章，不过被谢航推掉了。

宋玮自认成绩中游，没什么过人之处，因为不是一个班，与谢航没有什么近距离接触的机会。

在他看来谢航一定是个难以相处的人，没什么朋友，平时很少说话，拿了第一名也从不会流露出高兴的情绪。他找不到具体的词语来形容，谢航就像无风时的海洋表面一向平静，实则深不可测，能将波澜尽数容纳在内里，喜怒都不外露。

不过今天见的这一面倒是打破了不少从前的误解，谢航也没有那样遥不可及的距离感。而且他能跟季思年友好沟通！在宋玮看来，见面头两天对他爱搭不理的季思年，看着很像常年压马路的刺头，和谢航的人设非常不符。

宋玮又扭头瞅了瞅。

状元手插着兜，刺头双手抱臂，谁都没说话，两双眼睛齐齐盯着他，一双平静如水，一双含着疑问。宋玮立刻把头转了回来，老老实实地靠在柱子上。

"他干吗呢？"季思年说，"一下车就陷入沉思，考个科目二他还紧张啊？"

"你不紧张吗？"谢航问。

"我不……"季思年说了一半，心里忽地一沉，"好像还真有点儿。"

他说完这话又笃定几分，摸了摸手里的号码牌，"你这么一提，真开始紧张了。"

等候处在考试场地的最外面，有几个露天搭的棚子，堪堪遮挡住阳光。季思年踢着脚底的小石子，犹豫不决地问："你最近，还应付得来吧？"

"嗯。"

季思年不知道这态度是想说还是不想说。

谢航转过头与他对视，"没救回来，昨天下葬了。我妈下礼拜回安城，谢成办手续的时候来了一趟，没再来了。"

季思年看着他。

"遗产都归我跟谢舟。"他停都没停继续说着。

"啊？"季思年愣了一下。

他不知道这个"遗产"的定义是什么，不过估计不会是个小数。

谢航平时没有表现得多富裕，不过就凭那两套房也知道他深藏不露，听上去他妈平时住安城，说不定在那边也有房产。安城的房价一直居高不下，估计他把自己家卖了都不一定能在安城买个厕所。

而且这遗产要是没有那么大数额，谢成也不至于觍着脸三番五次来刷存在感。

有钱啊，有钱真好。有钱也得来这儿排队考科目二。

"七十号！七十号之前还有吗？"远处传来喇叭声。

等候处人头攒动，椅子上站起来了一大波人，吵吵闹闹地走了过去，贴着椅子站的一圈人立刻补上去。季思年站得远，都没等看清楚情况座位就又坐满了。

"过去点。"他伸手推了推谢航，"站这边下辈子都轮不上座位。"

"那边……"谢航朝着某个方向望了望，没说别的，顺着他的力道走了过去。

刚一过去，季思年就听到犄角旮旯里蹦出来一声："谢航！"

他循声找了一圈，看到是椅子上坐着的一个戴着眼镜的男生，正抑制着脸上的激动。

谢航面无表情地对他点了点头。季思年算是明白他刚刚只说了半句的话是什么了，合着是早看见这边有同学，躲着寒暄不想过来。

"你也来考试啊！"

要不谁会来这地方？季思年在心里回答。

"你是多少号？"眼镜男问。

谢航给他看了眼号码牌。

"你居然练自动挡？"眼镜男露出吃惊的表情，"我还以为你得学手动挡呢，哎，反正你学什么都快，练简单的不得一个月拿本啊，你也是科目一考完一满日子就来的吧？我科目一怎么没看见你？"

"啧。"季思年冷笑一声。这人说话怎么这么欠揍呢？

这声不屑的笑，音量有点大，眼镜男把注意力转移到他身上来。季思年懒得跟他进行什么眼神交流，往后退半步站在谢航身后。谢航两手揣着兜，垂眼看着他，季思年站在后面都能感受到压迫感。

眼镜男脸上的表情慢慢淡下来，最后有些犯怵地推了推眼镜。

"走吗？"季思年问。

谢航敛了敛眉，转身越过了这一排椅子，走到等候处的另外一边。

"是不是每个学校都有个周英凡啊？"他叹了口气。

"比周英凡恶劣一点。"谢航重新找了个挨着座位的墙根靠着，"为了抢自主招生名额，一模的时候走后门改成绩来着。"

季思年知道实验中学这两年抓学习抓得比他们紧，没想到还有这种事，"本事挺大，然后呢？"

"还是第二名。"谢航一副事不关己的样子。

"第一是你吧。"季思年了然，"可以，怪不得他阴阳怪气的，要是我我能记你一辈子。"

还一直没问过他在哪里上大学，只是现在突然说这个有点像是尴尬得没话找话，季思年决定有机会再细聊。

季思年拿出手机，点开新生群看了看，每天都有人在咨询各种问题。要是一进学校就有学长，办事真能方便不少。

距离大学报道还有二十多天，课表已经可以在安城大学官网上查到了。季思年之前点开看过，一眼扫过去全是这个概论、那个导论，看着都头疼。

不过课排得不算满，每周有一整个下午和一整个上午的空余，连早八都不多。

他还以为所有人的课表都是这样清闲，直到他看到了尹博的课表。他学的精神医学，课满得都快要溢出来，季思年在这之前压根不知道临床医学还有这么个分支。学期前几周还好，后几周，周日整个下午都是实验课。

季思年看完后沉重地感慨："向你表示尊重。"

也不知道谢航是学什么的。

"你读的什么专业啊？"季思年想到什么就问什么，问完才想起来一秒钟之前他还认为这话题是没话找话的范畴。

谢航倒没觉得尴尬，"化学。"

季思年当初报志愿的时候研究过这方面，还等了一会儿，以为化学后面还跟着个全称，比如，应用化学啊、化学生物学啊……

"没了？"

"没了。"谢航看了看他。

"你……牛。"季思年噎了一下。

他前几天特意去看过周英凡的朋友圈，当初看他发那句"稳了"的时候以为有多厉害，结果高考成绩低了他三分。季思年还担心他们分到一个院去，翻到了他发出来的录取截图，周英凡被调剂进了哲学院。

"你说他去学哲学，真是玷污了大思想家和热爱哲学的同学们。"季思年对此发表了遗憾的评论。

谢航两根手指转着那张号码牌，"安大的哲学院挺不错的，出去考编都有优势。"

"你还研究过这些啊。"季思年挑了挑眉，"我还以为你无所谓以后就业呢。那安大管院怎么样啊，毕业能出去直接当领导吗？"

谢航低着头笑。

"你们化学呢？学理工的不读研不行吧？"季思年问。

"走一步看一步吧，实在不行去研究所接我妈的班。"谢航说。

季思年一听就开始叹气，"这叫实在不行啊？咱俩起点是真不一样。"

"一文一理有什么可比性？"

季思年刚想说"我不会混得不如周英凡吧"，忽然低头看到自己的胳膊上白了一大块。

"嗯？"他心里一跳，赶紧掸了掸，发现这白墙面掉粉，他在这儿靠着不知什么时候蹭得满胳膊都是，"这墙怎么回事儿啊？"

好在他穿了一身白。季思年立刻抬头去看谢航，伸手把他翻了个面，"你这黑衣服不得蹭成斑马？"

谢航转了身，黑衬衫的背后还是一片黑，一丁点白斑都没有。

季思年左手还搭在他肩上，震惊得用右手拍打他的后背，"你靠了半天，怎么一点事儿都没有？"

谢航侧着头看他，"我没靠上。"

"那你怎么不通知我一声？"季思年感觉他眉毛挑得都要飞起来了，"我刚才还跟那小子耍帅，合着我自认潇洒无比地转过身，后背、后胳膊全是白的？"

"这是刚蹭的。"谢航十分淡定地回答他。

季思年半张着嘴没组织出来语言，最后竖起大拇指，"你真行。"

"怎么回事儿？"

"你要干什么？你别碰我！"

"抓小偷！抓……啊！"

后排忽然一阵嘈杂，眼镜男坐的那片区域像油锅炸开了一样，几声喊叫在无数交头接耳声里格外响亮。

"小偷？谁这么想不开上这儿偷东西，跑都没地方跑。"

等候处的人本身就多，待了半天众人都无聊得不行，顿时呼啦一下围过去一大片，最外层的也都踮着脚尖往里挤。

"怎么了？怎么了？"

"我钱包！他摸我钱包！"

季思年下意识摸了摸口袋，考科目二是要带身份证和现金的，他是实在不讲究才一股脑儿全都揣兜里，换了别人确实会选择带个钱包。

他们站的这一块除了那些有座位的，全都抻着脖子看热闹，季思年仔细听了会儿，那边七嘴八舌地吵起来了。

"多半是误会，要偷怎么不偷手机，摸人钱包还不如偷他号码牌。"季思年说。

谢航对这种热闹一向毫不关心，听到这话笑了半天。

一团乱麻里奋力挤出来个人，四处看了看，目光锁定他俩，兴致勃勃地跑过来，"哎，谢航！"

宋玮蹲的那根柱子挨得近，看样子是刚从大新闻的中心突围出来，卷着旋风直奔谢航来，"你猜我看见谁了？"

谢航看着他没说话，甚至不动声色地退了半步。

"那个戴眼镜的啊？"季思年说。

"啊！你们刚碰上了？"宋玮直接拉开了话闸，"他看见你们了？他说什么没？我都没想到能在这儿碰上他……"

季思年每次都想问问他说这么多累不累，听着都气短，"怎么了那边？"

宋玮那跑到冥王星的话题立马被拉了回来，连个停顿都没有，讲贯口一样滔滔不绝："有个男的说刘威要偷他钱包，被抓了个现行，现在正逮着他理论，刘威那嘴里说不出好话，讲道理都往外蹦火星，那男的听着来气，就吵起来了。"

刘威应该就是那个眼镜男。季思年还是觉得有些离谱，"那他怎么说？"

"他说他没有，说那地方太挤，他是要从自己口袋拿手机，谁让他胯太宽挤得他没地方坐，手才不小心碰歪了。"

季思年都顾不上墙面往下掉的粉末，扶着笑了起来，"他说话一直都这么欠啊？"

"欠。"宋玮倒水一样的话戛然而止，还抬起眼皮小心地看了一眼谢航。

"有故事？"季思年见他这模样，故事应该跟谢航有关，估计不只是一模走后门这点事。

不知道宋玮从谢航脸上读出来了什么，也许是碍于仍旧没有熟到可以互讲八卦的层面，也许是单纯觉得在本人面前主动提往事很尴尬，他还是住了嘴，"也没什么。"

季思年很轻地吹了声口哨。

"九十号！九十！"大喇叭伴随着刺啦刺啦的电流音，让本就混乱的等候处更混乱了一些。

有人擦着脸走过去，季思年后撤一步，刚扑干净的后背又贴上了墙面。

"走！走不走？"聚众的那一片里有人在拉拉扯扯，季思年看着人堆不自觉让出来了一条路，就知道这人八成是闹事的那个。

"我去看看。"宋玮甩下这句话就走了。

脚步乱得都能自己绊倒自己，看上去不是为了看戏，应该是怕季思年追问刚刚那个话题。

叫号后又空出来了一排座位。

季思年坐下后才发现左脚有点胀，内里发痒，像在骨头上被毒蚊子叮了个包，愣了半天猛地想起来，他在半个多月前腿上还打石膏来着。这段时间蹦蹦跳跳都没什么感觉，他差点儿就把这事儿给忘了，怪不得大夫给他开了免军训的假条，是真不能久站。

季思年有点怕出问题，慢慢扭了几下，发现肿胀感逐渐消退了才放下心来。

那个叫刘威的眼镜男肯定跟谢航有点过节，刚才面对挑衅时，谢航直接扭头走人的态度他就觉得不对，谢航一直是个挺喜怒不形于色的人，刘威改成绩这种与他无关的事，按理说谢航不会记挂在心上。更何况宋玮那次转移话题也别有深意，看得出来他也看不起刘威这人，他要是有什么破事，凭宋玮那张不把门的嘴，能给他讲个一天一夜。可他居然给憋回去了。

有了座位之后的时间就好熬一些，玩手机也不用举着胳膊了，还有刘威和那个男的在旁边吵架伴奏，叫号的喇叭隔二十号喊一次，没多久就喊到了二百号。

宋玮是二百一十号，比谢航跟季思年靠前，刚刚好卡在这一波的尾巴上，他摩拳擦掌地站起来，"还挺快，我还以为要等到中午呢！"

季思年埋头斗地主，随口接道："进去还得等几个小时，而且没有手机。"

"啊？干坐着啊？"宋玮正要去储存柜存手机，闻言一愣。

"二百一十号之前的还有吗！"大喇叭催命一样喊着。

"走了走了，过过过过……"宋玮念叨着跑走。

季思年叹着气。

他们没有多等太久，前面考自动挡的人太少，再加上自动挡的考试少了一个爬坡项目，考得也快，不一会儿大喇叭就开始喊："'二百五'之前的自动挡！'二百五'！'二百五！'"

季思年在"二百五"的呼唤声里站起来，腿还没迈开就有人贴着坐在了他的位置上。

守在门口往里领的人穿着工作服，收了他们的号码牌，让一群人在门口排队登记。

登记内容比较简单，姓名、年龄、联系方式、教练姓名……

季思年正撅在桌子前奋笔疾书，到这里笔尖一顿，胳膊肘往后面怼了两下，"教练姓什么？"

"万。"谢航说。

季思年就着这个别扭的姿势写了个很像阿拉伯数字三的万。

休息厅很大，而且终于有了空调，里面坐了不少人，大屏幕上播放着交通安全的广告片。

他挑了个角落坐下。大厅里只有压得很低的交谈声，少了室外那些杂音，他才觉出一些相顾无言的尴尬。

那个大学专业的话题真应该留到现在再聊。

季思年看了几个广告，终于没忍住，低声问道："那个刘威，跟你有点儿往事吗？"

谢航笑了笑，一直等到这个行车系安全带的广告播完，才说："不是很严重。"

"要不是刚刚人那么多，我早就问了。"季思年说。

谢航伸了伸腿，胳膊架在椅背上看着他，"刚才问了我也不会说。"

"为什么？"季思年往后捎了捎，"你这个姿势好像在警告我嘴严实点，要么小心挨揍。"

"不然你以为宋玮为什么不跟你说。"谢航说。

"真的？"季思年还真相信了一秒，脑子里反应了一会儿才意识到是在跟他开玩笑，"你快得了，你之前压根儿不认识他吧。"

谢航笑了笑。

大厅里用的柜式空调，冷风吹得呼啦啦直响，还固定着一个方向猛吹。他俩坐的这个角恰好被冷风扫了一个边，刚刚在外面等得太久，乍一进来没觉得温度低，现在坐久了简直仿佛身处西伯利亚。

"他走后门因为他小姨是我们年级组长。"谢航说，"我家的情况学校多少知道一点，他一模之后通过年级组长那边打听来了一些，后来就跟人说我考第一是因为脑子有问题。"

季思年愣了："啊？！"

谢航看着他。

仿佛压马路的刺头附身，季思年气不打一处来，"他是不是这么多年没挨过揍啊？"

谢航收了胳膊，叹着气，"幸好没告诉你，我刚才要是跟你说，你不就直接过去打他了？”

“不知道，反正我现在很想打他。”季思年咬着后槽牙，感觉连冷风都绕着他走了，“然后，有人信了？”

“不知道，无所谓。”谢航说，“又不是假话。”

“这是真假的问题吗？”季思年咬住舌尖。

就算不是假话，可也没人愿意隐私被所有人知道吧。谢航说得很轻巧，要是换了别人，季思年还会觉得他是在强颜欢笑，可放到谢航身上，能看出来他是真的无所谓。他不在意别人怎么看，反正他不需要对外界的善意或恶意做出回应，不需要朋友，不需要社交。

季思年早就觉得谢航的风格很另类，可此刻是他第一次如此真切地体会到。

之前他没怎么深思过这件事，毕竟谢航所经历的事他无法感同身受，也很难理解他的某些想法，所以认为这只是他的一种生活态度。

很酷。但这个状态很不对劲，很病态，是一种打心底里的自我封闭。

那层外壳太坚硬了，哪怕季思年见过他失控时的样子，也认真听过他的倾诉，却依旧能察觉到一种拒人于千里之外的戒备。

“很多人都知道吗？”季思年冷静下来，猛地有些不太舒坦。

当然很多人知道，连宋玮都知道。他不会妄自揣测别人，可谢航是成绩榜上第一名的常驻嘉宾，总会有那么几个吃不到葡萄说葡萄酸的人，就算不信也会跟着起起哄传播两句。

“挺多的吧。”谢航说，“不过他确实挨过揍。”

季思年听着都没觉得有多痛快，心里堵得说不出话，又怕谢航看出来，努力表现得自然一些，“谁这么古道热肠啊？”

“谢舟。她叫了人来，在学校门口揍了他，还没被老师逮到。”谢航低着头笑。

季思年闭了闭眼睛，“你妹跟你真是一点都不一样。”

谢航看着他的侧脸，沉默一会儿，忽然说：“你练车不戴眼镜吗？”

话题转得太快，季思年的思绪卡了一下，竟然没分辨出来他是真的想问还是在“尬聊”。

他捏了捏鼻梁，“你这话题也太突然了。”

"就是忽然想起来了。"谢航转开眼。

季思年没有惊讶谢航发现了他近视，习以为常地说："高考完就不戴了，也没多少度，看得清。"

室内的广播声比较清晰，没有再伴随着那些杂音，喊了十几个人的名字。

大厅里陆续有人站起来，走到一扇小门前，门前站了个工作人员，手里拿了一沓身份证，正挨个对人。

季思年前面一排的位置空了出来，他赶紧站起来，"换一换，这地方吹得我颈椎都要断了。"

这么一来一去间，他低头时发现谢航的脚踝上系着一根由红黑金三种颜色的线交织编出来的绳，上面串了一颗很小的金珠子。

"转运珠？"

"嗯？"谢航看他一眼，见他一直盯着自己的脚踝，"嗯，好多年前的东西了，我姥姥留给我的。"

季思年看了一会儿，看质地这转运珠不像喷漆，应该是纯金的，镂空雕了一朵很小的花，看不出是四叶草还是莲花。

平时没见过他戴，绳子刚好可以遮住那一圈疤痕。

"谢舟让你戴的吧。"季思年说。

"不习惯。"谢航点点头。

季思年有些描述不出来现在的心情。

这转运珠应该来头不小，要是他有这么一颗珠子，肯定天天都戴着，也不是迷信，给自己个心理安慰也好，谁都想让生活顺利一些。

他算是发现谢航身上那"菩萨"气质从哪儿来的了。

谢航无欲无求，说难听点就是半死不活，连挣扎都懒得挣扎，他的生活纯粹是被时间推着走，没有目标没有梦想，不会因为挫折苦恼也不会因为幸运开心。

季思年有点不忍心，过了一会儿才说："戴着吧，挺好的。回头给我也整一个？"

"有时间带你去买。"谢航的声音有些淡。

一听这意思就是不想聊了。

季思年靠回椅背上看着广告片，心想，估计沈荣和谢成都没这么了解他们儿子，光是听着语气就能分析出他心情来。不过到这颗转运珠的话题就到头了，不能再往里。真累啊。

广告片上播放的是过马路要打转向灯，季思年看着犯困，没有手机的日子度秒如年，刚才还能跟人扯闲篇，现在好了，兴致全都聊没了。

谢航就应该去跟尹博聊天，几句话能把他家底都聊清楚。

季思年一放空自己就会胡思乱想，他也没力气再揣摩别人的想法，漫无目的地顺着这个思路飘了一会儿。

尹博很会聊天，这个"很会"并不是很会接话、很会撩拨、很会奉承等，就是字面意义上的很会。应该是跟着他爸还有院里大夫们待的时间长了进化出来的技能。

季思年第一次见识到尹博的本事是在高二的寒假，那一天，尹博跟他聊了大半个晚上，让他发现自己并不想打开心门和人相处。其实这事儿不难发现，高中学业压力大，大部分社交圈都维持在一个班的同学之间，季思年的朋友也就那么多，平时也遇不到新的同学，没机会发现这些"无关痛痒"的小毛病。他那时全情投入进学习中，根本没心思和其他人开展社交，久而久之就变得很封闭，很少有精力和其他人深聊，更别说敞开心扉了。

"你什么时候去报到？"谢航问。

"三十一号。"季思年收了收心思，"我九月二号开学。"

"还有十几天就要走了。"

"这三个月的假期流水一样过完了，现在想想实在是可惜，没做什么事儿，一大半时间在教练车上，剩下一半躺在床上养腿。"

"要是能一闭眼回到高考结束那天多好啊。"

"你去上大学，谢舟怎么办？"他突然想起来。

谢航理所当然地说："她自己住。"

季思年再一次觉得跟这兄妹俩聊不到一起去，"她高三！早饭、午饭、晚饭，都她一个人弄？"

"在食堂吃啊。"谢航说。

季思年看着他，半天才说："你俩不会一直这么过日子吧？"

"不然怎么办？"谢航也看着他。

"找个阿姨来呗，平时打扫屋子也省了，你又不是没钱请。"

谢航笑了笑，说道："你觉得在自己家装监控的人，会请个外人来吗？"

科目二的考场比他平时练车的地方更大，好几辆车在场地里慢慢动着，安全员戴着对讲机指挥来指挥去，大喇叭里不断播放，几号车几号线路重新考，几号车考试通过……

他刚刚还有点紧张，现在看着这一片热闹还放松了不少。季思年手里拿着的牌子写着"五"，坐在考场旁边的小棚子里，没过多久就看到五号车从旁边转过来，安全员带着车停在了二号线路的入口处，车上的学员下来后，扭头对着小棚子喊："五号！"

季思年跑过去，在上车的前一秒用余光看到谢航从楼里走进了考场。

考试车和教练车简直天差地别，季思年调了调座椅，还是觉得怎么调都不舒服。

"按指纹。"安全员把身份证扣在验证机上，对他抬了抬下巴，"低头看，那个仪器。"

验证失败。

"嘿。"季思年在裤子上蹭了蹭手指，又一次按了上去。

验证失败。

安全员撑着车顶，在验证机上操作了一下，"再按。"

验证成功。

"走。"安全员毫不留情地把门关上，拍了拍车顶，站在外面对他做了个往前走的手势。

车门一关，考场上乱七八糟的声音顿时消减下去一层，只听得见车里空调很低的嗡嗡声。

季思年深吸了一口气，认真确认了一下安全带系好了，并且没有把插片插在副驾驶的插孔里，这才落手刹换前进挡，盯着倒车入库的起始点，慢慢开过去。

必须得一把过，他是真不想再考第二次了。

他起码在候考室等了五六个小时，后三个小时他一句话都没说。谢航他姥姥去世了，他表面看上去没受什么影响，也不知道是感情不深还是感情早就消磨光了。但他能感受到谢航其实被影响得很深，是从心理层面的那种影响。

说不上来是什么感觉，就好像他好不容易把谢航那层壳撬开道缝，这下子直接给他拿水泥砌上，又在外面加了层护栏。谢航今天整个人都有点拧巴。

刹车，换倒挡。这个考试车的后视镜他看着总是凹一块凸一块，线都不知道跑哪去了，季思年目不转睛地盯着，结果方向盘还是打晚了。

"唉。"他立马收了心，按照之前谢航教他的法子，跳过第二个基准点，直接对着第三个。

左出库也十分顺利，季思年压着车速，成功结束了第一个项目。

机械女音播报："侧方停车。"

侧方停车也不难，多亏了谢航的……

季思年叹了口气，低下头去看后视镜里的树苗。

出库时他扫了眼右侧的镜子，总觉得压线了，不过机器没有扣分，应该是擦边过。

"曲线行驶。"

他探着脖子看了看，弯道里没有其他车辆，这才慢慢驶入。

"靠右进弯道，左边一圈，慢慢打慢慢打。"耳边仿佛响起了教练的声音。

前几个项目响起的都是谢航的声音。

季思年看着左边后视镜，镜沿与白线维持着一拳距离，回轮，白线贴上挡风玻璃左下角，右打轮……

再过几天他们各上各的学，估计下次再能说上话得是寒假了。难道这半冷不热的尴尬气氛要持续到寒假？随便吧，反正冷的一直是谢航。

车上的空调吹风口对着他右手，吹得手指头发僵，死死握着方向盘还怕打滑。

寒假！

"行驶中车轮压到路边缘线，扣一百分，考试结束。"

"啊！"季思年一拍方向盘，差点把喇叭拍响，四处看了半天也没找到是哪里压了线。

"什么情况？"

他落下车窗，看了看外面，就听到大喇叭在大声广播："五号车，五号车回到起点重新考试。"

"我……"季思年给冷风吹得手指都打不了弯，潦草地驶出弯道，绕到外圈回了起点。

接应他的安全员还是刚刚那个人，"来，转弯过去，还上二号道。别紧张啊！"

季思年想说他真没紧张。

集中注意力对他来说不是难事，只是今天莫名感觉心里悬了块石头，不上不下，挂着难受。

他才发现原来他可以一心二用，一边在心里挂石头一边找基准点。第二圈是彻底不紧张了，昨天他来考场练习的时候还紧张得直冒汗，教练跟他说放松下来跑，结果他跑一圈只用了四分钟。

回来后教练站在路边对着他喊："我让你放松，你这是放松吗？你是啥都不在乎了吧？高速都没你快！"

季思年把自己从回忆里拔出来，慢慢转动方向盘。

考试车的方向盘比教练车要沉。

"曲线行驶。"冰冷的女声再次响起。

季思年垂眼看了看配速表，指针在零前面颤颤巍巍地抖。

慢慢来，不要压线，压线就挂了，挂了就要重新考……

季思年再次叹了口气。他开车没有手感，不像有的人一上手就能游刃有余，需要看基准点的几个项目对他来说还算轻松，可曲线行驶这种大部分靠感觉的项目简直难于登天。他认真盯着后视镜，争取把每个点位都卡准，过第一个弯的时候两边距线不远不近刚刚好，应该不会和上一次跌倒在同一个地方。

第二个弯，进弯的后车轮最危险。

季思年感觉整个人都是扭着的，好像他自己扭一下，车身就能跟着扭过来了一样。

他平时练的时候也没这样啊！

车子一点点拐过来，他自己有种错觉，好像什么电影大片的慢镜头，下一秒身后就要爆炸。

季思年忽然一愣。这个方向盘现在转了几圈了？

一圈半了吧？刚刚是不是没回轮啊？往哪边转的啊？现在车在往右边拐，说明方向盘现在转向右边，那他要往左回轮。回多少？一圈还是半圈？

"行驶中车轮压到路边缘线，扣一百分，考试结束。"

"唉！"季思年直接踩了刹车。

"五号车，五号车开回起点确认成绩。"广播透过窗玻璃钻进来。

季思年从后视镜看到弯道外已经等着一辆考试车了，咬着牙抬起刹车，慢慢开出去。

他连直角转弯都还没考！

他科目二挂了！这五六个小时全白搭，只给谢航做了个浅层心理陪护。

他下车的时候安全员甚至看都没看他一眼，直接招呼下一个五号上车。从场地回楼里的途中仔细看了看，没见到谢航，应该早就考完出去了。

季思年回到等候室，在成绩单上签了个字，顶着一屋子人的目光走了出去。

楼外的等候处，人仍然很多，还有不少赶着下午场刚来的，教练还没有到，谢航一个人站在存手机的存储柜前。

他看着季思年一步步走过来，勾起了一个笑。

"你挺高兴啊。"季思年在储存柜屏幕上输了密码，把手机提出来，"等多久了？"

"刚出来。"谢航看着他，"过了？"

季思年拧开矿泉水瓶喝了一口，"故意的啊？"

"万一第二圈过了呢。"谢航也没接着问，笑着靠在柜子上。

"宋玮呢？"

"上厕所。"谢航说。

季思年举着水瓶想了一会儿，才说："给教练打电话了吗？"

谢航点点头，"马上就到。"

不远处有人按了车喇叭，一辆教练车从主干道上开过来，停在了小路边。

季思年转身朝着车走去。又变了，就这么一会儿不见，谢航好像再次成功地掩盖起了所有的情绪，把水泥外壳外面那层栅栏变成了隐形的，看着和前几天没什么区别。这要是换个人，估计要被他蒙混过关了。

季思年捏着塑料水瓶，坐在了副驾驶位上。

"过了？"教练胳膊搭在窗沿上，斜着眼看他。

季思年立马拉开门，换到了后排。

"没过啊！"教练吃惊地扭头看他，"你没过？我跟你爸说你一把过没问题啊，咋回事儿？你平时看着不怎么靠谱，按理来讲考试肯定能过啊！"

谢航跟在后面上了车，迎面就是教练气都不带喘的连问："你总该过了吧？"

"过了。"谢航说。

教练再次把矛头绕回来，季思年坐在他正后面，他不得不把整个上半身都转过来，费劲地和他对视，"直角转弯，还是倒库？中间停车了？"

季思年说："曲线行驶。"

教练张了张嘴，又问："第二把呢？倒库？"

季思年说得有些艰难："曲线行驶。"

教练看了他半天，才忍住骂人的冲动，"行！真行！"

"您是骂我呢，还是妥协呢？"季思年问。

"我……骂你！就你这德行能过就怪了！"教练说，"再十天你上学去了，没法考了吧，真行，明年寒假见吧，又得重头学。"

季思年脑门顶着车窗，跟着乐了一会儿。

"谢航怎么着，明天直接练科目三吗？"

季思年看着教练架在玻璃窗外的那只手，仍然能感觉到谢航转头看了看他，然后听到他说："我也明年吧。"

季思年也不知道这群人对他给予了多少厚望，在听说他科目二没过后是齐刷刷的难以置信。

以季建安为首。

"是不是机器出问题了？"他拎着拖把在屋里曲里拐弯地拖地，"两把都没过？不是你的作风啊。"

季思年盘腿坐在沙发上，一只手还揪着"锄头"的耳朵，聚精会神地看着秒表。

"你那臭脾气，为了打个篮球班赛都能练一晚上，居然也有一天会挂？"季建安越想越纳闷。

倒计时归零，下午一点整。

季思年用最快的速度刷新页面，点进高铁信息列表，手指闪出了残影，提交订单耗时不足一分钟。

出票失败。

"嗯？"季思年愣了愣，再次刷新一下，购票的位置已经变成了"候补"。

"怎么了？"季建安正蹲在角上收拾"锄头"的窝。

季思年切换到聊天界面，给尹博连发了三条消息："抢到了吗？"

尹博秒回："我都到支付界面了！慢了一步！"

他叹了口气，把手机扔在旁边，捞起"锄头"来和它对视。

安城的高校太多了，开学的票是真难抢。

新生报到，季建安跟年霞本来都要跟着去，后来不知道两人商量出了什么，决定让他自己去锻炼锻炼，他俩国庆再去参观。

季思年觉得很没有必要，年霞的意思他能懂，无非就是顿悟他翅膀硬了能自己飞了，拉开了一些似有若无的距离感，干脆当妈的也洒脱一点，省得招儿子嫌。但是有点用力过猛，他是真没嫌，再者这就意味着他要一个人把大包小包的行李搬到宿舍里去。

一个人就一个人吧，还好是二楼。

"锄头"长大了一点，不过吃饭的时候耳朵还是会耷拉到饭盆里，年霞给它买了个不带齿的发夹，每天顶在头上吃，它吃完就对着他傻乐。

他揉了一会儿狗头，倒在沙发上，打开微信看了看，发现谢舟在三分钟前发了条朋友圈。

"接抢票业务，本人有多年抢购演唱会门票、限量周边经验，抢票成功五元，抢票失败下次再抢。另外：个人信息绝对保密。"

季思年笑了一会儿，顺着她的头像点开聊天框。

上一次聊天记录还是半个月前，谢舟问他什么时候去报到。

这条朋友圈不会就是为了嘲讽他发的吧？

季思年："申请帮抢。"

过了几分钟，谢舟回复："同乘人信息、车次信息。"

听上去挺专业的。季思年截了几个图发过去，挑了个明天开票的高铁——还是辆"复兴号"。

"'锄头'，"季思年挠了挠狗下巴，"你爸要走了，这半年见不着面，记得给我打个视频。"

"嘿！"季建安百忙之中扭头看了看他，"还以为你在说我。"

季思年继续说："你就要跟着爷爷生活了，不知道你俩有没有代沟，要是不开心就给我发微信。"

抢票是个大工程，得提前掐好时间，提前打开页面，提前活动好手指头。

他也不是不信谢舟，转天下午一点他还是跟着守在了屏幕前。

这次对各个步骤按键的位置熟悉了一些，他成功硬闯到了支付界面，不过在点击付款的时候再次显示了"出票失败"。

还没等他叹气，谢舟的信息已经发过来了。

发来的是一张截图，还真抢到了票，八号车厢，8B，尹博是8C。

挺吉利的数。

季思年发了个五块钱的红包，然后替她转发了昨天的朋友圈，并添上了一句"亲测很厉害"。

谢舟："截图主要是为了让你看票价的。"

季思年这才想起来要把票钱转过去。

拿下这张车票后，就好像按动了生活加速键，接下来几天都还没品出味儿来就滑过去了。

买东西、装行李，和年霞争论这个不用带，和季建安争论这个必须带……

年霞简直要在这几天之内把一假期憋的话都说完，每天一大早就端开卧室门，对着迷迷糊糊的季思年展示几件不知道哪里翻出来的衣服，"这个羊绒的，我看九月中旬就有雨，那几天直接就能穿，这个得带着，那个厚大衣我给你寄过去吧？"

季思年一般都回答："什么厚大衣？"

八月的最后一天，他终于要出发去学校了。

尹博他爸经常跑各个车站，路熟，一家子开着车在前面，季建安开车跟在后面，一路上就听年霞念叨："通知书带了吧，病历本拿了吗？我再给你拿点现金，万一路上要用呢？"

季思年感觉没什么用，还是接了过来，"行。"

他感觉年霞一会儿肯定要后悔没买票跟着去。

去高铁站的路他没走过几次，季思年看着窗外略有些陌生的风景，情绪有些低落。他承认自己没有很强的适应能力，对于即将到来的未知还是一片茫然，从心底里有点抵触。这种伤感从年霞后半程的沉默不语开始，一直到车子驶上高架。

路边停了一长串车，都在风风火火送人进站，季思年把行李从后备箱里搬出来，看见年霞一直盯着自己。

"哎，又不是见不着了，天天给你发照片。"季思年看着难受，过去抱了抱她。

年霞又拉着他说了半天，最后季建安实在听不下去了，"儿子都成年了，你说的他都懂。"

季思年正要松一口气，季建安紧接着说："我不操心你生活啊，主要跟同学搞好关系，脾气好点，别老垮着个脸，还有啊，我看你们学校好多压力大想不开的，你可别有压力啊，多跟同学们交流交流……"

已经结束和父母含情脉脉道别的尹博站在车边笑得不行。

季建安也看见了，最后总结了一句："行了，走吧！"

尹博一直笑到了检票口，"他俩这是准备放养你了啊？"

"也就是这阵子。"季思年拉着行李箱，低头看了看车票，"等我放寒假回来，估计还是一个样。"

车站里的客流量很大，他们也顾不上交流，赶鸭子上架一样夹在人堆里，过了检票口，坐扶梯下到候车的地方。这一站是始发站，"复兴号"

已经停在轨上，里面有乘务员在做收尾工作，等了两分钟才开门上客。

8号ABC是三个连着的座位，季思年把箱子抬到行李架上，心里空落落的不太踏实。上车了，开弓没有回头箭了，这次是真的要走了。他还没有缓过神。

周围人声鼎沸，乘客乱哄哄的，有人上车、有人挤在过道里、有人在搬行李。

他坐下以后都有些麻木。

以后就要以一个全新的身份生活了，这才是刚刚迈出独立的第一步。

"你这就坐着了啊？"尹博在各种杂乱的声音里喊了一声。

季思年站起来，帮他把行李箱抬了上去。

"哎，挤死我了，得亏复兴号还宽敞点。"

尹博一屁股坐下来，把椅背往后调了调，拿出手机，群发了一条："上车了。"

季思年看了看身旁的空位置，8A的人一直还没来，也许是在下一站上。

临近开车，乘客大部分都已落座，季思年"啧"一声，"我去个厕所。"

"我也去。"尹博眼睛就没离开手机，还在和女朋友腻歪，"一会儿开车了就都缓过神来了，上厕所得排队。"

季思年看着他都快把头扎进手机里了，无奈地说："厕所在这边。"

有女朋友真是不一样，还能有个牵挂，起码能在某一方面维持原状，跟过去的生活连着一根线，不至于有上下都够不着的感觉。

他现在一片怅然，好像这车开出去后，他得有十年八年回不来了，连个能聊天的人都没有。

从厕所出来以后尹博还没聊完，季思年看他脸上的笑都快飞出高铁了，叹了口气。

一只脚迈进车厢以后，尹博终于回到了现实世界中，"哎哟，什么味儿！"

"方便面。"季思年也闻见了，肚子不自觉一缩挤出来一声响。

"刚开车就吃上了啊！"尹博压着声音说，"谁啊？我也有点饿了——哎哟！"

"哎？"季思年同时喊道。

香味是从他们的位置上飘出来的。

8A 来了，戴着顶帽子，穿了一身黑，正坐在窗边慢条斯理地吃着一碗香辣牛肉面。

牛肉面上漂了好几块真材实料的牛肉，看上去是后来特意加的。

8A 的左手拿着叉子，上面卷着几根面条，手腕上还挂着个三色线串起来的金色转运珠。

他头都没抬，帽檐遮着看不清眼底神色，就见他挑起了一个笑，说道："你好。"

"先生，麻烦让一让。"

季思年侧过身让出路，乘务员边走边确认行李架都已经安全扣好，踩着高跟鞋很快穿过了车厢。

谢航旁若无人地吃着方便面。

"你这是要去哪儿？"季思年眼皮直跳，半天才问出来这一句废话。

谢航说："安城。"

他吃方便面就像按了静音键，一点声音都没有。季思年强压住心底的诧异，坐到了位置上。

真不愧是 ABC 连座，敢情是谢舟帮他买票的时候连着她哥的一起买了。

他终于想起来问这个错过无数次的问题："你哪个学校啊？"

谢航用指节推了推帽子，终于侧过头看了他一眼，"跟你一个学校。"

尹博投来惊讶的目光。

季思年朝他竖了竖大拇指，实在不知道说点什么了。

列车缓缓加速出站，方便面的香味在他鼻尖窜来窜去，季思年看着他，"你没吃午饭吗？"

"嗯。"谢航捞了块牛肉，"车都差点儿没赶上。"

季思年本来还想问问他去干什么了，想了想没有说话。

他掏出手机来，对着窗外飞速倒退的风景拍了张照片，发到了家人群里。

年霞就跟一直守着手机一样，图片发出去没几秒就回复："开车了？

注意安全。"

季思年挂上耳机，闻着这股牛肉面的香味，忽然感觉没有刚刚那么伤感了，几分钟前他还惆怅难挨到能赋诗一首，毕竟这地方他待了十八年，说走就走还是有点舍不得。

此时他已经可以心平气和地对谢航说："一桶多少钱？我也想吃。"

"没问，路过餐车直接拿的。你是饿吗？"谢航在随身的背包里摸了一会儿，掏出一根麻辣鸭脖。

一整根，得有小臂那么长了。

季思年震惊得说不出话来，他又抬头仔细看了看谢航的脸，确定没有认错人。

"餐车刚才还没打理好，只有这些，随手都买了，给你？"

"我……"季思年咬了咬牙，"也不是很饿。"

也不太想在高铁上啃麻辣鸭脖。

谢航很自然地把铁棍一样的鸭脖放回了背包里，继续低头吃牛肉面。

"要饿疯了，我过去餐车那边看看。"尹博凑过来小声说了一句，"给你带点儿？"

"不用。"季思年说。

几分钟后他就后悔了，尹博也端着一碗方便面回来，一掀盖浓郁的红烧牛肉味飞出来，和香辣牛肉一左一右混杂在一起。

"这列车上就没有点儿别的吗？"季思年低声问。

尹博一副无可奈何的模样，"盒饭也太贵了，五六十一份，米饭占三分之一，就方便面划算点儿。"

季思年感觉自己像个灶神，两边吃饭的动静还不一样，尹博那面刚泡好，热气熏得满头汗，他应该是真的饿得不行了，连吸溜带吹气吃得很热闹，谢航那边就差给他配一副刀叉切着面条吃了。

"你左手吃饭啊？"季思年刚发现。

谢航愣了愣，把塑料叉子换到右手，"右手也能吃。"

"你不是左撇子吗？也会用右手？"季思年记得谢舟也是左撇子。

"我两边都能用。"谢航说。

季思年一下子没接上话："挺厉害的。"

就这么一会儿，冷场的次数未免也太多了。

列车平稳地行驶着，他打了个哈欠看了眼时间，距离到安城还有三个多小时，他居然已经开始困了。

"你吃完没？"季思年问。

"你要睡觉吗？"谢航把最后一口面吃完，准备合上小桌板，"我好了。"

季思年看了眼还在狼吞虎咽的尹博，"你坐着吧，一会儿让他捎走。我睡了啊。"

"嗯。"谢航说。

睡意来得很汹涌，但闭上眼后又怎么也睡不着，季思年歪着脑袋，有点怀念自己的床。

耳机里没有放音乐，单纯是为了隔音用，可车厢里的人声依旧能清晰地传进来，好在这一节没有爱闹的小孩子，其余的打电话声和交流声都在可以忍受的范围内。

声音最大的是一个女人，"我已经说过很多次了，我是不是跟你提前说过？我没说过？你好好想想我怎么说的……"

这几句话翻来覆去说了好几遍，季思年听着听着，脑袋渐渐昏昏沉沉起来。

他本以为一直迷迷瞪瞪地没有睡实，不过被尹博叫醒的时候他可以确定自己是从梦里挣扎出来的。

"老季，季思年！"

季思年闭着眼，不耐烦地皱了皱眉，列车运行声忽然变得很清晰，有一种坐在飞机上的错觉。

"老季！我掐人中了啊？"

"他醒了。"谢航说。

"嗯？"尹博凑近了一些，"醒了？准备下车了啊。"

季思年睁开眼，盯着前排座椅看了半天才舒出一口气，翻出水杯喝了几口。

时近傍晚，天空有些发暗。

一觉睡得太久，压缩了对时空距离的直观感受，甚至没有给他消化远行这件事的时间，直接将他传送到了目的地。

安城不是终点站，减速进站过程中已经有要下车的乘客等在车门附近，季思年简单收拾了一下，侧过头问："去学校坐地铁一号线吗？"

谢航背好背包，"嗯。"

"这个时间又是晚高峰啊，人多吗？应该比咱们那边多吧。"尹博把行李箱从架子上取下来。

谢航八风不动地坐在位子上，"不知道。"

"你不是安大的吗？"尹博一边忙活一边问。

列车入站，已经能看到站台上熙熙攘攘的人群，季思年站着用手背碰了碰他，"走了，还得我请你？"

谢航看着他，抬手戴上一只医用口罩，"我是新生。"

"你是新……"季思年正抽空挤到过道里，闻言皱着眉看他，"你是新生！你留过级？"

报站声响起，谢航在开门的一瞬间站起来，推着季思年挤到下车队伍中。

一下车热浪扑面而来，耳边充斥着吵闹人声，带着大包小包的行人挤成一锅粥，季思年感觉自己连扭个头的空间都没有，被裹在其中迫不得已往前走。

"走。"谢航的声音就响在耳边。

两人顺着人流，坐上电梯到达出站层，人流终于疏散开，季思年看到尹博和他隔了半个电梯，只好站在出站口旁边等着。

"你真是新生？"季思年见缝插针问了一句。

"嗯。"谢航整张脸就露了一双眼睛，淡淡地看着电梯的方向，"我就比谢舟大一岁。"

季思年愣了一会儿，才低声说："真没想到。"

坐地铁去学校要坐一个多小时，四处人头攒动，一直到学校前一站才有位置空出来，这一路季思年已经站得腿难打弯，有座位也懒得坐了。

车厢里除了他们以外还有好多拉着行李箱的学生，全都瞥了眼空座，依旧站在原地。

尹博四处打量一圈，自己坐了过去。

"哎，你看最近学校要办的那个比赛了吗？"尹博还顺势跷了个二郎腿，"六维能力知识联赛，你报吗？"

季思年靠在杆上，一路颠簸得他有些疲倦，"那是什么？"

"理科院联合办的，参加可以加综测分。"尹博一路都在研究这个，煞有介事地说，"我把文件发你，考虑考虑。"

看来这是社交能手又在新学校拓展天地了，还没入学就开始惦记综测，不知是哪个学长学姐传授的金口玉言。

季思年扭头看了看谢航，又很快转回来。

安城大学门口的迎新工作开展得如火如荼，围栏围出一条专属通道，提供给要入校的学生家长，志愿者一个接一个，引着学生去各自院系办报到。季思年一掉进热闹的人堆里就自顾不暇，尹博的院办在南边，和他反方向，他都不记得是什么时候道的别，等周围安静一些的时候已经跟着志愿者穿行在校园内了。

学校很大很漂亮，这是一路走来带给季思年最直观的两个感受。他在这一刻非常感谢自己填志愿的时候没有因为各种原因选择放弃。

零星有学生骑着自行车路过，季思年呼吸着空气，有那么一刻真觉得脚底都飘了起来，心旷神怡间回想起季建安之前总对他说的那句话——"你年轻，有足够的时间来大展拳脚"。

管院的院办就挨着法学院，有不少新生正站在展板前合影留名，领路的志愿者冲他笑了笑，"去拍一张？"

季思年正想说不用，又叹了口气，老老实实站过去。志愿者应该已经拍了一天照片了，都不用找角度，直接蹲下来横着手机拍一张，又竖着拍了一张。

"好了，学弟很帅啊，随便照就好看。"志愿者拍了拍他，又对着那边喊，"管院的！"

季思年随手把照片发到了家人群里，抬头就看到好几个穿着志愿者马甲的学长学姐朝他招手。

报到手续不多，签几个名领几张卡就结束了。季思年从院办出来的时候手里堆了好多东西，多走几步就得撒一地，只好站在门口挨个儿理好塞进包里。

从进校门到现在一切都太过仓促，甚至没来得及处理一下自己的复杂心情，他拖着行李走到大道上，准备打开导航看看宿舍的方向，就看到一个熟悉的身影站在树底下。

谢航已经摘掉口罩，见他看过来，抬手打了个响指勾了两下。

季思年举着手机走过去，开始思考他到底是不是真的新生。

季思年走过去才发现树底下还停了一辆电动三轮车，两个学长正在往车上搬行李。

"正好又来一个。"其中一个戴眼镜的看他一眼，"学弟去北园吗？"

季思年瞥了眼谢航，点点头。

"来。"另外一个高个子接过他的行李，招呼他过来，"终于来了一个去北园的，你俩凑一车一起过去吧。"

"什么……"季思年刚要问，就看到戴眼镜的学长把三轮车车尾挡板拉下来，推了两把车上的行李箱，凑出来一块空位，"上吧。"

"本来只运行李不送人，不过等了半天都没有去北园的，反正空着跑一趟也是跑。"高个子的学长率先跳上车，"去西园的都跑好几趟了，咱文科院这边住北园的真是少啊。"

戴眼镜的学长已经坐到了驾驶位上，拧着车锁，"就管院的男生住那边，北园全是理工男，一年四季阳台上都是格子衫。"

季思年惦记着别上个车再二次扭伤了脚，两手撑着车斗，有些笨拙地爬了上去，脚还没站稳，车身忽地一沉，扭头就看到谢航不知道什么时候跳了上来，一只手还虚扶着他，就跟护着皇上上轿一样。可以，鲜明对比之下显得他更加笨拙，季思年叹了口气。

"走了啊！"戴眼镜的学长朝后面看了看，"把挡板合上，省得急刹车再摔下去一个人。"

季思年和高个子学长同时伸出手，把挡板卡回原处。

这话就注定了明年的迎新中季思年不能负责运输线，就他那个踩刹车的架势，能把一车行李都飞到湖里去。

车子发动时确实吓了他一跳，"嗡"一声就开出去好几米，季思年猛地往旁边抓了一把。

高个子学长习以为常地说："没事啊没事，就起步比较猛。"

话刚说完又是一个急刹连着个冲刺，季思年一句话都断成了两截："知道了——！"

戴眼镜的学长坐在前面笑了半天，"稳了稳了，咱是老司机了，经验在那儿摆着呢。"

车上路后平稳很多，轻风顺着脸颊吹，舒爽轻快。

"学弟是哪个院的？"高个子学长问。

"管院。"季思年借着聊天打掩护，慢慢松开情急之下往旁边一抓的右手。

"我是文学院的，你也是管院的吗？"高个子看向谢航。

谢航一只胳膊搭在膝盖上，"化学院。"

戴眼镜的学长又开始笑，"完蛋，刚说完理工男刻板印象。化院不应该在广场那头吗，你怎么跑这边来搭车？"

季思年看着路边长椅上坐着的小情侣。

"那边人太多了。"谢航说。

途中遇到好几辆电动三轮车，戴眼镜的学长偏了偏头，"你俩住几号楼？"

季思年愣了一下，正低着头找宿舍群，谢航替他说："十六。"

季思年在一堆订阅号和公众号的消息中找到了群聊，"嗯。"

谢航看他一眼。

靠近宿舍楼的地方人变多了，戴眼镜的学长减了速，"嗯？你也十六？"

季思年看了他一眼，不知道这话是在跟谁说。

谢航叹了口气，"对。"

车子一转弯直接停到了十六楼的楼下，高个子学长把挡板推开往下跳，一瞬间季思年感觉自己好像从面包车上蹦下去打群架的。

赶上晚饭时间，宿舍区除了报到的新生还有准备去吃饭的老生，再加上各种行李杂乱无章地堆叠在空处，竟然有些人山人海的错觉。

不过北园的楼距很大，季思年没觉得有多挤，他拍了拍裤子上的灰，"你住几号楼？"

"十六。"谢航又叹了口气，一手推着自己的箱子，另一只手拉着季思年的箱子，往宿舍楼里走，"你今天是在车上没睡好吗？"

季思年也觉得自己反应陡然迟钝了很多，说不上是不是因为换了新环境。

宿管阿姨坐在一楼门口，季思年领完钥匙都来不及说话，就被后面的人拱着转进了楼梯间。

"太混乱了。"他终于抽空说了句话，"怎么可以如此吵闹？"

"跟着。"谢航扭头看了他一眼。

季思年应了一声。

谢航是真的很瘦，简直可以用单薄来形容，他好几次都怕谢航摔一跤能把自己摔成好几截，即便现在眼睁睁看着他可以同时拎着两个箱子上楼，还是有些难以置信。可能不是瘦弱吧，就是单纯的瘦削，要么是饮食不规律造成的，要么是他治病治的。以前听尹博说过那些药大部分都是激素类，吃了很容易发胖，生病的人都很不容易，也没听说过有越吃越弱不禁风的。

"我就二楼，你搁这儿吧。"季思年快走几步追上他，走廊里很热闹，一大半的寝室门都是敞着的，还有好多堵在门口的家长。

谢航就像他打的顺风车，直接把他的行李箱送到了209门前。

"你这服务也太周到了，不知道的还以为你是我请来的保镖。"季思年挤过堆在走廊里的人。

209的门也是开着的，里面已经有两个人了。

"你住哪屋啊？"季思年问。

谢航当着他的面推开了209对面219的门，然后对他说："有事喊我。"之后直接走了进去。

季思年在他关门的一瞬间顶住门，强行挤了进去，震惊地看了他一会儿，又看了看屋子，上床下桌都是新的没铺被子床单的，确实是新生宿舍，"你真住这儿？"

"嗯。"谢航点了点头。

季思年看着他的眼睛，半天没说出话来。

谢航被他看笑了，"我也没有想到这么巧。"

"你……"季思年退了一步，扭头看向 209，又转回来，"我现在有一种被骗了的感觉。"

"你没问过我。"谢航笑着靠在门框上，"我总不能突然跟你说我住北园十六号楼 219 吧，有点奇怪。"

奇怪吗？换了别人还好，要是谢航说可能是有点奇怪。

季思年点点头，"行吧，一会儿一起去食堂？"

"你们宿舍人齐了不去吃饭吗？"谢航摘下来帽子，捋了把头发，抬眼看他，"明天吧。"

"行。"季思年叹了口气，转身进了 209。

他需要一些时间来消化这件事。

209 的地板上摊开着一个箱子，蹲在旁边的人留了一头锡纸烫，往后面让了让，跟他打招呼："你好。"

季思年还没接过这么规矩的开场白，刚要回话，从左前方的上铺探出来一个脑袋，"你好啊！是季思年吧？"

"啊，是。"季思年愣了一下，"你好。"

上铺那人坐在楼梯旁边，扯着铺了一半的被单笑着，"猜对了，我是钟涛。"

这个名字有印象，季思年回忆了一下，是宿舍群里最活跃的那个，被他封为"尹博二号"。

"我叫曾宇。"蹲地上的那个站了起来，习惯性地伸出手。

季思年条件反射地跟他握了握。

"你俩开股东大会呢？"钟涛坐在上面笑得没完。

曾宇跟着笑了半天，"不好意思啊，没反应过来。"

"没事儿。"季思年把箱子推进来，看了眼四个床位，发现只有左侧最靠里正对着钟涛的那个位置还空着。

他居然是最后一个来的？

"哦，我对面的……那个同学，昨天就来了，今天一直都不在。"曾宇解释了一句。

季思年点了点头，把东西都放到了自己的床位上，准备简单收拾一下。

宿舍的环境还算不错，和之前钟涛在宿舍群里发的图片一样。季思年爬到上铺看了看，准备擦擦灰先把床铺好，要不等吃完饭估计就懒得动了。

"哎，等下一起吃饭吧？"钟涛还坐在床沿上，晃着腿看手机，"我问问白宇辉去不去，估计他还要陪女朋友。"

那个不在场的叫白宇辉。

季思年默念了两遍，争取不记错名字。

他站在梯子上拿手机拍了张照片发到家人群里，"到宿舍了，室友都挺好相处。"

"你跟你朋友一起来的吗？"钟涛问，"你父母……"

他说到这里忽然噤声，也不知道联想到了什么，或许是猛地发现问这个不太合适。

季思年没有在意这个停顿，"他俩有事，国庆再来。"

他也懒得解释，一两句说不清，说得模糊了还会被误会欲盖弥彰，干脆随便挑了个理由。

不过钟涛居然能注意到他是和谢航一起来的。

"哦哦。"钟涛赶紧点头，想着转换话题，一伸脖子，"那个是你朋友吧？"

"嗯？"季思年也往门口看，就见谢航打着电话从219出来，皱着眉向外面走。

季思年看着这一幕莫名心里一跳，猛地想起他差点儿错过的高铁，直接从梯子上蹦下来，两步跃过曾宇的行李箱追出门。

也许是楼道太过吵闹，实在没有地方可以安静下来打电话，谢航没有下楼，直接向洗衣房的方向走去。

季思年扒拉开挡在楼道中间的人，还在拐角处跟一个刚上来的黄毛撞了一下。

洗衣房挺干净，瓷砖地板擦得锃亮，只有一个人正弯着腰往洗衣机里塞衣服，谢航站在窗边讲电话。

季思年停在两步远的地方，只听到了一句"我去接"。

他忽然有些拿不准自己要不要出现在这里，刚刚脑子一热就冲了出来，完全没有多想，现在静下来，发现根本没有跟上来的必要。不管出什么事都是谢航自己的事，没有理由告诉他。谢航挂掉电话以后没有动，过了一会儿才侧了侧头。季思年叹了口气，也没有再假装路过的必要，上前和他并肩站着，窗外能看到楼下的学生家长，还有运着行李的电动三轮车。

"今天出什么事了？"季思年问。

谢航一下一下地转着手机。

"我妈要回安城了。"

季思年再一次为自己的多管闲事而后悔，就知道跑过来了也听不见实话。

"然后呢？"

"我去接她一趟。"谢航说，"顺便去医院复查。"

"复查？"季思年问。

谢航顿了顿，"我妈，双相可能复发。"

季思年看了他一眼，直接转身走了出去。

209 的地理位置还算不错，在正中间的地方，离楼梯和洗衣房卫生间都近。

季思年推门时又撞上了个正要出来的人，他定睛一看居然是在拐角撞的那个黄毛。

"嗯？"黄毛脸上挂着很明显的怒意，在看到门外的人要进屋时慢慢遮了起来，"哦，不好意思。"

"齐了齐了，这个是季思年。"钟涛还坐在床上没动，扬着下巴指了指他。

黄毛打量了他一会儿，不咸不淡说："白宇辉。"

这什么眼神。

"季思年。"季思年拍了拍他的肩，直接走了进去。

钟涛正坐在床上支床帘，几节管子接了半天都没折腾明白，他抖了抖帘布，"走吧，去吃饭？"

"我不去。"白宇辉说了一句，又扭头看了他们几眼，"我有事，下次吧。"

季思年皱了皱眉，没说什么。

白宇辉走之后，屋子里短暂地冷场了一会儿，能看出来曾宇有点尴尬，好在钟涛还用刚刚的音量和声调说："那咱仨去吧，先去最近的那个食堂尝尝，有学长推荐了好多窗口。"

季思年把校园卡和宿舍门钥匙装到口袋里，"行。"

其实钟涛大概也挺尴尬的，估计这一屋子都是高中学校的风云人物，老师捧着同学爱着的那一类，开学第一天被拂了面子多少都有点不爽，不过这人能藏情绪，表面看还是热情洋溢的模样。看来这人不仅要跟尹博认识认识，还得跟谢航认识认识，比比他俩谁先憋死谁。食堂比他想象的还要大一些，窗明几净的，看着像刚装修出来的，后来钟涛说暑假确实翻新了一次。

人不少，好多窗口排着长队，钟涛一路边走边讲解，季思年闻着食堂里饭菜飘出的香味，高铁上被牛肉面勾起来的饿意再次翻涌而至，一打完饭就是一通狼吞虎咽，吃完才想起来拍照片。

在安城大学的第一顿饭，季思年拍了一个空碗发到了家人群里。

季建安："比'锄头'吃得还干净。"

附赠了一张"锄头"吃饭的照片，头上还顶着那个带着蕾丝边的发夹，挡着耳朵不垂到饭盆里。

季思年对着照片笑了半天。

"等会儿一起去行政楼那边领军训服吧，晚上还能有时间在学校转转，明天就开始军训了。"钟涛说。

"我不去了。"季思年终于想起来加一下辅导员的微信，他军训假条还在桌上放着，"我可能不训了。"

钟涛愣了一下，"不训？怎么了？"

"我……"季思年在被车撞倒和脚踝错位了中间摇摆一下，选择了一个笼统一些的说法，"假期出了车祸，还不能久站。"

辅导员是个男的，姓马，头像是他搂着他的娃，看着年纪不大，应该是个博士生。这个假请得还算顺利，马老师叫他明天集合的时候带着病历本和假条，他去开个证明。

钟涛和曾宇去了行政楼，他慢悠悠一个人溜达回了寝室，天色暗了下来，路灯明亮，校园里还是有新报到的学生在忙碌。

季思年推开宿舍门之前特意站在门口等了等，这次没有人猛地冲了出来。

屋里关着灯，白宇辉没有回来。

他趁着没人把行李全都收拾好，在他把最后一件衣服挂在衣柜里时，有人敲了敲门。

"进。"他说。

"学弟只有一个人吗？"一个圆头圆脑的小胖子学长走进来。

季思年顿了顿，"嗯。"

小胖子学长脖子上挂了个牌，写着什么什么联赛。

他毫不见外地在屋里走了一圈，挨张桌子放了一张宣传单，"学弟考虑参加一下我们月底举办的娱乐赛，六维能力知识联赛，理科院跟心理中心联合办的，超级大脑低配版，心理学科学竞技赛，参加就加综测……"

他把广告词说得十分流畅，季思年总感觉那些广告是照着最强大脑的宣传词复制粘贴的。

"有意向扫码填写报名表，不打扰学弟休息了，再见哦！"说完小胖子学长就走了出去，还顺手帮他带上了门，下一秒就听到隔壁寝室的门被敲响。

季思年甚至还站在衣柜前。

他拿起宣传单看了看，两人一组自由组合可跨院……

"回来了！"门前一阵窸窣，接着曾宇和钟涛提着一袋子东西闯了进来，有军训服，还有超市买来的东西。

"来，这个给你。"钟涛掏了个小盒子递过来，还带着热气的红枣味道顿时散出，"商业街那边卖的甑糕，据说好吃到回味无穷。"

季思年看了看他，才接过来，"谢谢。"

"刚刚是不是有人从咱屋里出去了？"曾宇也捧着块甑糕，脑袋冲着外面，"又进隔壁屋了。"

"是，发传单的。"季思年指了指桌子。

钟涛一拍大腿，"过几天更多，办电话卡的拉宽带的，社团扫楼的学生会拉人的，等我贴个条。"

他写了个"不是新生"贴在门上。

"那些消息啊传单啊我都能搞来，回头我直接发群里啊。"钟涛说。

季思年翻了个身，手机锁屏显示现在是凌晨三点半。

他就料到依着自己认床的破毛病，今晚必定难以入睡，但没想到能有这么煎熬。

其他几个室友应该都跟周公"约会"去了，他没怎么听到翻身声，钟涛看上去睡得最香，缩在床帘里很舒适的样子。

季思年打开手机备忘录，里面已经有五百多字的睡前感想，最后一行字只打了一半。

没有参训的这几天过得飞快，他坐在操场旁边看着一个个方阵发呆。

在这片操场训练的基本都是住在北园的理科院新生，化学院的方阵离他最近。

无论在哪里，谢航都是很耀眼的存在，哪怕和其他人穿着一样的迷彩服，混在人堆里晒着太阳，也能一眼认出来。季思年把目光转向医学院的方阵，决定做一个对照实验，如果他也能一眼找到尹博的话……

他面无表情地看着那个单独在队列外罚站的人。罚站的尹博面朝这个方向，与他目光相接，甚至对着他挑了挑眉。季思年立刻把头转过去，宣告实验失败。

军训的最后一天晚上是迎新晚会，中午结训，钟涛和曾宇从吃完饭就躺在床上补觉，一个比一个虚弱，曾宇是水土不服病了几天，钟涛是换了环境睡不好觉。

不过他俩仍然挣扎着提前两个小时起了床，美其名曰为参加迎新晚会加以准备，誓做新生中最亮眼的两根草。

"两根草"捯饬了半天，临走时白宇辉仍然没有出现。

季思年靠在门边问道："锁门吗？"

"锁吧。"曾宇说，"他陪对象去了吧，应该不会回来了。他女朋友是化院的，估计他一会儿都不来咱们这边坐。"

季思年手中动作一顿，"这也行？"

"可以呗。"钟涛站在消防箱前，通过箱面反光整理着衬衣，"坐最后一排就可以，反正一会儿乱起来了没人管。"

迎新晚会在七点钟开始，在学校官网同步直播，先是领导致辞环节，之后是节目表演。礼堂还算气派，乌泱泱的新生坐在台下，灯光耀眼，电子横幅上写着"欢迎安城大学新生"一系列的话。

这样的热烈氛围终于给军训后萎靡不振的新生带来了"我真的考上了"和"我是大学生了"的真实感，期待和兴奋混杂在礼堂内。

晚会很长，季思年坐在最后一排靠着椅背，过了最初的兴奋劲后，脑袋越听越昏，直到有人轻轻拍了拍他。

季思年一下子坐直身子，有种在高中例会打盹被抓包的错觉，扭头一看居然是刚刚坐下的谢航。

他愣了一下，"你怎么在这儿？"

"刚出去接了个电话，往前面走太碍事。"谢航低声说。

他似乎晒黑了一点，也有可能是他们坐在暗处，灯光打不到。

后面的节目表演环节终于将气氛拉到最高点，礼堂里的每个座位旁边都放了根塑料海绵包的荧光棒，主持人上台时礼堂顶的灯骤然熄灭，只剩下台上的几束聚光灯，一片惊喜的呼声后，荧光棒陆陆续续亮起来。

开场的第一个节目就是舞蹈串烧，伴随着强有力的鼓点，星星点点的灯光，音响发出的巨大声浪，季思年的心仿佛也跟着振奋起来，跳得飞快，比高考时、查成绩时、得知被录取时都要快。

过道里架着好几台专业的摄像机和摇臂，坐在前面的人也拿出手机拍照。

绚烂灯光在场内流转，炸裂的音乐将所有人的呼吸全部调整到同频。

"你参不参加六维联赛？"谢航忽然问了一个略有些不合时宜的问题。

场内的声音太大，季思年的眼睛还盯着台上跳舞的男生，谢航的声音若有若无的。

"不参加。"他听到自己说。

"周英凡找我组队。"

"嗯？"季思年刚听清就立刻转过头。

"我还没答应，你参不参加？"

串烧结束，所有参与舞蹈表演的演员一起上台，放了一首节奏很快的合舞。

"我要参加。"

"不对，不管我参不参加，你都得拒绝他啊。"他再次转过头，"还有，你俩什么时候认识的？"

"如果跟周英凡组队，那你可太不够朋友了。"

谢航看着他笑了起来。

舞台上的音乐再次掀起新一轮欢呼，伴着眼花缭乱的灯光。

迎新晚会一直开到将近十点，明明加起来都不到三个小时，季思年已经出门透了四次风。

他靠在礼堂外的树下，音乐声透过大门传出来，隔一条街对面就是商业街，有不少刚下晚八的人在买夜宵。冷气透过门缝飘出来，这场晚会办得盛大隆重，侧门忙碌地开开合合，不断有志愿者和工作人员进出，还时不时有找厕所找错地方的新生。

钟涛发微信问他是不是去上厕所了，怎么一扭头人就没了。

季思年借着路灯和从礼堂里溢出来的彩光，回复道："有些不舒服，出来透透气。"

钟涛回得很快："你不舒服就回寝室歇着吧，纪念品我给你带回去。"

一股凉风扑来，身后的侧门再次被人拉开，季思年转过头，见到刚刚走出来的谢航。谢航看着他，微不可见地皱了皱眉。

"你怎么了？"谢航问。

真是个非常有深度的问题。

"有点闷，出来转转。"季思年说。

他甚至开始怀疑钟涛刚刚那个微信是在谢航的指使下发的。

谢航跟着他一起吹了会儿风，说道："去商业街吧。"

"嗯？"季思年看他一眼，"你不回去看了？"

他说完立刻改口："走吧。"

商业街里一排排商户还算热闹，店铺一应俱全，季思年开学以来还没有到这边逛过。

与无数人擦肩而过后，季思年终于没忍住说道："你要买什么吗？"

"你不是没吃饭吗？"谢航淡淡瞥他一眼，走进了711便利店。

季思年站在门口，看着暖黄色灯光下谢航毛茸茸的背影。

可以，他已经能够脑补出钟涛与谢航的全部对话了。

"你们是一个寝室的吗？""对啊，不知道他怎么出去了，我问问他。"

"他说他不太舒服，是不是因为没吃晚饭啊？""我出去看看。"

谢航在窗口前和店员小哥说了几句话，接着就看到小哥拿了个小号的碗盒，开始拣关东煮。

"吃什么？"谢航终于开恩说了句话。

"萝卜。"季思年依旧没有动地方，隔着一排货架看着他。

谢航变了？

算了，不跟吃的较劲。

他妥协地迈了进去，站到窗口前，眼睛盯着店员小哥手里冒着热气的碗，一口气说："不要牛肉丸，不要豆腐，不要……"

他瞥了眼小哥，重新说道："要笋、福袋、芝士鱼饼，还要玉子烧。"

关东煮热乎乎的汤浇了进去，谢航偏过头问："就这些？"

"嗯。"季思年刷了付款码。

商业街的中段有一小块空地，里面架着好几排桌子，季思年端着碗准备过去坐一会儿。

"同学买花吗？"

不买。季思年在心里回答，街边商铺人流如织，他走得有些慢。

"今天全场限时一折，新学期从鲜花开始！"

白送我也不要。季思年继续往前走。

"随机抽取幸运进店人员，免费赠送一束花哦！"

季思年终于给了这家花店一个眼神。

店名叫塑料枝，听上去像是随机摇骰子摇出来的，门口摆着各式各样包装好的花束，店里的装饰很简单，到处都簇拥着各色的鲜花，还有一小面墙专门摆的是假花。老板懒洋洋地靠在躺椅上，透过玻璃窗看着他。

这个老板的气质还算与众不同，看着更像毕业回校的学长，年纪不大，不过留了一头有些狂野的长发。

驻足的这五秒钟，揽客的店员已经站在了他面前，小姑娘眨了眨眼睛，小声说："同学，进来看看吗？送你一朵花，今天的业绩完不成了……"

根据许多高中同学的评价，季思年冷脸的样子看着不太好惹，难为小姑娘硬凑上来，连业绩完不成这种话都说出来了。还没等他拒绝，谢航已经走了进去。

小姑娘看眼色的能力炉火纯青，赶紧跟了过去，嘴皮子快得像在念咒："欢迎光临，同学看看要什么花？送朋友送室友的都在这边，送导师的在那边，送给演出人员的大捧花在里面。"

谢航进去干什么？

季思年眼睁睁看着他在里面逛大街一样遛了一圈，最后空着手就要出来，被小姑娘一拍手定在原地，"不买也没关系，送你一朵花下次有需要就来哦，关注塑料枝公众号可以远程下单，送到宿舍楼下。"

小姑娘塞给他一朵月季花。

在躺椅上昏昏欲睡的老板喝了一口杯子里不知道是茶还是咖啡的东西，上下打量了谢航一会儿，再次看向季思年。

季思年没心思和他进行眼神互动，低下头捧着碗开始吃鱼饼。

"你也不买，进去干什么？"季思年最后还是问了一句。

谢航说："我就是看看。"

真转变性格了？

关东煮还是分量太少，他在宿舍楼下的小超市里又拿了几袋面包，想了想还捎了一袋奶。

到宿舍时迎新晚会刚刚结束，还没有人回来，季思年背对着谢航开门。

"你拿着吧。"

季思年把月季推给他。

"闻着难受。"谢航说。

还是那双平静得没有一丝波澜的眼睛，看不透更猜不透。

得，还是那个谢航。209 的门被推开，他反手按亮灯，把花接过来。

季思年没有花瓶，只好找了个塑料瓶，接了点水将花插在里面，接着就爬到了床上。

室友推门的时候他迷迷糊糊快要睡着了，强撑着探头看了两眼，发现白宇辉居然跟着大部队一起回来的。他的眼睛从一进门就黏在了他桌子上的那朵花上，神情有些讶异。

"你没事吧？"曾宇走近一些问道。

季思年从床上坐起来，"没事。"

"嗯？"钟涛就睡在他对床，一打眼就看到了桌上的那朵花，"收着花儿了啊？"

钟涛没有继续这个话题。

但白宇辉抬头深深地看了他一眼。

白宇辉脸上的欲言又止太明显，季思年直视着他，等了半天也没等来下文。

新的学期第一个学习任务重，没有时间去蹭尹博的课，否则他一定好好学学如何分析这帮人的面部表情。

白宇辉挠了挠他的黄头发，走回去坐到了自己的椅子上。

季思年跳到地上，拉开阳台的门，钟涛连忙问了一句："你要干什么？"

他问得过于急迫，季思年甚至在脑子里过了一遍查寝时的注意事项，也没有不能晚上进阳台的离谱规定。

他实话实说："吹风。"

钟涛"哦"了一声，也意识到自己有点反应过度，不过仍旧整个人都紧张兮兮的，想了想说："我也去吹吹。"

曾宇和白宇辉都看着他们。

季思年后知后觉这屋里的氛围有些古怪，是他从迎新晚会离开的那段时间里发生了什么吗？

他扫视了一圈，直接转身走进阳台。

钟涛立马跟了上来，和他一起靠在围栏上。

阳台下面是好几个枝叶茂盛的树冠连成一片，透过树叶间隙能看到走过去的学生。

钟涛没有主动开口，大概是他忽然发现了室友不只有表面所展露出的友善样子，心情差了也会冷着脸。虽然季思年表面所展露的样子也不算多友善。

季思年回到屋子里时白宇辉已经不在了，曾宇和钟涛同时扭头看着他。

季思年叹了口气，"你们不用担心……我有时候看着不好相处，但我真没事。"

这些人是真容易想多，他今天晚上也没表现得多奇怪，都能一股脑联想到这上面去。

季思年把脸压在枕头上。他做了个乱七八糟的梦，梦里有迎新晚会上的灯光和音乐，有冒着烟的关东煮，礼堂缩小扭曲成了一趟运行着的高铁，前半段都模模糊糊看不清，像被雾笼罩住。后半段是谢航站在天台上，手里拿着月季花，脚底下铺满了药片、病历本和毛绒玩具，他就那样看着他，然后向后倒去。

季思年连步子都迈不开，两条腿像灌了铅，怎么样拼命地扑过去都抓不住他的衣角，他用力一蹬，蹬在了什么硬邦邦的东西上，"嗡"一声铺天盖地响，眼前猛地一黑，他醒了过来。

季思年喘着粗气，眼神过了许久才聚焦，宿舍里只有钟涛的床帘里面亮着灯，钟涛撩开床帘一角，捧着一本单词书看他。

"怎么啦？"他用口型问。

看来他刚刚是真的一脚蹬在了床上的铁栏杆上，而且发出了一声不小的动静。季思年愣了一会儿，才慢慢坐起来，想摇头才发现自己趴着睡了一晚上，脖子酸痛得快要掰不正了，只好向钟涛摆摆手。

他摸出手机来看，六点二十分。209平时定的闹钟是六点半，洗漱加上慢悠悠吃早点刚好能提前十分钟到教室，这个点其他两个室友都还没有起。

脚踝骨慢慢泛起痛感，季思年抓了两把乱糟糟的头发，一点一点将跳得飞快的心脏平复下来。

他才感觉出来后背都是冷汗，发了会儿呆就爬下床，找了身新的衣服换上，推门出去洗漱。

从起床到吃早饭，再到骑了辆共享单车去教学楼，又面无表情地看着曾宇在楼里接了杯咖啡，最后几个人一起找到教室，挑了个前排坐下。

从始至终他都处于游离状态。

季思年非常熟悉这种状态，高考前有一段时间就是这样，什么都不过脑子，眼前走马灯一样看着人来人往，可就是想不清楚事情，前一秒做了什么下一秒就能忘。

这被他概括为自己想要逃避时身体自动触发的保护机制。可有些事哪怕克制着意识不去深思，夜里也会在梦中出现。明天去找尹博借那本《梦的解析》看。尹博天天大骂弗洛伊德既"扯淡"又合理，他现在是真想看看到底怎么个"扯淡"法。

白宇辉没跟他们仨坐在一起，他女朋友来蹭课，两个人坐在靠后一排。

"真好啊。"曾宇翻着教材，"太感人了，我要是有没课的早八，天王老子来了我都不起床。"

"最感人的是人家是化院的，压根没几节是没课的。"钟涛在旁边举手机，对着阶梯教室录个小视频，嘴里念念有词解说着，"这是本学期的第一节课，好大的教室，那个是投影设备，看着也很牛……"

陆续有同学走了进来，季思年看了一圈，管院还是女生更多一些。

他百无聊赖地摆弄着手机，对钟涛说："你刚录的视频发我一下，我转给我妈看……"

季思年的话说了一半就断在嘴边，微信里进了一条新消息。

谢航发了个文件给他，居然是那个"六维联赛"的报名表。

"发过去了没？"钟涛下意识瞥了一眼，"啊，这个，你打算去参加吗？我跟曾宇都准备报一下，反正初赛是线上的，参加就加综测分啊。"

也许是话里的意思暗藏着"我俩组队了但是没跟你说"，钟涛说完就轻咳一声，露出了一些极力掩饰的尴尬。

季思年都为他感觉累，每天操碎了心努力维持着寝室和谐。其实他并不是很在意这些，也没钟涛想象中的不好沟通。

就他不全面的观察和为数不多的相处时间来看，曾宇和白宇辉都是偏独的那一类，他自己当然也是，钟涛其实没必要努力把一个寝室的人都发展成形影不离的兄弟，不闹矛盾就可以了。

"嗯。"季思年点点头，"我和朋友去。"

第一堂课进来的是个老教授。老教授一看就非常博学，上来先畅聊一通管理学的过去与未来，兜了一大圈回来时，《引言》就已经在闲聊里讲完了。

"这也行？"季思年举着根笔，对着三四页《引言》不知道从何写起，探头看了看第一排敲电脑键盘、敲 pad 的同学，似乎也没捞着重点。

"大学生，第一堂课，我要教给你们的是——学习思维的转变！"

老教授说话抑扬顿挫，每一个停顿的地方都出人意料，举着麦在宽阔的讲台上来回溜达。

"大学要学，学知识，什么是知识？课本上写的，考试要考的，名词解释、词义辨析，这些都是知识，但也不全是知识。"

钟涛连带着这些话都准备记，在听到"但"以后又一股脑删掉，"这大喘气。"

"是不是有同学开始记笔记了，这就是今天，你们要适应的第一件事，改变高中的思维模式……"

谢航还没有回消息，他把报名表存到手机上，找出报到第一天时尹博发给他的文件，研究了一下这个联赛的赛制。

比赛是校级规模，参赛人数众多，分初赛和决赛，没有半决赛。

初赛是线上积分制，三场一起比，小队中的两个人一人比一场，再团队比一场，小组积分取前十五名参加现场决赛。

现场决赛居然还有观众。

季思年有些头疼。

参加决赛的十五个小组都有奖，号召大家无压力反"内卷"式全身心投入比赛、享受比赛，一等奖一名，二等奖三名，三等奖十一名。

这难道不会让压力更大吗？

季思年皱着眉头翻到下一页。

备注：参加该赛事则默认同意成为被试，为心理系科学研究提供个人"六维能力"数据。

下面附着参考题型，线上赛的题型很单一，每项下面贴着一个"六维雷达图"，记忆、空间、推理、计算、创造、观察。

他答成什么样子还好说，谢航可是有可能答个满分出来的，要是最后进决赛上了现场，他这么一个"拖油瓶"也太丢人了。

季思年对自己的认知非常精准，他的"六维雷达图"大概只有创造力那一项一枝独秀，最不怕的就是胡编乱造，其他的全都不行。

报名表确实是按照征集被试的要求设计的，精细到了要填写接受教育时长。季思年掰着手指从幼儿园开始数。从做出这个动作开始，他已经不适合参与这个拼智商的比赛了。

谢航："我11：50下课。"

季思年数到七的手指头顿了顿，忘记刚刚算到几年级了。

他点回对话框里，回复的几个字排列组合一遍也没组出合适的顺序，又全部删掉，最后发了一句非常鸡肋的话："在哪个楼？"

谢航说："好像就在你这个教室。"

季思年："嗯？"

手机"咣当"一声砸到桌子上，他赶紧抬头见老教授还旁若无人地继续讲着，才小声问钟涛："有什么地方可以查其他院的课表吗？"

"可以啊。"钟涛正托着下巴陶醉地听课，十分敷衍地回答，"官网就能查。"

季思年叹了口气，"行吧。"

怪不得白宇辉他女朋友来陪他上课，人家下了这堂课都不用换教室。

"目前看 CT 没有问题，这种短暂的尖锐疼痛属于是功能性疼痛，你最近压力大吗？"

谢航没有说话。

大夫在电脑上点了两下，沉吟片刻，"是心内科建议你过来的是吧？"

"嗯。"谢航低声说，"心脏查不出问题。"

"之前有过吗？除了心脏以外，其他地方出现的这类疼痛也算。"大夫看着他，放慢了语速，试图缓解一些病人的焦虑。

谢航所散发出的不安太明显，哪怕他自己都没有意识到，医生还是能一眼看出来。

"没有，我妈……有。"他说。

"嗯，我看到你的家族病史了，放轻松。"大夫笑了笑，他拿起桌上的几张表格，"那边还给你开了核磁和脑电图，我先把这两项给你销了，你自己能感觉出来的，对吧，你的病根在心里头。"

谢航弯下腰，胳膊撑在膝盖上。

"近期吃过药吗？"

他眼前有点乱，摇摇头，"没有。"

"先做个量表，嗯？之前做过吧。"大夫从抽屉里拿出几张单子，"不用过于焦虑，疼痛不是因为你想的那些，先放松一下。"

谢航眼睛看着地面瓷砖间的缝隙，接过量表，"但是我一会儿要回学校上课。"

"我下午也在，你要是今天来不用挂号直接上来，隔天了再重新挂。"大夫在病历本上看了几眼，接着上一页写了几行，"没事的啊，没有太大问题。下次来细聊一下吧。"

谢航把量表和病历本夹在一起，慢慢站起来。

从安大一附院回学校要坐八站地铁，谢航靠在车厢连通处的角落，一行一行读着量表上的内容。

这个表格他曾经做了无数遍，自己做的、去医院做的，加起来起码有一本书的厚度。

地铁疾驰着穿梭在通道中，谢航仍然感觉手指在不自觉发着抖。他点开了林菁的电话，却发现信号时断时续根本拨不出去。

他看着窗玻璃中自己的脸。林菁的电话在他刷卡走进学校时拨了过来，谢航有些意外，地铁里的信号太差，短短几秒钟的连通对面居然也响铃了。

"谢航？"林菁那边的背景很安静，像是回到了自己的诊所。

谢航根本没有想好打这个电话的目的是什么，只是当时有些东西堆积在胸口，实在憋不住才冲动地拨了出去。

他坐在湖边长椅上，过了一会儿才说："我妈要回安城了，明天我得去接她，她的双相……"

"谢航。"林菁打断了他。

谢航抓了抓头发，沉默半响，有些无力地低声说："我这两天不太舒服，心脏偶尔会疼，胃也疼，我以为是……"

"伴发的躯体症状？"

"嗯。"谢航说，"我去查了，他们说只是精神压力太大造成的，林大夫，我……"

林菁很快接道："想说什么就说，你就是想找人聊聊才会给我打电话的，对吧？"

谢航看着长椅空荡荡的另一端，恍然间好像回到了七月里医院的花园，季思年就坐在旁边，对他说："那就连试都不试，等到很久以后你不会后悔吗？"

确实是个不错的情感类节目课题。

除了人际交往以外，任何事都适用于这个事实，那就是对某一件事的小态度折射出的是性格上的巨大不同。他会在得不到结果的事情上选择放弃，比如不去谈恋爱、不享受生活、不交朋友。

但是季思年完全相反。说是因为良好家庭教育养出来的底气也好，因为他个性里就是洒脱也好，他以绝对不让自己后悔为优先原则。所以他试了，给林医生打了电话，他知道自己的担心是捕风捉影的，在向林医生求证后，总算放下了一些负担。

谢航看着湖边小亭子里背书的人。

"你是个有主见的人，今天来这通电话也不是想听什么建议，只是希望我重复你认定的结论。"林菁说，"你其实很有主见，谢航，生活亏欠你的太多，你就去把这些东西亲手要回来，不用想太多。"

谢航发现他有时太天真，以为在心里竖一道屏障就可以将一切意外隔绝，永远不会出差错，永远不会打破原则。而其实这道屏障，可能才是他痛苦和焦虑的来源。

这是他第一次有想要跳出牢笼的想法。

也不是第一次，从他在清吧里和季思年聊起过往时，就已经踏上这条路了。谢航忽然明白为什么谢舟一直想让他交个朋友。很多事并不是旁人搭把手就能让一个人从画地为牢里迈出来，他需要一个契机，能让他自己向外走。解开心结不是个简单的事，但林菁也没有说错——不要想太多。

谢航没有带上课用的专业书，背着包往宿舍走，给季思年发消息："明天晚上线上初赛，比赛前一起吃个饭吧。"

学校的快递站很大，正值下课高峰期，有不少来取快递的学生，季思年从侧门进去，兴许是刚开学的缘故，每个货架上的快递都堆得高到碰一下就能塌的样子。

他把答完题的界面截了图，对着短信找到快递架子，再从架子上挨个寻找目标快递号码。身后还挤着一个人蹲着找，季思年叹了口气，这场面实在太像在做什么观察力六颗星的高难度题目，六维联赛决赛也不过如此了。

这快递是他买的床帘，毕竟每天看着睡对面的钟涛窝在帘子里，实在有些羡慕，怎么看怎么感觉比他的床躺着更舒服。包裹连杆子带帘子加起来还挺沉，他第一下没有做好准备差点儿没拎起来。

季思年刷了收货码走出去，迎面开过来一个运快递的无人车，当着他的面完成了一个完美的曲线行驶接侧方停车，稳稳停在了充电位。

季思年看着来气，扭头发现停在旁边的共享单车也被别人骑走了。

他愣了一会儿才想起来下车的时候收到了谢航的信息，迷迷瞪瞪地顺手把锁关上了。

而且谢航的消息还没回呢。

他单手点着微信，想了半天，回了一个："好。"

好像有点冷淡，又补了一个小蓝蹦蹦跳跳的表情包。

回宿舍时屋里没人，曾宇跟钟涛非常积极地去了图书馆，白宇辉非常积极地坐在原位陪女朋友上下一节课，季思年趁屋子空着把床帘架上。

四个腿，四个长杆，四个短杆。

他坐在地上，光是分杆子就感觉心力交瘁。

开学一个礼拜多两天，他已经累瘫了，还是在没有参加军训的情况下。

每天都是通知通知通知，收到收到收到，开会开会开会，这还是他没加学生会，曾宇报了院学生会的宣传部，还有面试和紧跟着的永无止境的打工，穿插着又是开培训会又是团建，还有大思政课，比高三累多了。

季思年曲起腿，低着头数地上的三通口，才发现头发有些长，已经扫到眼睛了。

高三也不用算着日子理发，直接推个寸头就行。

搭框架很顺利，但是往框架上套蚊帐层的时候非常费劲。

季思年拎着几个角抖了半天也没抖明白前后左右，又翻出来商品图看，发现几个角长得一模一样，连个特征点都找不出来。

六维联赛决赛要是比现场搭床帘，谢航来了也救不活他。

"服了。"他咬着牙，这蚊帐他一个人压根展不开，还一层套一层分不清里外。

就在他准备一寸一寸摸索的时候，门口忽然传来个声音："要帮忙吗？"

季思年举着蚊帐的手猛然一顿，半天没放下来。

谢航来了也救不活他的意思并不是想让谢航真的来……

"我过去还是你过来？"谢航问。

季思年直到胳膊酸了才放下手，看清了站在门口的人。

谢航走进来，那个巨大的长方体框架放在地上，挡在他们中间。

"你……没去上课？马上到点了。"

"帮你弄完去。"谢航走过来，弯腰捡起垂到地上的另一个角。

多了两只手终于能看清这蚊帐全貌，只要一展开就很好操作了，把它套到框架上几乎只用了几秒钟。

他装床帘装出一身汗，特意敞着门吹过堂风，刚刚没听到对门有人出来，谢航背着包，看样子应该是从外面回来的。

装完蚊帐就只剩挂上布帘，季思年背对着他，把吊环穿到布帘上，"好了，你上课去吧。"

"给你抬上去。"谢航扬了扬下巴。

"我上去把床铺拿开？"

"你……"谢航也没想到还有这么一出，"不用。"

"啊？"季思年转身看着他。

"这架子底下是空的，"谢航说，"直接放上去就行。"

季思年立刻闭上嘴，踩着梯子爬上去。

言多必失，他现在和谢航对比简直是幼儿园智商。

床帐一放到上铺，剩下的步骤就简单多了，季思年眼看着课间就剩五分钟，没忍住问道："你真不去上课吗？"

"去。"谢航笑了笑，"走了。"

"这个点儿楼下的共享单车连破的都没了吧？"

谢航替他关上门，临走时说："我有辆电车。"

"这都行！"季思年瞪眼看着他。

他知道白宇辉也有辆电车，因为学校太大了，化学院有几个实验课在最南边的教学楼上，他跟女朋友一人出了一半钱买的，俩人谁要用谁就开。

谢航居然也不露声色地买了一辆——什么时候买的？

下午没有课，他跟着钟涛、曾宇去了图书馆，钟涛在学英语四级，曾宇在学计算机二级，只有他时不时瞟一眼手机，很愧对图书馆的学习氛围。

谢航问他时间地点，他斟酌十分钟挑了个不早不晚的时间和不远不近的地点，结果谢航到现在还没回复。

季思年翻着眼前的课本，努力集中精神。

谢航："好。"

季思年立刻拿起手机，没来得及谴责他只回了一个字，先发了个蹦蹦跳跳的小蓝表情包。

跟谢航聊天得是海底捞员工水平，时刻保持高度热情和微笑。

他总觉得钟涛很累，其实他自己也不遑多让。

这个不远不近的食堂其实就挨着宿舍楼，谢航是卡着点儿来的，跟着一大批下课来吃饭的学生一起涌进来，季思年再次成功地一眼找到了他。

造孽啊。

真帅啊。

"你刚……"季思年看着他走近，皱了皱眉，"去医院了？"

"高铁站。"谢航拉开椅子坐在对面，"能闻到？"

"太能了。"季思年叹了口气，"你是拿消毒水当香水吗？"

谢航闻了闻手腕，"我去接我妈了，送她去研究所。"

他偏过头时脸侧拉出一条流畅的下颌线，季思年的目光从他的鼻尖掉到下巴再掉到喉结，最后落回自己黑着屏的手机上。

他装模作样地看着手机，尽量让不自然别那么明显，顺便问了一个纳闷很久的问题："你家在这边有房子吗？"

"有，我妈的房。"谢航说。

"哦。"季思年差点儿问你怎么不申请走读，又有些不知道要不要继续说下去。

这属于可触碰范畴吗？

他现在跟假期的时候不一样，在谢航的事儿上变得异常玻璃心，实在不想再碰一鼻子灰。

"我从来不去住。"谢航忽然说，"我一般不去我妈的地盘，她也很少来我的地盘。"

季思年看着他。

"个人色彩太浓烈了。"谢航说，"待着会害怕。"

科目三

塑料花花期观察

把人声鼎沸的街道当作可供逃避的空间，所有的不安都变成了可忽略的情绪。

初赛在晚上八点开始，明天公示入围名单，后天就是现场决赛，据说这么赶时间是为了避开即将举办的中秋晚会和诗词大会。

托了宣传部委员曾宇的福，他总是可以知道一些略无用却不失为下饭菜的小道消息。八点的比赛总得找个地方待着，这种情况他俩要是去自习室、图书馆就没办法聊天，单独预约一间教室又有些没必要，他想起来前两天白宇辉发在寝室群里的图片。感谢没事儿就出去约会的室友，替他找到了一个适合备赛的地方。

四食堂的一楼从晚七点开始都只开灯不开灶直到第二天，成了玩剧本杀的、开非正式组会的、开部门小会的首选之地，被誉为"流浪汉收容所"。季思年跟谢航进去的时候几桌人这一堆那一堆聚着，不算冷清也并不吵闹。

他随便挑了个地方坐下，四处看看发现侧后方坐着的那两个人似乎也是准备参加比赛的。

两个镜片厚度堪比厚花瓶底的男生正襟危坐，沉默不语地端着手机。看着不像是随便参赛的，摆出这个架势，多半是准备认真冲击决赛的。

比赛用的是技术部专门开发的软件，季思年登录后看到系统已经录入了他们的个人信息，甚至可以自定义昵称。

他改成了"你爹"。

第一场双人团队赛其实跟团队不沾边，应该是受限于线上的比赛模式，仍然是各答各的。

题目简单概括来说都是找规律，各种各样地找规律题，季思年有种自己在做公考逻辑题的错觉。

结束团队赛后才是个人赛，距离开赛还有十分钟时，页面弹出了两组个人赛的题目，由两名选手自行决定比赛顺序。

季思年看都没看，"你哪个不擅长就交给我。"

谢航也没有看题，不知正在给谁回微信，"你挑。"

"行。"季思年打开了图片看，侧后方已经吵了起来。

"第一个项目是空间跟推理……"他念着图上的字。

"这个肯定是各种展开图，这个必须我来做，我学建筑的啊！"身后的决赛种子选手一号说道。

季思年在后面愈发激烈的讨论中抬高了一点音量："第二个项目是记忆和计算，为什么这两个可以凑到一……"

"不行，我记忆贼差，这个肯定是什么乱七八糟的代码，这个得你来！"种子选手二号说。

"团队优势最大化，你空间比不过我啊，总得有一个积分高的吧？"一号声音更大。

季思年叹了口气，看着那两个人花瓶底顶着花瓶底开始了唇枪舌剑。

谢航笑了笑，"我们有什么战术吗？"

"记忆这种太硬核了我肯定来不了，空间的话还可以努力想象一下。"他被带着分析了一会儿，忽然想起来，"不是，咱俩的目标不是冲击决赛，随便比比就行了啊。"

他想了想又叮嘱道："你控一下分，千万别入围，不然我丢死人了。"

谢航面不改色地说："你再大点声，后面那两位马上冲过来揍你。"

季思年十分识趣地降低声音，"那就这样决定啊。"

"你爹"已选择进入项目一。

谢航叹了口气。

随着屏幕上的倒计时减至零，最上方弹出一个"开始比赛"的按钮。季思年点进比赛，后方的决赛种子选手果然分析正确，屏幕上是一堆花里胡哨的展开图。

"题目说明：正确率优先，同等正确率按照完成时间排序。"

虽然嘴上说着随便比比，但季思年还是瞬间投入了答题中，好胜心浑然不觉就被激发出来，格外认真地看着这些展开图。说实话这比赛还挺残酷的，这学校里大部分都是高中时期的佼佼者，带着一股与生俱来的傲气和对自己极高的期待值，要是结果不如意，属实很打击人。季思年倒不是因为这些而紧张，他是单纯不想做出一个很难看的分数，主要是不想当着谢航的面。

不规则体的展开图很难找，季思年充分发挥了自己的创造力，滑动着屏幕上的不规则体，准备另辟蹊径来个投机取巧。连在一起的特殊形状是个不错的突破点。靠底下的这一面有个三角形，三角形接着一个长得很像小鱼的形状，鱼尾巴的部分接着梯形的下底。

季思年逮着这个特征在几个展开图里找了一圈，锁定了其中的三个答案，很快进行了一下排除，答完了第一道题。

他感觉自己好几个月没动过的脑子带着铁锈渣艰难运作了起来。

谢航的手机无法进入答题页面，只能托着下巴看他。

做题时的季思年大概是完全沉浸在自己的思维里，看起来反而比平时放松了好多。题目其实不算难，掌握了技巧后，基本就变成了竞速题。决赛种子选手实力很强，比季思年快了一两分钟答完。

按下提交答案的那一刻，季思年的眼前呼啸着旋转飞跃闪过了无数张不规则展开图，纷乱复杂，简直让人头疼。

他长出一口气，居然有了种恍如隔世的错觉，按着眼睛问："我做错了没？跟监考老师一样盯着我。"

"没仔细看，基本都对了。"谢航还维持着刚刚的姿势。

季思年趴在桌子上，如释重负。谢航垂眼看着他，怎么看怎么像他家养的那只小金毛。

叫什么来着，叫"锄头"……

"你家的狗是叫'锄头'吧？"

"嗯？"季思年在桌上歪了歪脑袋，"是，我的好大儿。"

谢航想起来他改的那个无厘头的昵称。

"锄头"已选择进入项目二。

季思年看到这条弹窗后笑得不行，不得不直起身子，"我真不是这意思，搞得我占便宜一样。"

"配合一下你。"谢航笑着点开了答题界面。

谢航翻题很慢，手指停在一处就不再移动，过一会儿直接就选出答案。季思年看得出神，思维又回到了之前的不规则体的展开图上。紧接着一个共同的弹窗出现在了手机上，显示初赛全部答题完毕。

"嗯？"季思年愣了愣，一挑眉抬头看他，"这么快？做的还是蒙的啊？"

他看了眼种子选手二号，还在埋头做题。

"蒙也得先把正确答案找出来再选错的，不然很容易蒙对。"谢航背起放在一旁的书包，"要不是为了让你能看清题干，我能答得更快。"

"我……"季思年十分震惊地看着他。

这是在和他开玩笑吗？他还以为依着谢航的性格，会永远保持着某种社交距离。

他抓起书包追上去，"不是大哥，你能不能给我留点面子？"

谢航没有说话，笑着推开了门。

踏入夜色中，他看着谢航的背影，晚风扑来的刹那神清气爽。

不知道是这两天的心思太繁重了还是怎么，他一夜无梦睡到了转天闹钟响起来。闹钟响到第三声时才被人按掉，接着是嘈杂的起床声音。他把床帘拉开一条拉链，垂了一只手出去示意自己还没走，蒙蒙眬眬又闭上了眼睛。

"季思年，起床了！"钟涛喊道。

"你们走吧。"季思年连眼皮都抬不起来，提一口气都得运半天，"我自己去。"

话音一落他再次陷入昏迷。

第二次他是被人一巴掌抽醒的，"啪"一声拍在手背上。

"起床，七点四十五了。"

这声音比这一巴掌更让人清醒。季思年连缓冲的时间都没有，心里猛一跳，立刻把手抽了回去，支起上半身撩开床帘。

谢航站在底下看着他。他的头顶慢慢酝酿出了一个巨大的问号，哑着嗓子说出了新一天的第二句话："你怎么进来的？"

谢航看了看表，"给你五分钟时间起床，我才能考虑一下骑电车带你去上课。"

应该也不到五分钟，谢航下楼骑了电车停到出口处时，季思年已经单肩背着包跑下来了。

他大概都没抓一把头发，一头短发正十分潇洒地乱着，看着还挺帅，脸侧挂着一串水珠，他两步跳下楼梯，冲到电车后座坐下，"走走走，我去四教。"

他腾出一只手，在呼啸的风声里点开了微信。

宿舍群里，舍友正在召唤他。

季思年："马上来。"

曾宇："给你占了位置，第三排最左边。"

季思年："谢——"

电动车忽悠一下颠了颠，不知道是碾过了哪个坑，没打完的字"咻"一声发了出去。

他叹了口气，退回聊天界面，发现尹博在七点出头的时候给他分享了一个链接。

这不见人不见魂的医学生还能抽空给他发信息？季思年在风驰电掣中打开链接，是联赛的决赛入围名单。名单是按照首字母顺序排的，季思年一眼就看到了他的名字。

名字、学院、昵称，别人都叫什么"物理界的渣滓""大佬的小弟""摆烂超人"，只有他的昵称醒目而震撼人心，"你爹"，谢航的也不差，"锄头"。

季思年随着电动车飞速穿行在道路上，灵魂都被甩飞了一半。

从一睁眼就听到谢航的声音，到五分钟极速出门，再到此时的速度与激情，这一连串带来的感官刺激都没有此刻看着的这个名单更惊人。

他愤怒地拍了谢航后背两巴掌，"你到底控没控分啊！"

"嗯？"风太大吹散了他的话，谢航往后面靠了靠，偏过头问。

季思年大声喊道："你爹进决赛了啊，谢航！"

虽然听不到声音，但是他知道谢航笑得很开心。自从昨天晚上这一出后，他对和谢航开玩笑这件事就没什么心理负担了，谢航看起来并没有想象中的抗拒。

车开到了四教的楼下，还没停稳季思年就跳了下来。

"哎。"谢航还没平复住笑意，嘴角挂着笑喊住他，指了指车筐。

季思年刹住脚步，看到车筐里有一个面包，是昨天晚上他们在711便利店买的那个。

他站着没动，抬眼看着谢航。

"七点五十八了。"谢航说。

"谢谢。"季思年立刻拿起面包，转头跑进了教学楼里。

谢航单腿撑在地上，看着他的身影消失在楼梯上，一直等到上课铃音乐响起来，才骑着电动车离开。他掉了个头，沿着小路往校门的方向去。去校门这条路穿过了致知湖，湖畔有不少在早读的学生，伴着白鹅高亢的叫声一路送他离开。谢航把电动车停在校门附近，刷卡出去，直接拦了辆门口的出租车。

"去生物研究所。"他说。

研究所在南城区的最南边，后半程都在高架上来回穿梭。

上了快速路后的车速越来越快，谢航盯着天上飘过去的云出神，在将要睡着的时候手机振动了起来。他看了一眼时间，接起电话时掠过车窗的道路指示牌写着前方八百米研究所。

"工作日早八点半给我打电话，你学不上了？"

"我拿我老师手机打的。"谢舟说。

谢航胳膊搭在窗户上撑着脑袋，"我看不见来电显示？"

"哎，老师知道我的情况以后准假了。"谢舟没有半点被戳穿的尴尬，"妈怎么样了啊？"

"还不知道，我在过去的路上。"谢航说。

"去医院还是研究所？"

"研究所。"谢航叹着气，"一会儿给你打回去。"

谢舟沉默了一会儿，才说："我知道，做手术的话我可以陪床。"

"用不着你陪床，你回去上课。"谢航看着车转过弯，不远处就是研究所的大门，"到了。"

"嗯。"谢舟声音很低地说，"我等你回了电话再去学校。"

出租车进不去研究所，谢航戴好口罩才从车上下来，在门卫室登记好，绕外围去了研究所后院的基地。

这一片管理很严格，连共享电瓶车都骑不进来，一进大门立刻自动断电。

最高的那栋楼他从来没有进去过，找沈荣一直是去后院的研究基地，那一片有专门的接待区，进接待区还得全身消毒，拿消毒水当水喷。

谢航对这个研究所了解甚少，只知道从接待处再往里一圈就有信号管制了，有几栋楼进去之前要暂存电子设备。

他看到进其中某一层甚至要穿绝缘鞋，应该是因为用电安全问题。

接待处的工作人员基本已经认识常来的家属了，给了他一张通行牌就放了进去。

谢航从通道里穿过去时，沈荣正坐在沙发上低头翻文件。

她绾着一个高发髻，穿着一成不变的高领长袖衫，眼镜放在了茶几上。

看到谢航进来，她把文件放到一边，拍了拍沙发的另一边，"在新学校还适应吗？"

"挺好的。"谢航端起桌上倒好茶的纸杯喝了一口，"你怎么样？"

"没什么事儿。"沈荣往后靠了靠，"跟同学都处得怎么样？"

谢航吹了吹冒着热气的茶，"先说你，说完我给谢舟打个电话，她听到信儿了才去上学。"

沈荣笑了笑，把手里的文件递给他，"长了个瘤，还不知道良性、恶性，在一附院排床得后天才能住进去，差不多下礼拜手术。"

谢航翻着B超看了半天，最后问了句明明知道答案的话："恶性怎么办？"

"直接手术台上化疗了。"沈荣满不在乎地说，"就一个胃息肉，没事。你别跟谢舟说这个啊，不用她过来。"

"嗯。"谢航去旁边打了个电话。

回来的时候沈荣拆了一包饼干，放到茶几上，"研究所特产，无添加剂的，一会儿你带一盒走。"

谢航拿了一块儿，勉强定神，"要是术后没事，我争取每天都过去一趟。"

"不用，你上你的学，请个护工就行。"沈荣给他重新倒了一杯茶。

谢航叹了口气，低声说："那也得去看看。"

"不说我了，你在学校怎么样？自打你收到录取通知书我还没问过。"沈荣摆了摆手。

"挺不错。"谢航说。

"嗯？"沈荣抖着饼干上的碎屑，语气有些新鲜，"交到朋友了啊？"

"这是什么话？"谢航叹着气。

沈荣也看回去，"猜错了？你以前不都是说'还可以'和'没什么大事'吗？"

谢航没有说话。

"你自己有数就行，别找谢成那种疯子，其他的我都不管你。"沈荣站起来，抽了张湿巾细细地擦着手指，"走吧，我得赶紧回实验室了，这是怕打电话说不清楚让你俩多想才叫你过来，后面再有事，我微信跟你说就得了。"

她从橱柜里排成一大排的饼干箱里拿了一包，想了想又拿了一包递过来，"拿着吧，走了啊。"

"嗯。"谢航跟在她身后走了出去。

研究所门前压根打不到车，他又往外面走了走，一直过了个桥才有网约车司机接单。

谢航坐进冷气充足的车里终于舒出一口气。他闭上眼，感觉意志再松懈一些就能睡着了。

沈荣这些年是变化挺大的，之前发病时偏执得有些过分，对他尤其苛刻，搞得谢舟到现在都披着一张羊皮。自从她去了安城以后似乎就好起来了，平时很少会管他们的事，他们俩也十分默契地与她维持着这种微妙的距离感。这个家扭曲得有些怪异，不过这确实是一个他仨都最舒适的状态。

当然不能一直这样下去，沈秀琴的去世仿佛是打破平衡的石子，谢航能感觉到沈荣在借此破冰，慢慢融入他们的生活，过程虽然漫长艰难，但是这种趋同对于他们三个人来说都是利大于弊，毕竟是一家人。

他今天有一整个下午的实验课，明天也是满课，一下课又得去参加那个什么六维联赛的现场决赛。

决赛是在办开学典礼的礼堂里举行，他昨天路过时看了看，礼堂中早就已经拉好新横幅了，工作人员在忙着调试比赛设备。课业一忙起来就有些顾不上别的，他本来想晚上如果能碰上就给季思年分一袋饼干，结果没想到愣是连个影子都没看到，他又赶着在最后的期限前完成作业，再见面是决赛前一个小时。

这比赛给所有入围选手拉了个群，工作人员叮嘱他们虽然不用穿多正式的服装，但是也得稍微打扮一下，毕竟有观众在，台下还有校媒的摄影机拍摄。

季思年非常敷衍地穿了一件白色衬衣，不过大概是因为这张脸很出类拔萃，将这件敷衍的衣服衬得十分正式。他将袖子挽到小臂，胸口别着选手号码牌，一脸痛苦地坐在舞台上听着场控讲话，甚至都没有给走过来的谢航分一个眼神。

谢航坐到他身边，"来得挺早啊？"

季思年木然说："不早了，我长这么大丢得最猛烈的人就是今天。"

"不会的。"谢航笑着，环顾了一下四周，看到了那天坐在他俩后面的"花瓶底眼镜组合"，其他的都不认识。

此刻观众还未入场，却听到观众席传来了一声口哨，谢航闻声去看，尹博坐在第一排，兴致勃勃地朝他俩挥手。

季思年看着龇着牙对着他笑的钟涛和尹博，一时间不知道摆出什么表情好。根据六人定律，两个陌生人之间最多通过六个人便可以建立联系，而安大如此之小，这两个"社交狂魔"显然不需要六人就可以相识。他们甚至在旁边占了三个位置，大概是给曾宇、白宇辉以及白宇辉女朋友三人占的位。

这个人丢得十分全面，尹博估计还得给他录个像发给季建安和年霞。

场控指挥着他们去后台试设备，三十个选手兴致勃勃地跟了过去，季思年接过一个答题平板和一个麦，右眼皮疯狂跳了起来。

他看着谢航，"过了这一关咱俩就是过命的交情，今天回去了先拜个把子。"

季思年第一次进礼堂后台,后台很大,四处都乱七八糟地堆着东西,两条走廊里来来去去都是人,左侧那边有专用的服装间、道具间,剩下的一半都当了仓库;右侧基本是空的,临时堆放了一些比赛用品,分给了选手当休息间。

分发下来的平板里装好了比赛程序,也不知道是不是技术部光花心思在题目设置上了,程序看起来非常简陋,像是照着 VB(Visual Basic,一种可视化程序语言)入门做的模板一样。

一点"进入"键,屏幕正中间慢慢浮现巨大的"你好"两个楷体字,"你好"下面由小变大出现了七彩艺术字的"你爹"。

季思年手一抖。

程序内部的设计与开屏截然不同,流动的蓝色线条背景还挺有科技感,非常酷炫的"等待比赛"几个字挂在上面。

组别:15

不知道这个组别的顺序是怎么排的,季思年有一种这是初赛成绩排名的预感。

这么看谢航还是控分了。

十五组选手共三十个人乱哄哄地挤在后台,工作人员指挥着他们把麦戴上,季思年本来以为这是舞台麦克风,没想到戴上以后发现是小型的对讲机。

"大家都试一试,有没有串频道的?"

季思年刚把设备系在腰上,耳边忽然传来一句:"喂?"

谢航的声音过电流以后好听了不少,季思年转头看着他,手背在身后调了一会儿麦之后才说:"一会儿再跟你算账。"

其他选手看上去都很紧张,连聊天都有些拘谨,只有一个穿着短裙的女生看着比较放松,简单地活跃了一下气氛。

也许是因为后台太热闹,基本听不到礼堂里的声音,季思年还担心了几秒会不会没有人来看比赛,直到主持人上场两分钟后,他听到了非常热烈的掌声。

"嚯,"季思年试图从帘幕旁边瞄一眼,"有这么多人周五晚上不歇着或出去玩跑来看这种无聊比赛？"

谢航说："这个麦连着后台，工作人员可以听到。"

季思年马上改口："挺好的，多看看科学竞赛有益身心健康。"

工作人员都是学生会的各部负责人，赶鸭子一样把他们排到礼堂侧，按照组别排好了顺序，"食堂花瓶底"二人组居然是第一。

帘幕被拉开一角，舞台上的声音顿时变得清晰，季思年就听到了一句"欢迎选手入场"，拎着帘子的人立刻挥起了手臂，"走！"

入场应该是特殊排练过的，"食堂花瓶底"二人组镇定地带队进去，季思年在这一刻开始后悔为什么不以拉肚子、生病、有考试等随便一个理由退赛。

踏上舞台的第一感受就是非常热，几盏大灯照着仿佛置身烤箱内；其次就是非常亮，烤箱内还放了个浴霸一样；第三个感觉已经品味不出来了，因为台下排山倒海的掌声和黑压压的人群实在是太直观，季思年原本一点不紧张的心态瞬间土崩瓦解，心脏一下子提到了嗓子眼。

尹博携他的室友及室友女友抢占了最佳位置，坐在全场观众席第一排正中间，季思年在主持人介绍选手的时候看了眼白宇辉的女朋友。

离得太远看不清，不过看个大致也能看出来还挺漂亮的，留着一头齐到锁骨的短发，跟着激动地挥着手。

他先轻咳一声，确定声音不会被扩放出去，才小声问道："那个女生，是不是你们班的啊？"

谢航偏了偏头说："我们班长。"

怪不得一直朝这边打招呼。

站了将近十分钟，主持人终于开始念比赛规则。

这规则他们早就已经知道了大概，不过此时配合上主持人激情澎湃的声音，以及各方面的准备，这场偏娱乐性的比赛都显得正式了不少。

决赛一共分三轮，选出一个一等奖和三个二等奖。

第一轮直接筛到剩五组晋级。

"这烂比赛，一共四个奖，筛出来的五组里面还有一组没有奖啊。"

谢航顶着旁边选手目瞪口呆的眼神小声提醒："注意点，你这是在台上。"

第二轮是车轮赛，初赛和决赛成绩加权后第一名先轮空，剩下四组两两对抗，赢的两组里正确率高的再和第一名比第三轮，输的两组中正确率低的淘汰。

季思年用余光看着谢航。

这样直面竞争的环境让人心慌，不过有谢航在似乎一切都不用担心。

舞台非常大，他参加开学典礼时都没有注意到，此时摆上三十套桌椅还绰绰有余。

所有选手落座后，背后的大屏幕忽然亮起，三十个平板的界面情况实时直播在屏幕上，台下顿时一阵骚动。

紧接着屏幕开始播放比赛 VCR。

前两轮都是小组合作答题，第一项叫"六面旋转"，为了防止观众无法理解规则，还做了个转动的正方体。六面中规定黄色面为上，蓝色面为下，剩下四面每面各有一个角涂有小标记点。

季思年转了转平板上的六面体，发现四个面的标记点位置不固定，在哪儿的都有。六面体以黄色面为起始，根据指定路径进行上下左右旋转，选手要判断出在最后旋转结束时，这一面的标记点在哪个角。

"这不挺简单的吗？"季思年说。

谢航托着下巴看他，"转的时候不会给你看。"

"盲记啊，"季思年愣了愣，"把四个面背下来在脑子里转？"

谢航点了点头。

季思年和坐在前面的选手同时发出一声叹息。

"六面旋转"共三道题，选手1每答完一道，选手2解锁一道，选手1解出的答案数字就是选手2的题目起始点。

第二个项目叫"蜂巢通路"。

"救救我。"季思年小声哀号。

谢航向他的座位偏了偏身子。

季思年立刻靠了过去，就听到谢航很认真地说："大庭广众之下不要交头接耳。"

"蜂巢通路"的题目有些复杂，整个盘面是一个巨大的蜂巢，要从下方的入口走到上方的指定出口。季思年已经听到台下议论声连成一片。

每一个小六边形的六条边颜色不同，选手从一个格子出发，只有两个格子的重合边颜色相同才能走，走一步之后格子自动右旋一个单位。

"旋转之后重合边就不是相同颜色了，来路不就断了吗？"季思年问。

谢航说："旋转是给后面开路的。"

他把"什么意思"憋在嘴边，决定将这道题交给谢航做。

VCR又细致地演示了一遍，选手们都认真地比画起来，季思年看了半天也没明白这有什么可比画的，但是不比画就在一众面容严肃的选手里显得仿佛很有实力。他只好抬起手在空中随便画了两笔。

开赛倒计时亮起，季思年再次感到了久违的紧张，VCR播放时巨大的音响盖住了其他声音，此时一安静下来，心脏剧跳就变得格外响。工作人员上来提醒他们戴上耳麦，舞台炽热的灯光终于稍微暗了一些，季思年手心开始冒汗。

"不要紧张。"谢航说。

季思年深吸一口气，挠了挠耳朵，"你少说几句话我就不紧张。"

还有几组选手也开始了交流，他戴着耳麦听不清楚，比赛的氛围激发了他的肾上腺素，兴奋感慢慢压过了紧张。台下没有人说话和鼓掌，全部都安静地看着大屏幕，抬头能看到走廊过道上有架好的摄像机在拍摄。

倒计时归零，主持人声音洪亮地宣布："比赛开始！"

季思年看着平板上蹦出来的正方体。记住四个面不难，但是在这种环境下记住就很难。上大学的第一个月就面临这样的高压比赛，他感觉自己在接下来的四年都不会再被什么击垮了。

他记忆花费了很长时间，估计此时已经有选手开始进行路径旋转了。

他选择了"进入旋转"。正方体消失，出现了一串旋转指示，好像站上了个舞蹈机。季思年在此刻才发现，其实可以把四个面编码，然后当成一个纯正方体旋转，转完去回忆对应面的标记位置就可以。

但是已经退不回上一步，要是想再看一眼立方块必须进行作答，要是作答错误还要罚时。他硬着头皮开始高难度旋转。如果大家都用这个方法，那这道题就变成了一道完完全全的竞速题，他已经落后了。

隐约听到台下有一小阵没抑制住的掌声，还没连成片就意识到要保持安静，稀稀拉拉地停下了。哪组这就做完第一题了？

"慢慢做。"谢航说。

耳麦是入耳式，做得跟耳返长一个样子，谢航这话的效果就好像是站在他的肩膀上，多了些压力，季思年又抽出手挠了挠耳根，"你闭嘴，害我紧张。"

季思年在这一瞬间权衡利弊，选择先蒙一个，接受罚时去再看一眼立方体。

百分之二十五的概率，他选了个3。

屏幕上出现了"作答正确"，接着弹出了一个新的立方体。

"日行一善总有福报。"季思年回过神来松了口气。

谢航低低笑起来，"挺快的。"

慢了，季思年自己知道，这道题的难度对于场上其他选手来说绝对用不了这么长时间。

"第二题只背标记点在2和3的面。"谢航说。

"你那边可以看到题吗？"季思年震惊地转动着立方体。

他问完就知道问了句废话。

谢航看不到他的题，谢航是从他那个蜂巢的固定终点一路倒推，推出来了起点所在位置。

他甚至有时间把岔路也推一遍，给出了两个可能起点。

选手1做第一道题，选手2推第二道题，肯定有其他组也用了这样的策略，但他们一定没有谢航快。季思年的后背都出了薄汗。排除两个面之后，就算是他这种不开窍的脑子也能够记得清楚了，很快就答完了这道题。

"第三题你看了没？"他得寸进尺地问。

"没有。"谢航说。

季思年也就是随口一问，谢航刚才应该在忙着做第一题，就算是机器人也不可能做那么快。

这次是真凭本事了。做过两道题之后季思年整个人都冷静许多，头脑忽然异常清明，几乎没有卡顿就背下来了几个面，在进入旋转的时候，脑子里甚至有了一个成型的立方体。

"左、右、右……回来了、上……"

他立刻在答题框中输入了"2"。

"作答正确"的提醒弹出来时他刚反应过来，自己一直念叨不停，谢航那边是可以听到的。

"我刚刚一直在说话啊，"季思年心里一紧，扭头看着他，"影响到你没？"

"没事。"谢航眼睛还盯着平板，手里一刻不停地点着，"你说吧。"

季思年转身看着大屏幕。

就在他回头的这几秒里，第一名已经产生了，是初赛排第二的一组。

他屏着呼吸，第二名和第三名几乎是同时出现的，显示只差了0.3秒。

季思年死死掐着手掌心。他对于晋级没有很大执念，也知道以他的实力能够快速完成第三题已经是个了不得的事了，但在这一刻他非常不想输。

耳边响起一个很轻的声音："好了。"

与此同时，屏幕上弹出新的一行："第四名-15组-谢航 / 季思年。"

季思年转过头。身后的舞台打光灯在谢航的发丝间炸出耀眼白色光圈，给他周身都镀上一层银白光膜，他刚好抬手，耳麦夹在指间。谢航的眼睛很亮，终于不再是从前沉静如水的一贯模样。

第一轮结束后的中场休息是留给观众的有奖互动环节，淘汰选手坐在场下预留的选手席，晋级选手去后台分配的休息室。季思年刚一下台就问了洗手间的位置，这一去再也没回来。从比赛开始那刻他就已经进入了高度紧张的状态，精神紧张心跳飞快，这一瞬间的放松让他无比贪恋。

季思年撑着洗手台，衣摆蹭上了一片水渍，他抬头看着镜子中的自己。胸口好像憋了一股气，不上不下堵着难受。他弯下腰洗了把脸。

"哎，你是季思年吧？"身后传来一个模糊的声音。

季思年走神走到了太阳系外，下意识在水声里应了一声，呛得直咳嗽。

"怎么洗个脸还呛着了呀！"是个女生的声音。

季思年单手把水龙头关上，又弯着腰咳了半天，才在脸上抹了一把转过身。

女生在口袋里摸到了一包还没开封的纸巾，"这个……"

季思年眯着一只眼睛，反手在墙上的纸盒里抽了一张卫生纸，糊到脸上擦了几下。

"走吧。"女生笑了笑，把纸巾放回口袋，"我叫董悦，是生科院的。"

"你好。"季思年的大脑还没有转到正常的位置上，有些反应不过来。

从洗手间到后台并不远，他本来打算掐着点回去的，可此时也找不出来站在厕所门口的理由，只好跟着往回走。

董悦看他这样子就笑道："你是不是都对我没有印象啊，我们组是第三名，不知道一会儿会不会抽到一组PK。"

"啊。"想起来了，这是那个在赛前活跃气氛的女生。

但是他仍然不知道该怎么接话。

董悦被他木讷的样子逗笑了，倒也没有尴尬，"哎，刚才看你也不这样啊。"

后台仍是一片热火朝天，隔着一段距离就见到人堆里一个女生在朝这边看，董悦对她挥了挥手，对季思年说："我过去了。"

她往前跑了两步，又扭头说："加油！"

季思年干巴巴地回了一句："加油。"

他手里还攥着个没扔的纸团，都不用回头看就知道谢航站在休息室的走廊里。

"回来了？"身后有人问。

这下不得不回头了，季思年迟疑了一下，"嗯。"

"这边有垃圾桶吗？"

谢航站在休息室门前，"屋里有。"

身边无数忙碌的工作人员走来走去，到处都是对讲机在响，季思年站在走廊中间，很轻地皱了皱眉，"我进去扔个东西。"

谢航盯着他看了一会儿，侧身让开。

后脚刚迈进门里，谢航抬手拦了一下他，"你怎么了？"

季思年脑子有些晕，没擦干的水珠顺着下巴滴落下来。

"状态不好？"

"没有。"季思年抬眼看他。

谢航慢慢收回手，"比完赛再说吧。"

"选手集合了！"走廊外有人喊道。

季思年把那团卫生纸扔进垃圾桶，和他并肩走了过去。

抽签的部分是在观众互动时完成的，他们要对战的是"食堂花瓶底"二人组，两位选手就站在他们身边候场，额头上都烘出了汗。

因为时间原因，第二轮的比赛是四组同时进行，这次返场新增了选手介绍环节，按照组别依次入场。

前三组都登场后，季思年后知后觉地想起来一件很重要的事。

还没等他补救，就听到了舞台上传来铿锵有力的召唤："让我们欢迎第十五组的选手，来自化学院和公管院的'你爹'和'锄头'！"

守在帘幕侧的工作人员一把将他推上台，"进场！"

"我去！"季思年硬着头皮被推上舞台，发现不知什么时候他的麦连上了扩音，这一句清晰地回荡在礼堂里。

几束舞台灯齐刷刷地打在他身上，观众席爆发出了前所未有的热烈掌声和笑声。

不仅台下在笑，站在主持人旁边的"食堂花瓶底"二人组笑得直扶眼镜，董悦和同组另一个女生也捂着嘴笑。

主持人的专业素养极其强，面不改色地用与刚才无异的音量说道："欢迎两位选手，这是唯一一对全新生组合晋级，实力非常强劲！"

季思年看到第一排的尹博几个都在举着手机录像，笑得直抖。

"比赛马上就要开始了，两位有没有比赛宣言呢？"主持人丝毫不受影响。

季思年看着谢航。

谢航小声说："辈分大的先发言。"

观众席上又是一阵笑。

"我们……"季思年绞尽脑汁，脑子里闪过了高三背过的优秀作文开头结尾，闪过了无数名人名言，最后说，"我们的'艺名'，没有冒犯的意思。"

台下立刻开始鼓掌。他感觉再说下去就要一炮走红了。

主持人的控场能力简直到了炉火纯青的地步，立刻把话接下来，又说了几句，开始介绍项目规则。屏幕上出现了一堆有凹有凸的不规则块，配合着背景音乐，看上去很高端。

季思年悄悄在麦上拍了两下，没听到场馆扩音，又使劲弹了弹，确定扩音已经切掉了。

"再拍就要聋了。"耳机里传来谢航的声音。

他马上收手。

依旧是双人合作项目加竞速，分为 A 项和 B 项，这一次两组四人共答同一个题盘。

"什么叫一个题盘？"季思年碰了碰谢航的胳膊。

谢航说："抢题做。"

A 项目是用那些规则不一有凹有凸的块拼指定图形，干扰项无数，雷达图上的推理和空间分数到了四分。

A 项目共三十道题，每道题对应一个不同形状的零件，答对解锁，一方已答过的题不能重复作答。

B 项目是拼凑一个闭合回路，盘面是一个大的残缺电路图，只有很多串联的并联的灯泡但没有导线，要利用 A 解锁的零件放置在盘面内，尽可能点亮更多的灯。

一组红灯一组蓝灯，自己抢的零件自己用。

"我答 B。"季思年说。

谢航与他同时开口："我做 A。"

项目 A 要比速度他肯定比不过，不过他可以充分发挥满分创造力，在 B 项目上给人添堵。

答同一个题盘，就意味着这些灯泡位置也是要抢占的，他可以去堵对手的路。

看来谢航也准备把这个"脏"活儿交给他干。

背后的大屏幕一分为二，每一半都出现了一个空电路板和两个小的平板实时。

"请选手上挑战位准备！"主持人说。

台下再次鼓起掌来，季思年走到了自己的答题位上，平板上是和屏幕上一样的空电路板。

倒计时的音效声大得有点吓人，季思年看了一眼谢航，紧张感席卷而来。

归零的一刻，板子上出现了互不关联的几个灯泡和许多障碍物，以及 A 项目中三十道待选题每道相对应的元件。

季思年扫了一眼，挑了一道直导线元件的题，"做第八道。"

谢航点开了题。

题目目录的第八题和第十三题同时被解锁，对手做的第十三题是一个四岔路口元件。

好思路，先抢占路口处。

元件越大题目越难，谢航比对手先一步解完答案，季思年的答题框中出现了一段直线导线。

他没急着放置在电路板上，挑了另一段直线，"做第五题。"

"这个战术会挨揍的。"谢航笑了。

两指缩小整个盘面可以看到全局景象，季思年简单规划了一下，发现这应该是个考计算力的题。

那他抢出来的这个时间差就非常有利了。

题目简单加上谢航的飞速解答，这题的直线导线几乎和对方的四岔路口同时解锁。

对方立刻将元件放了两灯泡并联的交叉处，电子版亮起了蓝方的三根线。

季思年紧跟着把两根直线导线连接在了这两个灯泡和蓝线中间。屏幕上实时亮起两根红线，切断了蓝线到灯泡的通路。

"做二十三题？"谢航问。

季思年看了眼题目，二十三对应的是一个直拐角元件。

"嗯。"这损人不利己的法子到这里已经是极限了，灯泡是单数个，这样堵下去对己方不利。

接下来的就是谁先想到一箭双雕的路谁赢。

B 项目的计算力要求很高，要绕过障碍物就必须把每个元件的用处和先后顺序算清楚，不然要么无法通电，要么撞上蓝线。

季思年这一招显然打乱了对方的答题节奏，他们必须开辟出一条新的道路来，不然无法构成闭合回路。他发现自己原来是个临场型选手，刚才在后台的不适感此时被一扫而空。

"你不用数了。"谢航说。

"嗯？"季思年看到答题框里出现了新的元件，谢航那边又做完了一道题。他飞速运转的大脑在这一刻甚至都没有分神，就自动解码了谢航的话。

你不用数了，我能抢完大部分元件，你只要随便往上拼就可以。

"多少还是要数一数，不然我好像是个来混分的。"季思年说，"做十三、十八、二十一。"

"算得挺快。"谢航说。

对手不愧是初赛第一名，很快就调整好状态，又抢到了一个岔路口。

谢航在耳机里问："要做直线去拦吗？"

"不做。"季思年盯着电路图，"做七。"

"他们也在做七。"谢航说。

季思年笑了笑："抢他们的。"

他说得很风轻云淡，但第七题的那枚元件很重要，可以把他之前串起来的灯与电源所在线连起来，"食堂花瓶底"二人组这是要来堵他的路了。

谢航没再说话，一分钟后显示第七题作答成功。

三盏红灯亮起。

"继续做十三和二十一，"季思年说，"别管他们。"

他这句叮嘱来得时机很好，半分钟后，电子版上亮起了四盏蓝灯，对手反超。

二人组的实力很强，几乎是咬着他们的尾巴跟进，一丝空隙都没有。

还剩最后两盏。

对手显然十分谨慎，为了保住其中一盏，一口气连通了附近的三条通路。这个场面在季思年的设想中，这盏灯在最靠中间的位置，几乎是最后定胜负的关键。他早就已经铺好了路，只差二十一题对应的最后一个拐角，就能把这一盏收入囊中。他走了一步险棋，只要这盏能亮，就可以顺着把最后一盏也点亮。这是唯一一条对手没有断掉的路。

他用力眨了眨眼睛，生怕下一秒题盘上会出现一根蓝线。

心脏在这一刻狂跳起来，他手指冰冷地滑动着题盘，极力冷静下来寻找第二方案。

但谢航没有给他规划第二方案的机会，在对手蓝线新亮一根的同时说："二十一做好了。"

答题板上解锁了拐角元件，季思年笑了起来。

这盏分秒必争中抢夺的灯亮起红色时，他忽然觉得这一场比赛打得酣畅淋漓。

最后一个灯泡变红，宣告比赛结束。

全场灯光骤然亮起，结束音乐适时响起，台下的掌声铺天盖地像要掀起礼堂顶，主持人走上来宣布比赛结果。

季思年抬头看着屏幕，另一半场比他们结束得要早，几乎是压倒性的优势，大半个版面都亮着蓝灯。

他们赢得自己的这半场赛，保住了二等奖，不过另外半场的赢组比他们多亮了几盏灯，应该是那一方晋级。

总决赛就没有他们的事儿了，等着最后的颁奖就好。

谢航站在光芒正中央，低头调整着耳麦。音乐鼓点与心跳共振，季思年在这一刻有说不上来的感动。不是赢了比赛的激动，是在某一刻感受到了精神共鸣，这种同频默契，如果不是在这种激烈的比赛中是很难感受到的。

"决赛马上开始，其余选手退场休息。"他只听到了这一句话，接着和谢航一同走向后台。

耳边顿时从一片嗡鸣变成了混乱嘈杂的人声，后台在忙着准备决赛道具，众人来去匆匆。

直到"准备颁奖了！"这几个字冲入耳中。

谢航深吸一口气，喉结滚了滚正要说话，门外又是一声由远及近的喊："先排队，排完队再上台！"

季思年整个人都放松许多，他扯起嘴角笑了一下，"先走吧，别让人等了，你爹要大牌。"

谢航看着他，很轻地点了点头，拧开门走了出去。

门口刚好站着"食堂花瓶底"二人组，见他们出来了打着招呼，季思年摸了摸脖子上挂着的硬币，没有把它塞回衣服里面去。

间隔了短短十几分钟的时间，再次上台时的心境完全不同了。

他和谢航并肩站在一起，对着台下的摄像机和闪光灯，莫名多出来一丝埋在满足感之下的轻飘飘。

比赛全部结束时已经晚上十点多了，散场后董悦喊上了"食堂花瓶底"二人组和几个选手去吃夜宵，在休息室门口叫了一声："季思年，你们去不去？"

季思年把设备收拾好交给工作人员，对她说："不去了，和朋友有约。"

主办方给每个选手都送了一小捧花，季思年把花放到包里，对谢航歪了歪头，"走。"

"你朋友们还在观众席等你呢。"谢航跟着他走到了礼堂侧门。

"尹博已经带他们走了，咱俩吃个饭回去吧。"季思年推开了门。

回到宿舍正是洗漱准备睡觉的时间，二楼走廊里挺热闹。

谢航想起来了什么一样，"一会儿有个东西给你。"

"嗯？"

"一袋饼干。"谢航笑着往前走，"研究所特产，是……我妈给的。"

季思年怀疑自己听错了话，"给我？阿姨认识我吗？"

谢航走到 219 门口，听到了里面热火朝天的聊天声，他进去拿了饼干，"以后会认识的。太多了，拿给室友分分？"

包装是没有印字印花的铝箔袋，季思年接过来掂了掂，沉甸甸很有分量。

谢航长出一口气，一板一眼道："洗手间见。"

季思年"啧"了一声，"说得跟约架一样。"

人与人的关系确实是简单与复杂的集合体，有时候会让人思前想后琢磨很多，有时候又能如此单纯地带来快乐。

209 里很吵闹，这屋子自打开学以来还第一次同时出现这么多声音。

季思年走进去时他们正在聊选课，见他进来，钟涛第一个喊起来："哎，回来了，快问他！"

曾宇和白宇辉同时扭过头，他在白宇辉脸上看到了一瞬间的挣扎。

"怎么了？"他把饼干袋拆开，一人分了几块。

曾宇脖子上还挂着耳机，"你刚才是去吃饭了吗？"

钟涛跟着说："尹博说你跟选手们聚餐了，我加过董悦微信，看她刚发的合照没有你。"

季思年没听懂，举着饼干让曾宇又多抢了两块。

"是有女孩儿在追你吗？"钟涛饶有兴趣地看着他，"哎，我们仨还打赌来着，我老觉得你得再等等，你那性格不像是现在就能被追上的啊！"

"这饼干好吃啊，比我买的那个好吃。"曾宇插了一句。

季思年抖了抖饼干袋，笑了半天，"真没女孩，我刚跟谢航吃的饭，这饼干也是他送的。"

"唉——"钟涛和曾宇同时长叹一口气。

曾宇伸着懒腰，顺手拍了拍白宇辉，"愿赌服输，明天三餐刷我俩的卡！"

季思年看向白宇辉。

他埋着头吃着饼干，含糊不清地说："人家比完赛聚餐庆祝一下，不是很正常？是你们思维太发散了。"

"哦对，董悦想要你微信来着，我觉得还是得征求你意见。"钟涛摇着椅子，一脸看热闹不嫌事大的表情，"你太牛了，今天估计表白墙上都是'你爹'，我都要笑死了。"

一提起这事情曾宇也开始跟着笑，还笑得非常大声，"坐我后面那个人全场没看比赛，光盯着你了。"

"我乱起的，没想到有这么一天。"季思年把捧花找了个地方放，"微信……你要是不给这话不好说吧。"

钟涛摆摆手，"没事儿，我可以跟他说你微信人加满了。"

"别了吧。"季思年听着就想笑，"她在选手群里就能找到微信，结果都要到你这儿来了，再不给通过有点不给面子了。你俩还认识啊？"

"生科院的学姐，假期就加过了。"钟涛弯腰从衣柜里拿衣服，"这澡堂门口来了个卖烤红薯的，我今天一定要买一个。"

曾宇也开始收拾洗澡的篮子，"那个味儿飘得楼上都是，我每次洗澡都感觉置身烤箱里。"

几个人又就着烤红薯这个话题聊起来，季思年坐到桌子前拿了块饼干，不愧是研究所特制，味道确实不一样。即便已经有心理准备，但在打开微信的时候还是没想到尹博给他发了那么多消息。

看第一条的发送时间，应该是他上台领奖的时候。

尹博："恭喜啊，真不容易，这次风头出大了。"

中间还夹杂了几张照片，有他的单人照，还有两人的合照，其中还有手抖糊片，大概是尹博没有挑选就一股脑发了过来。

尹博："你俩看起来心情不错，怎么，谢航转变性格了？"

季思年："我觉得他可能想开了。"

尹博秒回："我觉得这可是你的功劳，倒是你，怎么没去参加选手聚餐？"

季思年靠在椅子上笑了一会儿，才发道："我回寝室了。"

对面打了个语音电话来，他正要接通又挂掉了。

季思年看着桌上那枝粉色的月季，"明天再说吧，今天可太累了。"

他拿起桌子旁边扣着的小镜子，发现就这么几天都起了黑眼圈。

睡一觉大概就可以缓过劲儿来了。

谢航一推开 219 的门，就听到靠里那张床上一声喊："航哥！哥！"

刘岩抱着电脑探出个头来，表情非常幽怨，"你猜咱班有人作业写了多少字？"

坐在底下剃了个毛寸头的夸张地比了一个五。

刘岩配合着这个巴掌拉长音说："五千字！"

毛寸难以置信地看着自己的手，"什么人啊，刚入学随便让写个职业规划都能写五千字啊！"

"你们不是都写完了吗？"谢航把杯子放回架子上。

"我俩加起来再平方都没有五千字！"刘岩噼里啪啦地敲着键盘，"这规划得拿诺贝尔奖了吧！"

谢航坐在椅子上，从捧花里摘出来一朵粉色月季，单独放在桌子上，"不到百分之十的课堂平时分，你多答一个问题就追回来了。"

敲键盘的声音停了停，刘岩说："有道理。"

毛寸抱着一碗水果捞，边吃边叹气，"我看过那篇文章了，规划有短期的长期的，还写了快一千字的SWOT（Strengths Weaknesses Opportunities Threats Analysis，强弱危机分析），我感觉这根本不算'内卷'，就是非常纯粹的人家活得比我认真。"

他说完又抓了抓头发，"我一丁点儿人生规划都没有，怪好笑的，前十八年都在为了上安大努力，其他的什么都没想。"

谢航喝了一口水没有说话，心里默默地答了一句："我还不如你，我连前十八年的目标都没有，一向是得过且过。"

放在桌面上的手机响了一声，他看到是一个被反复拒绝两次的好友申请。

"有事情和你说。"

久违的心烦叠加在一起涌过来，他再次点了拒绝，"有事打电话。"

新一条申请立刻就发了过来："跟谢成儿子有关。"

他用剪刀在月季的杆底部斜着剪了一刀，把碎叶子清理干净后继续拒绝，之后拿着手机走了出去。

这人声称是他表哥，他算了算辈分，也就是谢成他姐的儿子，不知道从哪里搞到了他的微信号，锲而不舍地想要加他的好友。

谢航不想再和谢成一家子的任何一个人扯上关系，谢成的那个儿子发生什么事都与他无关。

走到楼梯间时，电话卡着点拨了过来。

来电地址是昌泽市，他接通了电话。

"小航。"听声音对面是个很年轻的男人，谢航甚至有一瞬间怀疑他有没有大学毕业。

见他许久没有回答，对面继续说："你好，我叫赵长青，是你的表……"

谢航打断他："有事？"

他靠在墙壁上看着安全通道亮起的小绿灯，换了别人他起码会等到自我介绍环节结束，但是一切事情只要粘上"谢成"这个标签都会让他变得焦躁。

赵长青没有因为他的态度而改变语气，继续说道："很抱歉打扰你，不会占用太多时间，我……"

"有事说事。"谢航皱了皱眉头。

对面沉默一下，大概是在组织语言，不过很显然这语言没有组织成功，说出来依旧很混乱，并且没有表明来意。

"是这样的，关于我……舅舅，我有些事情想要问一下你。"

放着这么多人不问，绕了七百个弯找到他这里，看来不是这位表哥要问，是谢成那位现任妻子要问吧。

谢航说："你自己去问他，他不说的我也不知道。"

他直接挂断了电话。

这人来得荒谬，谢航只觉得可笑，想不通他们到底是从何判断出谢成前妻一家愿意和他分享什么秘密。如果这个秘密不能从谢成口中得知，那么八成他也不知道。有关谢成的记忆大都模糊，他想不出来还有什么事是值得保密的。他拉黑了这个号码。

去 209 敲门的时候屋里正在聊国庆怎么过，季思年看上去倒是缓过神来了。

"你国庆怎么过？"季思年跟着他走出宿舍楼，"其实中秋还没过呢，不过算算还挺快的。你要去医院陪床吗？"

谢航掏出钥匙拧开电车，"不用，住院两三天，中秋前后就出院了。国庆你爸妈是不是要来？"

季思年坐到车后座上，话说得有些艰难："是，不过……他们过来也行，也可以我回去，我的意思是……"

"我在哪边都一样。"谢航蹬着地把电动车从一大片车子里溜缝出去，"你要是想回去我就回，你不想回我就不回。"

车子驶上路，季思年本来想体验一下坐车后座兜风的新鲜感，结果怎么坐都觉得自己下一秒要被颠飞出去，手脚都没有着力点。

"你不回去看一眼谢舟吗？"季思年问。

"用不着。"谢航笑了笑，"怎么，她高考你比她还紧张，还有二百来天呢。"

"那行。不过我爸妈过来那几天我可能也顾不上你，你要是想回……"

"真不回。"谢航叹了口气，"谢舟要独处时压根不想看见人类，不管男的女的还是亲哥亲妈都一样。"

季思年张了张嘴没说出话来，感觉有点想笑，"这就是你家一梯两户的用处？"

"那倒不至于。"谢航说。

季思年笑了一会儿，觉得这话除了形容谢舟，拿来形容谢航也差不多。

他们兄妹两个对于独处的要求和别人不一样，这样的独处是从内到外的，就比如随便把谢航扔进哪片人堆里，都能感受到他独一份的孤僻。

很少有人，或者说是根本没有人真的走进了他们的生活。

谢航把车停在了二食堂门口，下车时口袋里的手机响了起来，还没等他拿出来铃声就停了。

谢航锁好车，来电居然是不想看到人类的谢舟。

他偏了偏头示意季思年走前面，按了回拨。

刚振铃一声后就被接了起来，谢舟没有给他开口的机会，上来就是一句："打错了。"

谢航问："你要打给谁？"

谢舟半点不卡壳："谁都没想打，误触了。"

两人随便找了个空座位，谢航拉开椅子，"知道了，挂吧。"

"谢舟吗？"季思年看了看他。

"嗯。"谢航把背包放在椅子上，和他一起向窗口走。

他几不可闻地叹了口气，找到了昨天被他反复拒绝的微信，点了好友申请，"有事只找我。"

这顿饭吃得还算愉快，除了季思年搭着谢航的车一路送他到了教学楼下，结果猛然顿悟自己还得再想办法自己回去之外。

季思年按掉出水键，盯着冒着烟的热水看了一会儿，才把杯子拿过来，"你去上课吧，五点半我来接你。"

谢航接过水杯，"那你还得跋山涉水过来。"

"啊，我正好去空教室自习。"季思年看着他。

开水接太多了，现在这杯子里的水应该非常烫，不过谢航没有说什么，笑了半天之后退了两步和他挥挥手才转身。

季思年一直等到他的背影消失在楼梯上才走。

南园刚好在尹博的宿舍区，也不知道大周末的这位忙人有没有时间。

季思年翻出来万年前的聊天记录，慢悠悠溜达着找到了尹博的宿舍楼。

周六学校里还挺热闹，他站在楼下，给尹博打了个电话。

过了半分钟才被接起来，尹博在那边喊起来："我刚脱衣服要睡觉，你别告诉我现在要请我吃饭吧！"

"我在你宿舍楼下。"季思年把手机拿远了一些。

对面噤声，接着电话被挂掉。

五分钟之后，尹博骂骂咧咧地从楼道里走出来，指着他说："我真是欠了你的，以后找我一小时五百，根据心情加价上不封顶。"

季思年看着他，一直到他的食指都快顶到鼻子上了，才说："还是我面子不够大，你和你女朋友现在不在一个学校，上课时候难道不会走神想她？"

尹博莫名其妙地收了手，"不想啊，上课是上课，女朋友就是女朋友，互不影响的。"

"那你们天天下课就打电话？"

"废话啊，下课了就是私人时间了。"尹博思考了一会儿，有些纠结地说，"我不知道这样能不能说明白，打上课铃和下课铃的时候会非常想念她，但是中间在教室的这段时间不会。"

"听得我牙都酸倒了。"

"随你怎么说。"尹博抓了把有些乱的头发，向着南园小花园的方向慢慢走。

季思年看着自己的脚尖，突然意识到尹博和谢航的不同，和尹博相处，他是完全放松的；和谢航相处，他会不自觉地有点拘束，为了表现得自然，他又要努力演出不拘束的感觉。

谢航不是第一次来手术楼，沈荣也不是第一次进手术室，但他坐在走廊的椅子上，依旧感觉浑身一阵阵发凉。

这个位置刚好可以看到一旁的升降电梯，无数人急匆匆地走进走出，奔波在医院里。

曾经有一段日子他就这样看着，看了很长时间，久到他可以轻松辨认出是家属还是患者，是陪同还是独自一人。每个他眼中的过客都有着各自的人生，他也扮演着这些人生活里的过客。就像从他身边走过的人看不到坐在椅子上的男生一眼望不见光的童年，他也看不见这些过客独一无二的往事。但每个人都是有故事的。这样的感觉在疗养院内尤为强烈，在精神病院同理。

谢航偶尔会感到孤独，也会在某一刻产生与全部过路人融为一体的错觉。

电梯门打开，走出来一个人。

谢航看着他走近，想问你怎么来了，但是咽在了嘴边。

"不是说我很快就回去？"他最后说。

季思年坐在了他身边，"没课，就过来看看。"

谢航"嗯"了一声，又问道："一会儿出去逛逛吧。"

"行。"季思年感觉语言系统紊乱了几秒，在会不会说错话中间摇摆了一下，说道，"你不守着吗？"

"守一会儿，她好点了肯定就赶我走。"

季思年瞥他一眼，"病理什么时候出来？"

"过两天。不过等手术完临床就能判断出个大概了。"

"行。"他有些拿不准谢航的情绪，表面上看不出过多的担心焦虑，但他能感到谢航话里的冷意。

坐了没多长时间手术室的门就打开了，先出来的是个大夫，对谢航点点头。

"没什么大问题，留院观察一两天就行。"

谢航道了谢，转运床跟在后面推了出来。

他们一路跟到了病房里，看着安顿好之后又坐了一会儿，沈荣醒得很快，护士中途拿着个灯，对着她的眼睛照了照，问了名字和年龄，又比了个数字问这是几。

季思年站在旁边看着，感觉沈荣的状态恢复快到可以立马坐起来给护士展示研究所风采。

他走到病房外等着，谢航和沈荣磕磕绊绊地聊了几句，又跟大夫说了会儿话才出来。

"走了。"谢航拉了拉他。

季思年有些犹豫，"真走啊？"

"嗯，她想一个人躺着，我明天再来。"谢航重新把口罩戴好，"我们去哪儿？"

一提起这事儿，季思年突然想起来什么，说得太急还咬了一口嘴里的溃疡，"我！唉……"

谢航拉着他挤进电梯里，声音里带着些笑，"出去说。"

医院门口有个公交站，他们研究着站牌，季思年问："一会儿去哪里？要不要去商圈？"

他前两天问过白宇辉有哪里比较适合放松心情，对方列举了一大串，电影院、猫咖、商场的手作小店，总之全在商圈那一片。

"可以。"谢航站在他身后，伸出手越过他指着 67 路车，"坐这班。"

工作日的公交车人流不多，他们走到最后一排坐下，季思年拿手机点开了白宇辉的聊天框。

驶过第三站地之后，他终于下定决心把消息发了出去。

"你说的商场是在金紫广场那边吗？"

对面显示正在输入，这个输入又输了两站地，又变成了对方正在讲话，断断续续讲了半天，才发过来了一条短短二十秒的语音。

"你从地铁站出来直接就是金紫城地下，吃的玩的都有，我说的那些手作小店在顶层，顶层是那种朋克主题小镇，有做陶瓷的、磨水晶的、打铁艺的、戳毛毡的、画画的、做戒指的……"

他点开的时候没控制好音量，估计谢航都能听见。

白宇辉最后那一串说得飞快，"的"字还有一半没说出来语音条就结束了。

季思年叹了口气，回了句"谢谢"。

车子缓缓进站，谢航带着他从后门下车，抬手指了指前方的商场，"是这里？"

这一段还不算市区最中央，不过也是条有名的繁华步行街，这个时间的人虽然不算多，也比学校那片要热闹不少。

白宇辉推荐的地方确实很适合放松心情，电梯门一打开就看见对面坐了几个在喝奶茶的年轻人。

这一层的装修风格很别致，主打朋克元素，整体都是高级暗调，每个小店都很精致。

确实设计得像个小镇，时不时会立着路标，路也是时而上坡时而下坡，弯弯绕绕很有情调，有好几面墙上涂满了游客的留言。

来之前他还担心他跟谢航会与这里的氛围格格不入，没想到居然意外挺契合。

每个小店的人都不多，季思年看得有些眼花缭乱，"做点小物件，给你妈妈做一个祈福，你自己也做个，怪吉利的。那个打铁的就算了吧，泥塑也别了，要不弄一身还得洗。"

"做个珠子吧。"谢航在一家门脸前驻足。

这路正是下坡，季思年差点儿没刹住车，退回去一步看着门店前摆的样品。

这家木珠银珠都有，手编绳颜色任选，摆成一排看着样子都不错。

"也送你个转运珠，之前答应过的。"

季思年闻言有些意外，"这你还记得啊。"

老板是个扎着双马尾的年轻女生，拎着一把锤子就走了出来，"进店看看？"

店里很宽敞，老板从旁边的架子上抽了一本厚相册，又敲了敲摆满了的陈列柜，"价位和样式都在这里，银的DIY（Do It Yourself，意为'自己动手制作'）按个数算，直接买成品按克算。"

谢航翻都没翻，把胳膊往前一伸，"这样的有没有？"

老板撑着陈列柜探头看了看，又转身在柜子下面摸索了一会儿，"转运珠啊，没有这么纯的，做工也一般。银饰最好还是去专柜买。送人吗？"

谢航歪了歪头，"是的。"

季思年看他一眼，"我戴。"

老板转身去另一个柜子里找了找，"那可以，有这种半成品镂空珠子，银的太软，自己雕不好下手，留了个空位置可以往上刻名字。"

她拿了几个装在小塑封袋里的银珠子，放到桌子上，"挑一下？大中小都有。"

这几款都很漂亮，季思年扒拉着挑出来一个和谢航那个最像的，"这个吧。"

老板顺手打开了店里的小音箱，舒缓的纯音乐慢慢响起，听得人有些犯困。她搬出一个小工具箱来，"可以，做手链、项链还是脚链？"

"先随便串一个吧。"谢航说。

季思年平时很少戴手链，更不用说项链，只不过这种珠子戴在哪里都好看，倒不如先串一个可调节长短的绳。

小工具箱一人一个，也许是他们选的这个体验项目过于简单，在里面翻了翻发现只有一把锤子用得上。

先挑个印着字母的模具，拿锤子敲几下印上，再把银珠子串到链子上，完毕。

他忽然感觉让谢航来做这个有点侮辱他的智商。

"玩这东西真的能放松心情吗？"

"这个挺好的。"谢航说完笑了一会儿，低声说，"这个放松节目很特别，刚进来的时候我还以为主题是找回丢失的童年。"

话说得很平静，季思年还是略表心疼地拍了拍他。

他不知道谢航的童年是什么样的，但想想也知道应该没有什么美好的回忆。

有些来自童年的恐惧是永远也抹不掉、一辈子如影随形的。他小时候梦见过厨房落地碗柜下面哗啦啦在流血，白天跑去看发现碗柜里面的地上有一把不知道猴年马月掉进去的刀，在黑漆漆的角落里生了锈，看着很像斑驳的鲜血。

就这么小一件破事，从那以后直到今天他都不敢趴下去看厨房柜子下的地面，偶尔掉了东西滚进去就得扯着嗓子喊年霞来。

这还仅仅是来源于一个噩梦的惧怕，他无法想象谢航所面对的真实发生且直接作用在他身上的恐惧有多挥之不去。

小店里没有人，低缓的音乐听得人昏昏欲睡，对面是一家制作香薰的店，时不时飘进来几缕香味，简直是助眠神器。

老板坐回了之前的位置，离他俩的工具台十分遥远。

银珠子被谢航拿着，季思年坐在旁边，见他一动不动地看着柜台方向，顺着瞅了几眼。

老板戴上之前放在旁边的眼镜，拿着一把尖嘴钳，慢慢镊着一对珍珠耳环。

季思年转头瞄了眼谢航，盯着他的耳垂，有些吃惊，"你这儿……

是不是真的有个耳洞啊？”

"是。"谢航举着小锤子，侧了侧头，"小时候自己扎的。"

季思年心中一跳。

"闹着玩，跟谢舟一起扎的。"谢航说，"后来好长时间没管，自己长上了。"

精细的模具扣在小银珠上，锤子轻轻敲上去，一点点把模具里的字母印刻上去。

季思年半天没说出话来。

谢航倒是对此不在意，漫不经心地说："你要是想的话，回头也去打一个。"

"不必了。"季思年叹了口气，"我还是比较怕疼的。"

倒印需要掌握巧劲，谢航把模具拿开时，镂空小银珠不光没有瘪，还完美印上了深浅刚好的两个字母。

编绳是按照谢航那颗转运珠的同款来做的，金、黑、红三种颜色编到一起。

老板给他们拿了好几种样例的示范图，季思年照着图一步步编还是感觉手跟不上脑子。

"为什么这里多出来一个结？"他脑门都开始冒汗了。

谢航编的绳和示范图里一模一样，甚至还要漂亮平整一些。

他从季思年手里的绳上顺着上一步抽回去，又从一个看不见的刁钻角度穿出来，再往下一拽，结就消失了。

他对着相机取景框里的谢航说："是不是连谢舟都没见过你做这种手艺活？"

"我以前做的手艺活和这个不是同一类型。"谢航说。

智慧儿童天才少年的儿时故事，季思年的脑子里闪过这样的标题，内容包括但不限于七巧板、九连环、拓扑折纸，一直发散到了解剖。

"拆奥特曼。"谢航说。

手机里看谢航有点音画不同步，季思年足足反应了五秒才说："你再说一遍？"

"拆奥特曼。"谢航开始笑，"之前和你说过的那个玩具房里的。还有玩具表，反正除了毛绒的应该都拆过。"

　　季思年隐隐猜到了原因，不过还是问道："拆那些做什么？"

　　"打发时间。"谢航手里翻花儿一样就没停，"所以动手能力要从小培养。"

　　"什……"季思年一低头就看到他的那根编绳已经做完了。

　　他放下手机加快了速度，这种熟练工都是越到后面越顺利，不过大概还是手不够巧，怎么看都不如谢航那个好看。

　　"季思年。"谢航忽然说。

　　"嗯？"季思年抬眼看了看他。

　　谢航把银珠子串到编绳上，才慢慢说："有些东西太难改了。"

　　季思年手中动作一顿。

　　他没反应过来为什么忽然转到了这个话题上，也许是刚刚他问的那些话让谢航多想了。

　　季思年在听到这句话的时候居然无意识中松了口气，起码他现在知道了，谢航想要往外走，也正在努力往外走。

　　他朝硬壳外伸出来一根树枝，那够让季思年感受到，就算感受不到也能看到。

　　"给你八百年时间。"季思年眼睛还落在手里的编绳上，"我可以问个问题吗？就是好奇，没别的。"

　　"问。"

　　"谢成跟你妈……怎么认识的？"季思年问。

　　谢航托着下巴，"大学同学。"

　　也是个毫不意外的答案，季思年就见过谢成一面，还是在疗养院被谢航臭骂了一顿之后的样子，但即便那么狼狈也能看出来是个事业有成的精英人士。

　　物是人非啊。

　　编绳做好了，季思年的视线掉到银珠子上，转了转手腕，"挺好看的，你还挺有天分的。"

　　"先戴手上吧。"谢航收拾了两下工作台，把工具箱整理好，拎到了柜台去。

季思年懒洋洋地趴到桌子上，对着手拍了几张照片。

他在桌子上歪了歪脑袋，随便往窗外瞥了一眼，突然看到从对面的香薰店里走出来一个人，正在低头看手机。

季思年猛地把头转到面朝里，速度快到差点儿闪了脖子。

他怎么看这个人这么像周英凡呢！

季思年对谢航使了个眼色。

他一时间也没想明白这个眼色有什么含义。

谢航心领神会地微微侧过身，用余光瞄了眼窗外，看到周英凡时也愣了愣。

"安城这么大，真就是冤家路窄。"季思年叹着气说。

等了几秒钟，谢航才走过来，"走了。"

"他跑这儿来干什么，这条街真的这么有名吗？"季思年跟着站起来。

两个人等到周英凡在路口拐弯后才从店里走出去，临出门时收到了老板看似热情实则头都没抬的欢送，"下次再来。"

季思年研究了一会儿手链，这种三色绳确实不挑人，戴在他这个比谢航黑了半个色号的手腕上也没什么差别。

两颗转运珠在他垂下手时不经意碰到一起，一种满足感油然而生。

裤袋里的手机响了一声，季思年一直等站在电梯里时才想起来掏出来看。

能想起来是因为他在电梯门关上的时候看到了镜面里反射的自己，勾着个不知道什么时候露出来的笑。

微信是一个没有备注的人发来的，这人微信名叫"yue"，看着很像在骂人。

"小季，你中秋有没有时间？"

季思年点进朋友圈看了看，发现了一张前两天的联赛决赛选手合影。

想起来了，这是董悦。

季思年："不好意思。"

他对聚餐没什么兴趣，猜想董悦是想约同学们一起吃饭，他也没什么熟人，便想着干脆拒绝好了。

对面沉默了一会儿，问道："那谢同学有时间吗？"

谢航平时看着冷冰冰的，连交个朋友都这么费劲，没想到也有同学邀请聚餐。

董悦发了一张文学院主办诗词竞赛的宣传海报，季思年隐约记得曾宇跟他提过，当时"六维能力赛"办得那么着急就是为了给这个诗词比赛争取时间，在国庆之前全部搞定。

董悦解释了一句："是这样的，校宣传部这边打算做一个联动的公众号推送，给比赛搞一搞热度，想找之前的'六维赛'选手来拍几组联动图。"

季思年心中升起不妙之感。

董悦直接合并转发了几条消息。

"除了一等奖那组，还有两个很热门的选手吧？"

季思年拍了拍谢航的胳膊，"完了完了，咱俩这个风头出大了。"

"嗯？"谢航转过头。

他勉强组织了一下语言，最后干脆把手机塞过去，"你自己看吧，'你爹'和'锄头'的传奇已经奉为经典了。"

电梯"叮"一声打开，负一层是一条小吃街，他之前搜推荐时发现了很多不错的店。

百转千回找到了一家面包店，季思年一手托盘一手夹子去挑面包，回头问他："去不去？"

谢航看完把手机塞到他的口袋里，跟在后面绕着面包架转，"你不是都跟人家说了'不好意思'了。"

季思年立刻转过头，没忍住笑瞪着他，"我说'不好意思'是因为觉得没有熟人很尴尬！谁能想到下一句是问'你有没有时间'。"

"去吧，我看'策划案'也就耽误假期第一天的上午，中秋那天都是空着的。"谢航说。

"还发'策划案'了？这么正式的。"季思年推开面包架上的透明挡板，"你直接回她吧。吃不吃咖啡味儿的？"

"不吃，拿巧克力的吧。"谢航把他的手机再从口袋里摸回来，顺手解了密码锁。

"买点面包以备不时之需，前天白宇辉跟着他女朋友熬了个夜，半夜饿得魂飞魄散，把楼里那个自动贩卖机都快吃空了。"季思年说。

"熬夜干什么？"谢航问。

"做'大挑'立项，他俩那个队找的导师据说是你们院最认真、负责、严格但也是最抢手的。"季思年说。

他说完有点想叹气，眼看身边人一个个都忙了起来，他久违地感到了压力。

这种压力跟高中时候的压力不一样，那时候是非常纯粹地为目标而奋斗，因为成绩产生的压力，现在是前路渺茫不知从何下脚的、对未知未来的压力。

当然也有一些高手如云的环境带来的自我压力。

无论是在哪方面，起码给自己找些事情做吧。

做出改变的第一步，从给校会拍联动宣传照开始。

他印象中像这种海报都是在摄影棚里完成的，几块反光板一架，他负责站在白布前面搔首弄姿，底下闪光灯一片。

结果董悦给他们的策划案中，地点选在了塑料枝。

季思年对塑料枝都快有心理阴影了，不过他和谢航双双踏入店里时，发现那个长发老板并不在。

校会的设备比曾宇用的院会的要高端一些，他一眼看到了支在花丛里的三脚架。

"来啦！"一个女生朝他们招招手。

一打眼看过去工作人员基本都是女生，季思年愣是看了一会儿才认出这是董悦。

一等奖二人组已经到了，也和他们打了个招呼。

"咱们就简单拍一下，这个宣传照的重点在概念上，有概念撑着就行，人像什么的可以后期修一修。"一个女生说。

站她后面的马尾辫说："概念就是诗词，这些花我们都摆好了，你们就站里面自己发挥，到时候会做成水墨画的样子，在图上加一些诗句。"

第一名二人组里其中一个男生戴着圆圆的眼镜，看着很可爱，相机后面的男生指挥着他拍了几个比较有趣的动作。

圆圆眼镜做得有些勉强，换到谢航的时候就更勉强了。

"稍微亲和一些。"摄影师已经重复了不下七遍。

站在花丛外面的人都憋着笑，董悦终于忍不住了，笑着说："换个风格吧，酷一点，这一组做成侠客。"

"小季，你们两个一起拍吧。"马尾辫女生转头看了看他，"你俩风格挺像的。"

季思年怀疑地看着她。

他自认为和谢航的风格八竿子打不着，至少平时他的脸看上去没有那么臭，冷冰冰看着就不像什么好人。

这片花丛是拿一盆盆花堆出来的，季思年走进去的时候小心翼翼，生怕踢翻一盆。

摄影师本来想让他们的位置错开一些，这样成片比较有层次感，不过季思年往谢航身边一蹲，两个人同时扭头看着摄像机时，他立刻摁下了快门。

闪光灯亮得有些猝不及防，季思年感觉他不仅皱了眉还闭了眼，视觉效果应该像两个被抓包的偷菜人。

"好！这张好。"摄影师把闪光灯按回相机里，伸手在触屏上操作了一下，"后面就不闪了，你俩把头转回去一点，拍个侧脸。"

季思年侧了一个角度，身后的摄影机"咔嚓咔嚓"响着。

视野里看不到花丛的边界，商业街旁边小店的音响里放着流行音乐，伴随着热闹人声传进来。

季思年保持着商业性假笑，在摄影师低头查看照片成片时，忽然低声问道："你这两天经常失眠吗？"

"嗯？"谢航没想到他会突然在这样的场合里提起这种事情。

"我室友有时候夜里出去上厕所，会看到你在走廊窗户边吹风。"季思年摸了摸鼻子。

他其实也没想在拍照片的时候聊起这些私事，只是此时花团锦簇，氛围似乎刚刚好，谈起这些也并不突兀。

"偶尔。"谢航没有隐瞒他。

他早就知道谢航失眠的毛病，在他们还没有开学报到的时候，从谢航半开玩笑地管家里的药叫安眠药时，他就猜出来了个七七八八，到后面更是笃定这病症肯定缠了谢航很久。

但谢航从来没有主动说过这些事，他学会了参与集体生活却没有学会敞开心扉。

谢航这种"开放"的状态禁不住任何一丝风吹草动，他觉得但凡出现一丁点儿变故，谢航就会变成之前的样子。比如谢成闹事了、沈荣出现了，或者更简单一些，根本不用外界施压，他们保持这个状态再多一个月估计就会有人受不了。

他受不了的不是留出多少时间、空间给彼此磨合，而是看着两个人在不健康的友谊中的挣扎。

后面的部分是拍诗词竞赛的选手，季思年站在旁边看了几眼，走到门口透气。

拍摄时为了给这片花盆丛挪出一大片空地，有不少花花草草都堆在了玄关处，他在转角特意放慢了脚步，结果还是和一个拐进来的人撞了个鼻碰鼻。

季思年有些懊恼地退了半步，正要说一句"不好意思"，老板不甚在意地拍了拍他的肩膀，直接走了进去。

他扭过头，看见老板从他身上那件极其拉风的、挂着几块皮革的长风衣里掏出一张卡，递给董悦。

他十分潇洒地把墨镜摘下来挂在衣领上，"还有一张今日限定卡，你们都用了吧。"

说完就转身要走，被董悦一嗓子喊住："哎，学长！我们今天用不上，你自己留着吧！"

真是学长？

这得是什么人脉能毕业了在学校里面开店啊？

季思年没忍住多看了两眼，看不清卡上写的什么，不过好像是什么酒店的 VIP。

"我出差，有没有今天要出去玩的？"老板两指夹着卡在手里转了几圈，眼神挨个儿扫在场的一大帮人，"用餐、洗浴、电竞还包套房，黑金 VIP 卡今日限定，不用浪费了啊。"

他的目光定在了谢航身上。

季思年瞪着眼睛，刚刚还没梳理好的情绪全部静止，向着四面八方乱跑的思绪在这一刻汇聚成一句话，在脑子里奔流不息："有羊毛不薅白不薅！"

谢航不用看就知道他的想法，便点点头，伸手接过卡放到兜里，"谢了。"

他感受到周围一圈震惊的目光，只有老板波澜不惊地手揣兜走了出去。

"后面还有要拍的部分吗？"谢航问道。

一片安静里，站在最后方的摄影师说："没有了。"

谢航点点头，看着董悦，"那我们……"

"可以走了。"董悦下意识接上话。

季思年目瞪口呆地看着谢航朝他走过来，然后揽着肩把他带了出去。

他甚至都记不起来五分钟前他纠结的问题了，压低声音问："你跟这老板很熟？"

"不认识。"谢航说，"他一副急匆匆要走的样子，眼睛都落我身上了，接就接了。"

季思年被他用这个别扭的姿势勾着肩，走了一会儿才一巴掌拍在他手上，"拉倒吧，我还不知道你那些臭毛病，你能占人家这么大便宜？"

谢航笑了一会儿，"真不认识，但他和咱俩算是有缘。"

季思年从他手里拿过那张卡，读着上面的字，声音都愉快很多："龙鼎酒店，听上去又土又豪华，持卡人写的是'爹'，真有缘啊。这卡为我量身打造，有机会可以跟这老板认识认识。"

拿地图搜了搜，本以为这个平平无奇的名字应该能搜出来一片，没想到安城里只有一家叫龙鼎的酒店，位于某商圈里。

他点开图片，发现是个非常气派甚至看上去像接待贵宾的酒店。

坐地铁去差不多要四十分钟，季思年此时非常感谢迎新晚会那天，店员小姑娘拉着谢航扫码关注了塑料枝公众号。

他在公众号上扒了半天，扒到了老板微信。

地铁都快到站了才通过好友验证，季思年非常客套地先打了个招呼："老板你好。"

对面回复了一个："哪位？有事？"

季思年叹了口气，"这老板给我一种脾气很烂的感觉。"

谢航看着他的手机，"算了，拿人手短。"

"哎。"季思年乐着继续客套。

"我是今天你扔了一张卡说随便花的那位。"

毫无拿人手短的自觉。

老板半天才回复："不是实名的，拿着用就行，这个月我没空。给好多学生用过了，客气什么。"

"这是什么话。"季思年指着屏幕，"你看看这话说得，他一个开花店的当金主有瘾？"

谢航在旁边笑着说："可能他需要有人去顶上消费记录吧。"

"啊？"季思年无法理解这种行为艺术，也没好意思管金主骂有毛病，但这么一来确实比刚刚心安理得一点。

居然除了他们还有那么多人拿着卡来胡吃海喝，这老板是做慈善的吗！

"走得太痛快了，忘记规划一下。"季思年说，"一会儿先去干什么？"

"吃饭。"谢航说。

"然后呢？"季思年问，"不会真的洗浴电竞套房一条龙吧，他那边不会收到实时消费提醒吧？"

"看情况吧。"

季思年直到走进这家酒店里才理解"看情况"看的是什么情况。

自他出示这张卡的那一刻起，从前台到大堂服务员立马集体给他鞠了个躬，紧接着呼啦一下又围上一圈人，领着他去餐厅。

他们声势浩大地路过了住店早晨自助区域，路过了婚礼专用区域，一路走到一间豪华包厢门口。

包厢门都做成了典雅的屏风状，画着仙鹤，还能听到不知哪里传来的淙淙流水声。

他走到这里才闻到一股浅浅的香薰味，怪不得谢航从一进门就戴上了口罩。也有可能是嫌丢人。

排成两排列队欢迎的服务员给他们推开屏风，里面是落地窗配八人大圆桌，窗外是酒店后花园，这个季节树叶也快飘光了，但看上去仍然非常有意境。

季思年犹豫了一下，不知道这种情况下他们两个应该挨着坐还是坐对面。

没等他挑好座位，后面跟着一串服务员挤了进来。

"先生请坐，这是我们的菜单。"为首的服务员放了一本厚厚的金箔封面书在桌上。

接下来有拎着茶壶的、端着茶杯的、捧着小菜的，进来一个出去一个，热闹得让季思年感觉他在吃什么御膳。

他已经快要习惯这种无孔不入的尴尬，一进门时乍起来的头皮都要慢慢落下去了。

这一套折腾下来起码有五六分钟，等服务员都退出去之后，季思年才慢慢靠回椅背上，半天才说："牛啊。"

这待遇有些过于离谱了，要不是前台姐姐看见卡的时候喊的是"余先生又来了"，他简直要怀疑这龙鼎酒店就是那老板家的。

他翻开菜单。

"我有点不好意思吃了。"季思年看着价位叹了口气。

谢航凑过来看了两眼。

"服务员！"季思年喊了一嗓子。

屏风立刻被推开一个角，一个服务员站在门口，"先生要点菜吗？"

"你们这儿，"季思年清了清嗓子，"最低消费是多少？"

他听到谢航开始笑。

服务员略微有些诧异，不过还是非常敬业地回答了这个问题："您的会员卡是包餐的。"

季思年惊得甚至感觉他没有听懂这句话，"有限额吗？"

"没有的，这张卡内包含酒店内全部项目，但限时今晚零点前使用。"服务员挂着微笑。

"牛啊。"季思年恍惚了一刻，低声说。

屏风门关上以后，季思年对着菜单上四位数的酒水愣了愣。

"点菜吧。"谢航说。

季思年瞥了他一眼。

"没事，这种卡如果不去特地查一般没有消费账单。"谢航补充了一句。

这补充非常及时，季思年差点儿忘了卡的事情，被着眉琢磨了半天，最后长叹一口气，"没有，查也无所谓，就是……毕竟跟他不熟。"

过了今天大概就熟了，连这么金贵的卡都用了，想不熟也没办法，估计他这学期得天天去塑料枝买一朵花。

菜单上的图片拍得非常精致，看上去每份都只有一口的量，季思年索性点了两荤一素一汤，还想加菜时被拦了下来。

"万一分量很大呢？"谢航说。

事实证明，今天谢航从早到晚都在做正确判断，第一份菜端上来的时候季思年都想问问那服务员能不能端得动。

"喂猪呢，这菜是给VIP加量了吗？"他晃了晃圆桌转盘，把横据在面前的这道硬菜转到两人中间。

和菜面面相觑了一会儿，他拿出手机拍了张照片，"要是吃不完怎么办啊，打包吗？还得拎着菜去洗浴电竞一条龙啊。"

谢航拆了一次性筷子，蹭着木筷上的碎屑，"叫点人来一起吃。"

季思年看着他，居然觉得很合理，"这么神经病的提议我竟然觉得很不错。"

"说着玩儿的。"谢航笑着看了眼窗外，"打包放到房间里就好。"

后面几道菜延续了碗大菜多的风格，堆在桌子上看着很丰盛。

季思年一股脑拍下来发到了家人群里。

过了一会儿年霞回复道："几个人吃呀？"

后面跟着一段小视频，点开是正在伸爪扒拉手机的锄头，一脸幽怨地看着镜头。

季思年笑着给谢航看，"看看我儿已经这么大个儿了。"

吃饭已经不用戴发卡，垂着脑袋时耳朵也不会掉进饭盆里了。

"金毛长得好快啊。"谢航挑了挑眉毛，有些意外，"这才过了一个月吧，看着已经是大狗了。"

"等我回去以后，它不会都不认识我了吧。"季思年笑了笑，"乡音无改鬓毛衰。"

不知道是因为大酒店的菜确实美味，还是单纯饿得不行，菜上齐后两人边聊边吃，居然慢慢悠悠吃了一个多小时，风卷残云没剩下什么。

季思年在喝完最后一碗汤后才发现自己吃了多少，顿时觉得胃里一阵顶，"我这一年可能都没吃过这么多饭。"

"你怎么把汤底儿也喝了。"谢航拿着汤勺，看着他喝光的碗笑了起来。

就这么一小碗是压垮胃口的最后一根稻草，季思年连喘气都有些不顺，"随手拿了就喝了，好撑。"

他用尽全力伸了个懒腰，仰着脑袋看天花板，"真好久没吃这么饱了。我高三下半学期有一段都不怎么吃得下东西，偏偏还饿得巨快，于是成了少食多餐典范，结果还胖了。你高三胖了瘦了？"

"没注意。"谢航伸手揉了揉肚子准备起身，"没有称过。"

"哎别，"季思年一弓腰拦住他，"我的肚子现在经不起动荡，走两步就要吐了。"

谢航认真说道："忍一忍走出去再吐，吐店里有点不合适。"

季思年歪着脑袋开始乐，因为太撑而笑得有点痛苦。

这间包厢的落地窗朝向不错，到了快下午两点还有暖洋洋的阳光洒进来，两个人瘫在椅子上坐了快半个小时。

时光都仿佛被稀释变慢，季思年很久没有这样舒适了。

跟谢航在一起的时候似乎总是放松又舒服的，哪怕是在一起赖着不说话都很痛快。

"去走走？"

"嗯。"季思年只觉此刻血糖飙升，再不溜达几步简直能就地睡着。

从旋转门迈出去时，谢航忽然拽了他一把，"别！"

"什么？"季思年的脑子就像停转了一样，发射给脚的信号减了几倍速，根本没停住就走了出去。

紧接着在门口一个人猛地扑向了他。

这人是直接撞上来的，在撞击之前应该保持着高速运动，差点儿把季思年撞倒。

"哎！"他眼前一片天旋地转，但还是凭借比大脑更快的条件反射后撤一步站稳了身子。

"抓小偷！抓住他——你大爷，你再跑！"由远及近传来一个狂奔的大妈的怒号声。

听动静应该有不少人在追，撞在他身上的人裹着一身皮夹克，下意识在混乱里抓了一把，没有抓住。

谢航在这人拔腿就跑的一瞬间出手，抓着他的衣领往回一拢，皮夹克脚下一个趔趄。

皮夹克头都没抬，闷声发了狠横冲直撞，顺着力道反身就往季思年腰上顶去。

"你！"季思年刚站稳就猝不及防卷入群架，看着皮夹克把脑袋甩出了铁锤的威风，情急之下拿手肘对着他头顶向下一砸。

这人站直了也就比他矮半头，抡起胳膊来格挡时刚好能扫到他的眼睛。

这效果和一拳对着眼窝差不多。

季思年只觉眼前一片金光，眼珠都快被按到后脑勺去了，骂了一声，抬脚对着他胸口猛地蹬过去。

不过还没等他蹬到人，闭着眼都感觉到了皮夹克被旁边的人先一步蹬翻出去。

要不是他实在睁不开眼，真该看看谢航的英姿。

一通混战前后加起来都没有十秒，身后追兵和酒店里的保安都围了过来，叽叽喳喳吵得不行。

季思年的眼泪哗啦啦流了满脸，他用力眨着眼，模糊中慢慢看清了光线才松了口气。

他赶紧扭头，看见皮夹克脸朝地背着手，被谢航按在地上。

保安蜂拥着扑过去把皮夹克按住，谢航从人群里走了过来。

季思年对着他泪流满面。

"怎么样？"谢航愣了一下，声音里还有没消下去的火气。

"不疼。"季思年忽然感觉这一幕有些滑稽。

"能看清东西吗？"谢航在他眼前比画。

"能。"季思年又眨了几下，右眼泛着酸根本睁不开，"是不是红了啊？"

谢航认真看了看，"没有。"

"我还以为都流血泪了。"季思年终于忍不住笑了起来，"有点睁不开。"

几个服务员着急忙慌从身后的旋转门里跑了出来，看着季思年那一脸的泪水，大惊道："快去医院，报警了没有？"

人堆里有人应道："报过警了！有人受伤了？"

"先送余先生……先生的朋友去医院！"几个人在原地转了两圈。

失主大妈挤了过来，"哎哟，快送医院啊！小伙子我回头给你那个，那个表扬信哦，你先去医院！"

季思年在一片热闹里硬是没找到机会开口说话。

另一个服务员已经在街上拦了辆出租车，连轰带拽地把季思年推上了车，还对着司机喊："去一附属，啊不，先去最近的吧，去……"

"我真没事。"季思年看着司机震惊的脸，连忙抽空说，"真没事，不知道的以为我被捅了。"

司机被这样紧张的氛围感染，一脚油门踩了出去，争分夺秒好像下一刻季思年就会死在车里。

"师傅你别急，我……"季思年这才发现他已经可以睁开眼了，而且视力清晰，只有眼周还有些发烫。

刚刚实在是太混乱，一群人七嘴八舌挤来挤去，他只用一只眼睛看太别扭，上车的时候还差点儿被绊倒，没注意什么时候就恢复好了。

"刚才吓我一跳。"季思年看了看后视镜中的自己，除了眼圈红红的，似乎没什么异样。

季思年还是第一次被如此认真地端详，感觉刚刚流的眼泪都在风吹下凝成泪干挂在脸上了，谢航确定他没有留下伤口，"下次要是遇见没把握的就跑，别把自己搭进去。"

是这么个道理，他打架经验不足，万一对方有凶器……

"我是吃撑了跑不动，阑尾炎犯了怎么办？"季思年说。

谢航笑着看着他。

"其实我感觉不用去医院。"季思年叹了口气，"我现在一点感觉都没有，就肋骨有点疼。"

谢航说："去看看吧，反正也没别的事儿。"

谢航捏着他的手指，"师傅，去眼科医院。"

"是眼科医院最近，"司机有些担心地看了眼后视镜，"但也不能图快，眼科医院只看眼睛啊。"

"就是看眼睛。"谢航说着，低头看了眼在口袋里振动的手机，赵长青刚刚给他发了几条消息。

他没有打开，按上锁屏，看着窗外的车流。

车子停到眼科医院急诊楼下，季思年还沉浸在莫名其妙的笑里。

谢航撑着车顶看他，"再允许你笑三分钟。"

"不笑了不笑了。"季思年忍着脸颊的酸痛，拉了一把谢航的胳膊才从车上下去。

坐在诊室外等叫号，看着来往的患者行色匆匆，有几个眼睛上还贴了块纱布，季思年终于迎来了迟到的心慌。

"我不会被一胳膊肘砸到视网膜脱落吧？"他立刻拿出手机准备搜索。

"不会，没事。还有哪里难受？"

"没有。"季思年说，"但我刚进门的时候看那个视力表，后面几行都看不清了，我驾校体检的时候还看得清。"

他越说越小声："真看不清了，糊成小黑点。"

"你是不是近视了？"

季思年沉默了几秒。

前方滚动的大屏幕上多出几行随着电子音的实时播报："请季思年到2号诊室就诊。"

"我突然有点害怕。"

"没事。"谢航随手拍拍他，安慰小孩子一样，"走。"

他像拖着趴在地上的"锄头"一样把季思年拖进了诊室里。

坐诊的是个看着就让人非常安心的老大夫，眼镜挂在鼻尖上，从上方看过来，"怎么了？"

"右眼，被……砸了一下。"

老大夫用检眼镜照着边看边问问题，开了几个常规检查。

"眼压眼底角膜，做个眼超声。"老大夫在键盘上敲着，语气很笃定，"现在看着没什么事。"

季思年拿着病历本走出来，往检查的方向走，"之前我还觉得啥事没有，现在听着有点吓人。"

"没事，那些检查验光配镜的也要做。"谢航说。

前几项都在同一个地方，季思年以前查过几次，还算轻车熟路。

但他今天还是第一次查眼压，大夫是个非常年轻的帅哥，指挥他坐在仪器前，下巴、额头顶好。

"睁大眼。"

接着季思年就感觉仪器朝他的眼睛喷了股气。

"哎！"他往后一躲。

"没事，就一下。"帅哥大夫给他吓了一跳，笑着说，"再来。"

季思年再凑上去的时候都不敢睁开眼了，眨巴了半天才缓过神来，咬着牙瞪大眼。

喷气到眼睛上往后躲几乎是人类本能行为，他在自己再次弹起的时候在心里叹了口气。

他抓着谢航的手放到自己后脑勺上，"你按着。"

"别闭眼啊。"帅哥医生说。

"嗯。"季思年应了一声。

谢航的手劲儿很大。

在第三次喷气袭来时，他往后猛一躲时居然还慢了一拍。

谢航按得十分敬业，他一下子愣是没躲开，咣当一声往前怼在了仪器上。

季思年完全来不及回味联想，只觉得惊恐，"这东西得十好几万吧！"

"没事，拍到了。"

帅哥医生站起来，在电脑上操作一会儿，印出来一小张形似超市小票的纸，往上面签了名，"好了，没问题。"

测眼压过于刺激，以至于他后面几项都做得索然无味，在回诊室时又经过了帅哥医生的地盘，季思年连步子都变快了一些。

"这就是巴甫洛夫效应，我现在看见那个大夫就想眨眼。"季思年说。

谢航转过头，恰好看到一个十来岁的小姑娘坐到仪器前，干脆利落做完了检查。

"真牛。"季思年说。

检查报告确认他的眼睛状态正常健康，且不会像他脑补的那样出现什么迟发性视网膜脱落。

两个人从诊室里出来，季思年终于长出一口气。

"哪天真得查查视力，"他一边掏手机一边说，"我好像是有点儿近视了。"

手机上居然是老板的消息，应该是酒店有人通知了他，问情况如何。

季思年有些莫名地过意不去，像是给人添了麻烦，不过看着老板贱嗖嗖又欠打的语气有点不知道说什么好，最后只回了一句"没事"。

"走吧，回归我们本来的路线。"他在门口的公交车站牌上看着，"回酒店那一带吧，之前看那边挺热闹的。"

谢航站在他身后，低头看着手机信息。

这次赵长青没有迂回婉转，也没有问"你在吗""你有时间吗"，直接丢出来一个很重磅的问题，一开屏就能看到。

"谢成到底有没有精神问题，你知道吗？"

谢航很想回一句"他有，并且病得不轻"。

能把自己的亲生孩子逼得对他有反射恐惧，这种事放一般人身上都做不到。

赵长青来问他，恐怕是谢成对他的宝贝小儿子做出了什么普通人理解不了的事。

他在点开键盘的时候才发现手指抖得厉害。这是他最不愿意直面的一个问题，不仅仅与遗传率相关。

"我爸有毛病"，好像是一个能证明他从前过得多阴暗的确凿证据，他不想再去回忆任何与之相关的细节。

不需要和别人证明，也不需要和自己证明，他只是想彻彻底底走出来，开始一段新的生活。

但他走得有些急了，在一段时间的挣扎后似乎又回到了最初的"我不去想就不在意"。就像走了一条莫比乌斯环一样，永远无法找到出口。

所以在收到这份信息时，他才感受到他在心里藏了多少刻意忽视和故作无事。

赵长青既然这样问，多半已经有猜测了，只是因为主观上难以接受，所以想要一个确切的答案。

谢航攥着手机。为什么要来找他要这个肯定？

这一下午都过得有些心不在焉，谢航能感觉出来季思年有些不爽。

季思年雄赳赳气昂昂地走进了大堂按电梯，要是换平时他估计会提议装模作样地分开上电梯。

套房在顶层，季思年刷卡进去，把房卡插进卡槽的一瞬间，屋子里亮起了五彩斑斓的柔美灯光，还伴随着舒缓的大提琴声。

彩光在房内流光溢彩，季思年面无表情地往卡槽边的开关上拍了一巴掌。音乐戛然而止，灯光终于变成了正常的白光。季思年的不爽非常明显，谢航莫名其妙地笑了起来，他想起季思年当初和他兄妹俩吃饭时看似轻松实则小心翼翼的样子，堆在心里的烦恼短暂地消失了。

季思年转头看着他，眼睛里好像写着几个大字——我不说别以为我看不出来，你再笑一个就揍到你笑不出来。

套房挺大的，起居室和卧室各有一张床，从阳台上还可以看到酒店后花园。

季思年坐到沙发上。看他的表情就知道是有话要说，不过明显是想等谢航先开口。

谢航不知道如何开口，他自己都没想好如何面对，只是非常执拗地想证明自己已经不会再受那些事的影响了。不过很明显是失败的，他的情绪甚至影响到了季思年。

“给你个机会，”季思年看着他，“今天是谁又惹你不快了？”

谢航站在他面前，半点儿都没有犹豫，“没。”

话说出口就觉不妙，季思年冷笑着点点头，站起来从他身边走过去。

谢航下意识发问：“去哪儿？”

“洗澡。”季思年瞥他一眼，表演了一出皮笑肉不笑。

浴室得有一个标间大，季思年直接走过去把水龙头打开，水慢慢升温，腾起几缕白雾。

他今天下午确实气不顺，谢航摆明了心里藏着事儿，而且这个事儿应该是下午刚发生的。

甚至都不用动脑筋猜，拿脚指头想也知道是他家里的那些事，再稍微加上手指想，沈荣的事没什么不能说的，能让谢航那么走神的肯定是谢成的事。

谢航还是不愿意说谢成的事。

又走到了死胡同里。

死胡同就死胡同吧，他把衣服随手挂在一旁，走进水雾中。

热水淋过时他舒出一口气，闭着眼捋了把头发，抬起头浇了一会儿水。

"季思年。"谢航的声音从门外传来，隔着水声有些模糊。

水珠还挂在眼睫毛上，季思年抬手抹了抹，侧耳听着门外的动静，心里忽然有些慌，不知道谢航要说些什么。

"是谢成那边有点事，还没细说，我明天问清楚。"谢航说。

发丝上的水珠掉到眼角，季思年眨了几下眼，没有说话。

九月底的晚上已经很凉爽了，阳台能看到后花园里有刚入住的游客在闲逛，谢航靠在围栏上，拨出了赵长青的电话。

每一声振铃都被拉扯得无比难挨。

"喂？谢航吗？"

"嗯。"

电话里沉默下来，谢航看着在鹅卵石小路上跳房子的小孩，脑子里放空了一瞬。

赵长青略有些小心地说："时间不早了，没有打扰到你吧？"

谢航平静道："是我给你打的电话。"

这话足够暗示他的不耐烦了，赵长青没再客套，直言道："我下午发你的微信你没有回，已经看到了吧？"

"看到了。"谢航说，"谢成怎么了？"

"他打孩子。"赵长青说得很简练。

"不可能。"谢航说得直白，他转头看了看，季思年还在浴室里没有出来。

也许是出来了，发现他在阳台上打电话后又回去了。

谢成从来不家暴，连他一根手指头也没动过，抽烟、酗酒、赌博一个都不沾，看上去确实像个顾家好男人。

赵长青大概早就打过腹稿，被拆穿也没有尴尬，"差不多吧，孩子逃学被请了家长，他把孩子锁在了书房里，三次。"

谢航没有说话。

寥寥数语的概括，足够让他回忆起那些黑暗中如坠冰窟的瞬间。

"他跟我姐结婚的时候，说他离婚是因为……的精神问题。"赵长青把前妻两个字含糊过去，"现在我姐怀疑他当时没说实话，隐瞒了自己的病情。"

谢航听到自己说出来的话飘散在夜色中："你想知道什么？"

赵长青似乎听出了他的情绪变化，沉默了一下。

"怀疑他有病就去查。"谢航说，"轮不着问我。"

很久后对面才说："如果你感到冒犯了，我向你道歉。我姐在考虑离婚，如果确认他有刻意欺瞒……"

"和我没关系。"谢航打断他。

赵长青终于反应过来，"你……他是不是以前也……"

"是。"谢航说，"其他的我不会说了，我也并不知道，到此为止。我给你回电话是我愿意，不是因为你的骚扰生效，以后不要打扰我和我妹。"

又是一阵漫长的沉默。

也许并不漫长，跳房子的小孩刚刚跳完一个来回。

"我不知道谢成以前……抱歉。"

谢航挂掉了电话。

他指尖有些发凉，仿佛进入了待机模式愣在原地。

但是心情非常平静，大概是因为已经波澜壮阔了一下午，到这个时候想波动一下都疲倦。

一切都比想象中的要轻易，轻易接受了意料之中的事实，轻易回答了有些残酷的问话。

谢航拉开阳台门，踏进屋里发出了一些动静，浴室吹风机才再次响起来。

中秋之后的日子流水一样就过去，国庆节时年霞和季建安来了安城，季思年带着他们在学校里转了转。

前三天他都没有见到谢航，他在门禁后去219看过，谢航没有回来。

谢航瞒着他不知道又跑出去见什么人了。

季思年很想问问他到底能瞒得过谁，不过转念一想也许谢航压根儿就没想瞒他，就是单纯的没告诉他。

他如果去问，谢航一定会说实话。但他不想问，他是他的朋友，不是他的家长。

他大概已经可以写一篇论文，名为《当代大学生交友安全感的丧失的成因》。

　　国庆结束后一直到元旦都没有什么假期，季思年忽然就忙了起来，下了课去自习，自习完去吃饭，生活得比高三还规律，到十一月又加上了期末作业。

　　一门管理课的期末作业是下基层走社区，老师一甩手扔了个安城治理最混乱的小区给他们做实践。

　　小区概括文档发过来时，季思年记着笔记甚至有一种自己在做刑事取证的错觉。

　　走社区的实地勘察放在了周末，严重挤压了他生活里的私人时间，更不要提和谢航一起吃饭聊天了，每次不是他在调研就是谢航在做实验。

　　十一月过得兵荒马乱，生活用非常凶猛的方式强迫他们适应了大学生的节奏。

　　冬至一过就算是进入期末月了，季思年拉着谢航排队买手工水饺，队伍的尾巴已经甩到了食堂另一端。

　　"这周还要去一趟社区？"谢航问。

　　"不去了，这礼拜做PRE（课堂展示），我现在是全世界最讨厌小组作业的人。"队伍前进，谢航往前走了走，季思年塌着肩膀，像没骨头一样往前挪了几步。

　　他看着食堂的天花板，眼神空洞，"我应该考公去居委会。这社区五毒俱全，居委会和业委会打架把公章都缴了，物业跟居委会有利益往来死活赶不走，房子还有产权问题，这些要是都能靠我来解决，我还在这儿读大学？"

　　谢航笑着耸了耸肩，"居委会预备成员。请你吃饺子？"

　　他们一人买了一大份水饺，季思年吃得很撑，但近日的某些事实证明不管晚饭吃了多少，只要意识中有"我要熬夜"这四个字，肯定还会饿。

　　小组作业进入了收尾阶段，明天就要课堂展示，今晚是整合修改PPT的最后时间。

　　209寝室里四个人都坐在电脑前，钟涛踩着十一点整的秒针走了进来，顺手把灯关上了，"熄灯了啊。"

　　一直到半个小时之后季思年才反应过来，"都不睡就把灯打开吧。"

"还真是，我已经写糊涂了。"曾宇都没离开椅子，伸长了胳膊去按门边上的开关。

他宁肯从桌子上拿自拍杆抻开了去够，也不想抬起屁股站起来，仿佛动这么一下就会把泉涌的思路拦腰截断。

屋子里一下子明亮起来。

钟涛叹了口气，"不知道这话说出来合不合适，我感觉咱们组的方案就是在放屁。"

"挺合适的。"季思年乐了。

白宇辉也笑了，指着自己的屏幕，"这个停车位问题根本没法解决，咱们的提议三和提议八还是冲突的。"

"没事儿，明天上去讲的时候铿锵有力一点，用信念感染大家。"钟涛说。

"明天谁讲啊？"曾宇问。

几个人扭头对视一眼，默契地拿出手机。

"点数最大的讲。"白宇辉先在群里扔出一个骰子，扔了个非常吉利的一。

接着三人同时扔出来，季思年盯着屏幕上旋转的骰子，还没来得及紧张一下，赫然出现了一个六。

"季思年来。"钟涛满意地喝了口咖啡，"好，感觉我们已经赢一半了。"

季思年叹了口气，把手机扔回桌子上，又埋头改了一会儿PPT才说："你们饿不饿？"

"饿。"声音听上去都非常虚弱。

白宇辉从抽屉里翻出来一堆零食，挑了个味道小一点的牛肉干打开吃了。

"受不了了。"钟涛站起来，"越闻越饿，我去贩卖机买点。"

"来拿呗。"白宇辉把桌子上的东西往他的方向推了推。

钟涛夺门而出，"不行，零食吃不饱，我得吃硬货。"

四个人连吃带改了一个小时，改得差不多了又聊了半天的废话，等快睡觉的时候季思年都已经过了犯困的劲头，神清气爽精神百倍。

他在床上闭目养神，连半点困意都没有，眼睛都要闭不上了。

打开手机看才半夜两点半，他从床上爬下去，轻手轻脚开门走了出去。

走廊里凉快不少，他走到楼梯间，撑着窗户看夜景，楼下的街灯还亮着，照着一个小小的石凳。

他百无聊赖地点着手机，谢航朋友圈的最新内容还停留在中秋节之后，是那篇他们一起拍的联赛联动宣传照推送，董悦强迫他们转发宣传。

季思年把赞取消了，又重新点上一个。

如果有比课堂展示更痛苦的，那一定是在早八的课上做课堂展示。

季思年咬着面包，看着站在讲台上做展示的第一组，长叹一口气。

"没事，大家都差不多。"钟涛拍了拍他，用贫瘠的词汇库宽慰了一下。

这个课题确实很难，大概老师布置的时候也没想让他们真的把问题全部解决，第一组的内容和他们的差不多，大致方向都相同。

演讲的是个女生，在按掉最后一页PPT后，台下礼貌性地鼓了鼓掌。

老师坐在第一排，慢悠悠地问道："挺好的，我问个小问题啊，你认为你们的汇报还有哪个问题点是仍需完善的吗？"

教室里鸦雀无声，曾宇凑过来用气声震惊道："怎么还有答辩环节啊？"

女生应变能力过人，就这么几秒钟已经顺好了思路，对答如流。

老师没有为难的意思，问的问题也都是展示中提到的模糊部分，答不上来也不会追问。

但是非常不好糊弄，季思年观察了一下，就是说不会、不了解、没研究明白也不能糊弄他。

"好，非常好。我们继续吧，第二组？"老师调了调麦克风。

季思年从椅子上站起来，三个倒霉组员不知道是谁先马鼓起掌来。

经开学之初的"你爹"一役，班上同学或多或少都认识他，此时一带头便掀起了如雷掌声。

"这么热烈……"季思年途经讲台时甚至感觉到老师投来了好奇的目光。

他硬着头皮把PPT点开，将立麦向上抬了抬，轻咳一声，"大家好，我是二组的季思年。"

话断在半截，他盯着教室最后一排靠门坐着的人，后背因为紧张而竖起来的汗毛此时都在舞蹈。

谢航面前摆了台电脑，托着下巴看着他。

手边还放了个咖啡杯，不过季思年知道里面是豆浆。谢航从来不喝咖啡，喝完就心悸。

他什么时候来的？

"这是……"他把视线收回来，脑子里转成一团糨糊，努力在糨糊里提取有效信息——社区平面图。

有了谢航这个观众，季思年莫名地不紧张了。

"从图中可以看到，标红区域为社区公共空间。"季思年用余光看着他，在心里飞速过了一遍稿，对着PPT讲起来。

这个课堂展示做得还算顺利，他甚至抽空和老师进行了几个眼神互动。

"好，报告做得很全面。我有一个小问题啊。"老师看着笔记本上的记录。

这几个字不管什么时候听都让人后脑勺发麻，季思年提心吊胆地看着他。

"你们的几个提议有完成的先后顺序吗？"老师笑眯眯地看着他，"画个时间管理四象限？"

明明每个字都能听得懂，但连在一起差点儿把人绕晕了。他飞速翻回提议页，对着每一条笼统地概括了一下。

钟涛的建议被他当成金科玉律，说话始终保持铿锵有力，显得非常自信且不容置喙。

"嗯，不错，有几条提议是相冲突的，回去完善的时候可以按照四象限进行时间上的调整。"老师点点头，"不错，继续吧。"

季思年瞥了眼最后一排的人，谢航对着他笑了笑。

下场的时候又是一波掌声，以钟涛为首的几个人鼓得最热烈。

坐下的时候手心里的汗刚落下去，他打开手机发现收到了不少消息。

主要都来自寝室群里的三机位多角度连拍，各种表情不重样。

季思年："你们仨不去做星探？"

几个人坐在旁边低着头笑。

第三组开始了演讲，季思年点开谢航的聊天框："你怎么来了？"

谢航："来听'居委会预备役'做汇报。"

这几个字也不知道戳中哪根弦，季思年没忍住笑了半天。

课间铃一打他就拎着包坐到了谢航旁边，瞥了眼他的电脑屏幕，是一门看不懂的实验报告课。

"我没跟你说今天做汇报吧。"他从包里扒拉几下翻出来还没吃完的面包，咬了一口。

谢航推了一杯热豆浆过来，"你在备忘录里都写着，昨天在食堂我看见了。"

后门进进出出个不停，有上厕所的、接水的、透风的，还有逃下半节课的，季思年接过豆浆，对着过路的点头示意就没停下来过。

钟涛从身边掠过，曾宇从身边掠过，学委从身边……

只有白宇辉掠过的时候和他们打了个非常严肃的招呼。

进了期末月，复习就要开始回归课本了，由于老师们都拖到最后一节课才画重点，他只能捧着书泛读，碰到看上去重要的才背一背。

十二月唯一值得让人期待的就是圣诞节，而且没几天又连着元旦，学生间的过节氛围还算浓郁。

钟涛甚至准备买棵圣诞树放宿舍里，后来鉴于连行李箱都没地方放只好作罢。

"学霸"的多样性在期末体现得淋漓尽致，宿舍四个人都有截然不同的复习方法。

曾宇万年驻扎在宿舍里，但效率奇高，季思年都怀疑他在床铺上装了铁栅栏，不到时间不能上去。

钟涛奔赴在图书馆抢座一线，白宇辉每天和女朋友一起去自习室。

季思年是集大成者，随时随地都背着书包，有空了就把书拿出来。

谢航应该也很忙，但是季思年都没力气去问一句"你复习得怎么样"。

跟谢航当朋友是种很分裂的体验，在一起的时候是轻松的，可一旦分开，他就会担心最近谢航心态怎么样，家里的事有没有解决，所有的负面情绪都卷土重来。

十二月中旬期末考试时间表就出炉了，季思年要考的几科里最早的一门就在元旦回来当天。

他想把跨年空出来，就只能赶紧提前背。

　　老师画的重点非常宽泛，一本如此还可以接受，但五六本书都是这样就让人头痛欲裂。

　　平安夜收到尹博的消息，说看到了谢成在学校门口等人，谢航出去见他一面，两个人似乎吵了一架——谢航回来时的脸色非常难看。

　　谢航之后对这件事只字未提。

　　季思年最后打字约谢航出来吃饭。

　　图书馆连楼梯间都有人坐着小马扎背书，他拿着手机跑到二楼的室外小平台上，拨了谢航的电话。

　　电话半天才被接通，没等谢航说话，他立刻说："你在哪儿？"

　　谢航没搞明白他的意思，不过还是回答："操场。"

　　"哪个操场？我去找你。"

　　谢航愣了愣，才说："南操场，我在……上体育课。"

　　季思年一下子没了声音。

　　"你上课吧，我过去跑几圈，这学期校园跑还剩一点。"他声音有些低。

　　他把敞着怀的羽绒服拉好，对着台阶愣了一会儿，还翻出来谢航的课表看了看，才走回图书馆的位置上整理书包。

　　他习惯把手套放在包里，以免路上要临时开共享单车，但今天他半天都没有翻到，才想起来昨天从食堂回来以后把手套拿出去了。

　　现在距离下课还有半个小时左右，从图书馆走到南操场时间绰绰有余。

　　季思年揉了揉木掉的耳朵，把羽绒服帽子扣上脑袋，跨上一辆自行车。

　　刚骑了两步，冷风还没灌进来，扔在车筐里的手机又振动起来。

　　他骂了一声，用冻僵的手捏了车闸靠边停，连来电显示都没看就哆哆嗦嗦地接起来："喂？"

　　"你在图书馆吗？等我就行。"谢航说。

　　"嗯？"季思年裹着衣领，"你不上课吗？"

　　谢航叹了口气，"这课打排球呢，不打了，要是问起来我让室友跟老师说我拉肚子。"

　　季思年脑子有些蒙。

　　"我已经出来了，马上到。"电话的另一边响起风声，呼啸着遮住了谢航的声音。

季思年站在路口，等了几分钟，看到谢航骑着电动车从路尽头出现。

他想不明白为什么谢航把手套放在车筐里也不戴着，就这么迎风飙了过来。

"打完球一身汗又吹风，明天就得卧床。"季思年说。

谢航把车停在他面前，"带你出去玩儿。"

"去哪儿？"他伸手把围巾拉高了一些。

"随便逛逛。"

金紫广场那一片的圣诞节气氛就更浓郁了，步行街上人头攒动，沿街商铺贴着五颜六色的装饰品，热闹得连寒风都吹不进。

这个随便逛逛的定义真就是字面意义上的随便逛逛，但季思年很喜欢这种漫无目的的闲逛。

把人声鼎沸的街道当作可供逃避的空间，所有的不安都变成了可忽略的情绪。

步行街中段是几个连成一排的小饰品店，装修很精致，其中最靠边那一家的店面很小，门口摆了一棵巨大的圣诞树。

"惠存记忆"。

听上去像是什么体验馆，季思年偏过头看了看，小店里空荡荡，只有一条狭窄的楼梯通向二楼。

"去看看。"

走近了才发现一楼也并非空余四壁，左边的墙上嵌了一层玻璃壳，里面挂着从二十世纪八十年代到现在的报纸，右侧的墙上贴满了便利贴，装潢很像奶茶店。

楼梯非常狭窄，转角处的墙上写着一行歪歪扭扭的小字："初极狭，才通人，复行数十步，豁然开朗。"

季思年又往上走了走，二楼果然豁然开朗。

墙壁和地面都是光滑的大理石，灯光一打，辉映下就显得格外明亮。楼梯口摆了一棵顶到天花板的桃树，还真有些仿照《桃花源记》的意味。

小小的柜台摆在桃树下，一个小姑娘对他们笑了笑，"欢迎来到惠存记忆体验馆。"

二楼有好几对小情侣正在溜达，第一板块的墙上写着"寄给明天"。

下面是一排柜子，每个小柜子上都贴着时间。

"要不要写一封？"季思年想拉开一个小柜子看看，发现居然锁着打不开。

"扫码支付。"谢航指了指柜子旁边的小贴士，"想寄给哪一天就扫哪一天。"

"浪漫大打折扣。"季思年笑了笑，掏出手机来。

虽然他觉得这东西有一定的"智商税"成分，但他还真的有些话想寄给明天。

"你要寄哪天？"谢航看着他。

"不知道。"季思年对着小柜子思考了一会儿，"挑个好日子，除夕前一礼拜，一月十九号吧。你也写吗？"

"嗯。"谢航和他扫了同一个柜子。

付款后柜子门啪嗒一声弹开，里面已经放了几封写好的信。

"其实咱俩可以只付一次款的。"季思年说，"失算了。"

信纸是白金配色，纸边上还印着银色的花骨朵。小柜子旁边的八音盒叮叮当当响着音乐，季思年一笔一画写着。

地址：鱼跃龙门小区，七号楼二单元八层。

把信封好放进柜子中，季思年叹了口气。

他不知道当谢航收到这封信的时候，他俩还是不是朋友，和谢航当朋友就是这么变化莫测，不知道谢航那时候还愿不愿意看到这行字。

体验馆不大，但每个板块都很有意思，甚至还有一个咖啡角提供下午茶，临走时前台小姑娘送了他们一人一个系着蝴蝶结的小铃铛。

逛街是个消磨时间的好方法，路人的愉快具有很强感染力，让人看着就嘴角上扬。伴着圣诞歌和随处可见的驯鹿立牌，季思年一下午都挂着不自觉的笑容。

步行街上越晚越热闹，他们坐着游街的车以龟速行驶在人群中，到终点时一转头居然就是龙鼎酒店的那条街。季思年揣了一个刚刚买的芝士烤红薯，转头看谢航。

"嗯？"谢航从围巾里露出一双眼睛。

其实整个下午，季思年都在等谢航说出有关谢成的事，他看似风轻云淡，但压力一定很大。

但谢航没有，季思年明白，他们的关系也就到此为止了，谢航还是那个谢航，他如果不主动，便没有人能窥探他的世界。

谢航比他更敏感，他当然明白季思年的意思。

于是两个心知肚明的人就这样沉默地回到了学校，都没说句再见。这算是不欢而散？好像不是。朋友吵架？根本没有。季思年也不知道该怎么形容，但谢航今天让他非常不爽。

回宿舍的时候晚上10点多，209里熄着灯，季思年很轻地推开门，踮着脚走进去。

"谁啊？"曾宇躺在床上发出一声虚弱的询问。

"我。"季思年轻咳一声，没再收着步子，看样子屋里就曾宇一个人。

曾宇翻了个身看着他，"你怎么回来了？我以为你们今天都不回了呢。"

"嗯。"季思年走到桌子前坐下，挑起窗帘一角朝外看了看。

"拉开吧，我不睡。"曾宇说。

"他们都出去了？"

"七点多就走了。"曾宇坐起来，从挂在床栏杆上的衣架上拿下毛衣套上。

季思年趴在桌子上，看着贴满了便利贴的墙。

他一直都会把日程表和DDL（指做某事的最后期限）写下来贴在眼前，但经常懒得摘下来。

十月份贴的那几张都卷了边儿，上面的课程作业旁边总是备注了很多小字，比如"要在周五写完"和"留着周日去蹭课时写"。

但到了十一月下旬之后他就不再写这些了。

第二天早上，宿舍人早早都出去了。

曾宇洗漱回来，披着外套问他："你吃早饭没？我给你带？"

"不用了，谢谢。"季思年说。

曾宇点点头开门走了。

季思年在床上又躺了一会儿。他从开学到现在最满意的大概就是分到了几个好室友，拿捏了全球最精准的社交尺度。只有四个人都在的时候才会开玩笑聊八卦，在两两独处时只要不是对方主动开口绝不多问多说。起码季思年很喜欢这样。

季思年把"惠存记忆"送的蝴蝶结小铃铛挂在桌子上，随便从书架上抽了本书。

看不进去。

他叹了口气，最后打开了手机论坛，准备看看今天学校有没有什么活动。玩论坛的人不多，他大概有小半个月没有登过了，要不是实在需要做些什么转移注意力，估计他今天也不会登上去看。

没想到一点开的第一条帖子就是个三百回帖的争议帖，发帖时间是昨天晚上。

镇楼的是一段视频，季思年点开来，发现是一个隐蔽视角拍摄的几个人在吵架，镜头被衣物挡住了。

"你们是以为我不知道？我每个月都在丢东西，碍于室友面子所以我不说，但我都记得！"

季思年皱了皱眉，退出去看了眼标题，但是没提取到什么有效信息。

闲聊举报！

大概是当事人已经决定了要发出去这段录音，所以刻意把时间线说得很清晰。

"九月份是第一次，中秋前的礼拜二，我记得清清楚楚，第二次是国庆回来的第二天……"

"你是不是有被害妄想症？"开始有混乱的声音加入，镜头也剧烈晃动起来，收音器发出咔嚓不断的杂音。

"说话要讲证据，那几天我们白天都不在寝室吧！"

季思年"哟"一声，赶紧点了暂停，把进度条拉回去又听了一遍。

这是……周英凡的声音啊。

他退出视频，看了看楼里评论，有不明所以的，有声讨的，还有持怀疑态度的，但楼主一句话都没有再回复，连发这个视频的诉求是什么都没说。

大部分人都一头雾水，只能根据对话内容判断，应该是录视频的人在寝室丢了东西，和室友起了争执，之后把吵架过程录了下来公开到网上。

季思年的手指停在了一个暂时没有回复的楼层上："这是主校区哲院吗？好像是我们班的。"

季思年挑起来的眉毛就没落下去过。

他一直把帖子翻到底，然后点开了手机相册。和谢航去做转运珠脚链的那天他拍了不少照片，看照片的日期还正好就是中秋前的礼拜二。简直比一头扎进他怀里的皮马甲小偷还巧，周英凡那天白天确实不在寝室里。那天他们在金紫城的顶层相遇了。

和周英凡的孽缘一直缠缠绵绵个不停，季思年把论坛关掉还没有五分钟，周英凡的微信就发了过来。

"忙吗？"

这开场白顿时让他警铃大作。他们两个是半断交的关系，周英凡突然找上门来肯定是有事，他不由得联想到了刚刚那条帖子。

如果是为那条帖子来，那就说明……周英凡那天看到他了。

但是也没有道理，就算是需要个不在场证明，他买了东西会有小票，再不济坐个公交车、地铁总有支付凭证吧，这些都足够了，没理由来找他——这个八百年前互看不顺眼的对头。

季思年感觉自己的脑细胞都在昨天死完了，一时间想不出个结论来，头疼着拎起保温壶出去接水。

打开门的同时，他看到219走出来个人。

季思年心里闪过无数个"什么情况"，下意识就甩手把门一摔，"咣当"一声砸上了，感觉整条楼道都在共振。

他面对着门，脑袋发蒙，在做出这个动作的同时就开始后悔。

这雪上加霜的尴尬，季思年连脚趾都在发烫，站了一会儿才把门打开，探头出去看了看，谢航已经走了。

他这才朝饮水机的方向走去，点开手机琢磨着怎么回复周英凡。

一直到他走到饮水机前，才发现已经站着一个人在打水。

谢航非常淡然地转头看了他一眼。季思年狠狠咬了一口舌尖，克制住下意识的转身就走，用理智压制着硬挺挺地站在原地。他努力调动着面部肌肉，摆出一个非常见怪不怪的、丝毫不尴尬的表情。

还没等他说话，手机疯狂振动起来。谢航的视线落到了他手上。

"我……"季思年低下头，看到来电是周英凡。

"我帮你接。"谢航伸出手。

季思年愣了愣，把手机递给他。

谢航叹了口气，"我说帮你接水。"

季思年赶紧收手换成了暖壶。他攥着响铃的手机站了一会儿，看着谢航插上水卡之后才转身，走远一些按下接听键。

"有事？"季思年把刚刚的丢人场景发泄在这倒霉蛋身上，语气很不客气。

对面似乎没料到他先发制人，顿了一下才说："你'正在输入中'四分钟了，我打电话问问。"

"我没……"季思年叹了口气，"找我什么事？"

"你一会儿有时间吗？我……有点事想……请你帮忙。"周英凡说得有些勉强。

季思年一挑眉，"咱俩就别绕圈子了吧，这个世界上就算只剩下我和一条狗了，你都宁可只跟狗聊天。"

电话里没了声音。

身后的流水声停下了，季思年转头看了一眼，"中秋那两天，你在金紫城看见我了，对吧。"

"还有谢航。"周英凡说。

季思年一下子停住了脚步。

"你住哪里？我去找你。"周英凡说。

这下算是真放低姿态了，两个人这么多年明里暗里看不顺眼也好，单方面较劲也好，周英凡还是第一次跟他低头。

看来是真有事儿，估计跟谢航关系不大。

"北园，你在小花园等我吧。"季思年说。

周英凡没有说话就挂掉了电话，堪堪挽回一些刚刚拉下来的面子。

谢航大概早就接完水了，一直拎着暖壶站在不远处，看他撂了电话才走过来。

季思年像个门神一样站在209门口，目送他走过来，接了水隆重道别，关上门之后才觉得很没有必要。

好像这一趟接的不是开水，是千辛万苦取回来的唐僧肉。

安城入了冬以后隔三岔五就刮狂风，季思年一走出宿舍楼就被迎面灌了一肚子风。他背过身戴上羽绒服帽子，艰难地往小花园的方向走。一路上还有不少无惧狂风的小情侣，季思年连气都叹不出来，好在等他走进小花园的时候，周英凡已经到了。

两个人隔着几米对视着，在彼此眼中都看到了一丝不耐烦。

狂风呼啸着从他们中间穿过，季思年摸出来个口罩戴上，"去食堂。"

周英凡的表情有些精彩，大概是又想问那为什么你要约在这儿，又想问怎么你兜里还有口罩。

季思年怕他真问出来，率先迈开腿走出小花园。

这种风就算面对面拿个喇叭喊也能把声音喊飞，他们难得和谐且平静地并肩走了一段路。

"你帮我个忙，行吗？"周英凡一进食堂就说，看样子憋了一路，有些尴尬地摸了摸鼻子，"就是……论坛那个帖子，你看了吗？"

季思年点点头，随便找了张桌子坐。

"不是我们干的。"周英凡很快速地说。

"知道。"他都说到这份儿上了，季思年再驳他面子就有些说不过去了，"要我给你做证啊？"

周英凡张了张嘴，很用力地搓着手，最后说："不是，我一会儿要……给我妈打个电话，你露个面儿。"

季思年半天没说出话来。

"为什么？"

周英凡局促地看着地面，皱眉说："你别管了。"

"我不干。"季思年盯着他。

这个时间段的食堂里人很少，学生要么出去过节要么在睡懒觉，后厨里盘子的叮咣响顺着空旷的空间传来。

他也不是信不过周英凡，这人就是好胜心旺盛，倒也没什么真的坏心眼。但是这么个高三多看他一眼都怕把他刺激出病来的人，突然这样找上门，他还是不得不多想。

周英凡忽然变得有些焦躁，挠着头想了好半天才垮下肩膀，一咬牙抬头看他。

季思年也看着他。

大学对人的历练是见缝插针式的，明明刚高中毕业也没过去多长时间，表面上看不出太大差别，但季思年确实能感受到周英凡的……不同。

飞跃式成熟，暑假的时候还因为个纪念册跟他阴阳怪气，练个车都能争相攀比，现在单单是气质就能感受出来有区别。

"我……"他有些口干舌燥，"我之前跟我妈说咱俩是朋友，那天一起出去逛街。我妈知道……论坛上那事儿，问我要那天咱俩的照片，我没有。"

季思年听得云里雾里，"等下，你妈知道那件事和找你要我的照片之间有什么关联吗？"

答案显而易见，其实他完全没必要再问这一句。

周英凡这次没有遮遮掩掩，靠在椅背上，右脚很轻地一下碰着桌子腿，"她不信，她老是不信我，特别是我上大学以后。"

季思年差点儿就问出来"那她就信我啊"。

这样突如其来的窒息感，之前在疗养院看到谢成时出现过一次，现在又包裹住了他。倒也不难猜，因为这个，周英凡很讨厌他，事事要与他争先，攀比到了病态的程度，也是因为这个，周英凡会骗他妈妈说，他们两个是朋友。

他几乎都能想象出来那种语气。年霞和季建安从来不会和他说什么"别人家的孩子"，所以他没有体验过这种出自外界压力的好胜心。

"在我给她的剧本里，咱俩高中就形影不离了。"周英凡无所谓地笑了笑，"但是从来没有被她看见过，她早就……不太信了。"

"电话现在打？"季思年问。

周英凡怔了一下，扯出一个有些尴尬且无奈的笑，但听语气是松了口气，"她还有十分钟会来电话，我接的时候你跟她打个招呼就行。"

"可以。"季思年站起来，"我买点吃的。"

"不用，摄像头拍不着。"周英凡拦了一下。

"我饿。"季思年说。

周英凡的手在空中停了停，又收了回去。季思年对周英凡这件事有点反应不过来，特别是在看到周英凡的性格整个颠覆了他曾经的形象之后。毕竟高中三年那些事，要说全因为一个"原生家庭"就一笔勾销也不太可能，他不太能如此轻易地和一个讨厌了这么久的人和解。

但这个忙他确实是想帮，倒不是因为和周英凡共情了，就是单纯对这样的妈有些不痛快。现在看来周英凡能在几个月里就有这样震惊的变化，更多原因估计是离家远了，起码他已经能跟周英凡全须全尾地、不存在阴阳怪气地聊完一整段话了，要是这人高中就这样，说不定他俩真能当个关系一般般的朋友。

季思年端着一屉小笼包回来，两个人对着热气腾腾的包子沉默了一会儿。电话还没来，他俩也没有什么能聊的。但周英凡突然在季思年面前卸下了撑了好久的架子，整个人都有些懒散，眼睛看着包子，随口问道："你跟谢航……关系很好？！"

季思年没有说话。

"不说也……没事，就当我没问吧。"周英凡说完，又补了一句，"以前我还……因为这个嫉妒你呢。"

他越说越觉得找补不回来，索性闭上了嘴。

季思念也不说话，他也意外地发现自己似乎没有什么表达欲，对于谢航走不出自己世界这件事，他好像已经平静地接受了。

话题终结在此，他们一人夹了个包子，季思年低头吹热气的时候，余光里忽然闪过一个无比熟悉的身影。他有些惊讶地抬起头，居然看见谢航走进了食堂。

他选的位置就在入口处不远，这一片又没有其他人，扎眼得很，谢航很快看到了他。

没等季思年想出个打招呼的话，坐在对面的周英凡忽然对着手机露出了一个看上去很灿烂但是不及眼底的笑。

然后他举着手机，起身坐到了季思年旁边，一抬胳膊猛地搂住他。

"妈，我跟小年吃早点呢，一会儿出去玩儿。"他的动作很僵硬，说话仿佛念台词，还状似无意地用摄像头扫到了季思年碗里的小笼包。

周英凡这一嗓子很亮很字正腔圆，季思年感觉方圆几里都能听见。

他也非常僵硬地被周英凡卡在臂弯内，露出个同样勉强的笑，咬牙切齿道："阿姨好。"

季思年打完这个招呼就自动下线，眼睛追着谢航的背影，看他端着饭盒买了碗粥。

饭盒似乎不是他的，是室友的？

这半年他第一次见谢航帮人打饭，还打的是九点钟的早饭。

周英凡终于挂了电话，立刻见鬼似的弹起来，飞一样走回对面坐下。

他脸上还有些不自然，抬头看到季思年一直盯着旁边，愣了下顺着看过去。

"那不是谢航吗？"他坐直了，有些惊讶，眼神在他们中间转了转，"你……那我先走了啊。"

"别，别！"季思年压着嗓子喊了一声，把周英凡叫了回来。

站在窗口前的谢航把饭盒拎好，戴上口罩走了。

周英凡目送他走远，直到身影消失在门外，都没有转头回来。

估计是在盘算转头后四目相对的时候要说些什么。

季思年叹了口气，"行了，你走吧。"

周英凡猛地看过来。

季思年低头戳着碗里的小笼包。

周英凡是个藏不住事的人，像高中时候讨厌他就摆在脸上，想炫耀什么也都明着面炫耀，跟这种人相处有一点好处，就是很容易预判他的想法跟情绪，能在表达上占上风。

跟谢航在一起就不一样了，事事都要猜，但反过来自己站在他面前就像个透明人，一点心思都能被看穿。

他都不用抬头，周英凡现在一定在心里衡量他们的关系有没有到能多问一句的程度。

他俩属实算不上是朋友，但无论是出于看乐子还是幸灾乐祸的心态，以周英凡的性格，只怕不出三秒就得问。

"你们吵架了？"他果然问道。

季思年闭着嘴看他。

"行吧，不说算了。"周英凡撇了撇嘴，"还是……谢谢你啊，要不她天天旁敲侧击的，累。"

听上去挺诚恳的，季思年过了一会儿才说："你变化挺大的。"

"哟，吐出象牙了。"周英凡笑了，撑着脑袋想了想说，"见识得越多就越放得下吧，在这个学校里我要是调整不好自己的心态，估计得休学了。"

　　季思年差点儿说出来原来你知道你心态有问题啊。仔细想想也是了，知道自己有问题的人才能从问题里走出来，要是一直闭目塞听看不见错处，那才是真把自己的路走死了。

　　"但我还是会嫉妒你，这没什么不敢承认的。你想学的东西轻易就能学好，随随便便就能跟人处好关系，每天都没什么能难住你一样。你为什么比我强？"周英凡说。

　　"别捧我了。"季思年想想就头疼，现在就有一个巨大无比的难题难得他团团转，"你那是选择性失明，没谁能轻易做好一件事，要么是努力了，要么是曾经努力积累了，我高三焦虑到天天失眠你怎么不说？"

　　无论什么时候，周英凡都能激起来他那一星半点的反驳欲，就在几分钟前还掉落成负值的表达欲在此时冲上云霄。

　　周英凡在听到他的话之后一秒内回到了高中的烦人状态，不甘示弱地说："你失眠起码是有觉睡好吧，我高三压根不睡。"

　　季思年没明白为什么他们莫名其妙要开始比烂，但还是继续说："你哪只眼睛看见我跟人处好关系了？我朋友就那一两个，其他人平时都不带跟我多说话的。"

　　"谁让你天天垮着张脸，那也是你不愿意，你要是想处就都能处好。"比烂大赛忽然变成了互夸大赛，"我高二就认识谢航了，人家连个眼神都不乐意给我……"

　　他的话头截死在了这里，季思年把筷子放到旁边。

　　跟人争吵都保持理智不忘避开雷点，周英凡在抬杠方面简直出神入化。

　　"不说了？"季思年冷笑一下。

　　周英凡终于意识到和刚刚帮过自己忙的人吵架不太好，措辞了半天最后客套了一句："不好意思。"

　　他把剩下的那口包子吃完，站了起来，"我在努力改了，其实我妈这事儿我要是想拖着，也没什么事，但是我自己觉着我不能总这样内耗，所以才来找你和解，一步步来。"

　　季思年说："三分钟前骂我是狗，现在要握手言和，您未免太性情多变了。"

"我……我走了。"周英凡终于装不下去了，拉上衣服拉链，"那个……吵架啊，不能冷战放着不管什么的。"

"快滚。"季思年说。

周英凡滚了。

其实他说的没错，出现隔阂得解决，不能放着不管。季思年这么长时间以来还没如此憋屈过，提着一口没法发泄的气走进了大风里。也不知道是不是这股火气太旺盛，他走回宿舍楼这一路上居然没觉出冷。

一进门就看到219的门敞着，几个人站在门口，那个正蹲着系鞋带的毛寸头季思年认识，这人跟谢航关系还不错。

"怎么了？"季思年凑过去看了看。

"哎，找航哥啊。"毛寸头看他一眼，往后退着让出来个位置。

季思年脑门一疼，立马就要摆手，还没来得及说话就看到谢航从屋里走了出来，身后跟着一个裹得严严实实的人。

季思年有一种打扰了别人正事的尴尬感，"没事，你们忙着吧。"

"不用，我送他去就行。"毛寸头走到那人身边，"借你电动车用一下啊，航哥！"

"嗯。"谢航把车钥匙给他，两个人步子有些乱地走远了。

季思年看那人脚步虚浮得都快飘起来了，低声问："室友病了啊。"

"烧到三十九度了，早上晕得差点儿直接从上铺栽下来，给他随便弄了点粥吃完喝了药，得送校医院。"谢航看他一眼，"你怎么回来了？"

季思年斜着眼睛看他，"我还以为您老人家准备把装聋贯彻到底呢。"

谢航笑了笑，靠在门框上，"周凡英搭你肩膀的时候，我都怕你扬胳膊揍他一顿。"

季思年没忍住笑了，"我的表情有那么真情流露吗？"

"你一会儿有什么安排吗？"谢航把话题转得很流畅。

"去图书馆。"季思年说。

谢航点点头，"我也去，等我一下。"

季思年瞪着眼睛看他，过了几秒垂下眼叹口气，"行行行，去去去。"

从这一天开始直到年末，周英凡都成了一个绝佳的对比词。

比如某天下课了看见谢航站在楼底下，季思年问他在干什么，谢航说"在等你回宿舍"。

季思年莫名其妙地问："等我干什么？"

谢航说："周英凡和你都冰释前嫌了，我为什么不能等？"

到后来变本加厉，学校跨年晚会时谢航打电话约他一起去，季思年还维持着最后一点理智，搜寻了一个牵强的借口："我元旦回来有个考试。"

谢航说："周英凡……"

"去去去。"季思年打断他，"新年新气象，把周英凡从我的世界里踢出去行不行？"

下一秒209的门就被敲响，谢航拿着手机站在门口，"走吗？"

"你——"季思年简直无语，"晚会有啥好看的。"

谢航面无表情地说："周英凡……"

季思年一下子把门关上。

不过每次面临这种场面，他总是不自觉地在笑。哪怕谢航仍是那个封闭的他，但他明显在努力突破自己了。

跨年晚会办得很热闹，但去看的人大概不会太多，今天安城到处都有活动，南岸边还可以看焰火。谢航等在209门口，低头翻着日历。

自从那一通电话之后，赵长青没有再找过他，谢成再一次从他的生活里消失。不知道他们的婚离没离成，但他总是会不自觉想起赵长青提到的那个孩子。

那孩子估算着今年十岁了，他当年被谢成的强大控制欲操纵时也差不多就是这个年纪。

那天赵长青说是因为孩子逃学被发现，听上去不像假话。所以即便没有什么遗传病，谢成该犯病的时候还是会犯病。

谢航靠在墙上闭了闭眼睛。

他和这个孩子的情况不一样。那时候他知道沈荣的事，心里的一点恐惧被无限放大，不敢说也不敢反抗。但是这孩子只会被越激越叛逆，但叛逆也有个上限，要真冲破了上限只怕结果会不好。

"走了。"209的门打开，季思年走出来。

今晚还留守校园的人比想象中的要多一些，他们去礼堂的时候已经错过几个节目了，前排坐得满满当当，只有后排还有零星位置。

舞台上是一男一女抱着吉他弹唱。

季思年的动作僵了一下，他们唱的是张震岳的《路口》。

他曾经在谢舟生日的KTV里唱过这首歌。

礼堂里的灯都关着，舞台灯集中照在话筒前的两个身影上，台下有荧光棒在晃动。

男生的声音很温和，是娓娓道来的语气，歌声里讲述了一个故事。

胳膊被人碰了碰，谢航凑过来，声音很轻，却没有被音乐声遮住。

"新年快乐。"

"新年快乐。"季思年笑了笑，小声问道，"你几号回去？"

"还没定，考完就走吧，九号。"谢航说。

季思年说："那还得再等一天，尹博要考到十号。"

"嗯。"谢航看着舞台，胳膊撑着脑袋。

季思年非常自然地化解了一个很尴尬的问题。

晚会结束时才九点多，他们在商业街随便买了点夜宵各回各家。

回寝室时屋里只有白宇辉一个人，正裹着羽绒服站在阳台上打电话。

几分钟后阳台的门被拉开，白宇辉看到他还愣了一下。

"没出去跨年？"季思年见他一副憋得难受的样子，叹了口气。

"嗯，她回家了。"白宇辉说得有些欲言又止。

季思年想起来之前填表的时候扫过一眼，他确实是本地人。

"你……也没去啊？"白宇辉还是问了出来，不过问得十分不自在，说完立刻就忙活起来，用忙碌出来的声响努力驱散着屋里的安静。

他猛地想起来什么，一抬头跟白宇辉对上眼，正要说话，忽然有人敲了敲门。

两个人齐刷刷地看向门口的谢航。

谢航朝白宇辉点了点头，淡然自若地走进来，把季思年落在他那里的一副手套放在了他桌子上，然后转身走了。

嘴上不说，用行动表示友好？季思年越推测越觉得这不太像谢航会做的事，可仔细想想又的确是他的性格。

谢航在展现出身为朋友的主动一面。元旦过去后就是加速进入寒假的阶段，考试周过得有些漫长，每天泡在书本里。书也是背一本少一本，

242 曲 线 行 驶

最后一门老师画重点画得很实诚，基本都是背过的题目，季思年夹在提前交卷的一大批人里走出来，有一种走出高考考场的错觉。

本地人白宇辉当天晚上就收拾东西走了，钟涛给他放了首《春节序曲》，一路送他到了楼梯口。

今年的年很早，考着试就过了腊八，一考完被刻意忽略的年味更浓，季思年感觉钟涛快要在寝室里包起饺子了。

在 209 喜庆热闹的氛围里，季思年度过了这一学期最轻松的两天。

尹博被期末考摧残得面容憔悴，但因为马上就能回家过年，依旧兴致勃勃，努力焕发着容光。

这是上大学后的第一个假期，尹博甚至带了点特产回去，虽然是在车站临时买来充样子的。

从安城回昌泽要一路往南，归程的心情都要比来时更愉快，季思年没有睡觉，一直托着下巴看窗外。

他知道尹博一定看出来什么了。他们上车的时候谢航走在最后面，把行李放上去之后就走开了，不知道是去了厕所还是去哪里闲逛。

季思年坐在窗边，看着他，"坐啊。"

尹博挑了挑眉。

"别这么矫情啊。"季思年说。

"回去再让你交代。"尹博咬着牙说。

三个人很默契地一路没有提起这件事，也没有人吃方便面。

到站时已经是下午两点了，季思年收到了季建安的微信，说他和尹博他爸都在停车场。

他终于想起来问谢航："你怎么走？"

"地铁。"谢航把口罩往上拉了拉，"你们走吧。"

"行。"季思年点点头。

他似乎是想说句道别的话，最后还是什么都没有说。

谢航站在原地看着他们两个走远，才拿出一直在振动的手机。

谢舟："四点家长会，我在高三（二）班，别再走错了，在二楼啊在二楼！"

谢舟："算了，我三点五十再打你电话吧。"

科目四

曲线是通往所有未来的路

他在这一瞬间顿悟了，为什么季思年会有着他自己都没发现的、藏在张扬下的、明明不该出现在他身上的自卑。

这是谢航毕业后第一次回高中学校。

暑假时不少学生拿了录取通知书后回学校看老师，班主任也给他打过好几个电话，还安排了校公众号的专访，他一股脑推掉了。

没想到再回来是为了给谢舟开家长会。

他还没有看谢舟期末考的成绩单，不过按照她的计划，此时应该是一个不显山不露水的、从班级中下慢慢逆袭的过程。

谢舟确实努力，也许季思年一直觉得她是个天才，但谢航知道她为此付出了多少努力。她既不想当天才，又拼命努力不辜负了天才这个头衔，全市大概都找不出比他俩更自相矛盾的兄妹了。

谢舟是他妹妹这件事原本没什么人知道，但自从她带着一群人跑到校门口揍了人之后，学校的人基本就知道了。他们俩在校评价非常两极分化，他是比较传统的孤僻传奇学霸类型，谢舟是比较传统的叛逆不学好但有时候挺听话的问题学生类型。

此时已经有不少家长到校了，谢航从一片高跟鞋和西装裤中间穿过，走到了二楼。高三（二）班是最靠左边的班级，谢航绕从前门走进去，迎上来的是个班委，正在给家长挨个儿指学生座位。

"谢……学长？"班委看到他愣了一下。

谢航扫她一眼。

"啊，谢舟坐那里。"班委指了指靠墙一排的最后一位，又偷瞄了他几下。

谢航点了点头，"谢谢！"

这位置不错，他当年也是坐在角落里，这样平时从身边经过的人可以少一些。不过谢舟坐在这儿大概率是为了课间睡觉不被打扰的。

桌子上放了张成绩单，谢舟在本次期末考试成功挤进班级前三名，只是其中的语文成绩有点惨不忍睹。他翻开卷子，文言文选择题三道全错，翻译翻得驴唇不对马嘴，但看上去又很尽力了，哪怕不知道画线句子是什么意思还是坚持写满一整行，甚至画了个很圆的句号。

谢舟曾经试图剽窃过他学文言文的方法，抱着一本《资治通鉴》打瞌睡，最后只好随机抽取几篇幸运儿，潦草看了看翻译祈祷考试能撞上。

谢航已经习惯每天找一两篇文言文来做了，课外题做完一遍就精读《资治通鉴》，不过到了这时候就该啃模拟题了，但谢舟依旧迷信地认为自己能押到考题。

他有点不习惯这种把手机拿到桌面上的光明正大的感觉，给谢舟发了消息："到了。"

"谢航同学？"前门探进来一个笑容满面的男人，朝他招了招手。

已入座的家长一个接一个转头看着他。

谢航叹了口气，从后门走了出去。

这老师是谢舟的班主任，姓刘，教英语的，虽然没有带过他，但学校里比较出名的老师就那几位，他多少也见过。

"谢航。"刘老师笑眯眯地走过来，"我去年还给你们班带过课呢，不过你应该不记得了。"

谢航说："老师好。"

"哎，好。"刘老师笑着拍了拍他，"今天是咱们本学期的最后一个家长会了，当然过两天还要开，不过就算是最后冲刺学期了，意义不同。"

谢航应了一声。

"我就是想呢，这次请你上来讲两句话。"刘老师也知道他之前为了避访谈连学校都没来的事，说得比较随意，给他预留了拒绝的空间。

谢航看了他一会儿，才说："我没什么可以分享给家长的经验，老师。"

刘老师多少知道些他家里的情况，见话都说到了这份儿上也不好再追加问句，用力地捏了捏他的肩膀，"好，没事，我也就是问问。那分享给学弟学妹们的经验有没有？"

谢航笑了笑，说："向我妹妹学习。"

刘老师愣了一下，很快笑起来，"好！谢舟这半学期进步非常明显，一会儿我也会提到……"

"还有你大学生活怎么样？我看了谢舟转发的朋友圈，也是有朋友了啊。一高那孩子我知道，你呀，终于不是什么时候都独来独往的了。"

"嗯。"谢航没想到这老师还挺关心他，"您认识他啊。"

"认识呗，那孩子，印象深刻。"刘老师在原地踱了两步，"我去年到一高做公开课，挑的就是他们班，他们班主任跟我说，找了几个成绩不错的学生当托回答问题，第一个就是他。"

谢航开始笑。

毕业后再看老师的感觉确实不一样，当学生时跟老师的关系再近都很难畅所欲言，但才毕业一年，这个和他还不算多熟的老师都能和他聊找学生当托的事儿了。

"底下黑压压坐着十几个老师，我也紧张啊，他站起来就跟来'砸场子'的一样，念完单词就歪着脑袋盯着我。"刘老师也笑了。

认识季思年的人都可以想象出他那副拽得欠揍的样子，他被点起来回答个问题仿佛能要走他半条命一样，临危受命去当托肯定不情不愿。

刘老师长叹一口气，"一晃都过去大半年了，送走这一批，就又到秋天了。"

一晃大半年了。

"随便聊聊。经验分享什么的要是不做就算啦，进去坐着吧，马上开始了。"刘老师一直挂着笑，谢航看着脸都有点僵。

这话题实在绕不开了，估计老师刚才说了那一大堆都是为了给这句作铺垫的，也算用心良苦。

"经验分享……我回去整理好发给您。"谢航最后叹气道。

"哎，好，好。"刘老师勾着的嘴角又扬起来一些，眼神里的欣赏和喜爱都要溢出来了。

家长会说的都是些老生常谈的东西，成绩只是随便提了提，主要讲了即将迈入下半学期的心态问题和假期不能松懈一系列的话。

刘老师是个不错的老师，寥寥数语抚平了部分因为成绩而怒气冲天的家长的情绪，还顺带把家长们说得斗志昂扬，仿佛要提笔去参加高考的是他们本人。

　　谢航有些担心刘老师会在中途把他拉出来，哪怕是顺嘴提一句什么"去年的状元"都会让他有些不适。但刘老师的确尊重了他的意思，从头到尾都没有提起过。

　　谢航借着谢舟这个绝佳的"摸鱼"位置，偷偷点开了朋友圈。刷新出来的第一条就是季思年发的小视频，"锄头"围着他的腿转，之前圆乎乎的小金毛在视频里看已经变成了长条形，大了不少。季思年蹲下捧着小狗的脑袋蹭了蹭，"锄头"拱着头往他怀里扑，季思年的手机没拿稳，顿时画面一阵混乱，狗耳朵、狗毛和一只手纠缠在一起。

　　视频就停在这里。

　　他盯着看了半天，给视频点了个赞。

　　"我不是跟你讲了这几件薄衣服留在学校嘛，你春天回去了还能穿。"年霞埋头在他的行李箱里翻，一边翻一边骂，"不嫌沉啊！我教过你叠衬衫的呀，你看看你这叠的，都有褶子了！"

　　季思年蹲在旁边，一手搂着"锄头"，脑袋搭在它背上点着手机。

　　刚刚发的朋友圈收获了几个小红点，他还没有仔细看，正在应付教练的微信。

　　教练："回来了趁着年前把科目二过了！"

　　季思年头疼得不行，差点儿把练车这码事给忘记了。

　　教练："不能再挂了啊，安大学生连曲线行驶都过不去，整个驾校都拿你当反面教材。"

　　季思年："谢航练不练？"

　　教练直接回了他语音："人家要练科目三了，跟你有什么关系！"

　　季思年也回语音："我也要练科目三，我要一起练。"

　　教练没回他，大概是觉得他脑子不清醒。

　　"别在这蹲着，跟你弟抢窝呢？"年霞抱着一大堆衣服从他身后经过。

　　季思年挂着一身狗毛站起来，扑到了沙发上。

　　他仰躺着点开了朋友圈的消息提醒。

　　"把毛沾干净再四处乱滚，穿着毛衣呢就去蹭你弟！"季建安从厨房里喊了一声。

　　季思年慢慢坐起来，拿了茶几上放着的滚筒粘毛器，伸出胳膊滚了两下。

他的视线落在手腕上的转运珠上。

"锄头"走过来,靠在脚边。

丢在沙发缝里的手机响了一声,他过了许久才拿起来看。

谢舟:"老师,要复工吗?"

人与人之间的关联确实奇妙,有时候很难说断就断。

季思年还是矜持了一下,先客套了一句:"你现在还需要人教?"

谢舟:"你能教语文跟生物吗?"

季思年实话实说:"不太行。"

谢舟:"那就算了。"

季思年发了一个问号过去。

谢舟笑着靠在冰箱门上。

"出去笑。"谢航把她从厨房里赶出去,打开冰箱拿了几个西红柿。

"他拒绝我了。"谢舟拿起放在旁边的雪碧喝了一口,放得有些久,气泡都散没了。

谢航挽起袖子,拿着西红柿在水龙头下洗着,"嗯。"

"他说我不需要人教了。"谢舟又蹭上来,把脸凑过去。

"知道了。"谢航用胳膊肘把她拐开。

谢舟意味深长地看着他,晃着变成糖水的雪碧,慢悠悠地走回卧室,"我去看书了啊。"

西红柿被放到砧板上,谢航拿着刀冲了冲水。

季思年答不答应都无所谓,他只是为以后见面留个台阶。

西红柿刚切了一半,谢舟又拿着手机回来了。

"有电话?"谢航问。

"嗯。"谢舟犹疑片刻,"是赵长青。"

谢航动作一顿,顺手在脱下来的围裙上擦了擦,拿过手机。

他没有存赵长青的电话,此时来电显示是一长串数字号码。

赵长青果然给谢舟打过电话。

他走到客厅里,看着落地窗按下接听键。对面是一阵沉默,但隐约能听到嘈杂的背景音,谢航等着他先开口。

"对不起，又打扰你了。"赵长青的声音听着有些疲倦。

旁边的蒲团上还放着他从家长会带回来的一沓传单，谢航看着窗外亮起的点点灯火。

"我姐……离婚了。"赵长青说，"孩子跟我们这边。"

谢航坐在地板上。

"孩子出事了？"

赵长青愣了愣，"你知道？"

"猜的。"谢航说。

从第一次联系他到现在只有短短三四个月的时间，谢成本身就是二婚，这么快又离婚，只能是又出了什么事。

赵长青换到了一个安静的地方，沉声说道："孩子现在在医院，我知道这算是不情之请，但实在不忍心看这么小的孩子……"

"有话直说。"谢航打断了他的抒情部分。

"你方便来和他聊一聊吗？"赵长青语速很快，可能是怕他直接挂电话，"我们都认为你是最能够与他形成共鸣的，聊一下效果会很好。"

这句话是谢航很熟悉的语气，多半是心理医生说出来的，赵长青一紧张直接复述了出来，都没有委婉修饰一下。

他皱着眉，没有立刻回答，"他怎么了？"

赵长青说："割腕……肌腱断裂没有伤到神经，发现得早送了医院，请了心理医生来看过了。"

谢航讶异地挑了挑眉，脑子里莫名出现了谢舟在朋友圈发的段子。

演的吧？演的怎么了……退网。

十岁出头的孩子，用这样极端的方式逼父母离婚，也算是挺有心思的。

"哪个医院？"谢航问。

"人民医院。"赵长青有些激动，"你……"

"房间号发我。"谢航说，"时间你定。"

他挂断了电话。

要是放在以前，赵长青说出让他去一趟这句请求的时候，这通电话就已经走到头了。

但现在他不仅认真听完了他的话，甚至在考虑之后答应了下来。

只要他拒绝，谢成和赵长青一家再也不会出现在他的生活里，这是他从前求之不得的。

但那句"你是最能够与他形成共鸣的"，不知为何狠狠戳中了某个他藏在心底的、关在硬壳里的天真想法。

他需要去直面心结。

许多事因谁而起就要因谁结束，他没办法回到八年前，但这次说不定是个对他而言很好的契机。

死死拧住的心结里没有具体的东西，也没有实质的恐惧，只会在潜移默化里影响他的每一句话、每一个动作、每一个想法，影响他的生活，影响季思年。

他不知道要如何去解，也找不到打开硬壳的开关。但也许与全部牛角尖和解只需要一些对话，和十几岁的自己对话。他愿意去试一试。

客厅里的灯忽然亮起，谢舟过来拉上窗帘，漫不经心地问道："什么医院？"

谢航冷着脸看她。

"他当时什么也没跟我说，我没等他开口就骂了他一顿拉黑了。"谢舟硬着头皮从他身边绕过去。

"你骂他了？"谢航问。

谢舟听出来了一丝看热闹的意味，"我不骂他骂谁？那些事他有什么立场来找我问，我又凭什么要大发慈悲帮他，他自私我就不能自私？"

谢航笑着没有说话。

寒假的第一周过得还算风平浪静，赵长青没有联系他，教练喊他练科目三也被他推掉了，季思年那边更是一片沉默。

但季思年在朋友圈里倒是挺热闹的，五分钟前刚发了条小视频，是宋玮视角拍摄，背景里还有宋玮的笑声。

教练的声音从窗户外飘进来："走啊，怎么踩刹了？"

季思年说："前面有两只鸟……"

教练："你怕吓着它俩啊？"

季思年闭上嘴松了刹车，宋玮坐在后排笑得镜头不稳。

"还乐，下一个就你来。"教练敲了两下窗玻璃。

宋玮关掉相机，又趴在副驾椅子上笑了半天。

教练叼着烟跟在车后面，慢慢走进"曲线行驶"的弯里，"再开学大二了吧？"

"大一下学期。"季思年说，"你这大学两年就读完了啊。"

"老是忘。安城大学，好学校。"教练强行接了下去，"考研究生呗？"

季思年叹了口气，"我刚上大一，教练。"

"研究生是有保送一说吧，谢航能保送吗？"

"他……应该能。"

"打轮打晚了啊。"教练拍了拍车顶，"转过去后轮得擦线了。"

没有谢航的练车生涯索然无味。

季思年这两天的车练得浑浑噩噩，全靠钢铁意志硬是熬到了考科目二的日子。

考试前一天要去考场实战训练，和宋玮一起被连骂带损了三个多小时，教练终于开车回程。

季思年照例报了万达的下车点。这两天他时不时就会过来一趟，有时候会帮年霞买菜回去，有时候只是来逛逛。

万达楼下挂了张大海报，上面画着血淋淋的图片，惊悚的文字歪七扭八，季思年看了半天才认出来是楼上鬼屋新开了一块场地，打八折体验价。

他自打暑假推掉了那份兼职后还没有去看过。

把谢舟及她哥约出来玩，就年后吧，反正他们两个过年也孤单。

今天去鬼屋的人还不少，季思年过去的时候看到有一小组男女正在前台交费。

王老板手插着兜，跟两三个脸上化了妆的工作人员坐在一旁的沙发上。

季思年一走进去，王老板就认出来了他，"哟，小季，来玩儿啊？"

"来看看。"季思年看他一眼。

之前尹博说王老板是地头蛇，从良开了家鬼屋，跟着他的小弟有一部分都来当了工作人员。

平时单独看王老板还看不出什么，但现在和那几个小弟坐在一起，打眼就能感受出来一股老大气息。

也许是脸上黑一块青一块的妆造导致的，小弟们也都带着一股浓浓的街头混青年的气质。

"拼团吗？让他们再加个人。"王老板朝前台努努嘴。

"不用，下次我……"季思年说着，手机忽然响了起来。

居然是谢舟的电话。

他怔一下才接起来，"喂"还没出口，就听到谢舟压低了声音说："方便吗？"

季思年拿开手机确认了来电人是谢舟，也低声说："方便，怎么了？"

"你到人民医院大概多久？"

"谢航生病了？打车五六分钟吧。"季思年还想低着声音配合她的神秘感，但商场里实在是太闹，他沉了声音自己都听不清，只好恢复了正常音量。

"能过来一趟吗？"谢舟说得很急，"住院部102，遇上谢成了，这边场面有点乱，我带不走他。"

"什么叫带不走？"季思年听到谢成的名字，脑子里"嗡"一声，窜出一层鸡皮疙瘩，"我现在过去。"

"你……"谢舟欲言又止了一下，"一个人？"

"不安全吗？要带人？"季思年眼前浮现了去年疗养院的画面，谢航失控时的样子让他心慌得厉害，"我知道了。"

他直接挂了电话，推门回了鬼屋，卷着一股风，气势汹汹地两步就顶到小沙发前。

斜着歪在沙发上的几个小弟和王老板都愣了，抬眼看着他，其中一个照镜子补妆的也停了手，顶着抬头纹看过来。

"喂？不用！喂？"谢舟喂了半天，才发现电话被挂掉了。

她又拨了回去，没有人接。

谢舟从洗手间走出来，回到病房里。

那个叫谢佳洋的小孩窝在病床里，赵长青阴着脸站在窗户旁边，一个女人坐在病床前，面无表情地拿着把小水果刀削苹果。

谢成站在一旁，眼睛盯着那把水果刀发呆，一言不发。

谢航神情淡漠地靠在门边。

还有个穿着长风衣的心理医生站在门口。

整个屋子凝固一般，只能听到喘气的声音和削苹果的唰唰声，所有人都固执地准备敌不动我不动。

对峙时间久了就会酝酿出一股火药味，哪怕感受不出来这股剑拔弩张的味道从何而来。但现在每个人的状态都不适合促膝长谈，起码谢航不适合。

谢舟能感受得到他已经忍到了极点，那股藏在烦躁中的窒息感让她喘不上气。可是谢航丝毫不准备走，他在强迫自己忍耐接受。她已经尝试了三次在不挑起屋内混乱的情况下把谢航拉走，但谢航不为所动。其实这件事没必要把季思年牵扯进来，但谢成刚刚对赵长青说了一句"叫他来，你是什么意思"。

这句话不能深思，几乎就是指着谢航鼻子骂"你有病，你和我孩子不一样"。

他俩必须得走一个，不然真闹起来没法收场。

谢航可以在任何时间、任何地点和谢成吵架，但绝不是当着赵长青一家和一个心理医生的面，当着那个十岁孩子的面。

她知道谢航不在意那些人怎么想，可很多事所带来的后果都是自认不在意的无形伤害，在不经意间层层累加在心里，慢慢叠成一个硬壳。

但是季思年好像误会了她的意思，她不是让他找打手来打群架的。

谢航感觉自己站得腿都僵了，这似乎是他第一次和谢成沉默地处于同一空间内这么长时间。

他不是在较劲，或者非得和谢成来个你死我活，他只是想试试自己到底能忍多久，到底有没有像他所说的"变好"。

一些很简单的事和关系，放在他身上总是变得一团乱麻。

僵持了十多分钟，走廊里忽然传来一连串凌乱的脚步声。

接着就是等在门口的那个心理医生说了一句："你们要干什么？"

小小的单人病房的门被人一脚踹开，差点儿弹到他身上。

领头的人气焰嚣张地迈着步子进来，身后还跟了三个身形不算魁梧但是看着很不好惹的人，都吹鼻子瞪眼地甩着膀子。有一个脸上还青了一大块，不过看着像画上去的。

谢航在看清楚这帮人的老大的时候震惊得没说出话来。

季思年看都没看他，目光在屋里扫了一圈。

两个死眉塌眼的男人，一个拿了把水果刀站起来神情慌张的女人，病床上还躺了个看戏的。

他这一路脑补的画面都很暴力，没想到最后面对的病房还挺平和的。季思年在踹门的那一刻没有想别的，就是单纯想起一个震慑作用。

"你们谁啊！"削苹果的女人最先反应过来。

季思年瞥她一眼，女人噎了一下，下意识看向窗边的那个人。

因为带了三个看着就不像好人的跟班，季思年此时的形象很震撼人心。

他摸不清这一屋子人的关系，唯恐多说多错，干脆闭上嘴转头瞪着谢航。

谢成见状立刻走过来，对着谢航说："这里是医院，我有权力……"

"你谁啊？"季思年打断他。

谢成停顿一下，面色沉静地看过来。

季思年在对视的一瞬有些理解为什么谢航一直对他有阴影了。他们两个的眼神总是很像，只是谢航的情绪大多时候都很平，谢成的眼底却好像藏着什么阴冷的东西。季思年看着他就怒上心头，丢下一个字转身就走："走。"

他转身转得过于决绝，为了防止谢航没跟上来还在门口放慢了脚步，好在谢航没再杵在原地，跟在后面离开。季思年想象的画面里应该是谢成急切地想追上来，他的三个小弟立刻站成一排把他拦住。

但在他偏头回看时发现谢成并没有动，只是看着他，面上流露出一丝冷冰冰的笑意。季思年背上猛地一凉，接着眼前忽暗，谢航挡在了他面前。

几个人沉默地走出住院部大楼，季思年才说："他认出我了吧。"

"嗯。"谢航长出一口气。

谢成记忆力挺好，半年前在疗养院匆匆一面，还能记起来他这个拉架的人。

吹惯了安城的大风，此时晒着正午暖洋洋的太阳还算惬意，季思年和那三个小弟面面相觑了一会儿，摆摆手，"哥儿几个回去吧，一会儿我把钱给王老板转过去。"

得给小弟们演出费，王老板的中介费也不能少，虽然王老板说是行侠仗义用不着这么生分，但该给的总不能少。

谢航看了眼躲在后面的谢舟，"你喊来的？"

"我不来你打算怎么办？"季思年问，"跟他杠着啊。"

谢航没有答话，依旧盯着东躲西藏的谢舟。

季思年挡了挡谢舟，他知道谢航是不想把他这个无关的人扯进来，这种态度让他有些无力，"你还记得咱俩是为什么吵架的吗？哦，咱俩那根本算不上吵架。"

谢航闭上眼睛。

"是为了解决问题，我们的目标是解决问题。"季思年走近了一些。

"知道了。"谢航按了按眉心。

你知道个屁。季思年转过脸没有说话。

"你吃饭了没？"谢舟打了个十分突兀但是很救急的圆场。

从医院出来是一条堵得寸步难行的公路，公交车和出医院的私家车堆在一起，喇叭声此起彼伏。

谢航说："请你吃顿饭。"

语气很霸道，季思年没拒绝兄妹俩的邀请。

这次是谢舟挑了家据说物美价廉的西餐厅，在人民医院不远处的商场里。

似乎放了寒假后全市所有商场都被小年轻占领了，服务员招待着他们入座时西餐厅已经坐满了小情侣。

季思年翻着菜单，随口说道："下礼拜要过年了，还是你们两个人过？"

"嗯。"谢航摘了围巾放在一旁。

西餐厅的昏暗灯光里只亮着头顶一盏暗黄色小吊灯，谢航身后的木制长书架上摆了几本厚厚的书，中间放着几个精致有趣的摆件。

餐厅里放着低沉的大提琴曲，气氛烘托得很浪漫，季思年从坐下来的一刻就开始耳根发热。

"你妈妈……不回来？"他没话找话。

"我会叫她，但她回不回来说不准。"谢航说。

季思年有些不确定今天的事能不能问，但转念一想两人"不对付"

也有段时间了，大不了就是惹谢航不痛快罢了。

"今天那几个都谁啊？"

谢航往后靠在椅背上。

"谢成，他老婆，他儿子，还一个男的，舅舅？"季思年扳着手指猜。

谢航笑了笑，"已经是前妻了。"

季思年挑起眉。

今天那场面实在是有些刺激了，某种意义上也算四世同堂。

谢航没藏着掖着，大概讲了讲谢成那儿子怒而割腕的事。

季思年听得有些目瞪口呆，最后问了个还算关键的问题："那谢成今天来干什么？"

"他早上走了以后我们才过去，谁能想到他突发奇想又掉头回来了，刚好遇上的。"谢舟在旁边不屑道，"倒显得是我们故意错开时间一样。"

"他跟你说什么了没？"季思年问。

服务员端了几份牛排来，放到他们面前。

谢航说："他要是什么都没说，我也不会站那么久。"

还挺坦诚，谢航最大的进步大概就是有话直说了。

不过他以前也确实是有话直说，只是不问就不提而已。

"你接下来什么打算，跟那孩子聊聊？"

"嗯。"谢航拿起刀叉，"不全是为了帮他，也为了……我自己。"

他把切好的牛排递到季思年的碟子里。

"怎么个意思，和平宣言？"

"不是。"谢航笑了笑。

谢舟在旁边沉重地叹了口气。季思年有些想笑，这种与谢航的气质极为不符的笨拙试探让人觉得好笑又心疼。

他还从来没吃过这样暗流涌动却又带着点光明正大的饭，估计谢舟也没吃过，她从头到尾都没说几句话，完美扮演了一个"我在这里会让你们尴尬，但是我还不能走"的角色。谢航没有再聊谢成，只在吃饱喝足后一行人往地铁站走的时候提了一句。

"我明天要去看'心理医生'。"他说。

季思年微微侧过头，这是谢航第一次在他面前提起"心理医生"这四个字。

"我会和她说谢成家的情况，咨询她的意见，之后再去见那个孩子。"也许是这段对话在心里排练过许多次，谢航的语气很自然。

"嗯。"季思年点点头，不知为何松了口气，才发现自己似乎从医院出来直到刚刚这一刻一直都提着心。

他点完头又补充了一句："不用想太多，你从来没做错什么，你和谢成一点也不一样，这就可以了。"

谢航停了下来。

谢舟慢悠悠地走在最前面，季思年见他沉默地停住，也跟着停在马路边，转过身背对着太阳看他。

"我和谢成不一样吗？"谢航念着这句话，眼中有片刻的茫然。

"不一样。"

过了许久，谢航才笑了一声，偏着头看他，用很轻的声音说："一样的。谢成当年拿镣铐锁住我，在脚踝上留下了永远也长不好的疤。我俩是一样的。本来不该再让你心烦的，但结果你还是为我、为我家的事操心，我根本就不适合也不应该有任何朋友。"

他的话很平静，却在扎入耳中的一瞬惊得浑身血液涌向头顶。

他不知道是因为话里的自我厌弃令人难过，还是因为谢航扭曲了很多概念而让人心急。

他从来不知道谢航在想这些。

某些恐惧的根源是血脉里流淌的相似性，百分之十五的遗传率。

童年阴影的最源头都来源于此，这才是把谢航塑造成如今这副样子的根本原因。

谢航说完这话并没有想象中的冷静，季思年装作看不到他眼里的悲伤，一字一顿地说着。

"不一样，他混账、恶劣，你不是的，我卷进来是因为我认你，我愿意的，你听懂了吗？"季思年说。

季思年顾不上什么保持分寸了，他紧紧盯着谢航，想从他的脸上看出一丝其他情绪，惊讶、感动、怀疑、自嘲什么都好，只要能证明谢航在认真听他说话。

但谢航仍是刚才的那副模样，带着那种让人感到无力的悲伤和下意识的抗拒，静静地看着他。

"你听见我说话了没？"

谢航终于有所反应，他神情松动一些，轻轻笑着点了点耳垂，"我听到了。"

"你……"季思年立马侧目去看，发现谢航的右耳耳垂上戴着一截银针耳钉，一时间愣住了，"你什么时候打的？"

他这一顿饭外加走了快一公里的路，居然完全没有发现。

季思年的火刚发了一半就被这个笑强行浇灭，他对谢航实在是说不出狠话。

"打耳洞，疼吗，难受吗，痛苦吗？"季思年咬着牙问。

谢航眼中笑意又深了些，他摇头。

"知道自愿和强制的区别了吗？"季思年恨不得上手揍他一顿，说话都带着恨铁不成钢的意思。

"知道了。"谢航垂下头，吸了一口气，"对不起。"

季思年晃了晃他的肩膀，让他看着自己的眼睛，"没什么可对不起的，就是要这样，你不说别人永远也不可能知道你在想什么。"

"嗯。"

因为这段夹着火星子的对话，他们之间的氛围忽然轻松了许多。

这个晚上是谢航第一次在遇到谢成后没有做噩梦。

林菁的诊所在一片别墅区内，谢航一路进去遇上七八个牵着大狗散步的。

诊所的铁艺大门紧闭，谢航按了铃。

铃响了一会儿才看到林菁带着一个助理从花园小路走出来，把插销拉开，"来这么早？"

"怎么把门关了？"谢航问。

"你是今天预约的最后一位。"林菁走进了诊所里，一进门的柜子上摆了一排资格证，助理从工作台里的架子上翻了翻，拿出一本病历。

谢航瞥了一眼，病历放在文件夹里，文件夹上只有编号，没有写名字。

"我的？"他问。

"是。"林菁接过病历，推门进了里屋，"来吧。"

熟悉的屋子，百叶窗拉下来，将阳光切割成块洒落在地，林菁在瓷杯里倒上开水，"有什么想说的？"

谢航把外套挂在衣帽架上，"你不先问吗？"

"这是你第一次主动来找我。"林菁笑了笑，"你难道不想先说吗？"

一旁的小茶几上摆了个小托盘，谢航顺手拿了块薄荷糖。

透凉的薄荷味顺着舌尖蔓延，压制住了他置身于这个环境里几乎是条件反射性的慌乱无措。

"我和他中止了这段友情。"他说。

"嗯。"林菁没有露出什么讶异的表情。

"说完了。"谢航坐回到桌子前，咬碎了嘴里的糖，薄荷味刺激得他手脚发凉。

林菁在他面前的小纸杯里倒上热水，"打耳洞了？"

谢航挑了挑眉。

"要记得每天消毒。"林菁翻开了手中的病历本，"最近睡眠怎么样？"

"还可以。"谢航盯着纸杯里腾起来的白烟，低声说，"这几天不吃药也能睡好了。"

"是吗。"林菁声音很轻。"从什么时候开始，还记得吗？"

谢航想了想，说："打完耳洞那天。"

"考试开始，您已进入考试区域。"冰冷的机械女音从副驾驶前的机器中传出来，这句话季思年都快能背下来了。

他轻轻抬了刹车，尽力让车身正着驶入考场。

"倒车入库。"机器扫描到他开进了倒库项目内。

这次实在是不能再挂了，他自己都觉得简直对不起教练。

他的倒库和侧方停车已经练得炉火纯青，也有很大可能性是他把谢航传授的方法和示意图背得滚瓜烂熟。

为了能蹭上谢航的科目三，他必须得一把过了。

他慢慢把车子开到曲线行驶的弯道外，踩下刹车等着弯道里的考试车驶出去。练了这么长时间的曲线行驶，就算他一点天赋都没有，多少也该有些直觉了。第一个弯道过得还算轻松，季思年在转方向盘的时候忽然想到了谢航。他们两个中间就像隔了一个曲线行驶，距离不算长却弯弯绕绕，他总是会压线出错。人与人之间是不是都是这样？

攥着方向盘的手冷得厉害，在白线贴上挡风玻璃左下角的时候开始向右打轮。

但是弯道总可以走出去的。

也不知是不是因为功夫练到位了，这次的考试很顺利流畅，机器报出直角转弯时他还没有反应过来。季思年凭着肌肉记忆向下压了压刹车，速度缓慢地驶进直角弯，然后向左转。

考场的广播比车内机器先一步播响："九号车考试通过。"

季思年的注意力还没从曲线中脱身，听到这话猛一下灵魂归位，立刻踩着油门，把车绕大圈回到了起点，安全员招招手示意他方向。

他一路小跑着离开考场，心情扬起快要飘上天，跟去年从高考考场里出来时不相上下。

教练的车就停在一大片黄牌车中间，季思年从储物柜里拿好东西就快速跑了过去。

"过啦。"教练胳膊搭在车窗上看着他。

"过了。"季思年底气很足地应了一声，坐到副驾驶位上。

宋玮在他后面一组还没有考完，他打开手机，看到年霞在半个小时前给他发了条消息。

年霞："有一封从安城寄来的信，是学校的吗？"

季思年愣了一下，点开附在下面的图片，本以为会是 EMS 一类的信件，没想到就是简单的一个信封，贴邮票的那种，从信面上看不出什么。

他倒是知道学校有个邮政收发处，但没想出来能是谁给他写信。

季思年第一次体会到了拆盲盒的快乐，不知道内容，不知道发信人，但就仅仅是"有一个惊喜在等你"这个认知，就让他归心似箭。

这一路上甚至连周英凡给他写了封求和信的可能性都想到了，他一下车就直奔家门。

季思年掏钥匙掏了半天，往钥匙孔里又捅了一阵子，连"锄头"都听到了他的动静，在屋里扒拉得门刺啦刺啦响。

门一拉开，"锄头"就两腿蹬地要往他身上扑，季思年百忙之中抽空摸了摸它的脑袋，门边鞋架上就放着那封未拆封的信。

"洗手去，洗完手再摸它！"年霞在客厅里喊道。

季思年应了一声，小心地拆开了信。

信不沉，还很薄，他慢慢拆开后往里面扫了一眼，没有信纸，只有一张……明信片？

季思年把明信片倒出来，在看到背面图案的瞬间呼吸一窒。

这是"惠存记忆"的明信片。今天是十九号。

此时手里收到的这张……并不是自己写的。

这是谢航写给他的。

季思年脑子里一片空白，他翻过了卡片。

是谢航的字。

　　给季思年。

　　今天预约了去看医生，我想直面自己的问题，不过医生应该会建议我循序渐进。

　　书面表达一下，我一直把你当朋友，也是唯一的朋友。

季思年看着这三行字，反复读了不知道多少遍。

"谁写的啊？"年霞问了一句。

"没事，朋友寄来的。"他换了鞋，走到洗手间去。

季思年低下头在脸上扑了把水，余光中看到年霞站在洗手间门口。

"在学校的朋友吗？"年霞问得有些小心翼翼。

"嗯。"季思年弯着腰。

"你这孩子心思重，妈以后不管你了，妈希望你能在社交生活里过得自在舒服一些。"

季思年终于没有忍住，眼泪滴下来，混入扑到脸上的凉水中。

因为在医院撞上了谢成这件事，赵长青特意来和他道了歉，顺便让他亲自来定与那小孩的见面地点。

谢航把地方约在了商业街的那家清吧。

赵长青给小孩找的心理医生姓张，张医生在楼下等着他，见面后寒暄了几句就不约而同地沉默下来。

推门走进清吧里，谢航看到吧台旁那棵熟悉的假树，紧绷了一早上的神经慢慢放松下来，他这才发现他还是在紧张，这几乎是出自本能的自我保护，不愿意去回忆一些刻意被遗忘的往事。

这小孩叫谢佳洋，他昨天看过资料。赵长青和他妈妈坐在旁边一桌，谢佳洋一个人在座位上等着他。

十岁出头的小孩——谢航第一次和孩子打交道。

张医生请他入了座，"喝些什么吗？"

谢航转头去看了吧台旁边的小黑板，上面还是用上次那种草率风格随意写着以配料表命名的各种酒水饮料。

柠檬核。

他取的那个名字被采用了。

谢航看着那行字，很久之后才说："柠檬核。"

"好的。"张医生温声应下来。

"医生。"谢航叫住了他，"结束后，方便和你聊聊吗？"

张医生笑着点头，"当然方便，我原本也是这样打算的。"

"谢谢。"谢航说。

谢佳洋和他见过的大部分同龄小孩不一样，坐着不吵不闹，安静地看着他。

手里连小动作都没有，但也不算死气沉沉，起码眼睛里能读到一些内容，非常明晃晃的不屑一顾。

谢航盯了他一会儿，一直到葡萄气泡酒端上来之后才说："你妈和你舅舅是怎么介绍我的？"

谢佳洋很诧异地愣了一下，谢航在这一刻发现他的不屑一顾有很大一部分是强装出来的。

"聊聊吧，随便说点什么。"谢航两指撑着额角，静静地看着他。

谢佳洋瘪着嘴憋了一会儿，最后说："没什么可说的，我没病。"

"他们说我有病？"谢航问。

谢佳洋迅速向赵长青几个人的方向看了一眼，又仔细打量着他的脸。

"我也没病。"谢航慢条斯理地说着，语气里没什么起伏，"所以我们聊聊。"

谢佳洋胸口起伏几下，似乎是用了很大力气，才说："他们没有说你有病。"

"他们也没有跟我说你有病。"谢航慢慢和他绕着圈子。

"我本来就没有，我不是因为有病才自残。"谢佳洋有些着急，但声音很低，到最后两个字几乎听不到。

谢航看着淡紫色的酒里不断浮到水面的气泡，"我知道，你是为了让谢成离婚。"

谢佳洋一下子瞪大了眼睛。

他扑到桌子上，嘴唇动了动，难以置信地说："你怎么知道？"

搭在额角的手指点了点耳垂，谢航说："我……"

他的话戛然而止，谢航看着清吧里刚刚推门而入的人，整个人都愣住了。

季思年的脚步停在门口。

他隔着几排卡座与角落中的那个人对视着，尹博拉着他往里面走，他同手同脚半天没调整过来。

谢航居然在这里。

谢航在……见那个孩子。

他猛一下把心提到嗓子眼，没来由地替谢航紧张着。

"走了。"尹博也看到了那边的人，他拽了拽季思年，把他带到了一个不远不近的、刚刚好能从缝隙里看到谢航的位置上坐下。

季思年强迫自己把注意力放回眼前，无意识地攥着脖子前的硬币吊坠。

"怎么回事？"尹博叹了口气。

季思年看着他。

"闹掰了啊，什么时候？"尹博替他说出了最难开口的一句话。

"学了一年心理学，猜猜我现在在想什么。"季思年眯着眼睛。

尹博说："你现在想去揍他一顿。"

"差不多。"季思年抬手盖住了眼睛。

尹博一时间也没话了。

他将了把头发，突然说："我觉得差不多了。"

"那就去呗。"尹博端了杯橙汁。

"您好。"一个酒保端着托盘，将两杯淡紫色气泡酒放到他们面前，"谢先生为您点的酒。"

季思年僵了僵，垂眼看着桌上的两杯酒。

"这是给你台阶的意思吧？"尹博眼皮直跳，"那我先走了，有事喊我。"

季思年转头看着谢航。

刚刚一直没敢仔细看，此时发现除了谢航和一个小孩坐在最里面，隔着两桌还坐着那天在病房里看到的几个人。

他们会跟谢航说什么？

等的时间不算长，小孩走了之后，他又和另一个男人聊了几句，那人大概是请来的心理医生，聊完又去和小孩一家沟通。

谢航这才起身走过来。

季思年捧着不知道黑屏了多久的手机，用余光瞄着他一步步靠近的身影。

"久等了。"谢航走到他对面。

这句生疏的开场白让季思年没接上话。

手钩着椅子转了半圈后拉开，谢航坐上去，随意松了松衣领。他用指节轻轻敲了一下酒杯，"这杯酒叫'柠檬核'。"

"嗯。"季思年忽然有些口渴，他没有低头去看那杯酒。

"我收到了你的信。"谢航没有一点过渡，说得很猝不及防。

"但是我判断错了。"谢航还是用那样沉静的声音说着，"大夫没有劝我慢慢来，她说我进步很大，可以更多尝试和外界接触。"

"为什么要说我有病？"谢佳洋说，"为什么不能是我身边的人有病。"

很简单的一个道理，谢航用了十几年还没有想通。

他现在依旧没有完全说服自己，但一切都在往好的方向走。

"总是说要坦诚、要多沟通，你觉得你自己做到了，其实你在心里都一清二楚，你说出来的看似直白的话都是经过筛选的。"林菁那天说，"你会主动接触旁人了，但是不会告诉他们沈荣生病了、谢成一家找你了，你没有真正地敞开心扉。"

谢航闭了闭眼睛，在沉默里继续说："我这段时间会见好多次大夫，还会定期来找谢佳洋……那个小孩。"

"我带你去看点东西。"

季思年直接把他拉到了吧台前。

一个调酒师朝他打了个招呼。

"老地方，钥匙。"季思年屈指敲了敲桌子，伸出手。

调酒师从收银台下的柜子里翻出来一把钥匙，抛给他，"没进去过人，看看落灰了没？"

这把钥匙上挂了个浅蓝色的牌子，上面刻着304，看着像麻辣烫的取号牌。

季思年一句话没说，直接扯着他往外走。

"去哪儿？"谢航从头至尾都盯着他，喉咙有些发紧。

季思年推开清吧的门，通往楼上的楼梯中间摆着"闲人免进"的牌子，他看都不看就往上走。

"去哪儿？"谢航停下来，反握住他，把闷头上楼的人拉回面前。

季思年看着他，"你猜不到吗？"

谢航不自觉加重了手里力道，连眼眶都在发烫。

季思年懒得和他废话，把钥匙在手里抛了抛，直接转身上楼。

楼上不是谢航之前以为的杂货间，看着像是小二层居家别墅，一上去是个小客厅，有四个上了锁的屋子。

"你的屋子？"

"嗯。"季思年打开锁，锁芯咔嗒一声卡住，他习以为常地踹了一脚，"进来。"

小屋不大，也就是酒店标间的大小，只有一张床、一套桌椅，窗户开向商业街的方向，不过隔音很好，听不到混乱人声。

地上摆着一摞一摞的书和卷子，还有被揉皱了、胡乱扔在一旁的纸团。

季思年开了灯，一路踢着脚边的障碍物，把窗户推开换气。

"以前常来？"谢航问。

屋里大概近期都没有人来过，细小灰尘勾得他总想打喷嚏。

"不常来。这本来是尹博的地方，我跟你说过他喜欢这家清吧，高二有一段时间非闹着申请宿舍，跟家里大吵了一架，不知道怎么就搞到了这间屋子。"

他站在窗前吹着风，从玻璃的反光里看着谢航。

"后来就不再用了，但老板一直给他留着，我高三学不下去的时候就来这里待着。"

他偏了偏头，"我俩今天来本来是为了给老板收拾屋子的。"

等到冷风吹得屋里的温度降到有些冻人，季思年才把窗户关上。

商业街的人声喧嚣瞬间拉远，他把床上的被子扯起来拍干净，翻了个面铺好，又从旁边的衣柜里拉出来一张新床单，掸了掸灰铺上去。

一股樟脑丸夹着洗衣粉的味道。

"歇会儿。"谢航在他身边坐下，捡起地上的纸团，展开来看到上面写着几个大字。

　　　　"我总是让人失望。"

季思年瞥了眼纸上的内容，向后躺倒在床上，望着天花板，淡淡道："高三压力太大了，爸妈把全部希望寄托在我身上，那段时间他们对我特别好，我总觉得……考得不好对不起他们。"

"尽力就好了。"

"尽力就好？"季思年笑得有些勉强，眼里有一闪而过的怅然，"可我觉得不够好。"

他知道这些压力全部来源于他自己，季建安和年霞从来没有要求过他什么，也没有对他的成绩表示过任何不满，可他们越是如此，季思年便越觉得压力大。

"不想这些了。"季思年眨了眨眼睛，把话题勾走。

谢航将纸条重新叠好，方方正正地摆在桌上，半晌才说："明天一起吃顿饭吧？"

季思年沉默了一会儿，像是在慢慢从回忆里抽身，过了几分钟才说："可以。"

谢航笑了起来。

约好的第二天一起吃饭，季思年等了超出约定时间半个小时也没有看到人影，没想到谢航居然直接放了他鸽子。

在一早上的杳无音信后，他发微信问了一句"吃什么"，结果石沉大海，半天没等来回音。

季思年简直震怒，在聊天框里给谢航放狠话："你完蛋了。"

结果刚把这句发出去，谢航的微信电话就拨了过来，这让季思年的怒火更上一层楼。

不过在听到谢航沙哑的嗓子之后，他抢先问了一句："你怎么了？"

"我没事，你吃饭了吗？"谢航清了清嗓子，不过无济于事。

"没有，我……"季思年忽然语塞住了，谢航这个夹杂着鼻音的嗓音让他有些纠结，不自觉联想着不会是又和谢成闹出了什么冲突吧。

谢航似乎没注意到他的停顿，囫囵说道："对不起，你要不……"

这句话几乎坐实了"谢航出事了"这件事，季思年直接抓起外套就出门，坐到出租车上的时候抽空在家人群里报备了一句。

小区里的绿化带像迷宫一样，季思年指挥着司机一路开到楼下。

他在楼梯和电梯之间摇摆一下，最后还是理智地选择了电梯。

电梯门开时，谢航刚好打开门扔垃圾，就见季思年心急火燎地冲过来。

垃圾袋甚至还没来得及放下，谢航穿着一身居家服，头发有些乱。

"你怎么了？"季思年看他不像和谢成吵了一架的样子。

谢航看着他，半天才反应过来，"有点发烧。"

季思年一时间没说出话。

谢航重新走到门口，打开门把垃圾袋放到门边。

"你怎么发烧了？"他看着谢航的背影，问出了一个发自真心的问题。

谢航单手撑着门弯腰，闻言转头看他一眼，没忍住笑了笑。

"好多年没病过了。"他说。

许多事尘埃落定，许多事见到曙光，他似乎学会了慢慢放下心上的包袱，虽然所有事情都还没有发生什么质变，可他却不断有松一口气的感觉。

似乎一切都在明朗起来。

"我定了三个闹钟都没把我叫醒。"谢航说，"对不起，请你吃饭好了。"

"情有可原。"季思年叹了口气，终于想起来要去门口换一双拖鞋，"你吃药没？"

谢航坐到沙发上，靠在靠枕上闭着眼睛，"刚吃完，送药上门的效率太低了。"

季思年挑了一双差不多大的拖鞋，"你家没有常备药吗？我记得以前看抽屉里……挺多药。"

"都是抗精神药。"谢航说得很坦然，他倒了杯水，"还过期了好多。"

"多少度了啊，看你晕晕乎乎的。"

覆上来的手泛着凉，谢航攥住他的手腕，"三十八摄氏度出头，一会儿就好了。"

季思年看着茶几上的药板，忽然想起来："你空腹吃啊？"

谢航底气不是很足地说："吃了点面包。"

可别是什么从冰箱里拿出来的硬面包。

季思年"啧"一声："'锄头'都比你会过日子。我叫个外卖吧？喝点粥。"

生病的谢航好像真被"锄头"附了体，一言不发地赖在沙发上。

"甜粥咸粥？"

"随便，我吃不下。"谢航垂着眼，懒洋洋地说。

季思年第一次见他这副样子，"吃不下是因为炎症导致肠胃功能紊乱，该吃还是要吃的。"

谢航埋着头笑，"那点碗面条吧，喝粥难受。"

"给你挑个好消化的面。"季思年叹了口气，谢航居然主动表达需求了，太难得了。

阳光顺着落地窗照进来，看谢航闭着眼休息，季思年也跟着不想动了，躺在沙发上愣神。

谢航虽然一直没有说，但他应该挺难受的，刚刚端水的时候还差点儿没拿稳。

不知过了多久，门被人敲响，敲了一会儿又响起门铃。

季思年这才惊醒，发现他居然不知不觉睡着了。

他低头看了眼谢航，丝毫没有被吵醒的迹象，难怪三个闹钟都没叫起来他，感慨一番后才跑去给外卖开门。

他把两份面条拎到厨房里，倒在碗中又加热了一遍，转头发现谢航已经醒了。

"过来吃饭，你醒了？"季思年打了个哈欠。

"嗯。"谢航走到厨房门口，看着他在消毒柜里找筷子。

季思年拎着调味瓶往自己的面条里倒辣酱，"你不是不吃辣吗，这瓶已经用了一半多了。"

"谢舟吃。"谢航说着就朝他的方向走过来，接过其中一碗，端回了客厅里。

季思年挑了一筷子面，"吃完去睡一觉吧，烧不退就去医院看看。"

"退了点。"谢航说，"身上没那么疼了。"

听着可怜巴巴的。

"没几天过年了，回头跟我一起去买点年货吧。"季思年用转移话题的方式安慰了一下他。

谢航忽然翻了旧账："还没和好啊，我和你可不是朋友，保持一下距离。"

这话说得理直气壮，季思年看着他，"一会儿把面条的钱 A 一下。"

谢航笑着叹气，"好的。"

生活终于走上了正轨，教练发了消息说过完年一起去练科目三，学校的期末成绩一科一科出炉，他考得还算不错，总算没辜负了昏天黑地的背书期末周。

谢航也变了很多。

他说不上具体的变化，但相处时的不同感受确实昭示着改变。

谢航和别人之间那层看不清、摸不着的隔阂在慢慢消失。

不知道是不是和那个小孩的谈话点醒了一些事。

很多东西并不是一朝一夕就能完全想通的，但只要从瓶颈口爬出来，后面的路就好走多了。

季思年把碗筷收拾好，又给谢航倒了杯水。

谢航随意抓了抓凌乱的头发，"我没事了，你去忙自己的事吧，本来打算今天请你吃饭的，等我好点儿。"

他总是以一副与所有团体格格不入的模样出现，像个被程序设定好的机器人，很少在外人面前展露出喜悲，贴在他身上的标签总是游离和永远的"与我无关"。

但今天的谢航看上去很有人情味，至少比季思年平时见到的谢航有人情味。

这种改变不仅仅是指病倒后不由自主流露出来的脆弱感，是他完全放松下来的慵懒，是不在心里设防的信任。

这意味着从前的谢航从来没有真正坦露过自己，但现在也不迟。

季思年看着这样的谢航，忽然感觉自己做了一件很伟大的事——拯救困境中的人。

在和人交往的过程中，季思年没有越挫越勇、迎难而上的精神，碰到了坎坷会想缩回壳子里，他感觉世界上的大部分人大概都是这样，内耗过大的人际关系总是让人退缩的。

和谢航做朋友，虽然劳神费力的拉扯不少，但谢航也在源源不断释放正向的信号。

所以他没有缩回壳子里，没有退缩。

良性的人际关系都是双向的。

季思年穿好鞋，"那我走了。"

他走得很轻，谢航听到他关上门。

这一场病来势汹汹，他都不知道自己从什么时候开始烧起来的，昨天晚上谢舟放了晚自习回家的时候把他从沙发上摇醒，一摸脑门已经很热了。

但谢舟当时松了口气，说："还以为你吞了安眠药了。"

这句话让他反应过来他有很久没生过病了。

也许是因为精神总是处于不健康状态，所以这种真能把人病倒的发烧对他来说有点稀奇。

虽然发起了烧，但他这一礼拜的精神状况的确在转好。最明显特征就是每天都能睡得很好。

现在他浑身都在疼，后脑勺最疼，胃里还不舒服，眼前总是恍惚着无法聚焦。

他虽然没有和人说，不过谢舟应该看出来了，季思年应该也看出来了。

下一步小目标，学会把不舒服选择性地说出来。

这场病来得快去得也快，两天后他去学校接谢舟放寒假的时候已经好利索了。走出来的学生各个都拖着大包小包，只有谢舟除了书包外只拎了个小手提袋。谢航打开看了看，是六科混在一起叠都没叠齐的各种卷子。

"带了什么书？"他接过手提袋，随口问道。

"练习册和笔记本。"谢舟迈的步子很欢快，"他们都带了课本，我想了想觉得我应该不会看，就放学校了。"

"三四月份再看课本。"谢航说，"章前言和图片小字全都要看，没见过的点记下来。"

谢舟蹦了蹦，"我看你去年的笔记不就可以了。"

"不行。"谢航拒绝了她。

谢舟撇了撇嘴，"知道了——"

谢航没苦口婆心劝来劝去，谢舟自己心里有数，不仅仅是针对高考，从小到大她一直都很有数。

这个短暂的寒假算是正式步入冲刺阶段的缓冲区，从学校走出来的学生们看上去都很兴奋。谢舟依旧学得很努力，只有年二十八那天抽出一下午去逛了商场，并且拒绝了谢航同行。季思年最近倒是忙得很，他家里把年过得很热闹。

谢航每次给他发消息的时候，他不是在擦玻璃就是在买这买那。

年二十九，季思年约谢航一起去买年货，为这个家贡献了十几年来最浓重的年味，两个人拎着好几个购物袋回去，把冰箱都给塞满了。季思年和谢舟研究了一会儿怎么合理搭建能够实现最大利用率，把所有东西都堆进冰箱。最后达成了冰箱确实太小的共识，又跑到对门去塞满了另一个冰箱。

"反正这个房的水电费也是要交的，用一下冰箱也无所谓。"季思年说。

但在几分钟后几个人挤在厨房里一起做饭时，季思年发现这是个非常错误的决定。

"我买了那么多小青椒，怎么一个都没了？"他对着冰箱找了半天。

谢航一边洗手一边说："你放到对门去了。"

季思年转头看他。

"你说小青椒不能压，往上面摆又塞不下，最后拿过去了。"谢航说。

季思年像失忆了一样翻找着，"那我的豆腐呢？盒装的总能压啊！"

"你说盒装的比较规矩，可以拿过去最后溜缝塞进去。"谢航继续说。

季思年咬着牙站了一会儿，谢舟在旁边笑得站都站不住。

谢航笑着擦了擦手，"我去给你拿。"

前几天闲着的时候把对门也打扫了一遍，落了灰的地方都擦得一尘不染，习惯了这个屋子灰蒙蒙的样子，现在走进去看简直焕然一新。

他从冰箱里把要用的东西挑好，手机忽然响了起来。

是赵长青的号码。

谢航愣了下，刚一接通就听到谢佳洋的声音："哥哥！你吃饭了吗？"

"马上吃。"谢航说，"怎么了？"

这个称呼是张医生和他沟通过的，他问能不能接受谢佳洋喊他哥哥，谢航仔细思考了一会儿，发现确实不太能，不过最近和谢佳洋定期聊过几次后，抵触感慢慢消除，谢佳洋就顺着改了口。

"哦……没事，祝你新年快乐！"谢佳洋说得有些不好意思。

"新年快乐。"谢航靠在桌子旁，心里泛起一片暖意。

也许是因为那句"哥哥"和"新年快乐"连在了一起。

电话对面乱了几秒，随后传来一个男人的声音。

赵长青声音里带着笑："小谢，新年快乐。本来想明天打给你，怕你忙，就今天打来。"

"嗯。"谢航应着。

"真的很感谢你，感谢之情溢于言表，我……"

"不用。"谢航说，"我做这些不是为了你们。"

赵长青沉默一下，这句话的背后是他们两家的尴尬关系。哪怕谢成和沈荣因为种种原因肯定会离婚，但是他出轨也是板上钉钉的事实。谢航一直都记得这件事，并且不会原谅他们，他帮忙仅仅为的是那个无辜的孩子，为的是他自己。

赵长青再开口时有些低落："我知道，对不起。不打扰你忙了，我们……"

"新年快乐。"谢航说。

赵长青顿了顿，声音再次扬起来："新年快乐！"

谢航把手机放回口袋里，撑着料理台舒出一口气。

大门忽然一声响，他看到季思年从外面走进厨房。

"怎么过来了？"谢航笑了起来。

"都五分钟了，我以为你分不清哪个是小青椒。"季思年走到他面前。

他看到料理台上放着的那些蔬菜，盒装豆腐的盒子外壁沁出了水滴，桌上留下了一小片水迹。

看样子已经从冰箱里拿出来一会儿了。

"怎么了？"他问。

谢航把桌上的水擦干净，"没事，赵长青给我打了个电话，没说什么，轮着祝我新年快乐。"

他把蔬菜摆好抱起来，季思年将信将疑地跟上，"真的？"

"真的。"谢航脚尖一带把门关上，"就是有点反应不过来，很久没有人……和我说'新年快乐'。"

季思年看着他的背影。

"不过今年有很多。"谢航转头看着他，"谢谢你。"

年三十的天气不错，市区禁烟花，白天没见到多少人放，大概都在等着晚上跑出去偷偷放一把。

季思年家里没多少亲戚要走，除夕夜就一家三口加一条狗。他举着手机拍在前面跑来跑去的"锄头"，伸出手指着它，"你看它都胖成什么样了！"

过了会儿谢航回了消息："尾巴毛变多了。"

季思年把"锄头"抱回来，手掌放在半空中，"锄头"摇起尾巴时蓬松的毛扫在手心里，痒痒的，很舒服。"确实变多了，掉的也更多了。"季思年抓着它的爪子捏了捏，莫名地感慨。

"锄头"是他高考完那几天年霞领回家的，短短半年的时间里所有事都在改变着，很多变化被时间稀释得微不可见，只有过了很久再回首才能瞧得出来。

就像他回家后看到"锄头"惊讶得差点儿没敢认，小狗就跟脱胎换骨了一样，就连单看脸都比以前俊俏了不少。

但年霞和季建安对此没什么感觉，只在偶尔看到从前的照片时会感叹一句"长得好快"。

那岂不是爸妈看着半年没见的他和他看"锄头"一样变化巨大。

"你晚上吃什么？"季思年拍了张锅碗瓢盆整装待发的厨房，"我家只有年三十吃大餐，剩下两天都吃剩饭。"

谢航发来了一盆饺子馅的图片。

放大了看能找到点肉丁，季思年问："年夜饭你们自己做？"

谢航："主要还是点外卖。"

大饭店的年夜外卖都要提前几天订，别人一订就是十几口人的大单，谢航这种双人外卖餐听上去还有点惨。

"我明天去找你吧？"季思年问。

谢航拒绝得很干脆："年初一不合适，过几天也一样。"

季思年看到这里不禁叹气。之前过大年初一，他们家基本都是集体补觉，睡醒了就看春晚重播，有时候因为太无聊，下午就约上尹博去看春节档电影。

季思年："没事，我们家年初一也不走亲戚。"

谢航沉默了很久，不知他把这句话理解成了什么意思，半天才发来一个问号。

季思年没忍住笑了起来。

"别抱着手机傻乐了，过来把肉馅剁了！"年霞喊道。

锄头被一嗓子喊跑，季思年去洗了手，走过去时年霞一脸探究地看着他。

"怎么了？"他把砧板往自己的方向拽了拽。

"给谁发消息呢，头都快扎进去了。"年霞嘟囔着。

季思年低头说："我朋友。"

"学校的朋友吗？"年霞轻声问道。

季思年握着刀的手发紧，一点不打滑，"嗯，高中是实验的。"

"咱们这儿的实验吗？"年霞有点惊讶，"这么有缘分。"

季思年没好意思说他还是去年的市状元。

"我明天去找他玩。"他说。

"明天啊。"年霞若有所思。

季思年替谢航卖惨："他家里只有他和妹妹两个人过年。"

"哎哟。"年霞果然开始皱眉头，"这孩子。"

她最后也没有问为什么他家里只有他和妹妹两个人。

傍晚时小区里渐渐有烟花响，最后几道菜端上桌，季建安开了两瓶啤酒。

年霞把所有菜都聚拢在中间，拿手机拍了好几张准备发朋友圈。

电视里正热闹地播着春晚后台走访，季建安磕了磕他的杯子，"来，咱俩还没喝过呢。"

季思年笑着举起杯和他碰了一下，这一幕被年霞定格在了手机里。

"这张可得印下来，多有纪念意义。"年霞翻着手机相册。

酒度数不高，过年时一家子喝着烘托气氛刚刚好，季思年抬眼看过去，"给我发一份吧。"

年霞直接发到了家人群里，他不经常看到照片里的自己，乍一眼看过去还有些别扭。

照片里的男生侧着身子举杯，嘴角带笑，眼睛清澈泛着光。

入正月前刚剪过的头发，现在不长不短像"锄头"掉毛时的尴尬期，没想到在镜头里还挺帅的，就是凶巴巴的，看着确实不太好相处。

没一会儿，谢航发来了照片，图片是摆满了的餐桌，除了那两盘自己包的饺子，还有几个外卖送来的菜，竟然还有个全家桶。

鸡腿都从桶里拿出来堆在盘子里，照片一角上露出来谢舟的手，看样子正啃得开心。

他笑着说："这么多都能一直吃到出正月了吧。"

屋外的鞭炮声越来越杂乱，春晚一如既往地没意思，不过下饭效果很好。

季思年靠在沙发上，看着沉寂了半个假期的宿舍群又聊了起来。

起因是钟涛吐槽了一句春晚节目很扯，曾宇表示附议。

季思年把他们两个吐槽的一段好笑发言转给了谢航，配上了一连串的哈哈哈。

谢航发了条语音来，点开是谢舟在那边骂同一个节目。季思年又突然笑不出来了，他闭上眼睛听着鞭炮声。他总是在一些稀松平常的场合泛滥出感性面，春晚节目还在进行着，观众捧场的掌声此起彼伏，他有一种天涯共此时的感觉。大家并不身处一处，却感受着同样的心情，听着几乎重叠在一起的鞭炮声，吃着味道不相似寓意却相同的饺子。

"这个节目也太难看了。"桌上又多出来一根啃完的鸡腿骨，谢舟拿纸擦了擦手。

分针指在十一点上，距离零点只有五分钟了。

谢航拉开窗帘，刚好能看到有烟花炸开在天幕，五颜六色的绚丽光点明灭，火花转瞬即逝后剩下几缕白烟。

他拿出手机对着录了一段小视频，谢舟瞪大眼睛，她第一次见谢航做这样的事。

电视里的主持人开始了倒数，谢航把视频发给了季思年，也送上了一句新年祝福。

电视里唱得红火热闹的歌声远去，他抬头看着绽放在夜空里的烟火，团团亮起。新的一年，也是新的开始，谢航第一次感受到了新年的意义。

大年初一的大街上很冷清，车子从万达门前驶过去，一路轧着鞭炮碎屑开进了小区里。

临出门前年霞还给他塞了一盒饼干，说是代替给谢航的红包。

季思年在车上打开偷吃了一块，黄油味很浓郁又不甜腻，尝起来味道还不错。

车还没停稳他就跑了下来，冲进楼道内轻车熟路按亮电梯。

他逐渐发现了一件没什么意义的小事，之前来给谢舟补课时，谢舟总是在他敲门的下一秒就开门，其实并不是看好时间守株待兔，只是听到了电梯上行的声音而已。

他平时并不会留心电梯的声响，不过谢航倒总是下意识去注意这些细碎的动静，甚至还有个进屋子前一定要回头看看的习惯。

不仅是进屋，还有进寝室、进教室，总之在进入任意新空间之前，他都会习惯性地扭头。

季思年以为他做这些动作时是不自知的，但前几天却看到谢航在刻意避免这些小动作。

也许这也是治疗的一部分吧，有些东西渗透进他的生活太深了，在想根除的时候才发现枝丫早已遍身。

电梯门和房门同时打开，季思年快走两步，站到谢航面前。

谢航错开一些让出大门，鼻子动了动，"黄油味。"

"哦对，我妈给你的。"季思年退开一些，从包里拿出那盒饼干，"我吃掉了一块。"

他四下看了看，一边分饼干一边问："谢舟不在？"

"在对门。"

谢航还要再说些什么，门外忽然传来一阵窸窣声，接着就响起了开锁的声音。季思年愣了一下，没等把手里的饼干放下就听到了开门声，有人走进来。

他猛一转头，和站在玄关处的陌生女人对视。谢航也怔住了，他完全没想到沈荣从安城回来了。没有任何预防针，连半句消息都没有，只有他许多天前问了要不要一起过年，沈荣说赶不回来。

怎么一声不吭就回来了？

一片沉默里，季思年从最初的震惊中抽身，开始了缓慢且艰难的思考。

这个女人是用钥匙进来的。这不会是谢航他妈吧？沈荣穿着件长大衣，发髻利落地高高扎起，看着是个性格温柔又很干练的职业女性，和季思年想象中的样子大不相同。

沈荣定定看了他们一会儿，才说："小舟呢？"

谢航的声音居然仍旧十足镇定："对门。"

"行。"沈荣又看了几眼，直接去了对门。

季思年茫然地看着那扇门。

稀里糊涂地看着沈荣消失，他甚至连"阿姨好"都没说。

"没事了。"谢航拍拍他，把季思年从空白中唤醒。

季思年拿着块饼干有些无措，还是一副难以置信的样子，"那是你妈妈吧？"

"是，我不知道她今天要过来。"谢航扯了扯衣摆。

他不在意沈荣对这种事的态度，但突然被撞见家里难得来了客人，他怎么也得稍微解释几句。

谢航站起来，"我过去一趟，你等我会儿。"

"我跟你一起吧？"季思年还有些晕，整个人都在恍惚。

"不用，就说几句话。"谢航顺手摘了挂在衣帽架上的外套，扔给季思年，"等我回来出去吃饭。"

季思年僵硬地把外套穿上，才发现遗留在外套口袋里的手机在十分钟前收到了几条消息。

居然是尹博约他出去玩。

虽然以前的初一也收到过尹博的邀约，但今天这几行字怎么看怎么不怀好意。

哪有这么巧的事，他刚好在谢航家，尹博就喊他去门口万达。特别是谢航临走还把他衣服甩了过来，看上去非常像串通好了的样子。能让他们两个串通到一起的事不难猜，季思年感觉他应该装不知道，配合着惊喜一下。

但看谢航刚刚那漫不经心的样子似乎又没打算瞒他，那他再装惊喜岂不是显得很弱智。

受惊过后的思维被冰冻住了一样，连个对策都想不出来。

"走了。"谢航探头进来。

季思年立刻跟上，"怎么样？"

"没事，别担心。"谢航勾了勾他的手指。

两个人沉默地走出小区之后，季思年才说："我们去哪儿？"

"去万达吃饭啊。"谢航自然地接过话，"你想吃什么？"

脚底下忽然踩到了一个没炸响的炮，"啪"一声吓了季思年一跳，没说完的话折在嘴边："刚才尹博……约我。"

"这么巧，那一起吧。"谢航惊讶得很不走心。

季思年忍了忍没戳穿他，但都等走到了万达也没等来下文，再不问就有些过于虚伪了，"你真的不再详细问问吗？"

"啊，那他在哪儿啊，我们要去找他吗？"谢航配合着讲了两句，又更加配合地按了五层的电梯。

毫无诚意，季思年憋不住笑道："你俩合谋得也太明显了，这种时候不应该给我惊喜吗？"

谢航叹了口气，"你肯定能猜出来，就不装了。"

"不行，一码归一码，被我猜出来是我智商超群，你装一装那是你的态度问题。"季思年纠正他。

"是吗？"谢航似乎没有往这方面想过，他从最开始就默认了一定会被季思年发现，所以只把心思下在了惊喜本身上，"那你猜今天的内容吧，这个可以装。"

"大年初一，万达能有几家店开门啊。"季思年研究着电梯里的楼层店铺导引图，"只要不在海底捞，我都可以接受。"

谢航飞快摸了一把裤口袋。

这是他要掏手机的准备动作，季思年只觉今日的震撼一波未平一波又起，"不会真在海底捞吧！"

没等谢航答话，电梯门缓缓打开，正对着就是海底捞的大门，几个服务员热情的脸映入眼帘。

"先生您好，里面请！"其中一个率先带头，不由分说就领着他往里走。

季思年紧紧跟在谢航身后。

大概真的没有多少人会年初一出来吃火锅，店里顾客不多，大批的服务员接成一排吆喝着，季思年走在其中，有种准备去皇宫上朝的错觉。

他尴尬得像在用十个脚趾走路，夹道欢迎之下，皇位上坐着的是面前已经摆满菜的尹博。

"快坐快坐。"尹博离着大老远就招呼他。

季思年硬着头皮上座，接过一连串递来的毛巾、围裙、水杯，最后还眼睁睁看着服务员非常豪华地来了一出赠品荟萃。

摆在面前的布丁看上去很美味，但季思年略带忌惮地拿小勺敲了敲，"不会有切出来个硬币这样的戏码吧？"

"那倒没有。"谢航扫了眼盘子里那只白嫩的小兔子补丁，把牛肉下了锅。

这顿饭吃得还算风平浪静，没有突然围过来一群人给他唱歌一类的突发事件。

但越是平常就越让人焦灼不安，季思年怎么吃怎么不对劲，就连咬个肉丸还得慢慢咬，生怕误吞了什么东西，直到最后一盘肉涮完，他才确认尹博和谢航的套路没有他想象中的那么烂俗。

反复说了一万遍的"我自己来"未能劝退的服务员过来替他满上了果汁,季思年清点一下空盘子,扬着下巴指了指最边上的毛肚,"没人吃吗?"

"撑了,你吃。"尹博把盘子递过来。

季思年对尹博的骤降饭量纳闷了一瞬间,热气熏得人有些困倦,他一手端盘子一手拿筷子,懒得一片片涮了,索性把几片毛肚一起倒进了番茄锅的小网格里。

毛肚底下是一层碎冰,他特意拿筷子辅助了一下没有让冰水流进去,哪知几片毛肚刚落到半空,盘子里忽然滚出来个圆溜溜的东西。

"哎哟!"季思年眼疾手快地转手腕,用盘子回旋一接,本以为那个圆形小铁片可以落回冰水混合物中,结果手忙脚乱之中小铁片在碗沿上一砸,打乒乓球一样飞了出去。

季思年生怕它掉进锅里,好在飞得不远,掉在桌子上滚了几圈停下了。

谢航面不改色地低头吃饭,尹博也眼观鼻鼻观心地埋头喝汤,没有一个人看他。

饭桌上一时间陷入沉默。

季思年感觉今天的惊吓有些应接不暇,他把圆铁片拿起来在纸巾上蹭了蹭,发现还真是个小硬币。

"你们,"他率先打破了沉默,"谁出的主意,把硬币放在……毛肚底下?"

毛肚已经煮老了。

谢航拿漏勺把肉捞到他碗里,"本来我想放在菠菜里面,但是怕你不涮。"

季思年目瞪口呆地看着他。

"我是想放在布丁里面,但是谢航说会被你猜到,就没有惊喜了。"尹博说。

季思年依旧半张着嘴。

谢航用非常平静的语气,带着点理直气壮问:"惊喜吗?"

"这……"季思年擦了把脑门的汗,"惊喜。"

尹博长舒一口气,"可算结束了,为了这一秒我都没吃好饭。"

看来所有人都担心这东西会掉进锅里。

季思年把硬币放到口袋里，鼻尖有些发酸。这样简简单单的、有些滑稽但十足有趣的一顿饭和一枚硬币就足够了。他喜欢这样的感觉，舒适不会让人尴尬，千言万语尽在不言中。

三个人把煮到难嚼的毛肚分掉之后，这顿惊心动魄的午饭终于落下帷幕。

临走时服务员又塞了好几袋子的赠品，季思年出了门用力呼吸了一口不是番茄味的新鲜空气。

几人走到万达楼下，室外的北风吹得人睁不开眼睛，季思年转开半个身子，找到背风的位置，拉高围巾，对谢航说："我看教练后天就开工，咱们可以去赶第一波一起练车。"

"好。"谢航笑着说。

几个人在马路对面分别，各自走向不同的方向，没走出几步，季思年忽然眼皮狂跳，一抬眼就见到沈荣从前方的岔路处走了出来。

短短的一天之内经历这么多尴尬无比的事情，季思年已经可以游刃有余地和她打招呼了："阿姨。"

沈荣意外地看着他，似乎也没有想到可以遇上，随后指了指身后，"走吧。"

季思年挣扎了一下，他实在不想和沈荣同行。但沈荣已经向前走去，没有留给他拒绝的余地，季思年在借口离开和走进来之间犹豫了一秒，最后选择妥协。

空气凝固一般，两个人隔着不算远的距离，尴尬在沉默的二人之间蔓延。

快要到小区门口时，沈荣才说："你是谢航的高中同学？"

"大学同学。"季思年说。

沈荣身上带着一丝很清新的香水味。

谢航家里就从来不用一切香薰香水，连洗发水都偏好用草本无味的。

"大学同学？"沈荣有些惊讶，从电梯门的反光中看着他，"也是本地人吗？"

"嗯。"季思年说，"我是一高的。"

"哦。"沈荣点点头。

再次僵持住。季思年透过反光看着她，早上没来得及仔细观察，现在才发现沈荣和谢航有些地方还挺像的——那种他从一开始就注意到的、看上去无悲无喜很淡然的"菩萨"眼神。

但是在沈荣身上就更明显一些，带着一种很难描述的感觉，像是在经历了太多不得已之后的超脱。沈荣感受到他的眼神，转过头对他笑了笑。

季思年曾经想象过沈荣的样子，他第一次知道她是在尹博的电话里，她以一个在疗养院崩溃胡闹的无助女人的模样出现。后来是在谢航的故事里，变成了一个因为生了病而有些古怪，对孩子情感稀薄的不称职母亲。但是实际上沈荣所展示出来的反而是一直被他忽略的那部分客观事实——一个要强的、优秀的女研究员。

两人行至公交车站，季思年终于看到了救星，他摆出一个礼貌性的微笑，"阿姨，那我先走了。"

沈荣用很平常的语气叫住他："我是谢航和谢舟的母亲。"

季思年预感到她有话要说，有些紧张地咬了咬嘴唇，"嗯。"

沈荣用很认真的目光看着他，缓声说："我在他们的成长中缺席了很长一段时间，无法弥补，这可能会让他们……比其他孩子……早熟，许多时候，还拜托你多包容。"

沈荣这番话说得还算和蔼，但季思年心虚得硬是三天都没敢去找谢航，一直拖到了初五教练开工。

宋玮还在老家没回来，第一批上赶着练科目三的只有他们两个，教练接上他们，开车往练习场地去。

科目三的场地要远一些，但位置倒是不偏，不像科目二场地一样都快要上高速了，这次还在城区内。

车子顺着两个连着的S形弯道开进一个树木遮天的地方，简直像进了深山老林，但拐出去后立刻豁然开朗，是一大片的考场，每条线路都有不少教练车，看着很热闹。

谢航拍了拍季思年的肩，"醒醒。"

"还睡呢？"教练从后视镜里瞥了一眼，"是头猪都该醒了吧。"

谢航晃了晃他，"快到了，教练说你是猪。"

季思年歪着脑袋躲了一下，又慢慢歪回去，他闭着眼睛，下意识又要睡回去。

谢航还没来得及动，教练先踩了脚油门。突然加大的惯性让他们两个齐齐地砸在了椅背上，季思年终于清醒了，紧接着就是一个回旋镖，车子丝毫没有减速地掉头，他连忙抓住车门把手。

教练以高超的车技超越了一辆准备停在起点处的车，抢占了靠前的位置。

季思年刚睡醒就被甩了一通，一时间有些头昏脑涨，身后的车按了几声喇叭，就见教练乐呵呵地开门下去打招呼。

"到了？"季思年扒着车窗，这片场地比科目二的要宽敞，不过冬天里两侧的小树林都光秃秃的。

"来，带你们先跑一圈。"教练换到副驾驶位上，"谁先？谢航来吧。"

车载显示屏操作几下就进入了考试专用系统，季思年坐在后排中间，前倾身子研究着，"这么高级啊。"

"高级吧，还能说话呢。"教练说。

季思年已经被他损习惯了，"科目三一般都练多长时间考啊，教练。"

"谢航明天就能考。"教练叼了根烟没有点。谢航系好安全带，落下手刹慢慢把车开出去。

"第一圈先慢点开，给你指有哪些扣分点。"教练说，"给油门。"

车子加速，谢航的手稳当地握着方向盘。

"看这个牌子。"教练忽然敲了敲窗玻璃，"学校区域，踩刹车。"

旁边立了个前方学校区域的指示牌，谢航带了一脚刹车。

"不够。"教练踩了脚副驾上的刹车，整个车猛一停，季思年用力推着前座才没有滑出去，"后面的刹车都这样踩，踩太轻了系统容易判断不出来。"

看来系统也没有那么智能。

谢航的学习能力超群，第一圈讲解完之后又单独开了一圈，教练除了发号施令外几乎没有多指点其他的了。

"可以了，换人吧。"

这句话曾经一度成为季思年的噩梦素材，他叹了口气，换到了驾驶位上。仅仅是过了个年，他却好像半辈子没有碰过车了，看着挡风玻璃有些犯怵。

季思年缓缓抬起刹车。

"踩油门啊，等着我下去推呢？"教练说。

季思年把右脚挪到油门上，小心翼翼地踩了一下，车子瞬间加速，"哎！"

"踩，没事儿。"教练指着配速表，"这才多少啊就一惊一乍的。"

季思年用余光瞄了眼配速表，斟酌着说："我感觉车歪了。"

"歪哪边？"教练的语气非常散漫。

他观察着车道两侧的白线，"右边。"

"嗯，你手干吗的？"教练说。

季思年闭上嘴，默默转动着方向盘。

他很快就发现车身又往左边歪了，好像在开商场玩具小车一样，把方向盘晃个没完。

教练实在看不下去，伸出手按在方向盘上，转了个非常细微的角度："转这么多就足够了，又不是曲线行驶。你刚没看谢航开吗？"

季思年心说看倒是看了。

艰难起步后就是常规项目——变道和左右转，教练说了不下五遍的"先打转向灯再动方向盘"，但季思年始终没能战胜肌肉记忆。因为车上只有两个人，谢航还天赋异禀学得很快，一人练了四圈之后才刚刚早上十点。

"可以了。"教练在他把车停到出发点之后说。

季思年解脱一样解开安全带，一秒都不想再在驾驶位上待着。

教练戴上挂在后视镜上的墨镜，"明天还七点？"

"明天不行，我家里有点事。"谢航说。

"那就后天吧，后天得下午。"教练单手打轮，快速把车开出了场地。

教练放了首每次练车的必听曲目，是一首听着很耳熟的京剧。冬天的上午不算冷，太阳晒得车座暖洋洋一片。

季思年看着玻璃折射在手上的彩色光圈，小声问道："你有什么事？"

"给谢舟开家长会。"谢航低头点着手机，"她马上要开学了。"

季思年愣了愣，"你妈妈不是回来了吗？为什么要你去？"

"她不想让我妈去。"谢航说，"以前都是我给她开家长会。"

谢航一提到沈荣总是有些语塞，季思年"哦"了一声，没有说其他的。

他张开手，把光圈包裹在手心里。其实他很想问那你的家长会要怎么办，最终也没有问出口。

"要不要一起去凑个热闹？"谢航忽然说。

"去哪里？"季思年心不在焉地问，"实验？"

"嗯。"谢航说。

季思年心中一动。

以谢舟"长辈"的身份去看看谢航的高中，听上去还挺有意思的。

他们高中并不在一起，如果刚巧在一个学校，谢航应该会成为他的头号假想敌。

"去。"季思年立刻答应下来

年后的这个家长会算是个高三动员会，和放假前的那次不太一样，这回高三的学生也都在，集体去大会议厅听主任讲话。

季思年第一次这么光明正大地走进实验中学，一路上看什么都新鲜。

实验的教学楼很大，季思年跟着谢航走到高三（二）班的门前，推了他一把，"我去转转，有什么好玩儿的地方？"

"学校能有什么好玩儿的。"谢航说，"让谢舟带你去听讲座？"

"不了。"季思年撑着栏杆看着外面，两栋楼之间是一大片的花丛，"你进去吧，结束了打我电话。"

谢航转身进了教室。

来往的家长很多，因为他没有穿校服，倒是没有人来找他问路，季思年一直站到耳朵发冷，才戴上帽子准备四处逛逛。

刚一回头就看见一个老师拿着夹了好多纸页的笔记本走过来，那老师见到他时脸上一愣，慢慢停下来。

季思年和他对视着，回忆了一下也没想起来自己和这位老师能有什么纠葛。

"跟谢航一起来的？"老师笑眯眯地说着，茂盛的一头短发在风里打战。

看来老师认识他。季思年露出一个熟络的笑，"是。"

"第一次来实验吧。"老师说，"进教室坐？"

"不了，我随便转转就行。"季思年赶紧摆手，"您先忙吧。"

"嗯，我先进去了。"老师用手里的本子轻轻拍了拍他的背，脸上挂着笑进了教室，走的时候还一直新奇地盯着他看。

季思年僵硬地目送他的身影消失在门里，又低头看着地面，确认老师刚刚拍那两下没有掉出什么纸张来。

不过那个非常具有亲和力的笑让他有些熟悉，这个老师似乎之前来一高讲过公开课，班主任还喊他去当托来着。

他那两天因为月考成绩下滑烦得不行，起来回答问题的时候都没盯着老师看，估计看起来一副"生人勿近"的模样，这老师大概对他印象不佳。

季思年拢起衣襟，顺着走廊溜达着，大部分教室已经开始了家长会，走廊空无一人。

他在高中经常会幻想这样的场面，不用考虑升学和分数，就这样事不关己地走在教室外，看着老师站在讲台上讲着与他无关的东西。

尹博曾经深入剖析过他的这种心理，典型的不愿意从高中离开但又不想学习。

教学楼的一层摆着许多展牌，有实验中学这些年获得的各种荣誉，科研成就、师资力量写得满满当当，如果他是家长，看到这一大片肯定非常满意。

光荣榜上是往届学生的各学科获奖情况，季思年认真找了找，发现谢航其实没有怎么参加过竞赛，除了和周英凡一届的化学竞赛，其余的几乎都是校级的比赛，还是以月考、周考为选拔形式的、要求全员参与的非正规比赛。

季思年站在展板前看了很久。

寥寥几行字勾勒出来的高中时期的谢航让他有些陌生，但他记起了他们初见时候的模样，意外地发现那时候的谢航似乎就该是这样。说与世无争、无欲无求都不算全面，他几乎是把顺其自然贯彻到底，不去主动不去改变，就那样顺着时间一天天地走。像个忘记设定目的地的小机器人：读书，高考。

旁边的板子看上去换过一次，不过现在贴着的是上一届高考的荣誉名单。一高前五名的名字季思年倒背如流，每次市统考之后他都会记下来前几名的成绩，再一科一科分析优势劣势，非得比较出个高下。

从教学楼出来，隔着一个小广场是空空如也的操场，但一旁的篮球场倒是有人在打球。

季思年把帽子拉紧，看时间讲座已经开始三分钟了。

他走到篮球场里，坐到长椅上，长椅的另一端放着书包和一件羽绒服。

打球的是个头发很短的男生，球技非常一般，季思年感觉自己上场也能把他打得满地乱跑。

在第三次投篮失败后，男生终于停了下来，转头看着他。

他朝四周扫了几眼，没看到其他人后才说："打球？"

"不会。"季思年摸了摸胸口，什么都没有摸到。

那男生站在不远处拍着球，半信半疑地看着他。

"你打你的，不用管我。"季思年胳膊撑在膝盖上，低头掏出手机来。

正月里一直没剪的头发有些长了，被风吹着时不时会扫到额头上，他突然想起来曾经的宋玮辣评，说他不笑的时候看着像刺头，笑的时候像心情不错的刺头。也许现在就挺像的，那个男生没有再搭话，又自己投了几个球。

谢航给他发了微信，问他是不是在门外碰上了班主任老师。

季思年用冻得通红的手回复道："碰上了，他居然记得我？"

谢航很快发来消息："对，我上次来的时候他就提你了，在谢舟朋友圈看到过你。"

人与人之间的关系真神奇啊，有些人仅仅是很久之前有一面之缘，却能在完全意想不到的未来再次相遇；但有些很想再见面的人，说不定此一别就再也遇不到了。

拍球声渐渐靠近，季思年抬眼，看到那个男生坐在了长椅另一头，把球放回一旁的推车里。

"你是上一届的学长吗？"男生喝了口水。

"不是。"季思年说。

男生看他一眼，把羽绒服穿上了。

"讲座已经开始了，你不去听吗？"季思年回完消息，把手带着手机一起缩回外套袖子里。

男生沉默一会儿，才摇摇头，"不想去，都是没用的话。"

空旷的场地连风都刮不出什么声音，季思年听着这话居然有些共情，他最烦躁的一段时间也是这样恨天恨地的。

他没有开解别人的本事，但也不太想离开。

"最后半年了，挺过去就完事儿。"季思年转着手机。

也许是他语气中想要多聊聊的意思太明显，男生弓着腰坐了几分钟，慢慢叹出一口气，主动起了话头："我不会考试了。"

字面意思听着好像是要退学，但季思年知道他想说什么。他曾经也有过很长的时间觉得自己不会考试了。

说不上来那样的感觉，考前焦虑到想要逃避，拿起卷子时会头脑发蒙，读完题明明是学过的知识点却想不出个头绪，写答案时完全机械地套用着公式。虽然成绩不会有很大波动，仍然能维持在平时的水平线上，但那样的状态让他无比惶恐、害怕，他怕有一天遇到的题让他无法调动机械记忆。

"不去想它，过几天就好了。"季思年低声说。

"是吗？我没法不去想。"男生的声音里有些痛苦和焦急，"可是他们都能做得好，我不能。"

季思年沉默了一会儿，问道："你知道谢航吗？"

"知道。"男生沮丧地踢着脚底的石头，"上一届的第一名。"

"他是什么样的？"季思年问。

男生侧过头看着他，衣领蹭脏了一小块，"谢航吗？很牛，然后……不了解了。其实他没什么传闻。怎么说呢，就是孤僻没朋友，没朋友一般就不会有人传他什么事迹了，毕竟不熟的不好意思传，大家学习都忙，没空。"

他停顿一下，又说："就是去年快高考时有人说他精神有点遗传病，考第一名都是因为这个，天才和疯子只隔一线什么的。"

季思年心底泛起细密的疼，"你信吗？"

"不信，"男生扬起头，"其实大家都不信吧，但是传得都那么起劲，无非就是给自己找心理安慰，我永远也考不过的人是因为有病，多惨——这样想。"

确实合情合理。

季思年用力攥着手机，怒火堵在胸膛里。

所以谢航听到这些话的时候是怎么想的？

"是因为有病"，他从小到大给自己多少次这样的心理暗示，又被无数充满恶意的声音环绕着度过那场重要的考试。

谢航说他不在意，怎么可能不在意？

"打一场吧，"季思年站起来，"你教我。"

男生的情绪正烘托到位，硬生生被打断，"啊？"

"你本来也要等家长会结束的吧。"季思年二话不说，捞起推车里的球，"打。"

他急需做些什么压制一下心中的怒火，最想的就是回到科目二考场，把那个造谣的揍一顿。

"你是等人吧，要是没地方去可以去后门买点吃的，有条小吃街，我们都在那儿买。"男生看着很不情愿和他打，委婉拒绝了他。

季思年的理智还飘在空中，他把球扣回推车里，发出咣当一声响。

男生指了指操场的方向，"那边直着走。"

季思年把滑下来的帽子戴回去，生硬地道了个谢："谢谢。"

他卷着风走了几步，又回头，语气里夹着火星子，怒气冲冲地问："什么好吃？"

"烤苕皮。"男生说，"小酥肉也好吃。"

"谢谢。"都到这份儿上了，季思年还能记得他刚刚发泄了一半的情绪，随口安慰了两句，"不用焦虑，学了多少就能得到多少，谢航也是学出来的，世界上哪有真天才？"

他裹着衣服走了几步远，才听到男生小声地自言自语："真的吗？"

一路走出来，寒风把他的怒火吹散了大半，剩下的是说不清、道不明的沮丧。

他的想象中全部是如果，如果他们在一所学校读书，事情会变成什么样子？当他仰望那个遥不可及的谢航时，会不会也用谣言安慰自己？

但无限遐想也仅存于如果中，是永远不能解锁的另一条支线。

男生给他推荐的那几种小吃的铺子前都比较热闹，虽然学生们都还在礼堂听讲座没有放学，此时也已经有两三个路人在买了。

这条小吃街跟一高门口的差不多，是一排各式各样的小推车围出来的路。

季思年在每个小摊前都停留了一会儿，挑选出了卫生条件和食物卖相比较满意的几家。

家长会开的时间不长，不到一小时就结束了，陆续有家长从学校走出来，大部分都等在外面，看来礼堂的讲座还没有讲完。

季思年把挑好的都买了三份，两只手都提满了，才等来谢航的电话。

他把东西挂在学校外墙围栏的钩子上，哆哆嗦嗦地接电话。

"我结束了，你在哪里？"谢航问。

"后门外。"

"外面？"谢航愣了一下，"不冷吗？"

"冷，"季思年咬牙切齿，"快！"

谢航笑着说："你去斜对面那家咖啡店坐着吧。"

"我这儿拎着一堆吃的呢。"季思年闻着香味有些饿，"进咖啡店有点不雅。"

"没事。"谢航那边加快了脚步，"他们以前都去那里坐，一会儿放学了就没位置了。"

季思年闻言立刻收拾好吃的，快步走了过去。

这家咖啡店的装修不是很讲究，乍一看很像肯德基，推门进去时店员扫了一眼他手中的袋子，见怪不怪地各自忙碌。

带着一堆烤物、炸物进咖啡店，季思年不太好意思，他挑了个靠窗的位置后，招呼服务员拿了菜单。

"你们这儿有……"他翻着菜单，问出来一个很像在找碴儿的问题，"有不含咖啡的吗？"

服务员沉默片刻，把菜单翻到最后一页，"有热牛奶和朱古力。"

"要两杯热牛奶。"季思年硬着头皮说。

一杯十五块钱的热牛奶，他怀疑就是罐装奶加热一下，服务员端来时谢航甚至还没到。

谢航不喝咖啡，说是喝完会失眠，但季思年知道他不喝咖啡也失眠。

他从塑料袋里拿出一个小盒，里面装着球场男生强烈推荐的烤苔皮。

吃到一半时谢航才推门而入，后面跟了几个穿着校服的学生在说笑，各个都拎着一袋子小吃。

"谢舟呢？"季思年叼着小木棍问道。

"先回去了。"谢航看着桌子上的一堆东西，"怎么想起来买这些了？"

季思年说："体验一下实验学生的生活。今天外面太冷了点，要不然咱俩还得去操场溜达几圈。"

他把烤冷面推过去，"没加辣的。"

安大里也有很多店铺卖这些小食，但季思年还是觉得今天这份的味道超越了以往所有。

"我的生活里没有烤冷面和压操场。"谢航拿着竹签，扎起一块烤肠。

他一般不从后门走，平时也懒得去操场。

"如果你那时候认识我，你的生活里还会有章鱼小丸子。"季思年说。

"是吗？"谢航顺势戳了一枚小丸子走，"你那时候如果认识我，可能会讨厌我。"

裹满了酱汁的章鱼小丸子还冒着热气，木鱼花贴在上面像小丸子烫出来的一头卷发。

季思年咬到了辣椒籽，喝了几口热牛奶。

也许吧，那个时候的自己每天光盯着前五名看，如果跟谢航一个学校他大概会被折磨疯。

小丸子被咬开，鱿鱼须嵌在面团里。谢航心里有片刻的酸胀，他知道季思年在想什么。

遗憾对他来说是个很新奇的情绪。

他曾经无数次设想可以回到小时候，让那时的自己勇敢一些、自信一些，摆脱掉那些强加在他身上的期待和质疑。

他早就已经习惯接受既定事实，过去的就过去了，反复重演只会让人困在原地。

季思年给他带来了太多新的体验，这些新的体验才让他一步步变成更鲜活的人。

把桌上的几份小吃都吃完后，窗外的天已经暗了下来，路灯还没亮起，咖啡店这一排的门脸先亮起了招牌。

"家长会都说了什么啊？"季思年百无聊赖地用竹签戳纸袋，"我高中都没怎么问过我妈。"

"呼吁家长多关心学生心理健康，从家庭层面减压。"谢航说，"每次开会内容都差不多。"

连班主任都有些没话说了。

季思年回忆着:"我高三没这么高频地开过家长会,这样没事儿就开会才会给家庭带来高压吧。"

"实验一直都这样。"谢航说,"特别是今年压力大,听说一高有个学生很厉害。"

"我怎么不知道?"季思年嗤笑一声,"比谢舟还厉害?"

两个人有一搭没一搭地聊了一会儿,直到路灯全部亮起时才收拾东西准备走。

先前坐在咖啡店里的学生早就各回各家了,季思年把手揣在谢航的口袋里,推开门出去。

"我回了。你直接回吗?"

"我一会儿要……去和大夫聊聊。"谢航看着他的眼睛,"定期的。"

季思年平白想起下午时球场男生的话,他点点头,什么也没说。

和林菁的会面还是约在了诊所,这次的大门没有锁着,小助理刚送走了一个人,谢航到的时候只看见一个背影,看样子不像病人。很像是之前疗养院的院长——尹博他爸爸,看来果然私交甚深。

"来这么早啊。"林菁在旁边的小木椅上泡茶,见他来了,把手里的东西交给助理,"进来吧。"

诊所里有地暖,坐了一会儿就驱散了身上的寒气。

林菁从抽屉里拿了一堆草稿纸出来,谢航在其中看到了一套他做过很多遍的测试题。

"最近怎么样?"林菁问,"身体还好?"

谢航有些不自在地"嗯"一声,"没再生病了。"

林菁目不斜视地翻着档案,但仍敏锐地察觉到了他的反应,把那叠测试压到了档案下面看不到的地方。

"病一次也好,就像很多孩子高考完会大病一场一样,一直吊着那口气松下来了。"林菁柔声说,"不容易。"

外面沏茶的声音渐渐停下来,谢航闻到了沁人心脾的茶香,不自觉紧绷的神经慢慢松懈下来。

"我有些事想问，你提到的……他的问题。"谢航说出这话时有些自己都没发现的艰难，"季思年的问题。"

林菁没有感到意外，她依旧用那样平和的语气问："吵架了吗？"

"没有。"谢航说。

"我没有见过他多少次，不完全了解他，只能通过你的主观描述进行判断，所以我的判断都是建立在你的视角之上，你明白吗？"林菁说。

"嗯。"

林菁的身子后撤了一点，收敛了一些看上去很强势的姿态，"所以他最好亲自来，那样我才能让自己做出的判断更准确，不准确的结论是不能交给他的，我也要对他、对自己的话负责的，是不是？"

谢航这才意识到是林菁误会了，"不是他要问，我没和他说过，我就是……自己想知道。可以吗？"

林菁盯着他的脸看了几秒，笑了笑，"这样啊。小季呢，不能说是问题，只是一些性格上的小缺陷。"

"嗯。"谢航闭上眼睛。

"他是个很与众不同的孩子，没有沉溺于父母的宠爱，而是对自己有越来越严格的高要求，这种自发的高要求几乎是他高三焦虑的全部来源，而焦虑就会让他减少索取。"

谢航想到了出租屋地上的纸团，上面写着"我总是让人失望"。

他想到季思年半开玩笑地和他说，高考结束时他们吵架让年霞很吃惊，毕竟他一向独立，他们之间已经许久没有过谈心与沟通了。

"不索取是另外一种自我封闭的形式，一旦少了倾心沟通，他会孤单，会没有安全感。"

"这种减少索取的性格被无形放大了。"林菁说，"你想一想，我之前说过，你曾经对他并不坦诚，但他从来没有强行要求你说出来过，对吧？"

谢航深吸一口气，紧紧攥着的手骨节发白，"对。"

"放轻松。"林菁按了一下圆珠笔，清晰的"咔嗒"一声响，谢航仿佛听到了荡漾开的重叠回音。

"他看起来并没有在封闭自己，就像你一样，人在不同的阶段，要经历不同的考验，他能帮你走出来，说明他通达，他只是需要时间。"

谢航努力地理解着这段话。

但林菁并不急，说完后停顿了很久，直到谢航慢慢对她的话做出了反应才继续，"来聊聊小朋友吧？前天又去见了他一面，张医生和我联系时说这几次的效果很好，你觉得呢？"

是在说谢佳洋。谢航强迫自己把一直紧攥的拳头松开，"还好。"

"其实谢成还没有和他妻子正式离婚。"林菁说，"张医生同我说，有必要的话可以让你知道这件事。"

谢航眼底有光闪烁几下。

他妻子……以谢航同她寥寥见过的几次面来看，她是哪怕要承担辛劳独自抚养孩子，也不会为此而将就着和谢成过下去的人。

只怕要拉扯一段时间了。

"如果谢佳洋在未来仍然要和谢成共同生活，很多附加问题都会随之出现，张医生的意思是，希望你们能当个朋友，不以治疗为目的，很纯粹的朋友。"林菁说，"这样对谁都好，你说呢？"

林菁给他留出足够的拒绝空间，但他还是问道："你有什么建议吗？"

林菁转了转椅子，笑着说："张医生是谢佳洋的医生，所以从谢佳洋的角度提意见。那我当然是从你的角度来说。虽然说是不以治疗为目的，但你们两个常沟通，对你们都有好处。不过如果你不想，或者你和他相处不舒服，完全可以不采取这条建议。"

门外传来阵阵流水声，茶具轻轻碰撞在一起，谢航点了点头，示意能够理解。

"因为你心智足够成熟，不需要长期的交流做辅助来达成目标。"林菁说，"如果你想，就去；如果不想，可以不去。"

想与不想，谢航很久没有这样非黑即白地做选择了。

"想的。"他很轻易就判断出了自己的想法。

"好。"林菁这才抽出一直压在档案下的试题，"那我们先做个 SCL（抑郁自评测量表）吧，很久没有做了。如实回答，不要担心其他的。"

谢航接过表，慢慢地读着。

但读完第三行他就在原地发起了呆，这是他第一次在测试时走神，并且还能够清楚意识到自己在走神。

他想起来季思年在吃完那碗烤冷面以后，回家还得编一个在外面吃了晚饭的解释。

季思年和他不一样。他就算三天三夜不吃不睡也没人管，但季思年家里还有爸妈在等着他。

谢航握着笔的手一抖，无意识地在纸上画出一条长线。

至于在外面吃饭的解释，季思年编得头头是道，首先是在实验偶遇了高中朋友，然后一起在咖啡店畅谈一下午，最后盛情难却吃了点"正经"东西。

季建安信没信看不出来，但年霞肯定没信，她从来不让父子俩在外面乱吃，季思年注意到她非常不屑地冷笑了一下。

教练车开到谢航的小区门口，谢航已经等在那里了，一上车看到的就是一个无比沮丧的季思年。

"怎么了？"谢航问道。

季思年投过来一个幽怨的眼神。

"一会儿再说？"谢航品味出了眼神中的含义。

季思年点头，再次像小狗没骨头一样把脑袋甩到了车窗上。

车里放着那段京剧，教练哼唱着，把车一路狂飙，直奔场地而去。

科目三一共有三条线路，教练前几天已经带他们挨个儿走了一遍，最近的内容是不断重复巩固。

谢航依旧开得熟练，跑完一整趟后便可以换人，教练正要招呼季思年换到驾驶位上就接到了一个学员电话。

他示意谢航把车停在起点处，对着手机说："喂？考完了？"

那边不知道说了什么，教练"啧"了两声，一拉车门下去，"你可别气我，你再说一遍？"

季思年趴在副驾驶车座后看着他。

教练把墨镜挂到鼻尖上，手机拿远一些，"季思年来！谢航带他先跑一圈。"

说完又站在车外对着电话喷火："你们仨全挂啦？一个没过？"

季思年在教练怒火滔天的问话里迅速换到驾驶位，一边系安全带一边落手刹，一脚油门就踩了出去。

"季思年！安全带系好没啊！能耐了你！"教练在发火的间隙飘了一嗓子出来。

谢航在副驾驶位替他踩了刹车。

"系了!"季思年喊道。

除了最开始这一脚,季思年开车还是很稳的,最主要原因是他胆子小,不敢开太快,科目三的场地里教练车太多,大部分还都是学员在开,每次要追尾了或者要被追尾了,两辆车都能一起被吓个半死。

但是有谢航坐在旁边就非常安心。

"我妈听说你是去年咱们市的状元,直夸我'交友谨慎',非要请你去我家吃饭。"

第一个考点,经过学校路段,踩刹车。

季思年忘得一干二净,谢航打算替他把刹车踩了,结果被这句猝不及防的话吓到,一脚踩得有些狠。

车子忽悠一下直接在原地停了下来,惯性作用下,立在驾驶位旁边扶手盒里的水杯滚到了地上。

谢航把教练的水杯捡起来重新立好,"右转向灯,变道。"

"哦。"季思年赶紧打了转向灯。

车身再次猛地停了一下,季思年回神,看到前方即将通过直行路口。

谢航居然还能分心帮他看考点。

教练的声音仿佛响在耳边,过路口的时候要记得往两边看,不要用眼睛看,直接甩脑袋看,不然赶上很严格的安全员可能会判定你没看……

他顺着肌肉记忆往两边看了看。

"你要是觉得唐突,我帮你回绝。去别人家里吃饭对你是不是还是太难了?"季思年声音越来越小。

"没事,我可以去。"

这一路都开得心不在焉,车载屏的模拟考试系统已经报了好几次扣分,一会儿是直线行驶跑偏了,一会儿是变道变得太快了。

季思年统统当耳旁风,快要绕完一圈的时候,忽然看到前面有辆环卫工的三轮车。

他坐直了观察一下后视镜,左边车道后面不远不近有一辆教练车,他不敢变道。

"怎么办,"季思年松了油门,"前面有辆三轮车,撞不着吧,踩刹车吗?"

谢航淡淡说:"撞不着。"

季思年略微放心下来一些,但是目测着怎么都感觉会擦上,"撞着了怎么办？"

也许是刚刚那番对话需要一些时间来消化，谢航比他还要心不在焉，"撞着了赔钱吧。"

"啊？"季思年睁大眼，立刻踩下刹车。

教练的水杯再次"咣当"一下滚到地上。

车子硬生生地停在了道中间，季思年看着左侧车道那辆车龟速驶过，之后才慢慢启程，打转向灯变道过去。

远远地绕开了三轮车。

谢航笑着弯腰去捡水杯，"还好科目三能停车。"

"你……"季思年又想笑又想骂街，"怎么突然不靠谱了？"

"对不起。"谢航揉了揉眼睛，和他一起憋着笑，"前面有个右转弯，记得把道再变回去。"

季思年开个车就属眼睛最忙，他瞥着两侧后视镜，确认没有其他教练车也没有三轮车，才把车开回正道上。

回到起点时教练已经打完了电话，正和另一个教练聊天。

"跟你们讲啊，考科目三，一个安全带，一个起步转向灯，不能忘啊！"教练拉开副驾驶门，等谢航换到后排之后坐上去，"我有一个学员，第一把没系安全带，第二把没开转向灯，车都没动地方就挂了！"

他上车的时候车载屏的模拟系统还在报菜名一样播报扣分项目。

教练看着那一串的扣分，"我的娘！"

"这条线不太熟。"季思年欲盖弥彰地解释。

教练又转头看谢航。

"是有点儿不熟。"谢航说。

教练把模拟系统调到二号线路："跑跑别的，看看还熟不熟！"

为了确认季思年没有退化到年前水准，教练给他加练了一圈才收工。

回程的路一般都是先经过谢航家，教练把车停在万达门口，季思年紧跟在谢航后面爬了出来。

"不直接回家吗？"谢航站在街边看着他。

"不想回去。"季思年把围巾系好，说完这话就察觉到身边有一丝炽热的目光，便随意侧过头去看，竟然看到年霞拎着两兜子菜，站在不远处。

季思年维持着这个动作没动，没有想到年霞与谢航的第一次见面是在大马路上。

四目对视之下，季思年已经没办法再装看不见了。

万达的巨大音响一如往常躁动着，谢航顺着他的目光看去。

寒风自耳边呼啸而过，他们三个仿佛丧失了管理表情和语言的能力。

"要打招呼吗？"季思年小声问。

年霞已经朝着他们走过来。

看样子年霞是刚刚买菜回来。

他家离万达这么远，中间相隔数不清的菜市场，谁能想到年霞怎么会来这里买菜？

没等他想明白，谢航主动打了招呼："阿姨好。"

"妈，你怎么在这儿啊？"

"我跟你许阿姨来逛逛。"年霞说着，装作不经意地打量着谢航。

"啊，好久没见许阿姨了。"为了增加谢航的身份可信度，不让年霞怀疑他其实是个不明社会人士，季思年赶紧把共同话题拓展开，对着谢航说，"许阿姨是尹博妈妈。"

"你跟小尹认识的？"年霞果然问。

季思年担心谢航说出什么惊为天人的话来，抢先说道："认识，我们放假还是一起回来的。"

年霞嫌弃地瞥了他一眼。

"还没有吃饭吧？"年霞拎了拎手里的袋子。

"是。"谢航说着，歪着头指向马路对面的小区，"那我先走了。"

"吃了吗"这一类的问句在季思年看来是邀请一起吃的意思，但谢航走得太决绝又太突然，他连挽留的时机都没找到。

目送他走进小区大门之后，年霞才说："这块地皮贵，比咱那边贵多了。"

季思年本来以为她会先感叹一句"怎么这么没礼貌"。

"这孩子，看着就心思深。"年霞说。

偶遇一事在季思年眼中告一段落——他到最后也没能知晓年霞下午就找上了谢航这件事。

他们没有约得太远，年霞把地方定在了万达一层的咖啡店。

谢航特意提前十分钟到，但推开门时看到年霞已经坐在卡座里了。

在中午他刚刚和谢佳洋的医生通过电话，此时看着年霞面前摆着两杯点好的牛奶坐在那里，心中莫名涌出一丝落差感。

他在这一瞬间顿悟了林菁当初剖析季思年时说的话，为什么季思年会有着他自己都没发现的、藏在张扬下的、明明不该出现在他身上的自卑。

这对父母……真是太好了。

"来了？"年霞见到他，起初还没有认出来，在他走近后才笑着点了点头。

谢航坐到对面，"我来晚了。"

"没晚。"年霞把鬓角的头发拢到耳后，"临时邀请，没有耽误你的事情吧？"

"没有。"谢航说。

他本来就不太会说漂亮话，此时更是语言能力短时匮乏，他也知道这个回答过于苍白，但是又无力修饰。

咖啡店的下午很安静，醇厚的咖啡香飘在空中，只有零星几个抱着电脑的人坐在各自位置上。

年霞穿着暗红色的羊毛衣，笑意盈盈地低头喝了一口牛奶，谢航发现季思年的眼睛和她很像。

"不用很紧张，我只是想问一些事了解了解。"年霞放轻声音，"毕竟小年很久没有给我们介绍过他的新朋友了，听说你们特别要好，所以想来见见你。"

谢航静默了片刻，点头道："知道。"

"从他上了大学之后，我们感觉小年改变了很多，不知道这种改变是从何而来？"年霞仍然是很柔和的语气。

但这样的氛围让谢航想到了中午那通电话。每次定期和谢佳洋会面后，他都会与张医生打一次电话，简单沟通一些事情。就如林菁所说，张医生是谢佳洋的医生，他的每一句话的出发点都是谢佳洋。所以哪怕他言语有多么委婉，做再多妥协与商量，都无法让谢航对着他像对着林菁一样放松，毕竟他清晰地明白张医生"不是自己人"。

而此时面对季思年的妈妈，他也有同样的紧张。

"也就是因为有改变，才让我们发现，我们之前与他的沟通太少了。"年霞见他不说话，继续讲下去。

"你们聊天的时候小年有没有提到过我们?"年霞笑了笑,"这个父母当得不太称职。"

谢航听到这话后,隐约有些明白季思年这个性格的形成根源了。不沉溺于爱里,反而从自己身上抠问题,觉得自己不够格。也许因为他的成长环境里就充满了这样的元素,善良却不够自信。

"他说你们很好。"谢航迟疑了一下,不知道是点到为止还是深入展开更好些。

这是他都没有和季思年说过的话。他前倾着身子喝了一口牛奶,还是决定告诉年霞。

"他觉得你们太好了,是他这个孩子做得不够称职。"

年霞没有想到这个答案,意外地"啊"了一声,良久问道:"是他和你说的吗?"

"不是,是我的心理医生说的。"谢航说。

年霞这下彻底噤声,只是看着他。

谢航猜也许是这个答案直白得有些残忍,还很容易被误解了意思,他尝试用林菁曾经说过的话来进行解释:"有些问题的出现并不是因为有人做错了什么。"

他初次听到这句话时一知半解,可此时说出来,居然在理解之外还产生了深深的共鸣。

"我……见心理医生,是因为有一个不太好的童年。"他说,"您不用在自己身上找问题,您是很好的母亲,也把他养得很好,如果没有他,我走不出自己的世界,也没法这样心平气和地和您聊天。"

他再抬头时,看到年霞的眼睛里闪烁着泪光。谢航不自觉地用指甲敲着装牛奶的马克杯的杯壁,他在脑子里过了一遍刚刚的话,没有挑出哪句是能让人潸然泪下的。

"改变他的也不是我,是他自己,还有您。"

从九月到现在,他已经成功从硬壳里向外走出来,但以过来人的身份回想起来,在他看不到的地方,季思年似乎也在向外走。

选择沟通、选择停止无止境的自我责备,也没有再说"我总是让人失望"这样的话。

他忽然有些心疼,人都是多面体,这是他未曾看到过的季思年,是他藏在很深地方的一面。

年霞用指腹揩了揩眼角，轻轻笑着，"你愿意和我说这些，我还有些意外。"

谢航在心中反问：难道找我不就是为了听我说这些吗？

两个人不约而同地沉默下来，年霞在思考要不要对谢航所提到的"童年"发问，而谢航在努力编一个得体的回话。

放在桌子上的手机忽然振动，很轻易能看到来电人是季思年。

迟迟未曾冒头的尴尬感在此刻攀升，谢航的手指悬在手机上方。

"接吧。"年霞向后靠在椅背上，谢航注意到她比刚见面时要放松许多，笑容也看着少了些压迫感。

谢航一直没有顾得上看手机，也不知道季思年给他发了多少条微信。

"怎么不回我消息啊？"季思年的开头第一句果然如此。

谢航第一次骗他："做饭没有听到。"

"哦。"季思年对此深信不疑，一股脑说着，"我给你讲，我妈这两天估计就得去找你，你别跟她提清吧二楼那个屋子，我当时晚上出来都跟她说的是去找尹博学习。"

他的声音不大，奈何咖啡店里太安静，谢航感觉这个音量让年霞听清绰绰有余。

他掀起眼皮看了一眼，年霞果然一脸困惑地捧着牛奶喝，却半天不见吞咽。

"好。"他只好先答应，赶忙挂断电话。

年霞依旧捧着牛奶。

现在的沉默又与刚刚不同了，刚刚是话堆在嘴边不知从何说起，现在是纯粹的不知说些什么。谢航骗他说自己在做饭的那一刻，的确有些后悔，毕竟年霞没有和他说是否要保密，他自己也觉得这种事没有保密的必要。但是刚刚恰巧聊了一些他从来没有和季思年说过的事，一时间有些心虚，嘴比脑子快，直接就瞒了过去。不过现在这个局面，他是彻底没法告诉季思年了。

就当是为他的面子了，他怕季思年知道之后再玩一出离家出走。

谢航喝了一口牛奶，感觉与其担心季思年，不如先担心一下自己。无论年霞接下来问什么，他都会非常尴尬。好在年霞似乎也很尴尬，埋头把牛奶喝光后，什么也没有说。

"好了，那我走了。"僵持了几分钟后，她用纸巾擦了擦手指，"以后如果有什么事随时联系我，联系方式就是我打给你的那个号码。"

"好。"谢航跟着站起来。

两个人心照不宣安静地走到地铁口，年霞拍了拍他，"回去吧，外面冷。"

不再是客套的道别，这样自然的语气让谢航心里发暖，不由自主地笑起来，"知道了。"

谢航转过身，给季思年回拨了一个电话。

铃响了足足二十多秒，季思年才接起来，一上来就问道："你不会刚刚就和我妈在一起吧！"

谢航快速权衡了一秒，说道："没有，刚刚锅起火了，有点急。"

撒一个谎就要用无数个慌来圆，谢航终于吃到了撒谎的苦头。

季思年说："我宁愿相信。"

看来是不太信。谢航笑着转移话题："明天要不要一起吃饭？"

"不吃，我要背科目四了，后天就要考了。"季思年拒绝得很果断。

"我也准备科目四呢，可以一起背。"谢航把手拢在嘴边，挡住钻进电话里的风声。

季思年冷哼一声，"好，吃什么，你锅起火做的菜？"

"我……明天再跟你说。"谢航听着他不爽快的语气，好像看到了他气鼓鼓的样子。

但是这真相是绝对不能今天告诉他的。

季思年和"锄头"一样好哄，话题扯着扯着就偏到了考科目四上。

他一直以为科目四也是一道题一分，直到距离考试还有一天不到，做了模拟题才发现居然是一道题两分。季思年立刻陷入恐慌中，唯恐自己挂在科目四上。他在一下午之内把题库囫囵做了一遍，连续考了四场模拟考试，竟然一场都没过。

"这个题真的有病。"季思年怒骂一通，"我又不考大货的本，为什么要问我大货载重啊。"

他去看谢航的屏幕，只见成绩曲线是一连串的九十八和九十六。

"你……"季思年识趣地闭嘴，点进了新一场考试里。

"很多题都是科目一考过的。"谢航说。

季思年专注地读着题："科目一都半年前了！夜间驾驶汽车通过十字交叉路口要交替使用远近光灯的目的是什么？"

"选 A。"谢航点了选项 A，"这几道都是常识性问题。"

连答几道灯光题，季思年忽然想起来："科目三是先打火、先绕车还是先考灯光啊？"

这个问题谢航还真没想过，他细细回忆了一下上午教练的谆谆教诲，"忘记了。"

"别啊！"季思年连忙给教练发微信，"我不会成为那个车都没动地方，就挂的学员吧？"

他打完字又删掉，用胳膊碰了碰谢航，"不行，他会骂死我，你来问。"

谢航在通信录里找了半天才找到教练，一点开消息还停留在系统的"现在我们可以开始聊天了"。

教练的消息回得很快，是一条非常短的语音，那边乱糟糟一片，教练的声音中气十足："先刷身份证，机子说开始考试了下去绕车，回来系安全带，然后打火，打完火考灯光。你也告诉季思年一声，他可别打了火直接把车开走了啊！"

季思年心里咯噔一下，发现这似乎确实是他有可能做出来的事情。

也许是因为问了这么一句，教练越想越不放心，就连送他们去科目三考场的路上都在唠叨，把流程重复了不下八遍。

在临分别前，教练对这段长篇演讲做了总结："没问题的啊，都练半年了。"

半年过得真快啊，从暑假到春节，一个学期的时间。好像经历了很多事，但仔细想想又想不出什么具体的来。季思年偏过头看着谢航，在考科目一的时候他们还是互不相识的路人，坐在一辆车里，各自看着两扇窗户。他们来得早，但考场里依旧已经等了不少学员，这一次签字时季思年总算不用再问教练姓什么了。

在候考室里又是没有手机的漫长等待，季思年坐在长椅上，半天没憋出一个话题。

好像平时有说不尽的话，抽空就要拿起手机发一条，"锄头"拉在沙发上了、谢舟又拿第一名了。

但现在这样面对面坐着，居然有些没话可说，但也不觉得尴尬。

"你考科目一的时候也是这样发呆。"谢航忽然说。

"嗯？"

谢航撑着头，"考科目一的时候，你一个人坐在那里，盯着地缝看了一个多小时。"

季思年有些回忆不起来科目一候考的事情了，只记得他当时是又困又无聊。

"你因为背不下来各条罚款，进考场的时候很生气，看着不太好惹。"

季思年终于想起来确有其事，没忍住笑了起来。

科目三的考场离候考室有些远，要一批一批把学员运过去，考个驾照流程复杂得像西天取经，好在谢航一直和他在一组，两个人一起发呆也不算难熬。

从早晨一直等到太阳挂在天幕正中央，安全员终于喊到他的名字，季思年从椅子上蹦起来，往外跑的时候扭头看了一眼。

谢航对他笑着摆了摆手。

"季思年是吧？"安全员伸手要了他的身份证，放在机器上，正午的阳光有些刺眼。

他验好指纹，顺利完成了教练唠叨一整路的绕车、系安全带、打火一条龙。

机器里传来机械女音："上车准备。"

季思年长出一口气，目光落在挡风玻璃外宽阔的考场大道上，有两辆不同线路的车缓缓起步，驶向前方十字路口，阳光落在后视镜上。

一旁一辆考试车迎面风驰电掣而来，拐了个漂亮的急转弯，稳稳停在出发点。

安全员从驾驶位上下来等在车外，他看到谢航从候考区走出来，向着那辆考试车而去。

谢航从他的面前经过时，转头隔着一层玻璃与他对视，露出了一个阳光灿烂的笑容。

"下面将进行模拟夜间行驶场景灯光使用的考试。"机器播报。

连曲线行驶都考过了，科目三还有什么过不去的呢？

番　外

高中相遇的 if 线

尹博被喊去隔壁实验中学给人撑场面的那天是周五,季思年在最后一节课下课前就已经归心似箭,恨不能一打铃就瞬移回床上。

据说喊尹博去的是个实验的学妹,尹博问了他要不要来凑热闹,被季思年直截了当地拒绝了。

"周末不回家躺着就是自找罪受。"季思年说。

他没有问尹博撑的是个什么场子,毕竟他人脉广又人缘好,有事没事就会来人喊他出去玩。

"这次真的要动手的。"尹博锲而不舍地游说,"我还没真动过手,不过找我的那个妹妹看着是个狠人,应该比我能打。"

季思年正在往书包里塞卷子,闻言犹豫了片刻,"你们别闹出事儿来,刚月考完,过几天要开家长会的。"

"我觉得应该不会,我叫的那几个心里都挺有数的。"尹博已经开始脱校服,"得把衣服收起来,不能自暴身份。"

看着这架势倒是比以前来势汹汹,季思年忽然升起一种不好的预感。

铃声一打,楼道里热闹起来,尹博背上书包就要出门。

"哎!"季思年拉住他的书包带,皱着眉头站起来,"我跟你一起去。"

"你也来?"尹博挠了挠头发,"你……那你跟着我吧。"

季思年在坐上后排挤了四个人的出租车时,还是没能理解为什么他要冲动之下喊住尹博。

好在这些人大部分他都认识，基本是隔壁班的，没到社会青年的程度，大部分都是寻求刺激的良民。

大概是尹博告诉了他们这次要动真格，几个人都很兴奋，扒在驾驶位的椅背上说个没完："咱们有没有流程啊，直接开始吗？"

"不说实验也有人吗？先会合吧。"

"在校门口啊，这时候都是家长，万一有人报警怎么办？"

季思年脑瓜嗡嗡直响，就听尹博条理清晰地给他们讲了一遍计划："一会儿先集合，咱们的领导是个小姑娘，到时候她让上就上，看准了她冲谁，别打错人了。"

"那肯定的，都懂都懂。"坐在季思年旁边的男生摩拳擦掌。

尹博继续说道："都听着点，她什么时候喊停就停，不许恋战，然后直接扭头跑，各跑各的，分开了跑，直接跑回家就成。"

最靠边的男生见缝插针问了一句："打到什么程度啊？"

"别真使劲啊，随便踢两脚什么的。"尹博说到这里斟酌了一下，"我也不清楚他们的恩怨有多大，一会儿问问那女生。"

季思年终于忍不住问道："你都不清楚他们恩怨就去撑场面啊。"

"给钱的啊！"尹博拍着大腿，"我就听她说那个人在学校散播她哥的谣言，我听着像真的，有正当理由。"

季思年无语地扭过头，看着窗外的夕阳。

落日熔金，今天的火烧云是这周最漂亮的。

这一路上讨论的话题过于劲爆，他们前脚刚迈到地面上，后脚司机一踩油门就开走了。

此时的实验刚刚放学没多久，门口停了很多私家车。

季思年一眼就看到了尹博口中的那个小姑娘，领着两三个面相很凶狠的外校生站在围墙旁。

小姑娘很漂亮，一头短发扎成一个鬏，抱着胸遥遥看着他们。

几个人做贼心虚一样凑过去，小姑娘跟尹博打了个招呼，又转头打量着他们。

季思年和她对上了眼神，心中莫名稳当下来。

感觉这个女生比他们那一大伙人都靠谱。

"还行，个头都行。"女生点了点头，伸手指着他，"你不是来打架的吧？"

季思年一挑眉，他混迹在隔壁班里，自认混得天衣无缝，没想到这都能被一眼看出来。

"来撑场子的。"尹博说，"他长得比我们都欠揍。"

这是什么话？季思年维持着面上的不动声色，对女生说："不需要我？"

"不需要，不想打的不要加入。"女生说得不算客气，但季思年差不多能理解她的意思。

一方面是怕要是真惹出事了不好统一口径，另一方面是对打架不上头的人不好管理。

比如在肾上腺素飙升的时候，听到她喊"跑"一定会热血沸腾地扭头就跑，但是凑在那里看戏的人反而会反应不过来。

"我给你们放风？"季思年歪了歪脑袋。

"不用。"女生思索一下，"你负责拍视频吧，精彩一点。"

其实也不用他拍，估计今天晚上满大街都是这段斗殴的多视角视频了。

但来都来了，不围观一下着实可惜。

交代好全部注意事项后，一伙人蹲在墙根，只有女生一个人还靠在拐角处盯着大门。

季思年闲逛了一会儿，站到女生身边。

"这人跟你什么仇什么怨啊，这么大怒气。"他问。

女生还穿着那件校服没脱，咬着后槽牙，"他算什么东西跟我结仇。"

周五的高三晚自习下得很早，他们没有等太长时间，女生一声令下扑过去时，季思年甚至没有看清目标。

但那一帮人就像打了鸡血，猛地冲过去，还有几个嘴里大呼小叫的。

季思年举着手机，把取景框拉到最大，对着谢舟和她一脚踹过去的目标对象。

这一脚没有踹成，但是她带的那几个高大外校生迅速补了一脚，把那个眼镜男踢倒在地。

要不是他知道这个团队刚刚组建没有十分钟，他都要感叹一句训练有素。

　　打架过程无须赘述，还是老一套的抱头鼠窜和穷追不舍，接着女生一声"走"，几个人毫不恋战地转过头，向着八个方向狂奔而跑。

　　季思年被这种刺激的氛围带着也有些紧张，眼看着他们撞开一群要拉架的家长们跑走，就剩他一个人还戳在校门旁。

　　他把视频点了结束键，随手转着手机，退了几步准备离开，就和身边围栏里一个穿着实验校服的人对上了眼睛。

　　那人面无波澜，静静地看着他。他个头很高，季思年特意垂眼看了看，确定校内人比校外人要高出一个台阶。

　　他把手机揣回口袋，一言不发转身走远。

　　按照他的计划，潇洒转身，顺着街走到后门，打车回家，非常完美的旁观者路线。

　　但是围墙里面那个兄弟和他的路线一模一样，和他平行着一路走到后门。

　　季思年甚至怀疑了他是不是在找碴儿，但通过他的观察，那人似乎只是单纯地不想从正门走。

　　实验的后门衍生出了一条小吃街，香味隔着大老远就飘过来，季思年看到后门是上锁的。

　　那个女生刚刚提过一句，后门只在低年级放学的时候开，高三下了自习课时就只开放正门了。

　　由于味道过于勾人，他站在章鱼小丸子的摊位前，决定买一盒尝尝。

　　小吃街里没什么人，季思年手插在裤兜里，眼睁睁看着那个穿着校服的男生两步上了围墙。

　　他站的这个位置有点危险，男生要是落不准说不定还正能砸在他身上。

　　但季思年愣是一动没动，他突然想知道这人到底是不是找碴儿的。

　　接着就见那人脚一蹬跃下来，稳稳落地，没有砸到他。

　　但是在落地的一瞬踏起漫天扬尘。

　　季思年立刻把章鱼小丸子的盒子盖上举高。

　　他在心底骂了一声，实锤了这人就算不找碴儿也缺心眼，捧着小丸子就要走。

　　"哎。"缺心眼喊住了他。

季思年有些不耐烦地扭头看着他。

"你是一高的学生？"声音很平静，看样子叫住他不是为了赔偿一份章鱼小丸子。

季思年没有回答。

他的手机振动个没完，章鱼小丸子的纸皮外壳很烫，他换了一只手捧着，拿出手机。

是临时组建的斗殴小群，大家都在各自报位置，表示行动顺利，只剩他还没有在群里说话。

舟："人呢？"

季思年瞥了眼站在他面前的人，低头在群里打字："在后门。"

青龙："怎么没走？遇上人了？"

他本来想说没事，但女生先一步问："手上戴了串珠子吗？"

季思年抬眼，还真戴了。

舟："那是我哥。"

敢情是特意戴了点信物为了方便确认身份，季思年居然不知道要怎么回复这句话，他已经能想象到这段对话的另一个走向。

戴了吗？没戴？那不认识，随便吧。

季思年牢记尹博曾经向他透露的知识点，他们今天这一架就是为了面前这位打的。

"你们都是高三生，不怕背处分啊。"男生把长袖校服卷起来的边捋平，声音很淡。

季思年扎了一个小丸子，放在嘴边吹着气，"我站在旁边看别人打架还要追责啊？"

这位哥给他的第一印象就是话很少。

他说完那句带着些许挑衅意味的反问句后，那人没有跟他抬杠，只是轻飘飘扫了眼他手里的章鱼小丸子，转头走了。

走之前还跟他说了句"谢谢"。

季思年总觉得那一眼里包含了很多复杂情绪，但他所能想到的只有"沾了土还能吃啊"。

这件事很快淹没在了一模后紧锣密鼓的学习生活里。

开家长会、周测、开年级会、周测……

这位大哥再次出现在季思年的生活里是以一种完全出其不意的形式。

全市统考中隔壁实验出了个超高分，这件事传得沸沸扬扬，季思年平时不太关注实验的成绩，根据规律，只要维持在一高的前五名内，基本就足够考上安大了。

但这次传得有些离谱，光是这个超高分本人就有许多版本的传闻，其中有一版很多人都说得隐晦，季思年理解的意思是这位超高分似乎有些脑子超常。

各种意义上的脑子超常。

他并不喜欢这个版本，总感觉话里话外酸溜溜的。

直到有一天尹博无意识间提起，他说："那人好像是谢舟她哥哥，就是咱上个月帮忙打架的那个女生的哥哥。"

季思年的笔尖在圆锥曲线上停了停，目瞪口呆地回忆了一下他和那位超高分的初见。

尘土飞扬，章鱼小丸子，两个装酷的男高中生。

反正他当时确实在装酷，但是超高分有没有在装就不好说了，他现在觉得这人可能平时也那个样子。

第二次见面比想象中来得快。

一高和实验联合办了一个自招集训，为期一个下午，地点选在了一高的报告厅。

自招和季思年没什么关系，他依旧沉浸在题海中，按时上课，按时放学。

他在教室里把英语作文收了尾才收拾东西准备走，此时校园内静悄悄，各个教室里只剩下打扫卫生的同学。

距离高考没剩多少天了，他的压力越来越大，只有放学时一个人在台阶上慢慢往下蹦的时候可以舒缓一些。

季思年一级一级跳到最下面，抬眼就看见学校的湖边站着一个人。

这个时间段出现一个凭栏眺望的人属实有些突兀，更何况他还穿着实验的校服。

季思年定睛一看，好巧不巧，又遇到了超高分同学。

他没有去打个招呼的准备，但是超高分先一步看到了他，并且一直盯着没有挪开眼，这让季思年迫于压力向他走了过去。

"你……等人吗？"他问道。

超高分把放在一旁的书包背上，"不等。"

他从湖边小道走出来，"走吧。"

看样子是要和他一道离开。季思年很想婉拒，但是想起来那些离谱谣言，好奇心驱使他没有将拒绝说出口。

"你住哪里？"季思年在走出校门后问他，"实验离这边可很远。"

他们沿着小路向公交站走去。

"我坐公交车。"他说。

季思年从口袋里拿出公交卡，"你有零钱？"

"没有。"他依然平静地进行着一问一答。

季思年叹了口气，"你刷我的卡吧。"

"谢谢。"既客气又疏离的结语。

公交车上人挤人，季思年习惯性地挤到靠后门的位置站定，没顾得上看超高分有没有跟上。

没跟上也无所谓了，要不然挨在一起还要没话找话。

他到站更早一些，在临下车时终于扭头看了看，发现人家居然就站在他身后。

季思年顿时有些尴尬，车门缓缓打开，他说："那我走了。"

他看到超高分张了张嘴，似乎有话想说，这一瞬间他几乎以为他要说什么"有幸相遇，我叫××"这样的热血番男主台词了，但他只是说"再见"。

季思年下了车第一件事就是找尹博打听了一下他的名字。

二模后他几乎不怎么碰电子设备了，在看到尹博的震惊回答的时候，他才后知后觉自己可别是全年级最后一位知道他大名的人。

三模他考出了个人历史最高分，毕竟是信心考试，他没有太在意这个成绩，但仍然执着地打听了谢航的成绩。

也许是距离高考越来越近，大家传八卦的心思也渐弱，谢航的成绩要靠特意打听才能打听来。

不过这一次不光打听到了分数，还把谢航本人给招来了。

场面像极了几个月前的初见，他在实验门口捧着一盒章鱼小丸子，谢航出现在了小吃街的另一端。

他今天来实验中学这边实属巧合，年霞听说了一个很牛的高考语文冲刺班，只上两个小时，号称所有人听完都能让现代文扣分限制在六分之内。

秉持着病急乱投医的原则，年霞把他送来听了两个小时。

这地方就在实验中学对面，季思年下了课跑来买了份念念不忘的章鱼小丸子。

他已经能够非常从容地和谢航打招呼了："这么晚？"

谢航第一次没有在他面前穿校服，是一身很青春洋溢的运动装，季思年居然有些不适应。

"好巧。"他说着，点了一份小份的章鱼小丸子。

"我以为你不吃这些东西呢。"季思年低头扒拉着自己碗里的小丸子。

谢航侧过头看他，"平时不吃。"

路灯照不全小吃街，于是每个摊位的小车都自己挂着一盏灯，连成片照得整条街灯火明亮。

白茫茫热气从铁板上腾起，老板娴熟地操作着，吱吱声混着香味扑面，季思年感觉连自己手中的这一份都更香了不少。

"你出来夜跑吗？"这是季思年能想到的唯一一个可能性。

谢航的目光落在老板手中的油刷上，"随便走走。"

"哦。"季思年能感觉到他与平时的不同，今天的谢航似乎没那么强烈的距离感。

"你怎么在这里？"谢航问道。

季思年用下巴指了指街对面，"在那里速成了一个辅导班，刚下课。"

他说完叹了口气，"每次见你都一副浪迹天涯的样子，你就没有学习压力吗？"

他以为这话会像石沉大海一样得不到回应，没想到谢航转头看向他，半张脸隐在阴影中，"你是这样想的吗？"

"是啊。"季思年说完，才想起来之前尹博提过的关于他的谣言。

他不知道谢航是不是误会了什么，他在脑子里仔细过了一遍要说的话，才说："我就是觉得你很厉害而已，不是说别的。有些谣言……就是为了满足他们的嫉妒心和自我安慰，你不用在意。"

谢航接过老板递来的小丸子，沉默着没有说话。

季思年埋头咬了一口，这还是他第一次这样安慰人，不知道会不会适得其反。

过了许久，谢航才说："不会在意。"

听上去在笑。但季思年抬头去看时，没有在他嘴角捕捉到笑意。

"加个微信吧。"谢航迎上他的目光。

季思年第一次遇到这样直白的社交，但不知为什么总是有些想笑，他再一次感知到了谢航与往日不同的放松，这种情绪似乎能够传染。

他笑着拿出手机，"好吧，不过最近很少在线。考完试可以联系一下，我妈还想送我去练车的，说不定能搭上伴。"

科目三往事

　　练科目三的第二天，季思年终于找到了与车磨合的诀窍，虽然他还是没记住在哪个路口拐弯哪个路口变道，但好歹不至于连油门都不敢踩了。

　　马路上的人不算多，比起暑假时要排长队的科目二场地，冬天的科目三场地称得上空旷冷清，给了季思年极大的发挥空间。

　　他油门踩得太猛，车子起步后差点儿轧到白线，季思年晃着方向盘把车子扭回路中央，心虚地瞥了眼教练。

　　教练看都没看他，踩着副驾驶的刹车把车速降下来，"又能耐了是吧？"

　　"我——"

　　"学校。"教练打断他。

　　季思年立刻回神，余光看到学校标志牌立在路边，他猛踩一下脚刹，仿佛听到了车轮摩擦地面发出的刺耳声音，一瞬间感觉自己在开赛车。

　　教练说："这车迟早给你开废。"

　　季思年顺着后视镜看向后排的谢航，对方看起来并没有被刚刚那一下晃到，正妥帖地靠在窗边，感受到他的视线，便微微侧过头看过来。

　　他们短暂地对视了片刻，谢航问他："怎么了？"

　　不是用口型问，是用正常音量光明正大地问。

　　季思年头皮一麻，连忙收回目光，没控制住又带了一脚油门。

　　好在教练这次没有骂他，而是扭头问谢航："说什么？"

"没事。"季思年摸摸鼻子，替谢航答了一句。

教练狐疑地看了一圈，最终放弃追根究底。

唯一不变的是谢航的"得意门生"的地位，教练带他跑了一圈，第二遍他就能不需要提醒地记住路线，三条考试线路全都跑得分毫不差。

从前练科目二时，除了他们还有其他学员作为谢航的"陪衬"，如今只剩下他们两个，谢航的绝佳记忆力成为练习蓝本，身份在学员和助理教练之间反复切换，季思年越发感受到教练对他的"望子成龙"。

在教练殷切的期待里，季思年迎来了一场验收练习。

"这圈我开考试系统，你自己跑，开完就回家。"教练一边说着一边在车子的中控板上操作。

季思年磕巴了一下："跑哪条路？"

教练面无表情地看他一眼。

"路线2。"谢航说，"这个起点只能走路线2。"

季思年打个响指，"其实我知道，我只是确认一下。"

教练瞧他们一眼，反手拉开车门下去，"谢航来前面盯着，我坐后头，省得你俩还隔着镜子聊天。"

车门一开就卷进来一股冷风，季思年才发现自己握在方向盘上的手指都是冰冷的，攥得又紧又狠，像是要把这方向盘拔下来。

他连忙收回手搓了搓，谢航坐到副驾驶位，自然而然地将车子空调的温度调高一些。

"谢航还真有个教练的样儿呢！"教练在后排说。

机械女声已经开始播报："请关闭所有灯光，请起步，继续完成考试。"

"哎哎哎！"季思年两只眼睛四处乱看，"灯光还没考呢怎么就起步了？"

"灯光跳过了，直接开。"教练说。

季思年没好意思说不考灯光他就不会起步，只能在心里默默盘算着要先打转向灯还是先拉手刹，毫无章法地四处摸了一通。

他低头去看车子挡位，一掀眼皮就看到谢航正垂眼看他，接着眨了一下，又瞟向手刹。

季思年心领神会，放下手刹挂好挡，手指一拨转向灯，可算是起步成功。

这次他压好了速度，乌龟一样爬了几秒后才提速，规规矩矩地过了几个路口，终于到了他最痛恨的"曲线行驶"。

教练教他的窍门统统不管用，什么挡风玻璃两个角轧白线，方向盘两端正对路两侧，他顾了头就顾不上尾巴，总觉得车在跑偏。

他没敢看教练，正屏气凝神地控制着方向，余光看到谢航用右腿膝盖碰了碰车门。

季思年心领神会，将方向盘向右打了一些。

几秒后，谢航又用左腿膝盖轻磕一下扶手箱。

季思年把方向回正，没忍住笑了起来，他们全程没有进行任何交流，却默契地在教练眼皮子底下完成了一场无声作弊。

有了这段路的配合，季思年便不再像最初那样紧张，开得放松许多，反倒没出什么差池。

安城的冬天多风少云，天高云淡，练习场地的路宽阔，转弯驶上主干道，远处天际亮出傍晚金灿灿的晚霞，泼出的橙黄色墨水从西沉的日头旁边晕染开，映得长路一片明亮。

车子迎着霞光驶去，季思年找准了停车的位置，谢航替他多踩了脚油门，把车子稳稳停在终点处。

机械女声开始播报考试成绩，是令人心虚的满分，季思年悄悄问谢航："他看出来了没有？"

谢航也靠过来，低声说："不知道。"

他们一齐望向后视镜，教练一只胳膊撑在车窗上，正瞧着路尽头的日落。

车子里一时间安静下来，这条路平坦而开阔，落日不偏不倚地坠在他们的正前方，看久了居然分不出是在日升还是日沉，光亮笼罩着地平线左右，又像是太阳在破土而出。

"走吧。"半晌后，教练才站起身把季思年换下来，还不忘叮嘱几句，"今天可以啊，明天再练其他两条。"

他拧开车载电台，熟悉的京剧流淌出来，车子披着橘黄色的光亮沿长路而去。

季思年抬手贴上窗玻璃，车内暖气烘得舒服，玻璃却仍然是冰的。两侧后视镜偶尔折射出刺眼的光，他眯起眼睛，想了会儿忽然说："想喝点东西。"

他本意只是去喝杯橙汁，毕竟氛围烘托到这里，总觉得喉咙里发干，心头也痒痒的。

但谢航似乎误解了他的意思："喝酒？"

教练及时打断他们："喝了酒明天我不载你们练车啊。"

季思年没有解释，只是闭着眼睛笑，他的手指摸向口袋，那里空空荡荡的，那颗曾经不离身的薄荷糖许久没有再出现过了，不过他准备以后换一粒橘子糖揣着。

教练车停在万达门口，季思年跟着谢航一起下了车，此时是晚高峰。等红灯跳跃成绿色小人，他们挤在人流中，过马路回家。

"你家有水果吗？"季思年把围巾掖好，只露出上半张脸，声音闷闷的。

"有。"这一次不用他解释，谢航已经猜到他想喝些什么，"有橙子，还有苹果和柠檬。"

季思年满意地点点头，"不错，很有活人气息。"

谢航那常年冷冰冰的家最近终于添了丝人气，要归功于季思年执着地监督他去超市采购，把冰箱和零食架都堆得很满。

开灶的次数多了，屋子里自然而然就多了烟火气，乍一看和从前区别不大，可走进去总觉得更温暖。

谢航翻箱倒柜找出来搁置多年的榨汁机，妥帖地装在包装盒里，瞧着并没有什么落灰，但从他皱紧的眉头就能看出来，谢航已经无法忍受这个榨汁机的陈旧程度。

季思年觉得好笑，撑着膝盖站起来，把榨汁机拆下来，将刀头小心翼翼地取下，轻吹一口气，"看起来还可以，我洗洗。"

哗啦啦的水声不断，谢航接了满满一大缸水，把榨汁机丢了进去。

季思年的手还停在半空中，犹豫了片刻，"是这样洗的吗？"

"先泡一下，有灰。"谢航言简意赅，又低头去研究刀头，"需不需要装满水空打一次？刀头很难清洗。"

季思年的生活常识只停留在大学生的水平上，对他来说，把这些零件捞出来再组装就可以使用了，但谢航决定要彻底清理一遍，他只好认真思考了一下这个提议，"这是可以的吗？"

他们手忙脚乱地对着一个看起来纤尘不染的榨汁机展开清理，二十分钟后终于让它崭新出炉，擦得锃光瓦亮。

橙子被端端正正地摆在砧板上，季思年磨刀霍霍，对着正中间比画着，郑重其事地切下来，获得一个完美的横截面。

他一时间脑子没跟上动作，把橙子切成几瓣，下意识拿起来咬了一口。

"甜吗？"谢航问。

季思年点点头，靠着料理台，和谢航你一瓣我一瓣把橙子分干净。

直到看到砧板上剩下的几滴橘黄色汁水，他才恍然想起来这橙子是要留着榨汁的。

辛辛苦苦洗干净的榨汁机委屈巴巴地摆在手边，而谢航已经毫不留情地再切开了一个苹果，干脆利落地切成方便吃的几小块，推到季思年面前。

季思年看着他，"说好要榨汁的。"

谢航动作一顿，掂量几下刀，最终说："吃都吃了。"

他们看着彼此，最终决定趁着还没有氧化及时瓜分掉切好的苹果。

水果在家里放了几天，熟透后香甜可口，季思年咬着苹果凑到窗前去看日落，太阳已经沉入地下，晚霞的余韵掺上几缕蓝灰色。

独属于傍晚的蓝调时刻，他觉得的确需要一些微醺，这下他们又要洗一洗高脚杯了。

旅行

"毕业旅行第一天。"季思年举起手机，将镜头对准自己的脸，调整一下光线，"高铁马上进站，今天去爬山。"

他将手机向一旁挪了些，从格外刁钻的角度拍到看着窗外出神的谢航。

可惜谢航格外敏锐，立刻便发现了镜头。

季思年与屏幕内的谢航对视片刻，扬了扬眉梢，"看什么呢？"

谢航没有说话，只是转而盯着镜头外举着手机的季思年。

窗外飞速划过的风景渐渐从低矮农田过渡到楼房、公路，列车缓缓进站。从安城到随川需要两个小时，两地的直线距离实际并不远，但下车时明显感受到空气更加凉爽潮湿，虽然都在华北平原，但随川靠海更近。他们选的车站是最东边的一个，换乘几站地铁就能到海边。

选毕业旅行地点是个听起来很容易、做起来困难重重的事。六月初结束毕业答辩后，季思年和宿舍全员出去旅游了一趟，四个人对着地图一个城市一个城市选。有人以前去过的不选、有人预算不足的地方不去，挑挑拣拣一番，最后几个人一起去了趟戈壁滩，差点儿热脱一层皮。

白宇辉的黄毛都晒枯了，钟涛疯狂长痘，但季思年唯一与以往不同的表现是意外睡得很好，他怀疑是大西北把湿气拔干了。

旅行回来后四个人在寝室瘫了几天，忙了几天毕业手续办理，距离清校还有一段时间，季思年决定拉上谢航一起再玩一场。

这回他决定往东去，到凉快些的海边去去暑气。

谢航对于目的地的选择没有任何要求，他的行李不多，在寝室里收拾半天也只收出来一个包，季思年忍无可忍把两个人的行李合到一个行李箱里，好歹拿取方便一些。

酒店是谢航提前定好的，海湾广场旁边的海景酒店，住在高层能远远望见海湾和沿岸的商圈大厦。

坐地铁的过程中途经几个景点站，人流并没有想象中那样夸张。六月中旬还没进入暑假旺季，虽然已经有不少高考结束的高中生出门旅行，可距离人山人海还差得远。

这家酒店太过有名，不需要导航寻找，地铁出站口已经标好了方向。

"这地方好热。"季思年一边走一边查看手机上的天气情况，"说好的凉爽怡人呢？"

"晚上就凉了，这个季节温差大，一会儿出来要带上外套。"谢航说。

季思年只当他是危言耸听，"这地方凉能凉到哪里去？"

有一搭没一搭地聊着便到了酒店门前，经过旋转门进去，季思年还没来得及夸一句这酒店气派，就在前台登记处看到了一个熟悉的身影。

他的话噎在喉咙里，眼睁睁看着谢航目不斜视地拿着两人证件前去登记，一时间站在原地沉默下来。

他听到谢航用可靠沉静的嗓音说："之前预订过的双人标准间，号码是……"

站在前台边低头检查房卡的人听到他的声音，惊讶地抬起头，这下远处的季思年无比清晰地看到了他的侧脸，确定自己刚刚没有看错。

这不是冤家路窄的周英凡吗？

他们好歹是冰释前嫌了，但当时释得不太全面，不至于互相讨厌，但也没到能当朋友的程度。

他的脑海里一时间思绪万千，他既想不明白他们怎么会在同一时间选择来到了同一个城市，也想不明白为什么这城市无数家酒店都能撞到同一家。

乱麻一样的思绪不允许他继续想下去，他的反应速度超群，在周英凡吃惊地转头看过来的时候，他一把将墨镜拉下来扣在脸上，紧接着像是无意地转头看向落地窗外，仿佛并没有注意到对方。

弥漫着尴尬气息的大堂里，只有谢航的声音还在四平八稳地回荡："附带早餐吗？"

前台客客气气地回答他："带的。"

谢航点点头，转而抬手招呼季思年："来验证身份。"

简直旁若无人，季思年隔空都感受到周英凡欲言又止不知道该不该打招呼的尴尬。

他上前去扫了脸，接回自己的身份证，用余光观察了一下周英凡，对方只背了一个旅行包，看起来是独自出行。

"718。"前台把房卡交给谢航。

再不打招呼就要走了，季思年咬咬牙，猛地转头直视着周英凡。

周英凡大概也在偷偷观察他们，被这突如其来的一下吓了一跳，后退了半步，努力调整着脸上的表情，才挤出一个惊喜的神色，"你们也在这里啊！"

季思年推了下墨镜，给出了这种情况下的标准答案："好巧。"

他用胳膊肘碰了碰谢航，示意他说两句，但谢航偏装不懂，一句话也不说，只是面无表情地站在季思年身后。

半天也不见回答，季思年只好自己把话接上："你一个人？"

"哈哈，是。"周英凡硬着头皮和他搭话，目光已经忍不住瞄向谢航。

看得出来他憋了一肚子话说不出来，可惜谢航没给他这个机会，淡淡点点头就算打过招呼，默认他们的对话已经结束，正准备向电梯的方向走。

周英凡的房间也在楼上，只不过他并没有和他们一起上电梯，看起来还在前台忙些什么。

电梯升到五楼时，季思年的手机震了震，他打开一看，是周英凡的微信。

不知怎的，他莫名有些心虚，下意识侧了下身子。

谢航低头看他，"怎么了？"

"没事。"季思年看清周英凡的消息，不动声色地暗灭屏幕，"周英凡问我们住哪间。"

"哦。"谢航应了一声。

非常简单的一个字节，但季思年解读出了阴阳怪气。

周英凡不仅问了他们住哪，还告知他自己住 621，最后问季思年有没有时间过去一趟。

他像突然接了一个保密接头任务，一切都等见了周英凡再说吧。

酒店装潢很阔气，放下行李后他们先给家人打了几个电话。

视频接通后只有季建安在家，抱起"锄头"来给他们看，小狗冲着手机汪汪叫，很快地晃着尾巴。

第二个电话自然是打给谢舟的，对面接得很快，季思年和谢航凑在一起看晃动的画面，意识到谢舟正在户外。

晃了十几秒后，他们终于看清谢舟，她身后是安城大学的图书馆。

谢舟此时正是期末周最痛苦的那几天，估计在泡图书馆复习，季思年问她有没有吃饭，谢舟才恍然想看表，发现已经是下午一点多。

"一会儿就去吃。"谢舟敷衍地答着，眼睛却炯炯有神地看着他们，"给我看看海景啊！"

季思年瘫在床上，镜头里只露出半张脸，闻言他立刻爬起来，拿过谢航手中的手机，转身去拉阳台的门，"能看见吗？明天凌晨三四点日出，这房间朝东，到时候拍日出给你看。"

"你俩不是要爬山吗？"谢舟说，"你们不在山上看日出？"

季思年张了张嘴，居然沉默了。

这的确是他们一开始设定的路线，随川那座山并不高，但胜在位置绝佳，山顶开阔，能看到日出和海面，还能望见海岸公路的路灯线，冬天时有天色乍亮不亮时的万家灯火，只不过随川冬晨多雾，很难看到日出。

小山已经被开发成景点，沿着石梯上去半个小时就能到达观景台，并不需要通宵，只要起得早就好。

但对季思年来说，起早比通宵更痛苦。

谢舟立刻读懂了他的面部表情，"你们不会放弃了吧？"

季思年回避她的指指点点，转头去看谢航，发现对方正用看热闹的眼神笑着看他。

谢舟的声音不断："去之前是谁说的一定要在山顶看一次日出啊？而且随川那小山爬半个小时不就到顶了嘛！人生不浪漫一次？"

"去去去，爬爬爬。"季思年可算是被她说怕了，连忙把手机塞回谢航手里，"雄心壮志的祖宗。"

闲聊几句后挂了电话，谢航便问他："还爬山吗？"

季思年躺倒在床上，看着天花板晃了晃腿，"爬吧，谢舟刚才那句话说得还真没错，错过这次，以后还有几次这种机会？"

他说完又努力扭头去看谢航，可谢航坐得太远，他脖子都酸了也没瞧见，只好原地翻个面，支着下巴问："你想去吗？"

"随你。"谢航说，"你去我就去。"

季思年点点头。

如果换作别人说"随你"，他总觉得对方是在敷衍，可这话换谢航说，他知道是真心实意的。

和谢航做朋友这么久，他渐渐发现了一些有趣的特点，比如谢航获得满足感的方式。

对于很多人来说，情绪价值是满足感的主要来源，虽然每人对情绪价值的定义各不相同，比如自己的需求得到解决、自己的想法受到重视……但谢航对情绪价值的唯一定义似乎就是满足他寄托在别人身上的期待。

季思年自己也很难描述这种期待的含义，但他能感受到，仿佛是某种磁场的链接，悟了也就悟了，要真说个子丑寅卯，他反倒觉得很难说清。

这份期待里，"周围人开心"好像又占比特别重。

季思年曾经是会内耗的性格，他不太习惯让自己处于别人的关注下，好在现在的谢航是个自洽的人，他学会了及时给别人以情绪反馈，把单向的期待变成了双向的沟通。

找到了合适的相处方式之后，好像连日子都轻盈了许多。

吃过晚饭回酒店的时候，季思年又想起来他还瞒着谢航一件事。

今晚就是和周英凡"接头"的时间，他铁定要去看看周英凡到底想找他干点什么。

周英凡就住在他们楼下一层，季思年鬼鬼祟祟地下电梯到他的门口，正准备先说点什么，就见大门被毫不设防地一把拉开，周英凡坦坦荡荡地站在门口，搞得季思年一时间噎住。

"你来了？"周英凡原本并不尴尬，可他看清季思年脸上的表情，愣了一下，后知后觉有些不好意思，"就你一个人？"

季思年眼睛都瞪大了，"什么叫就我一个人，你也没邀请谢航啊？"

"那我叫他来？"季思年头一次发现自己的思维跑偏，"我以为你有什么事想单独和我说。"

"我要想单独和你说，干吗不在微信里说？"

季思年觉得这事情不能细想，越想越尴尬，便强行转移话题："你叫我来到底要干什么？"

周英凡说："还是老事情啊！和我录点视频发给我妈呀，遇都遇到了，我就说我和你们一起来的，省得她又觉得我孤僻。"周英凡挠挠脑袋。

他以前提起这个话题时还有些尴尬、难堪，但如今已经说得正大光明，甚至一脸恨铁不成钢："你难道还要我再把前因后果讲一遍吗？"

季思年简直无语，匆匆忙忙和他一起拍了几段视频，甚至在周英凡的威逼利诱之下把后面几天的版本也拍完了。

回到房间，谢航正在削苹果。

"和周英凡拍了几条视频，还是之前那事，没告诉你不好意思啊。"

谢航用刀在苹果上划几道，分成方便咬的几块，递给季思年，"我今天下午在电梯里遇到他了。"

季思年这苹果刚吃了一口，差点儿没喷出来，"你说什么？"

"不过我们没有聊什么，他看起来有点尴尬，也不太好意思和我说话。"谢航说完，想了想又补充道，"不过他临走的时候说他今天晚上麻烦你了。"

季思年两眼一黑，"你怎么没有告诉我？"

"我没有听懂他的意思。"谢航说。

季思年怀疑地看着谢航，他根本就分辨不出来谢航此时到底是真心实意在说这番话，还是在幸灾乐祸地调侃他。

这疑问一直堆在心底，直到他睡着了都没想出来答案。

到了写毕业论文的那段时间，季思年的生物钟堪称有时差，每天睡得晚起得晚，入睡时间一天比一天晚，一点多都算早。

今天奔波一天身体累了，他难得早睡了一次，赶在零点前陷入睡眠，结果还没来得及做梦，凌晨三点的闹钟已经叮叮当当地响了起来。

季思年感觉自己醒来的时候心脏被狠狠掐了一把，两只眼睛一闭上就能再睡一场。

他连灯是什么时候被打开的都不知道，半张脸都埋在枕头上，此时别说去爬山，就是坐起来喝口水他都想把杯子砸了。

身后的那张床上传来窸窸窣窣的声音，自动转化为催眠白噪声，季思年又睡昏迷过去。

几分钟后，他感受到有人向下拽了拽被子，他不记得自己有没有睁开眼睛，恍惚里看到谢航穿戴整齐地走过来，把 T 恤扔在他的头上。

等到季思年完全恢复意识的时候，他已经穿戴整齐，梳个头洗把脸就能出门。

他迷茫地看着谢航收拾背包的背影，问："你干什么去？"

谢航奇怪地看他一眼，"爬山。"

季思年眨了好几下眼睛才想起来自己身在何处，"几点了？"

"三点出头，今天四点十五日出。"谢航说着，又问，"你饿不饿？"

"不。"季思年拿过床头的水杯灌了几口，"四个小时前刚吃完一个大苹果。"

他撩开床帘看了看外面，整片天都是漂亮的深蓝色，与海湾连成一片，零星灯光点缀着海岸，像给它戴上了一串珍珠。

季思年延续了自己一贯的起床气，谢航只能肩负领路重任。

　　这个时间公交地铁都还没有开始运行，从酒店到小山只能打车，好在出租车很多，司机只要看看他们的终点就知道是爬山看日出的旅客。

　　季思年在车上又大睡一场，脑袋砸了车门好几次，每次都能把自己砸醒，五次之后终于到达山脚。

　　爬山的人没有想象中多，旅客三三两两地爬上石阶，没那么热闹，但也不冷清。

　　季思年这下彻底清醒了，原因无他，实在太冷了。

　　他哆哆嗦嗦地把外套穿上，将拉链拉到最高，还是觉得寒气无孔不入。

　　"冷冷冷……"他看着谢航那件单薄的外衣，感觉说话时连牙齿都在打战，"你不冷吗？"

　　"不冷。"谢航见他冷成这样，失笑道，"和你说了温差大。"

　　"我没想到……有这么大……"季思年骂了一句，三步并作两步往上爬，"快走快走，爬爬爬……"

　　早上有冷风往衣服里灌，分不清是海风还是山雾，总之潮湿又冰冷，好在背包里还装着热水，被冻透的季思年咕咚咕咚喝下去许多。

　　他们途经几个休息平台，看到有游客裹着手织披风，瞧着十足暖和。

　　季思年没忍住看了好几眼，可沿途直到山顶也没见到有人在卖披风。

　　他咬牙切齿，"真不会做生意，换成我就在半山腰卖披风，肯定卖得好。"

　　谢航瞧着瘦，可身上都是薄肌，走起来很快便暖和起来，倒是季思年在前面埋头走，迎着风吹个透。

　　他们互相扯着爬到山顶，观景台上已经有一些旅客在拍照。

　　季思年特意看了一眼表，时间掐得刚刚好，向前一些站在围栏旁，刚好能眺望到天光破晓。

　　"谢航！"他把谢航拉到前面，"看，日出了。"

　　日出的景致很依赖天气情况，阴天时只能看到云，只有晴空万里的日子能瞧见太阳。

　　好在天公作美，他们赶上了一场美丽的海上日出。

季思年想起从前一起练车时，夏天赶着清晨出发，冬天踩着日落回家，还真没有看到过日出。

"好亮啊。"他望着冒出一个头顶的太阳，海面波光粼粼，倒映出半个小小的太阳脑袋，合成扁扁的光球。

谢航两只手撑在围栏上，"太阳当然亮。"

季思年看到山风吹起他的头发，晨光落在发丝之间，笼成一片毛茸茸的光膜。

"出太阳了，是不是能暖和一些？"

谢航垂下眼睛看他，眼睛里带着毫不掩饰的笑意。他说："是的。"

橙蓝色调的天幕，向前又是热烈而晴朗的新的一天。